Johan Jonsson

Bröder

© Johan Jonsson 2025
Förlag: BoD · Books on Demand, Östermalmstorg 1,
114 42 Stockholm, Sverige, bod@bod.se
Tryck: Libri Plureos GmbH, Friedensallee 273,
22763 Hamburg, Tyskland
ISBN: 978-91-8097-143-0

Förord

Livet. Denna korta tid av vistelse här på Jorden, som vi alla försöker fylla till max av så mycket av allt som möjligt. En del av oss får ett långt och lyckligt liv utan större bekymmer, medan andra får kämpa desto mer för att över huvud taget överleva. Livet, det är bra orättvist ibland. Det blev kanske inte riktigt som du tänkt dig, men kanske det blev ganska bra ändå när du tänker efter, när du ligger där i sängen i livets slutskede? Det beror mycket på inställningen till det. Det är lätt att förarga sig över det man aldrig fick eller aldrig lyckades med, men när slutet är nära och du tänker tillbaka, ska man då inte vara tacksam för det man trots allt har, åstadkommit och lyckats med? I stället för att tänka på allt man inte fick, allt som gick snett och sådant man har retat sig på? Vad har gett dig mest trygghet under åren? Vem har du mest att tacka för att du är den du är? Vad har format dig att bli just den du är? Kan det vara det där tråkiga jobbet som du haft det senaste fyrtio åren eller är det den partner du är gift med? Eller är det rent av din bror? Han, vars blod är samma som ditt. Han som alltid stod vid din sida, i både med- och motgångar, han som alltid fanns som ett stöd för dig när du hade viktiga och avgörande vägval att göra i livet? Var det din bror som gav dig tillräcklig trygghet att våga gå till skolan när du var liten, trots alla mobbarna som stod och väntade på skolgården? Är det din bror du ska vara mest tacksam för att du fick det där jobbet du sökte, för att det var han som pushade dig till att gå på anställningsintervjun, trots att du egentligen inte vågade? Vem gav dig mod och styrka när kriget härjade och du var utom dig av rädsla och ångest? Kanske det till och med var ömsesidigt, trots att du inte tänkte på det då? Kanske gav ni varandra trygghet?

Den här boken handlar om det starka bandet mellan Gustaf och Olov. Två bröder, vars livsresa startade på 1920-talet i de småländska skogarna. Två bröder vars liv utan tvekan hade sett väldigt annorlunda ut om de inte hade haft varandra.

Del 1 – Uppväxten

Kapitel 1

Året är 1921. Assargården, Ekhults socken, strax utanför Skillingaryd i Småland. Regnet smattrade mot fönsterrutorna. Det var stora, hårda droppar som for hårt in i de sköra rutorna så att de nästan skallrade om dem. Vinden dånade utanför och när vindbyarna var som kraftigast trodde Stig att hela huset skulle rasa samman. Åtminstone var han helt säker på att han skulle få plocka upp ett antal takpannor när ovädret hade gett med sig. Det var oktober och hösten med dess kyliga luft och hårda vindar redan hade hunnit härja i flera veckor, men så blåsigt som det var denna natt kunde han inte påminna sig om att han hade varit med om på flera år. Fast det var klart, när gamle gubben Enar i Backens ladugård rämnade så hade det nog blåst om möjligt ännu mer, tänkte han. Men det var bra länge sedan nu.

Kunde det ha varit 1906 eller 1907? Han minns inte riktigt. Han var bara en ung grabb då men mindes att halva socknen var involverad i renoveringsarbetet efteråt. Skitsnack och skvaller var det gott om i trakten men när det väl kommer till kritan så har folket här i Ekhult hållit ihop och hjälpts åt om det varit av det allvarligare slaget. Stig svalde hårt och försökte sig på ett vagt leende. Han var så orolig att han nästan skakade men visade inte en min inför sin Elsie. Han var inte orolig för att det blåste hårt utanför, utan för att hans älskade hustru sedan knappt fyra år tillbaka, låg i deras säng med värkar var tredje minut. Strömmen hade gått för länge sedan på grund av blåsten och på nattduksbordet bredvid henne brann nu två vita stearinljus. På skänken på andra sidan sovrummet brann det tre stearinljus till. De fladdrade livligt emellanåt och kastade långa skuggor mot väggen bakom dem. Fem ljus i det lilla sovrummet fick vara tillräckligt för att förlösa ett barn. Bredvid Stig satt gamla Eke-Stina beredd med handdukar och varmt vatten och inväntade vad som komma skulle. Stig hade ingen aning om hur många barn hon hade varit med om att förlösa genom åren, men antagligen kunde hon nog gå i god för de flesta som bodde i socknen, misstänkte han. Han var en av dem, hade han fått veta. Med Eke-Stina vid sin sida visste han att Elsie var i goda händer. Var det någon som kunde sätta ett barn till världen, så var det hon. Gammal, rynkig och kutryggig var hon men blicken var skarp och klar, precis som huvudet. Ändå kunde Stig inte slappna av. Det var kanske inte så konstigt, då detta var hans och Elsies första barn som snart skulle komma till världen. Han såg sammanbitet på Elsie där hon låg med sin svettiga panna med ett stadigt tag om hans arm och när värkarna var som värst, tog hon i så att hennes knogar vitnade. Det gjorde stundtals riktigt ont när hennes naglar borrade sig in i hans hud, men vem var han att klaga om i det här läget? Det var nära nu, det förstod han. Stönen vid värkarna hade övergått från att vara ganska tystlåtna och kontrollerade till att vara kraftiga grymtningar och hon grimaserade alltmer för varje värk som gick.

Stackars älskade hustru min! Du vrider dig i plågor och svetten rinner längs kinderna. Aldrig hade jag väl anat att barnafödande var så smärtsamt för en kvinna, men vad vet väl jag om den saken, obildad som jag är... Vad är det jag har ställt till med egentligen? Hoppas du inte är ond på mig och att du inte ångrat dig om att sätta ett barn till världen.

Eke-Stina sa inte så mycket, men hon såg lugn ut. Det var mest lugnande ord och följsamma smekningar på pannan från hennes sida än så länge. Hennes kraftiga ända satt på en träpall bredvid Elsie. På huvudet satt den sedvanliga gamla rutiga sjalen, och nedanför träpallen stod hennes väska med "bra att ha-saker" som hon själv kallade den.

– Såja, flicka lilla, såja. Detta ska nog gå bra ska ni se. Det börjar närma sig nu, men var bara lugn. Allt verkar vara som det ska, sa Eke-Stina med lugnande ord och smekte Elsie på armen. Stig förstod att om värkarna blev tätare än vad de var nu så skulle han snart bli utschasad av Eke-Stina så att hon kunde få jobba i lugn och ro tillsammans med Elsie. Stig såg på sin fru där hon låg i sängen igen.

– Såja min älskling, såja. Det här ska gå bra ska du se. Du är så duktig, det är inte långt kvar nu. Eke-Stina ska ta hand om dig. Allt är förberett, varmt vatten har jag kokat upp på spisen och en trave med handdukar ligger framme här bredvid mig, precis som Eke-Stina har sagt åt mig, försökte han trösta på sin breda småländska. Elsie såg med blanka ögon på Stig. Med en viss ansträngning fick hon fram några viskande ord till sin make.

– Tack, käre Stig! Jag hade inte klarat det här utan ditt stöd, flämtade Elsie mellan värkarna.

– Det är klart att du hade. Men nu är jag här, jag finns här för dig, och när Eke-Stina ber mig gå ut så ska du veta att jag sitter bara några meter ifrån dig ute i köket, tröstade Stig med en sammanbiten och stel min. Han försökte få fram ett litet leende, men kom av sig då ännu en av Elsies värkar plötsligt gjorde sig påmind. Han väntade ut värken och sträckte sig sedan efter glaset med vatten och gav det till Elsie så snart hon hade hämtat sig. Hon tog mödosamt emot glaset och drack sedan ett par klunkar av vattnet och ställde sedan undan det på nattduksbordet. Ljusen fortsatte fladdra i det dunkla lilla rummet. Blåsten gjorde att hällregnet utanför stundtals smattrade nästan vågrätt mot rutan i sovrummet men Elsie verkade inte fara illa av ovädret. En torr gren från den gamla eken som stod bara några meter ifrån huset, lossnade och föll ner med en duns på hustaket. Elsie flämtade till av smällen och klämde hårt i Stigs hand.

– Tänk att vårt barn ska få komma till Jorden i det här vädret. Kunde det inte få ha varit lugnt och stilla ute denna viktiga natt, suckade hon.

– Vad spelar det för roll? Kanske det hårda vädret gör att vår son blir en tuffing, precis som vädret i natt, sa Stig och såg mot fönstret och ut genom den becksvarta natten.

– Son? Är du så säker på att det blir en son, frågade Elsie förvånat.

– Klart jag är. Det har jag känt på mig från allra första början. Det blir en liten Gustaf som du kommer att sätta till världen under denna natt, sa Stig med självsäker min. Han skulle just fortsätta med en mening då Elsie tog ett rejält tag om hans arm och grimaserade illa. Eke-Stina reste sig plötsligt upp och vek upp ett slag på sina tröjärmar.

– Nej, herr Andersson, nu är det nog dags för er att gå ut härifrån. Nu är det vi kvinnor som fortsätter förlossningen själva. Var nu så snäll och vänta utanför. Ni hör när det hela är över. Seså! sa Eke-Stina bestämt och började vant att plocka upp saker ur hennes bra att ha-väska. När Elsie hörde att hennes make var tvungen att lämna rummet var hon nära att få panik. Hon kramade hårt om Stigs arm och såg förtvivlad ut när han sakta reste sig upp efter att ha suttit på huk vid sidan av sängen.

Måste han verkligen gå nu när jag behöver honom som mest? Hur ska jag kunna reda ut det här med hjälp av en främmande gammal gumma jag aldrig har träffat förut? Vågar jag verkligen lita på henne? Hon verkar så arg och bestämd. Åh, om ändå mor vore här! Hon är den enda kvinna jag verkligen kan lita på. Men Stig har sagt att Eke-Stina kan sin sak och jag och jag litar på Stig, så det innebär att jag bör lita på den gamla gumman. Fast det känns så konstigt i magen, det känns som någonting är fel med mig! Är det verkligen så här det ska kännas att föda barn?

– Javisst, självklart, jag ska gå med detsamma. Adjö så länge då Elsie. Det kommer gå bra det här, du är i Eke-Stinas trygga händer nu, sa Stig oroligt och kysste sin fru på hennes svettiga panna. Det enda han ville just nu var att stanna kvar och vara med sin hustru, men han förstod att han inte kunde. Med snabba steg klev han ut genom sovrumsdörren och gick ut till köket. Det kändes fruktansvärt för Elsie att bli ensam kvar med den gamla gumman, men hon visste mycket väl att inga karlar är med när det väl börjar närma sig. Elsie var så rädd att hon skakade. Som förstföderska hade hon ingen som helst aning om hur det hela skulle gå till, men hon hade ju hört av ett par väninnor som bodde några hus ifrån vad hon kunde förvänta sig och det var ingenting hon såg fram emot.

Ute i köket satt nu Stig vid köksbordet och rullade nervöst på tummarna. Här var det fortfarande varmt från vedspisen, men det var bara svag glöd kvar. Han sneglade på klockan som hängde ovanför bordet. Den visade kvart över tre på natten. Han borde normalt sett vara dödstrött av att vara uppe vid den här tiden på dygnet, men han var klarvaken av förståeliga skäl. Hans andhämtning var snabb och han önskade inget hellre än att allt detta var över. Inifrån sovrummet hörde han Elsies skrik och flämtningar med jämna mellanrum, men än så länge hördes inget barnskrik. Otåligt fortsatte han att rulla sina tummar. Först åt ena hållet i några minuter, sedan åt andra hållet. Varje skrik från Elsie skar som knivar i honom och han önskade bara att den här natten skulle ta slut. Omedvetet trummade han också nervöst med båda fötterna mot golvet. Han tittade återigen på klockan och sedan ut genom fönstret, men därute var allt fortfarande becksvart. Höstvindarna fortsatte obarmhärtigt piska mot fönsterrutorna. Grenar utanför knäcktes och huset knakade i de vindbyarna. Det var lika bra att koka sig ännu en kopp kaffe, tänkte han. Genast fick han ett dilemma. Hade situationen varit annorlunda så hade han naturligtvis frågat Eke-Stina om det hade smakat med en kopp, men nu visste han inte hur han skulle göra. Skulle han våga gå in till dem och fråga, med risk för att bli utsjasad eller skulle han ropa åt dem genom dörren? Skulle Eke-Stina tycka att han störde dem då? Efter ett par minuters övervägande beslöt han sig för att bara koka en kopp kaffe till sig själv. Från skåphyllan till vänster om järnspisen tog han fram plåtburken med kaffet och hällde i två rågade teskedar plus lite extra och fyllde sedan i pannan med lagom mängd vatten. Därefter tog han fram ett par tunna träpinnar som låg under spisen och la in dem. Genast tog de fyr i den glöd som ännu fanns kvar och Stig kunde se hur ljuset underifrån lyste upp mellan springorna. En skön värme spred sig från spisen och vidare i hela köket. Helst av allt hade han velat öppna dörren in till kvinnorna för att släppa in lite av värmen till dem, men han skulle aldrig våga öppna dörren nu. Efter en liten stund satt han återigen vid köksbordet på sin vanliga plats och läppjade på den varma koppen med kaffe. Inifrån sovrummet kunde han höra hur Elsie och Eke-Stina pratade, men han kunde inte höra vad de sa. Klockan närmade sig tjugo i fyra och ännu hade inga barnskrik hörts till. En stund senare var kaffet uppdrucket och ögonlocken på honom började bli tunga. Huvudet hängde alltmer ner mot bröstet och andhämtningen hade lugnat ner sig. Plötsligt hörde han hur Eke-Stina ropade på honom inifrån sovrummet. Han ryckte till så att kaffekoppen välte och han blev med ens klarvaken.

– Herr Andersson! Var så snäll och värm mer vatten!

– Javisst, jag ordnar det på en gång! ropade Stig nervöst. Medan han hällde vatten i kastrullen undrade han vad han hade ställt till med egentligen. All den här uppståndelsen var ju faktiskt han orsak till. All sin oro och nervositet som han nu kände var just han orsak till, men framför allt var han orsak till att hans älskade hustru just nu låg i ett rum några meter ifrån honom och hade fruktansvärt ont. Genast kände han sig riktigt dum och skyldig, likt ett barn som gjort något rackartyg, men han försökte trösta sig själv med att all den här uppståndelsen ju faktiskt är livets gång och en helt naturlig process som pågått så länge människan har funnits. Han har väl lika mycket rätt till att bilda familj som någon annan, resonerade han. Elden hade åter blivit till glöd och han la in ett par vedpinnar till och snart började Eke-Stinas vatten bli tillräckligt varmt.

Den 22 oktober klockan 04.48 föddes så till slut Gustaf Stig Gunnar Andersson. När Stig till slut kunde urskilja ett ynkligt litet barnskrik inifrån sovrummet från det kraftiga ovädret utanför, for han upp från köksstolen i ett huj. Den trötthet och den svåra oro han nyss hade känt under flera timmar var som bortblåsta. Hjärtat bultade hårt i bröstet på honom och han kom på sig själv stå och studsa på köksgolvet med ett stort och brett leende på läpparna medan ett par glädjetårar rann ner längs kinderna. Till slut satte han sig återigen på köksstolen och försökte lyssna på vad som försiggick inne i sovrummet men han hörde inget särskilt, förutom lille Gustafs skrik emellanåt. Han tvekade en kort stund om han skulle våga knacka på. Han var ju så nyfiken på att få träffa sin lille son för första gången! Till slut fattade han mod till sig och reste sig och gick bort till sovrumsdörren för att knacka på. Precis som han höjde armen för att knacka, öppnades dörren försiktigt och där stod Eke-Stina med ett litet knyte i armarna. Den annars så bistra Eke-Stina log försiktigt när hon såg på Stig. Stig var mållös. Han fick inte fram ett ord, men när han såg det lilla barnet som låg omsorgsfullt inlindat i armarna på Eke-Stina kunde han inte längre hålla tillbaka tårarna. Lille Gustaf gnydde till några gånger och rörde sakta på sitt huvud. Först en tår i höger öga som han snabbt torkade tillbaka. Sedan kom en tår i det vänstra ögat och därefter ytterligare ett par till och han brydde sig inte längre om att torka bort dem. De rann sakta ner längs hans kinder och in i den grova skäggstubben. Benen kändes plötsligt väldigt svaga och han var snudd på att ta tag i dörrfodret för att inte benen skulle ge vika.

– Jag får gratulera, herr Andersson. Det blev ett välskapt litet gossebarn, sa Eke-Stina och log, vilket inte var särskilt ofta.

Så liten! Och så söt! Fast kladdig. Ögonen är blå, precis som mina. Är de inte större än så? Herregud vad liten! Otroligt...

– Tack så mycket! Men, vad fin han är! Tack så mycket käraste Eke-Stina för all hjälp, flämtade Stig. Det var ungefär vad han kunde få fram just då, för han var nästintill mållös och alldeles omtumlad. Varsamt smekte han sin son med baksidan på handen över hans lilla panna. Känslorna svämmade nästan över för honom och han visste inte riktigt vad han skulle vare sig säga eller ta sig till just nu.

Lille, käre vän, vad fin du är! Tänk att du skulle komma till världen mitt i det värsta ruskvädret i mannaminne. Nu är vi inte längre två här på gården längre, nu är vi tre. Det kommer verkligen att bli annorlunda, sannerligen. Men du är efterlängtad, ska du veta! När du börjar växa till dig så ska jag lära dig allt jag kan, både om gården och om livet i största allmänhet. Jag ska nog se till att du både får en bra start i livet och en trygg uppväxt. Jag ska se till att du har mod i dig att möta livets alla svårigheter och motgångar, så gott jag kan. För motgångar det blir det, det vill jag lova. Men även medgångar och många lyckliga stunder, min lille gosse. Ännu en gång önskar jag dig välkommen till världen, min förstfödde son!

Ännu några tårar rann ner på Stigs kinder och hans mun började darra. Plötsligt kom han på att det fanns en till väldigt viktig person i rummet. Hastigt vände han på huvudet och såg mot Elsie där hon fortfarande låg i sängen. Med förskräckelse såg han hur de vita lakanen var fulla med blod överallt.

– Men älskling, hur är det med dig? Du blöder ju?! Stig såg helt förfärad ut när han fattade sin hand om Elsies bleka hand.

– Det är okej, det är bra nu. Men jag är så otroligt trött. Titta Stig, vi har fått en liten gosse! log Elsie trött.

– Du hade rätt, kära du. Elsie slöt ögonen några sekunder för att sedan långsamt öppna dem igen. Hennes blick hade svårt att fokusera på Stig. Han såg detta och vände sig hastigt om mot Eke-Stina, som förstod att han var orolig.

– Det är ingen fara med din hustru, herr Andersson, men hon har förlorat mycket blod. Lite för mycket, till och med. Det var en svår och jobbig förlossning för fru Andersson. Hon behöver vila nu för att återhämta sig. Sätt er ner på stolen bredvid din hustru, så ska du få hålla i lille Gustaf medan jag går ut i köket och tvättar av mig och lagar lite varm mat till er, om inte herr Andersson misstycker förstås?

– Nejdå absolut inte, det går så bra. Men… ska jag verkligen…? Jag menar…? stammade Stig och såg orolig ut Eke-Stina log åt honom.

– Det är ingen fara, herr Andersson. Lille Gustaf är lugn just nu. Du behöver bara sitta stilla och hålla honom. Så, varsågod. Eke-Stina sträckte över det lilla knytet till Stig, som så försiktigt som möjligt tog emot honom i sin famn.

– Så där ja. Nu lämnar jag er för en liten stund och går ut i köket. Ropa bara om det är något. Hon lämnade dörren öppen så att köksspisens värme skulle sprida sig in till dem.

Den första tanken som slog Stig var att pojken inte vägde något. Det kändes nästan som om Eke-Stina bara hade lagt en handduk i famnen på honom. Stig hade aldrig hållit i ett nyfött barn förut, men där låg han nu och sov, lille Gustaf, i famnen på sin stolte far. Stig kunde nästan inte släppa blicken från honom. En hel del mörka hår hade han på huvudet. De små fingrarna rörde sig emellanåt medan han vilade tryggt i Stigs famn. Han sneglade bakåt mot Elsie. Han trodde hon sov, men det gjorde hon inte. Hon låg i sängen och hade ett behagligt leende spritt över hela ansiktet. Hon såg på Stig och Gustaf men sa inget. Det behövdes inte. Hon hade gjort sitt idag och allt det jobbiga var över nu. En ny fas i livet väntade nu för både henne och Stig. Rollen som föräldrar skulle ta vid och en lång period fylld av amning, oro, barnskrik och sömnlösa nätter väntade dem men också mycket kärlek, tacksamhet och njutning skulle fylla deras liv framöver. I alla fall ett tag.

Kapitel 2

Dagarna hemma på Assargården var både långa och tuffa för Stig, som visserligen hade börjat vänja sig vid att jobba ensam med gården och alla kor som skulle mjölkas, matas och tas omhand. Därtill fanns de två ardennerstona Astrid och Greta och ett okänt antal höns samt en tupp och ett par stallkatter. Dessutom skulle ved bäras in till husets alla spisar. Vedspisen i köket, kakelugnen i vardagsrummet och den lilla kaminen i det stora rummet på övervåningen. I dessa eldade Stig så mycket han kunde när kylan kom i mitten av december. Inte fullt så mycket i kaminen på övervåningen men tillräckligt för att hålla fukten och den råa lukten borta. Det blev ett fasligt spring mellan eldstäderna som tycktes vara omättliga på ved. De få minuterna som Stig hade ro att sitta ner var lätträknade och om kvällarna somnade han så fort han la huvudet på kudden. Men nattsömnen blev avbruten ideligen av den lille Gustaf som antingen krävde mat eller hade en blöja som behövde bytas. Detta skötte Elsie såklart, men Stig vaknade varje gång barnet skrek och hade ofta svårt att somna om. Oroliga tankar växte i huvudet på honom om nätterna.

Får den lille i sig tillräckligt med mat? Varför skriker han så mycket, och varför tystnar han inte trots att han borde vara mätt nu? Har han ont någonstans? Han fryser väl inte? Far han illa av röken från vedspisen?

Ett par månader gick och lille Gustaf växte sakta men säkert.

Efter några veckors övervägande hade paret Andersson beslutat att ta in arbetskraft på gården av drängen Samuel Jönsson. Han var son till Hugo och Inga Jönsson och bodde på granngården. Han var inte äldre än fjorton år, men han var stor och stark för sin ålder och han var inte rädd för att ta i. Dessutom var han uppvuxen på en mjölkgård och hade god vana vid allt vad som hade med jordbrukslivet att göra. Grabben hade huvudet på skaft och han och Stig kom bra överens. Visst, det sved i den redan ansträngda ekonomin att betala Samuel, men som läget var nu, var det omöjligt för Stig att driva hela gården själv. Elsie hade varit otroligt duktig som hade hjälpt till på gården ända fram till tio dagar innan Gustafs förlossning. Inte ett enda klagomål hade hon yppat inför Stig om hur hon mådde men han var inte dummare än att han förstod att hon hade det jobbigt. Hon hade kämpat, mjölkat, mockat och burit hö så gott hon hade kunnat men till slut gick det inte längre, kroppen sa stopp när hon fick foglossning. Hon ville fortsätta ändå fast i ännu lägre takt, men Stig sa nej till fortsatt arbete. Han hade vänligt men bestämt förmanat henne in i huset och där fick hon i stället nöja sig med att ta hand om matlagning och städning efter förmåga. Han visste sedan tidigare kalibern i sin hustru men blev ändå väldigt imponerad av den tuffhet och kämpaglöd hon visade, dessutom blev han förundrad över att hon aldrig klagade över de krämpor som en höggravid kvinna kan ha.

Det hade hunnit bli början av december. Stig hade blivit tvungen att göra sig av med Samuel, åtminstone ett par månader framåt, men behövde definitivt ha hans hjälp längre fram på våren. Pengarna räckte helt enkelt inte till, trots att betalningen var knaper. Elsie och Stig hade försökt spara undan pengar till det kommande dopkalaset för Gustaf och båda var rörande överens om att det hade varit trevligt om de hann med att döpa Gustaf innan året var slut. Pojken hade redan hunnit växa till sig och Stig märkte detta väl. Den lille kalufsen hade blivit lite mörkare och lite längre och han åt ur Elsies bröst med stor aptit. Hon var fortfarande förbjuden att arbeta på gården för Stig, men hon hade tjatat sig till att åtminstone få gå in till hönshuset och plocka in ägg till maten. Hur stressad Stig än var så tog han sig alltid tid till att stanna upp och gosa lite med lille Gustaf när Elsie visade sig på gården. Elsie blev alldeles varm inombords när hon såg hur stolt han såg ut när han gullade med den lille.

– Han är allt bra lik dig, Stig sa Elsie med Gustaf i famnen.

– Tycker du det? sa Stig och sken upp som en sol när han fick höra det.

– Visst är han det. Ni har samma mun. Elsie log brett. Hon såg inte alls lika trött ut längre och krafterna verkade vara tillbaka helt och hållet. Hon orkade numera sköta eldandet inne i huset så länge Stig bara bar in den och hon var glad över att få kunna hjälpa till igen på gården.

Dopet hanns med mellan lucia och julafton. Stig hade sett till att sprida budskapet om dopet så gott han kunde när han var nere i byn och handlade. De flesta kände till att Anderssons uppe i Assargården hade blivit föräldrar till en liten gosse och mycket av ryktesspridningen var Eke-Stinas förtjänst.

Den sextonde december samlades alla som ville vittna Gustafs dop i Ekhults kyrka. Det var en kall vinterdag.

Snön låg trettio centimeter djup och dagen till ära hade Anderssons tagit släden till kyrkan. Hästarna var noggrant borstade och bjällrorna på hördes lång väg när de kom åkandes. En stoltare och mer rakryggad karl som gick längs altargången än Stig hade församlingen nog aldrig sett i Ekhults kyrka och det fullkomligt strålade om honom. Han hade förstås tagit på sig sin enda kostym och slips. Håret var vattenkammat och nyfriserat av Elsie och det annars så ovårdade skägget såg man inte skymten av denna högtidsdag. I armarna bar han ömt på den lille Gustaf och bredvid dem gick en leende Elsie. Hon bar en vacker klänning hon lånat av grannen Inga Jönsson, eftersom hon själv inte ägde någon av det finare slaget. Hon hade först skämts över att fråga om att få låna en klänning, men Inga var mer än glad över att få låna ut en av sina klänningar till sin kära granne och hon förstod så väl att paret inte hade det särskilt gott ställt. Elsie hade redan bestämt att dagen efter dopet skulle hon baka några limpor och gå bort med till Inga, som tack för hjälpen.

Det var inte ofta Elsie var sminkad nu för tiden men idag var en av gångerna. Hon hade ägnat lång tid att få i ordning håret som hon ville. Efter en och en halv timme var hon till slut nöjd med både smink och hår. Ett trettiotal gäster hade trotsat den rikliga snön som fallit under natten och kommit till kyrkan för att bevittna dopet på pojken. Gustaf hade skrikit som en stucken gris när prästen höll honom och hällt vatten på hans huvud och några i församlingen fnissade lite tyst åt händelsen. Redan där visade Gustaf sitt temperament och det skulle visa sig bara vara en början. Elsie hade rodnat om kinderna men Stig bara sträckte på sig om möjligt ännu mer när han hörde sin sons gälla men bestämda stämma eka i kyrkan. Efteråt bjöds det på kaffe i församlingshemmet och kakorna var allihopa bakade av Elsie, även de omsorgsfullt gjorda kanelbullarna. Stig hade undrat om det verkligen hade varit nödvändigt att baka så många olika sorter, och tyckte att det kanske kunde räcka med tre sorter samt bullar, men Elsie var benhård på denna punkt. Det skulle vara sju sorter utöver bullarna. För det fick inte se snålt ut, hade hon svarat bestämt. Om detta hade Stig ingen talan, men han var förstås orolig att Elsie hade tagit på sig för mycket jobb. Men sju sorter blev det, samt omsorgsfullt gjorda kanelbullar. Elsie hade kämpat in i det sista för att få till alla sorter och hon hade inte unnat sig någon vila förrän den sista plåten stod i ugnen och alla tillbehör var diskade. Stig förstod att det som drev henne var att ingen i socknen minsann skulle kalla henne vare sig lat eller snål. Eller gå klädd i dåliga kläder heller, för den delen. Hon visste hur kvinnorna i byn skvallrade om det mesta, men den här gången skulle de gå bet, det hade hon nu sett till.

Den första julen för lille Gustaf firades hemma på Assargården. Stig hade hoppats på lite snö till jul för stämningens skull och denna jul skulle han ha turen på sin sida. På julaftons morgon låg tre-fyra decimeter blänkande vit snö ute. När de drack morgonkaffet tillsammans tidigt på denna morgon var det fortfarande mörkt ute, men ljuset från fotogenlampan i köket lös upp snön utanför med ett mjukt, gult sken. Gustaf var förvånansvärt lugn denna viktiga morgon och den där magiska julstämningen som de båda hade hoppats på, hade till deras stora glädje infunnit sig. Efter kaffet serverade Elsie den sedvanliga risgrynsgröten till dem. Hon hade nynnat glatt medan hon rört i kastrullen och tycktes vara på strålande humör. På köksbordet brann alla fyra ljus i adventsljusstaken, var och en i olika höjd. Den var arvegods på Elsie sida. Stig satt på sin vanliga plats, vilket var vid bordets högra sida. Därifrån hade han uppsikt över spisen och om han blickade snett ut genom fönstret kunde han se ner till ladugårdsbyggnaden och lite av ena hagen där hästarna brukar stå. Men nu riktade han blicken rakt över bordet där hans älskade hustru nu satt med deras barn i famnen. Gustaf hade nyss ammats och var mätt och belåten.

– Ska jag hålla honom lite så du får äta din gröt i lugn och ro? frågade han.

– Vill du det? sa Elsie med vädjande blick.

– Självklart. Du behöver lite avlastning nu. Du har varit fantastisk som har ordnat med allt julstök här hemma, berömde Stig och han kunde se hur Elsies kinder rodnade.

– Åh, det har inte varit något besvär alls. Du har också varit duktig som har tagit hand om alla utomhussysslor. Jag var nere i stallet i går kväll. Det var värst vad du hade gjort rent överallt! Och jag såg minsann att både Astrid och Greta var extra välryktade, log Elsie och sträckte sin hand över bordet och strök den mot Stigs arm. Hon såg med stolthet på sin make och konstaterade att han hade rakat sig noga med sin rakhyvel och han hade vattenkammat sitt hår, dagen till ära.

Julskinkan var färdig, sillen inlagd och granen var pyntad inne i vardagsrummet. I kakelugnen sprakade elden och spred sin härliga värme i hela rummet. Under granen hade Elsie lagt några julklappar. I köksfönstret hängde de nystrukna röda gardinerna och inne på vardagsrums-bordet låg den traditionsenliga vita linneduken. Bordet var redan dukat med finporslinet hon hade fått av sin mor, som egentligen var hennes mormors arvegods. Det fick hon när hon och Stig hade gift sig och hon såg alltid fram emot de få gångerna om året hon fick duka fram det vackra tallrikarna.

Klockan var strax efter två på eftermiddagen. Elsie gick runt och nynnade på en julsång med den lille på armen medan hon plockade med det sista. Nere i ladugården hade korna fått sitt hö precis som hästarna, som dessutom hade fått några extra morötter.

Förutom Stig, Elsie och Gustaf skulle även Elsies föräldrar samt Stigs bror, fru och deras barn komma till Assargården lite senare på dagen. Stigs föräldrar hade sedan några år tidigare gått bort och särskilt vid sådana här tillfällen blev saknaden stor, åtminstone efter sin mor. Som tur var hade han en ny familjemedlem att ägna sin tid åt. Men föräldraskapet blev inte alltid riktigt som Elsie hade drömt om. Stora delar av Gustafs vakna tid bestod av skrik. Kolikbarn hade hon hört talas om och tyvärr var Gustaf drabbad en hel del av denna åkomma. Till slut kom Elsie på att den stora adventsljusstaken på spisen fick honom lugn. Ögonen blev stora som tefat och han tystnade direkt när han såg hur de små lågorna på ljusen fladdrade. Likadant var det med de röda julgranskulorna. Så fort han fick syn på dem så tystnade han och magknipen var som bortblåst. Åtminstone för ett litet tag och det var tillräckligt för att Elsie skulle få återhämta sig en smula. När gästerna kom ville de alla se det lilla underverket. Många ville hålla och hjälpa till så att Elsie fick lite tid att äta i lugn och ro. Stig kunde se hur det fullkomligt lyste om Elsie av stolthet när hon hörde hennes mors beröm över hur fint de hade det och vad gott maten hade smakat. En rynka över pannan trädde fram i Stigs panna när han tänkte på hur hans egna föräldrar brukade te sig när de ännu var i livet. Hans mor, Anna, hade alltid varit snäll och rättvis mot honom. Hans far däremot, Oscar, var raka motsatsen. Han hade alltid favoriserat Stigs lillebror Karl-Johan. Han hade alltid fått som han velat och kommit undan med det mesta, medan Stig hade åkt på stryk så fort hans far varit det minsta missnöjd. Stryket hade varit en del av Stigs uppväxt och hade inte tänkt så mycket på det förrän på senare år, då han börjat undra varför aldrig han aldrig hade sett Karl–Johan få varken stryk eller blivit tillrättavisad. Detta kom senare att göra honom bitter på sin far, som ledde till att kontakten mellan dem varit nästintill obefintlig från tonåren och fram till Oscars bortgång. Stig fick lov att påminna sig själv att det som har varit, har varit och går inte att ändra på. Han försökte att leva i nuet och avbröt tankarna på sina föräldrar. I stället såg han upp från bordet och blickade runt kring bordet på alla gästerna som nu satt runtomkring honom, i hans egna hus där han och ingen annan bestämde. Här var det nu bara glada miner, skratt och leenden. Han hade för länge sedan lovat sig själv att aldrig bli som sin far. Aldrig någonsin skulle han vare sig höja en hand eller slå med svångremmen mot sina barn, aldrig någonsin!

Resten av julafton blev precis så där fridfull och mysig som de hade hoppats på, men när alla hade åkt hem tyckte de båda att det var skönt att bara få byta om, lägga sig i sängen med lille Gustaf emellan sig och bara få mysa.

Resten av vintern blev tuff för familjen Andersson. De hade inte råd att ta hjälp av Samuel så mycket som de hade behövt. I stället fick Stig slita extra hårt i ladugården med djuren. Dagarna blev långa och slitsamma och det enda som drev honom var att blir klar så fort som möjligt så han skulle få kunna gå in och umgås en liten stund med Gustaf innan han hann somna för kvällen.

När våren kom och det blev varmare i luften, kunde Elsie vara ute mer med pojken. Ibland kunde hon lägga honom på en filt på ett rent ställe i ladugården medan hon hjälpte till med de dagliga sysslorna. Det var en lättnad för henne att äntligen få hjälpa till lite på gården och inte bara vara inne och antingen amma eller går runt, runt i huset och trösta ett skrikande litet barn. Hon visste att ta hand om Gustaf var den viktigaste uppgiften i hennes liv just nu, ändå kände hon skuld till att inte kunna vara mer behjälplig på gården. Hon såg ju hur hårt hennes älskade make slet.

På hans första födelsedag lärde sig Gustaf att gå. Strax efter grötfrukosten tog han sina första steg när han stod upp lutad mot köksstolen och såg sin far komma in genom ytterdörren. Han släppte taget och tog hela fem steg innan han med en duns landade på rumpan. Elsie blev alldeles tårögd av lycka när detta inträffade och Stig insisterade på att de båda skulle fira med en varsin pilsner på kvällen. Livet kunde inte vara mycket bättre. Arbetet hemma på gården flöt på bra, försäljningen av kalvar, mjölk och ägg gick bättre än väntat. De lyckades till och med spara lite pengar för framtiden. En del av pengarna skulle gå till en välbehövlig ommålning av huset och en del skulle gå till att skaffa en ny tjur. Hönsen hade blivit fler och likaså antalet ägg som Elsie kunde sälja.

Samma kväll som Gustaf fyllde två år bestämde de sig att försöka göra ett syskon åt deras son. Några veckor därpå visade det sig att Elsie var gravid igen. Gustaf som vid det här laget älskade att springa runt på gården tillsammans med sina föräldrar, kunde knappt bärga sig när han fick höra att Stig och Elsie hade något väldigt spännande att berätta för honom. De satte sig ner alla tre vid en bänk utanför hästhagen där Astrid och Greta gick och betade. Svetten pärlade sig på Stig, som precis hade slängt ner hö från höskullen. Lätt andfådd satte han sig bredvid Gustaf på bänken. Den klara oktoberluften var kall och himlen var klarblå. Hösten var på allvar på väg att lämna över till den långa vintern. Gustaf var klädd i både vantar och mössa som han fått i födelsedagspresent av den snälla Inga i granngården. Elsie satt redan där och hade sin arm om honom. Stig tog sin hand om Gustafs och såg honom allvarligt i ögonen.

– Jo du förstår Gustaf… vi är ju tre i vår familj som bor här på gården. Det är ju jag, mor och du. Och alla djuren också förstås. Gustaf nickade allvarligt. Ögonen var stora och han såg ivrig ut på att få veta vad det var som hans föräldrar ville berätta.

– Men vi tänkte att du skulle få ett syskon. Vet du vad ett syskon är? frågade Stig. Gustaf skakade på huvudet. Elsie log och smekte honom lätt på kinden.

– Din far och jag tänkte att du skulle få en lillebror eller lillasyster, vad säger du om det, Gustaf? Först sa han ingenting utan bara tittade om vartannat på sina föräldrar. Sedan sa han:

– Bor! Bor!

– Ja Gustaf, du kanske ska få en bror men det kanske blir en syster. Det vet man inte förrän bebisen kommer ut.

– Bebis! Jolit! ropade Gustaf och hoppade jämfota upp och ner. Elsie skrattade.

– Ja, visst blir det roligt, sa hon.

– Ja du Gustaf, snart blir vi fyra i familjen här på gården. Och när bebisen kommer så måste du lova att vara snäll mot honom eller henne, lovar du far det? frågade Stig med allvarlig blick.

– Ja far, lova, sa Gustaf log med hela ansiktet.

När vintern tog slut och våren tog vid, kunde Gustaf tydligt se hur hans mors mage växte för varje vecka som gick. Pojken växte så det knakade och hela Assargården var som en enda stor lekplats för honom. På logen fanns det hö att hoppa i, i ladugården fanns det kossor att klappa och i stalldelen fanns de stora ardennerna att mata och gosa med. Hönsen hade han förgäves försökt bli vän med, men katterna gick han och bar på så ofta han kunde. Utanför huset hade Stig satt upp en gunga i eken som växte på tomten. Den kunde han klättra upp och gunga på alldeles själv. När han ramlade och slog sig eller skar sig på något var inte alltid någon förälder i närheten och då hjälpte det inte att gråta. Detta lärde sig Gustaf ganska snabbt och det härdade honom. När det regnade ute brukade han springa ut och hoppa i vattenpölarna så att han blev genomblöt, men Elsie lät honom hållas. Varför skulle hon skälla på honom, han hade ju så roligt. Det syntes tydligt på henne hur mycket den lille livlige krabaten betydde och stundtals hade hon svårt att förstå att hon snart skulle få ett till barn att älska och ge sin kärlek till. Visst, om dagarna var det fart i honom och det var inte alltid han lyssnade. Ögonen var ständigt fulla med bus och rackartyg, men när kvällen kom var han trött och ville gärna krypa upp i famnen på henne och gosa en stund innan det var dags att sova. Stig tyckte det var så mysigt att ha en liten hjälpreda ute på gården. Han kände sig inte lika ensam längre, även om det bara var ett litet barn som sprang omkring. Han hade någon annan än Elsie att prata med nu, även om han inte fick de klaraste svaren från den två och ett halvåriga lille krabaten.

Maj blev en varm månad, och det hände vid ett flertal gånger att den lilla familjen tog en ridtur med hästarna ner till Linnesjön för ett kvällsdop. Vägen dit tog bara femton minuter på hästryggen. Den första biten var omgiven av åkrar och hästhagar som efter ett tag övergick till ett mindre parti granskog. Den sista biten ner till sjön var full av ekar och björkar med högt, grönt gräs och vid sidorna av vägen växte det höga maskrosor. Vid den gamla träbänken som stod tiotalet meter från stranden band de hästarna och bredvid träbänken bredde Elsie ut en stor filt som hon och Stig satte sig på medan Gustaf genast sprang ner till stranden. Det hade inte hunnit bli särskilt varmt i vattnet ännu men det verkade inte Gustaf bry sig ett dugg om. Han sprang omkring längs strandkanten samt någon meter ut i den långgrunda sjön och lekte med pinnar och sand medan Stig och Elsie låg på filten och tittade på. Med sig till sjön brukade de ha en kaffekorg med sig med några äggsmörgåsar som fick fungera som kvällsmat. Här vid den lilla långgrunda viken med det gröna gräset och de stora vackra björkarna hade de verkligen sitt smultronställe och det var här som Elsie trivdes som allra bäst. Oftast var de alldeles själva vid badplatsen.

Inte nog med att det var här som Stig hade friat till henne för några år sedan, det var också här de hade kysst varandra för första gången. Elsie mindes frieriet som om det vore igår. Det hade varit den varmaste dagen på året, och Stig hade föreslagit att de skulle åka ner till sjön för att ta ett svalkande dopp. De hade badat, busat och skrattat. Handdukarna hade de glömt hemma men de torkade snabbt i solens strålar på den lilla bryggan som löpte ut från vikens ena kant. Elsies mor hade gjort i ordning en matsäck med en varsin sockerdricka och två bullar var. Stig hade varit något tystlåten under fikat på bryggan och Elsie hade undrat om allt var bra med honom. Då hade han tagit upp en liten ask ur fickan och gått ner på knä framför henne och friat. Stunden hade varit magisk och oförglömlig. Det hade varit helt vindstilla och sjön låg spegelblank. Vågskvalpen som de själva hade åstadkommit för bara en stund sedan var helt borta. En koltrast sjöng en bit längre bort, men förutom den var de helt själva. Solen hade börjat gå ner bakom de höga grantopparna på andra sidan sjön och det var inte lika varmt längre. Elsie mindes hur hennes underläpp hade börjat darra och till slut fick hon fram ett "ja" till Stig.

Det var inte bara om somrarna som de besökte badplatsen. Om höstarna åkte de hit och grillade korv och om vintrarna åkte de skridskor på sjön om isen var tillräckligt tjock. Här var platsen där de kunde slappna av för en stund och bara ägna sig åt varandra och lille Gustaf. Stig såg på sin hustru där hon låg utbredd på filten. Hon var så vacker där hon låg med sitt ljusbruna halvlånga hår, som annars nästan alltid var uppsatt i en hård knut. Hennes händer vilade lätt på den alltmer växande magen och hon såg tillfreds ut. De bruna ögonen lyste vackert och han kunde se hur kärleken fullkomligt strömmade ut ur blicken när hon såg mot Gustaf. Stig var lycklig, hon var lycklig och Gustaf var lycklig. Det var en härlig tid de levde. Den stress som rådde för en tid sedan över pengar, arbete och Gustafs kolik var borta och framför sig såg de bara glädje. Sommaren var snart här och Gustaf skulle få ett efterlängtat syskon! Men Gustafs tålamod var inget vidare, för minst fem gånger om dagen frågade han om inte bebisen skulle komma snart. Han var verkligen ivrig att få ett syskon som han kunde leka med hemma på gården.

Det blev juni och Elsie fick återigen svår foglossning. Det fanns ingen möjlighet för henne att försöka gå ut och hjälpa till på gården. Hon var denna gång inte särskilt sugen på det heller. Den där gnistan att få kunna hjälpa till, som fanns när hon var gravid med Gustaf, var borta. Stig hade märkt det i hennes ögon de sista veckorna. Ofta var blicken långt borta när de satt och åt vid köksbordet. Tankarna var någon helt annanstans, men Stig visste inte var och han tordes inte heller fråga. Han antog att all hennes smärta gjorde henne avtrubbad och lät därför henne vara. Återigen fick de kalla in drängen Samuel. Men det hade paret räknat med, och pengar fanns för detta ändamål. Mot slutet av graviditeten kunde Elsie knappt stå upp i köket och laga mat. Stundtals satt hon på en stol medan hon skalade potatisen, och genom fönstret kunde hon se hur hennes make och Samuel slog den första omgången hö på ängarna. Hon såg hur Astrid och Greta slet ont medan de gick fram och tillbaka, fram och tillbaka på åkern. Gustaf sprang in och ut i huset. Ibland var han ute hos männen och jagade fjärilar och ibland kom han in till Elsie och undrade vad det skulle bli till middag. Hon kunde se hur han stojade och for när han var ute men när han klev in genom dörren till huset var det som att vrida på en knapp. Han blev förvånansvärt lugn. Det var som om han förstod att hans mor hade det jobbigt och inte ville störa henne. Ofta gick han raka vägen fram till hennes mage och klappade varsamt. "Kom ut snart" brukade han säga och le till sin mor. Sekunden senare hade han sprungit ut till Stig igen. Elsie böjde sig fram och såg ut genom fönstret. I full fart såg hon Gustaf sätta i väg ut genom grinden och bort mot de stora ängarna.

Att det kan finnas så mycket energi och iver i en sådan lite gosse! Måtte han bara komma överens med sitt syskon han snart ska få...

Samma kväll satt de samlade i köket och åt gröt. Efter en varm och slitsam dag på gården var Stig trött. Elsie satt vid bordet och åt det sista av gröten medan den ena handen vilade på hennes stora mage.

– Kom Gustaf så ska du få känna hur det sparkar i magen, sa Elsie trött.

– Spajkar! sa Gustaf glatt. Han flög upp från stolen och la sin hand på sin mammas mage och fick en spänd min. När bebisen sparkade sprack Gustafs ansikte upp i ett enda stort leende. Stig gick också fram och kände på magen.

– Nu kan det väl ändå inte vara långt kvar? frågade han, och han tycktes bland vara lika otålig som Gustaf.

– Nä, hoppas inte det. Det börjar bli riktigt jobbigt nu, sa Elsie och suckade.

– Kom ut! Kom ut! Kom ut! ropade Gustaf och hoppade jämfota på golvet. Stig såg med allvarlig min på Elsie.

– Den här gången åker vi in till sjukhuset i Skillingaryd när det börjar närma sig. Du minns väl vad Eke-Stina sa? Du förlorade ju så mycket blod sist.

– Ja, det var en svår förlossning, sa hon ju. Det är nog lika bra att vi åker in när värkarna blir täta. Det får ju inte hända något, sa Elsie och såg ner på sin stora runda mage. En rynka av bekymmerhet syntes i hennes panna och blicken blev så där frånvarande igen.

Redan tre dagar senare kom de första värkarna. Tidigt på morgonen när Stig precis hade begett sig ut till ladugården kände Elsie de första välbekanta smärtorna. Gustaf förstod att något inte var som det skulle med sin mor och sprang ut till Stig så fort han kunde. Allt vad han kunde, sprang han ner till stallet där han visste att Stig höll till. Stig höll som bäst på att byta ut några brädor i Gretas box när Gustaf kom infarandes.

– Men Gustaf, hur är det fatt? frågade Stig, först med ett litet leende på läpparna men som snabbt byttes ut mot en allvarlig min när han förstod att det var någonting med Elsie. Han kastade hammaren och brädan han hållit i handen och rusade upp till huset i full fart, och efter honom kom Gustaf en bit bakom. Minuten senare stod en andfådd Stig i sovrumsdörren och såg oroligt på sin fru. Han tyckte de skulle sela på Greta och ge sig av in till Skillingaryd på en gång, men Elsie ville avvakta några timmar till.

– Jag har bara haft två värkar hittills. Låt oss vänta åtminstone till eftermiddagen, mer bråttom än så är det nog inte, sa Elsie och höll sig för magen.

– Du ser väldigt blek ut. Du har väl druckit ordentligt? frågade Stig oroligt.

– Jadå. Det är ingen fara. Gå du ut med dig en stund till. Jag har lille Gustaf här som vakar över mig. Kommer värkarna oftare så ber jag honom att han springer ut och hämtar dig, sa Elsie trött.

– Visst, sa Stig tveksamt. Jag går ut en stund till. Men jag kommer snart in och tittar till dig.

– Jag vet. Du är bra snäll du, sa Elsie och klappade sin man på kinden och log ansträngt. När Stig hade gått ut, kröp Gustaf ner i sängen bredvid Elsie. Till slut somnade han och sov en halvtimme. Han vaknade av att han var hungrig.

– Mor! Hungjig, sa han och drog i Elsies nattlinne.

– Jaja lille gubben. Jag ska ordna lite mat till dig. Ge mig bara ett par minuter att sätta mig upp, suckade hon.

– Oj! Aj! stånkade hon medan hon försökte ta sig upp ur sängen. På vägen ut till köket kom ytterligare en värk, den här gången lite kraftigare och hon blev ståendes i dörren mellan sängkammaren och köket. Krampaktigt tog hon ett rejält tag i dörrkarmen så att knogarna vitnade. Där väntade hon ut den kraftigaste värken hon haft hittills och hon stönade högt. Med stor möda tog hon sig vidare ut i köket och tog fram en kastrull. Det sista hon ville just nu var att ställa sig och koka gröt, men hon kunde inte med att se Gustaf hungrig. Knappt hann hon måtta upp en deciliter havregryn förrän hon kände något konstigt i magtrakten och ryckte till.

– Gustaf! Spring ut och hämta far! Snabbt! Säg att mor tror att bebisen vill komma ut nu. Skynda dig, gubben!

– Ja mor. Skyndar! ropade Gustaf medan han var i full färd ut genom huset. Någonting var fel, det kände hon. Det hon nyss hade känt var ingen värk, det var något annat. En annan slags smärta. Det kändes konstigt i magen. Plötsligt blev Elsie orolig och hon började kallsvettas. Ännu en värk kom och denna var den kraftigaste hittills. Det krampade rejält och hon grinade illa. Svetten pärlades i pannan. Hon såg ut genom fönstret och hoppades på att få se Stig komma springandes, men hon såg varken Gustaf eller Stig. *Jag hinner aldrig åka in till Skillingaryd, barnet hinner komma innan vi är halvvägs! Måste ta mig in till sängen igen, här kan jag inte stå och föda barn.*

Med stapplande steg gick Elsie sakta tillbaka till sängen i sovrummet. Just när hon satte sig på sängkanten hör hon hur Stig och Gustaf kommer in genom dörren. Han rusade in till Elsie, alldeles rödmosig i ansiktet av andfåddhet.

– Hur är det med dig? Hur går det? Är det redan dags? sa Stig upprört. Elsie stirrade på honom med uppspärrade ögon som utstrålade skräck och ångest.

– Stig, vi hinner inte till Skillingaryd. Jag känner att det aldrig kommer att gå. Kan du åka efter Eke-Stina, det borde gå mycket snabbare att få hjälp av henne. Jag behöver henne här hos mig, jag klarar inte detta själv, flämtade Elsie med gråten i halsen.

–Javisst! Självklart! Tur jag hann säga till Samuel att sela på en av märrarna, jag anade vad som var på gång. Jag skyndar mig! Ta det nu bara lugnt så ska du se att jag strax är tillbaka med Eke-Stina. Var inte orolig! Gustaf, du följer med mig! sa Stig bestämt. Varför han inte lät sin son vara kvar hos Elsie som tröst, visste han inte. Kanske var det för att inte låta honom se sin mor i plågor. Stig tog sin son under armen i ett nafs och sprang ut genom dörren och ner mot grusvägen ett trettiotal meter. Där väntade Samuel med Greta. Hon var färdigselad med vagnen efter sig.

– Greta är klar, det är bara att hoppa upp, sa Samuel lätt andfådd.

– Tack Samuel för att du selade på märren så snabbt! Kör hem till Eke-Stinas hus det fortaste du bara kan. Förhoppningsvis är hon hemma och kan följa med mig, annars vet jag inte vad jag ska ta mig till. Jag vore tacksam om du kunde vara kvar och ta hand om hästen när vi kommer tillbaka.

– Självklart, håll i er nu!

Visserligen hade det nog gått allra snabbast om han hade galopperat själv bort till Eke-Stina, men han var tveksam till om han hade fått upp den gamla gumman på hästryggen på tillbakavägen och säkert hade hon haft bekymmer att hålla sig kvar. Dessutom var han själv inte så van att sitta på hästryggen, särskilt inte i galopp. Knappt hann Gustaf och Stig sätta sig förrän Samuel smackade på Greta. Tio minuter senare var de framme vid Eke-Stinas gamla stuga, och bara minuter senare var de på väg hem till Assargården igen. Samuel sneglade på Stig och såg att han såg sammanbiten ut. Men Stig var inte bara sammanbiten, han var rejält orolig.

Det är någonting som inte stämmer den här gången. Jag känner det på mig. Varför fick hon så kraftiga värkar så snabbt? Så var det ju inte sist. Har bebisen så bråttom ut? Är verkligen allt som det ska? Bara vi hinner hem i tid så att Eke-Stina kan hjälpa henne. Stackars Elsie! Måtte hon inte ha börjat föda på egen hand nu bara... Hon ska inte behöva ligga där alldeles ensam och gå igenom en jobbig förlossning! Jag kanske skulle ha låtit Gustaf vara kvar hemma hos henne...

Minuterna kändes som timmar innan Stig kommit fram till Eke-Stinas hus och knackat på. Hon hade suttit i fönstret och sett när de stannat till utanför och hon hade förstått vad som var på gång och öppnat dörren innan Stig ens hade hunnit kliva av vagnen. Med hennes bra att ha-väska i högsta hugg mötte hon dem halvvägs på tomten och strax därpå var de på väg hem till Assargården igen.

– Jaså, det är dags nu? mumlade hon när hon mötte Stig.

– Ja och den här gången är det bråttom! Jag tror inte allt står rätt till. Jag såg det i ögonen på Elsie, hon såg riktigt orolig ut. Värre nu än när hon väntade Gustaf. Jag vet inte varför men det var som om hon kände på sig att något var fel, sa Stig oroligt. Eke-Stina höll i sig hårt medan Samuel körde hårt på Greta den långa grusvägen upp mot Assargården.

– Säger du det? Hur långt mellan värkarna?

– Vet inte exakt men Elsie sa att de var täta. Jag har mestadels varit i stallet idag. Det var Gustaf som kom och sa att Elsie inte mådde bra. Måtte vi bara hinna i tid…

Greta sprang så fort hon kunde. Samuel manade på henne konstant och hon frustade så fradgan skvätte, men ändå tyckte Stig att det gick för långsamt. De passerade snart Samuels föräldrahem och det var nu inte långt kvar.

– Minuterna det tog att åka hem till gården kändes som timmar, men Stig visste att Samuel körde Greta så fort han kunde. Eke-Stina sa som vanligt inte mycket men hon fick en allvarlig min när Stig hade berättat att värkarna hade snabbt blivit tätare och mycket värre.

Vet hon någonting som inte jag vet? Var det kanske ovanligt att värkarna blev snabbt mycket värre? Varför säger hon ingenting, bara sitter stilla med sammanbiten min?

Stig ville så gärna fråga henne men var rädd för att höra svaret. Han bad en stilla bön att allt snart skulle vara över och att det skulle gå bra med förlossningen. Gustaf som satt bredvid sin far, sa heller ingenting. Han förstod trots sin ringa ålder att någonting allvarligt var på gång. Han såg det på sin fars och Eke-Stinas ansiktsuttryck, men han tyckte det var lite märkligt. Han undrade varför de inte var glada i stället? De skulle ju snart få en ny familjemedlem, borde de inte vara glada då? Han hade många frågor men behöll de för sig själv. Först när Samuel bromsade in Greta framför grindstolparna till Assargården tog Eke-Stina till orda.

– Herr Andersson, du vet vad du ska göra. Värm vatten på spisen och ta fram handdukar. Han svarade inte utan sprang förväg in i huset och in till Elsie. Hans hjärta bultade hårt i bröstet när han sprang in genom grindstolparna och vidare upp mot huset. En bit bakom

kom den gamla gumman småhaltandes med sin väska i ena handen. Stig hade just nu inga tankar på vad Gustaf tog vägen, men som tur var tog Samuel hand om honom. De två åkte bort till stallet och selade av Greta, och han hade för avsikt att hålla sig kvar däromkring tills allt var över och Stig kom ut för att hämta dem. Det var först när Gustaf blev själv med Samuel som han vågade börja prata igen. Medan Greta hämtade andan i stallgången började Samuel sela av den svettiga ardennern. Gustaf hade hoppat av vagnen och stod och såg fundersam ut.

– Samuel?

– Ja?

– Vaföj ingen glad? Vi ska ju få bor. Alla arga, sa Gustaf.

Samuel la en lugnande hand på pojkens axel och talade med mjuk röst.

– Nädå, Gustaf. Ingen är arg, däremot är din far orolig just nu. Du förstår, det är inte helt lätt för din mor att sätta ett barn till världen. Vänta du bara ska du se, snart har gamla Eke-Stina hjälpt din mor att föda ditt syskon. Vi två kan hålla oss här nere hos hästarna. Vi kan ta och tvätta av Greta lite så länge, så har vi något att tänka på under tiden de håller på där uppe. Var inte så fundersam, lille vän. Allt kommer att gå bra ska du se, sa Samuel tröstande. Samuel var en bra grabb och Gustaf avgudade sin granne och gjorde som han sa. De torkade av Greta all svett med en trasa och gick ut med henne i hagen igen där Astrid väntade. Sedan gick de en sväng ut på ängen där kossorna betade. De satte sig på en sten och tittade på de stora djuren som långsamt stod och betade i gröngräset. Då och då vände sig Samuel diskret om bort mot huset för att se om han såg Stig komma ut från huset.

Stig fann Elsie ståendes på knä precis nedanför sängen och blev alldeles förskräckt.

– Men herregud! Hur är det fatt?! Eke-Stina är här nu, sa Stig och hjälpte med viss möda sin fru upp i sängen. Han fick ta i för att få upp henne på fötter och ner i sängen. Hon kändes alldeles för svag. Hon svarade inte på tilltal, utan bara kippade efter andan. När han hade lagt henne på rygg i sängen kände han på hennes panna.

– Du är kokhet! Jag ska gå ut och värma vatten. Nu kommer Eke-Stina.

Elsie svarade fortfarande inte men stirrade djupt in i hans ögon med dimmig blick, som om hon ville säga någonting men inte fick fram det. Han kysste henne varsamt på pannan och gick ut ur rummet. På vägen ut ur sovrummet kände han hur hans läppar smakade salt. Det var från svetten på Elsies varma panna. Medan Stig stod i köket och förberedde för varmvattnet kom han att tänka på förra förlossningen. Då var det höst och det stormade ute, mindes han. Nu var det mitt i högsommaren. Solen strålade och det var varmt och skönt ute. Det kunde vara hur bra som helst, men det var det inte. Det kändes inte bra. Inte alls. Om han kunde, skulle han flytta fram tiden två eller tre timmar så att allt var över. Så att han slapp all oro, så att han bara kunde gå in i sovrummet där en leende Elsie höll upp deras nyfödda barn.

Snart var vattnet klart och inlämnat till Eke-Stina och kvar i köket satt Stig med sina snabba hjärtslag som dunkade i huvudet av oro. Han satte händerna för ansiktet och försökte drömma sig bort en stund. Han såg framför sig hur det skulle vara i augusti. Det var soligt och varmt och hela familjen var på väg ner till Linnesjön för att ta en fika ute på bryggan. Kanske ta ett dopp efteråt. I vagnen låg deras nyfödda barn och sov sött. Gustaf sprang bredvid vagnen och jagade fjärilar medan han själv höll ett kärleksfullt tag om midjan på Elsie.

Stig ryckte till när Eke-Stina ryckte upp sovrumsdörren. Han reste sig reflexmässigt upp. Hon hade fortfarande samma sammanbitna min i ansiktet.

– Jag behöver fler handdukar! ropade hon med kort ton.

Någon halvminut senare stängde hon dörren om sig igen med handdukarna under armen. Innanför hörde Stig hur Elsie grät högt emellanåt. Innan skrek hon men det gjorde hon inte längre. Bara gråt och en del flämtningar. Stig visste snart inte vart han skulle ta vägen längre, han var utom sig av oro. Han såg ut genom fönstret. Långt där borta på ängen såg han hur Gustaf och Samuel satt på ett stenröse. Han önskade att Gustaf just nu satt i hans famn. Han behövde honom nu. Aldrig förr hade Stig känt sig så ängslig och orolig som nu. Även om Gustaf bara var ett litet barn som inte direkt hade några kloka visdomsord att ge honom så hade en kram från honom gjort underverk just nu. Men Gustaf blev kvar på ängen tillsammans med Samuel. Den kloke Samuel hade förstås sagt till Gustaf att hålla sig hos honom tills allt var över. Såklart. Stig skänkte honom en taksamhetstanke.

Aldrig mer. Jag ska aldrig mer skaffa fler barn efter detta, nu får det vara bra. Jag klarar inte mer, än mindre Elsie. Vi får vara nöjda med två barn, sen får de säga vad de vill, skvaller-kärringarna nere i byn. Jag struntar i om det springer omkring fem-sex ungar i vart och vartannat hus. Två får räcka. Stig knäppte sina händer, där han satt vid köksbordet och blundade.

Käre, gode Gud. Om du nu finns, så snälla låt vårt barn komma välskapt till Jorden. Amen.

Han öppnade långsamt sina ögon igen och fattade återigen högerhanden om kaffekoppen. Detta var nog den enda gången i vuxen ålder som han hade bett till Herren där uppe om hjälp. Så särskilt religiös hade Stig aldrig varit, men om han någon gång skulle be till Gud så var väl detta ett av de tillfällena, tänkte han. Han tog en slurk av det kalla kaffet med skakiga händer och satte sedan ner kaffekoppen igen på fatet. Sedan satte han armbågarna i bordet och lutade huvudet i händerna.

En halvtimme senare satt han fortfarande kvar i samma position i köket, ansiktet gömt i händerna och armbågarna på köksbordet.

Ett långsamt och välbekant knarrande hördes från sovrumsdörren och ut kom Eke-Stina sakta emot honom med rödsprängda ögon och allvarlig min. Stig förstod direkt att någonting var galet. Det första han tänkte på var att barnet var döfött.

Barnet är döfött! Gud hörde inte mina böner!

Men när han såg att den gamla tanten bar på något i famnen som var inlindat i ett vitt lakan blev han genast brydd.

– Vad är det frågan om? Lever barnet? flämtade han. Eke-Stina tog ett par steg in i köket mot Stig, fortfarande med allvarlig min.

Varför ler hon inte? Hon håller ju barnet i famnen? Allt är ju klart, barnet är ju förlöst?!

– Herr Andersson, jag har en glad nyhet och en fruktansvärt dålig nyhet. Stig stod bara och gapade och förstod först ingenting.

– Din fru har fött ett fullt friskt litet gossebarn. Han är något medtagen, men han repar sig om några timmar. Men fru Andersson… hon tappade alldeles för mycket blod den här gången. Jag gjorde verkligen allt jag kunde för att stoppa blödningen men det gick inte. Herr Andersson, jag är hemskt ledsen att behöva berätta för er, men er fru avled för bara några minuter sedan på grund av blödningar efter förlossningen. Jag försökte verkligen! Jag är så ledsen, snyftade Eke-Stina och såg ner i golvet. Stig kände hur benen blev alldeles svaga, samtidigt som hans underläpp började darra. Det blev alldeles för mycket för honom, alldeles för många känslor på en gång. Alldeles för starka och han fick svårt att bearbeta dem. Framför sig såg han sitt nyförlösta barn i famnen på gumman, men när han sneglade in bakom henne och in i sovrummet såg han hur Elsie låg där, alldeles stilla. Stig tappade fattningen och brast ut i gråt.

– Det är inte sant! Säg att det inte är sant! Du kan inte mena detta! Elsie! Elsie! skrek Stig och gick förbi Eke-Stina och in i sovrummet. Han satte sig på huk bredvid henne i sängen. På golvet låg det blodiga handdukar överallt, på sängen likaså. På Stigs sida av sängen låg det nål och tråd, blodiga bomullstussar och bandage. På nattduksbordet stod det en flaska med eter och någon annan liten brun glasflaska. Allt var nu tyst i huset, inte ens den lille där ute i gummans famn gjorde något ljud ifrån sig. Stig fattade sin frus hand och kysste den medan tårarna rann längs hans kinder. Elsies ögon var stängda och hon såg ut precis som om hon låg och sov.

– Käraste Elsie, det var ju inte så här det skulle sluta, viskade han. Bakom sig hörde han hur Eke-Stina steg in i rummet och la ner bebisen i vaggan som han hade snickrat ihop själv en gång i tiden och målat om för bara ett par månader sedan. Gustaf hade legat i den vaggan ett par år tidigare, men den hade blivit rejält kantstött. Elsie hade frågat om inte Stig kunde måla om den, för hon ville inte att den nya bebisen skulle behöva sova i en vagga som såg sliten ut. Hon hade blivit så nöjd med den nya färgen och såg så mycket fram emot att få vagga den nya bebisen i den. Men hon fick aldrig chansen att göra det. Ju längre förlossningen fortled ju mer tömdes Elsies sköra kropp på blod. Den gamla gumman fick aldrig stopp på blodet vad hon än gjorde. Inte ens fyrtio års erfarenhet av förlossning kunde rädda Elsie, som dog bara någon minut efter att den friske lille pojken hade kommit till världen. Svetten hade runnit ner i ansikte på den gamla gumman, som jobbade frenetiskt med att få ut barnet så fort det bara gick så hon kunde koncentrera sig på att stoppa blödningen, men någonstans på vägen förstod hon vart det hela skulle sluta. Hon visste att det inte var lönt att försöka få med Elsie in till sjukhuset i Skillingaryd, det var alldeles för sent för det. Det sista gumman såg innan Elsies ögon slocknade för gott var ett trött leende när hon la upp den gnyende lille gossen på Elsies bröst. "Vad fin han är" hade hon fått fram innan leendet snabbt byttes mot en allvarligare min. Hennes armar blev slappa och ögonlocken slöts strax innan hon tog sitt sista andetag.

Eke-Stina gick varsamt fram till Stig och la sin han på hans axel.

– Jag ska låta er sörja ifred strax, men jag ska gå och hämta ett ljus och ställa på nattduksbordet som jag tänder för Elsie. Jag går sedan och meddelar Samuel om vad som hänt, men nämner inget för Gustaf. Den lille sover nu sött i sin vagga, och när du känner dig redo får du gå och hälsa honom välkommen till världen. Jag finns sedan i köket när du känner dig klar. Vi pratar mer då, sa hon och gick och hämtade ljuset.

Känslorna bubblade i Stig, som inte visste vare sig in eller ut. *Vad är det som händer egentligen? Vad i helvete är det som händer?! Elsie, min älskade hustru, du ligger här bredvid mig men du lever inte längre. Det var inte så här det skulle bli! Vi skulle ju bli en familj med fyra medlemmar. Vad ska jag ta mig till utan dig nu? Hur ska jag kunna driva gården helt själv och samtidigt ta hand om två små barn? Och vad i hela friden ska jag säga till Gustaf?!* Stig satt hos Elsie en lång stund och samlade sina tankar. Ljuset som Eke-Stina hade tänt fladdrade lätt på nattduksbordet bredvid Elsie. Länge satt han och lät tankar komma och gå. Han tänkte tillbaka på alla de fina stunderna de hade haft tillsammans. Alla de gånger de skrattat, älskat, diskuterat, skojat. Arbetat, drömt, fantiserat och allt däremellan. De fanns såklart mindre trevliga minnen med under alla år tillsammans, men de valde han att inte tänka på i denna stund.

Den bistra sanningen började så småningom förankra sig i Stigs huvud. Hans älskade hustru och livskamrat var nu borta för alltid. Chocken började sakta avklinga och tårarna tog för tillfället en paus. Han samlade sig och reste sig sakta upp. Motvilligt släppte han taget från sin frus svala hand. Han gick fram till vaggan där hans nyfödda barn låg och sov. Där nere i vaggan såg han en liten bebis med tjocka kinder och ljust, tunt hår ligga och sova tryggt och lugnt och helt ovetande om vad som nyss hade hänt med hans mor. Ytterligare tårar kom, men nu var det glädjetårar. Efter några minuter reste han sig igen och gick ut till köket där Eke-Stina väntade. Hon reste sig upp från köksstolen och såg på honom, men sa ingenting. Stig såg blek och matt ut och stod stilla i flera sekunder och bara stirrade tillbaka på gumman.

– Jag går ut till Gustaf och berättar för honom, sa han tyst och knappt hörbart. Med tunga steg gick han ut genom ytterdörren och ner mot grindstolparna och fortsatte bort mot ladugården där han såg Samuel och Gustaf stå och klappa en av stallkatterna. Samuel hörde Stigs steg från långt håll. Han vände sig om och såg att någonting inte hade gått som förväntat och tog snabbt av sig sin keps men förblev tyst. När Gustaf såg sin far, sken han upp men hejdade sig när han såg Stigs dystra min och tunga steg. Han förstod inte riktigt varför han såg så dyster ut. Skulle han inte komma ut för att berätta om att han har fått ett syskon? Då kan man väl inte se ledsen ut, tänkte Gustaf.

– Jag lämnar er ifred en stund, sa Samuel och gick i väg. Stig satte sig på huk bredvid sin son och såg honom allvarligt i ögonen. Han hade lovat sig själv att inte gråta, men det gick inte att hålla tillbaka tårarna, det gick bara inte.

– Älskade lille Gustaf, jag har två saker jag vill berätta för dig, fick Stig fram med rosslig stämma. Den lille pojken såg frågande ut och ögonen blev stora av nyfikenhet.

– Vaddå?

– En väldigt bra sak och en väldigt, väldigt dålig sak, mumlade Stig och såg ner i backen.

– Berätta! Har jag fått en bor? Eller en syster? Mår inte bebis bja? frågade han oroligt.

– Du har fått en lillebror och han mår bara bra...

– Bor! Bor! sa Gustaf och sken upp men tvekade sedan.

– Vad är dåligt då? undrade han. Stig skruvade på sig och klappade den gamle katten på ryggen.

– Jo, mor mår inte särskilt bra. Inte bra alls, faktiskt.

– Är mor trött?

– Mor hon… hon blev jättesjuk under tiden som din bror föddes, förstår du. Stig förmådde inte se Gustaf i ögonen utan fortsatte bara att klappa katten.

– Jättesjuk?

– Ja, jätte-jättesjuk. Och trött. Så trött att hon somnade när din lillebror hade kommit till världen. Och hon sover så djupt att hon aldrig mer kommer att vakna. Aldrig någonsin mer, fortsatte Stig. Den nyss så glada och förväntansfulle lille pojkens min förvreds till en förtvivlad och uppgiven min. Ögonen blev blanka och det dröjde inte längre förrän tårarna rann längs kinderna. Stig sträckte varsamt fram armarna och den lille ledsne pojken slängde sig om halsen på honom och kramade honom hårt.

Stig låg i sängen och stirrade upp i taket. Allt var som i en dimma. Dagen innan hade personal från Skillingaryds bårhus varit och hämtat Elsie och fört henne till bårhuset tills vidare. Allt hade varit surrealistiskt när okända män lyfte upp hans orörliga hustru från sängen och försiktigt burit ut henne medan han själv hade stått helt handfallen och sett på. Efteråt hade han städat upp i sovrummet. Alla blodiga lakan, bandage, bomullstussar och allt annat som hade haft med förlossningen att göra, plockade han ihop och la alltihop i en säck och gick ner med till baksidan av ladugården tills vidare. Sedan tog han skurhinken och skurade golvet rent från blod. Det hade varit väldigt psykiskt påfrestande att ta hand om allting, men han kände att han var tvungen att göra detta så fort som möjligt. Hugo och Inga Jönsson hade tidigt knackat på hemma på Assargården och förutom att beklaga det ofattbara som hade hänt, frågat om de kunde vara till tjänst i form av barnvakt under dagen. Stig hade givetvis tackat ja och efter att han hade fått bjuda på kaffe med tilltugg hade de tagit med Gustaf hem till sig. Gustaf kände det äldre paret väl och följde gärna med dem.

Stig mindes inte vad han hade sagt till Gustaf för två dagar sedan och han minns heller inte om Gustaf hade sagt något. Däremot mindes han sin sons sorgsna blick och tårarna som kom. Han minns också den hårda kram han fick efter han hade berättat. Den varade i säkert flera minuter och Stig hade gjort precis vad som helst i hela världen för att få Gustaf glad igen, men ingenting han sa skulle kunna få honom glad just då. En liten pojke på två och ett halvt år ska inte behöva få höra att hans mor inte längre levde. En pojke på två och ett halvt år ska vara ute och busa, äta nybakad sockerkaka, bli kramad av sin mor. Inte få ett besked om att sin mor är död.

Stig ville ha begravningen så snabbt som möjligt. För Gustafs skull. Och för sin egen skull. Det skulle komma många frågor om hans mors begravning, det visste han och han ville helst av allt att Gustaf skulle få slippa, men han behövde också få ett avslut. Pojken skulle behöva få veta var hans mor tog vägen efter ceremonin i kyrkan.

Det var en fruktansvärd tid som väntade den decimerade lilla familjen ett tag framöver, men på något sätt skulle de ta sig igenom den, men Stig visste inte hur. Hur mycket han än försökte, kunde han inte se ett framtida liv utan Elsie i det. Men han var tvungen, för det var den hemska verkligheten som nu väntade. Han var tvungen att gå vidare och se framåt, börja om på nytt. Det var han, Gustaf och familjens nye lille medlem nu. Bebisen som han och Elsie hade kommit överens om, att om det blev en pojke till så skulle han få heta Olov. Olov med ett "V", inte "F". För tillfället var Olov omhändertagen inne på sjukhuset i

Skillingaryd. Där såg de till han fick mat, nu när inte Elsie kunde ge honom bröstet. Nog för att han själv hade det tufft men Gustaf mådde dåligt. Han gick mest omkring för sig själv hemma på gården och sparkade på småsten. Ibland såg Stig honom sitta under en ek och stirra rakt ut. Ibland såg han pojken inne i hagen där han varsamt kunde stå och klappa de båda ardennerstona. Stig lät ofta honom vara så pojken fick bearbeta sin sorg på sitt eget sätt.

Om kvällarna satt de två längst ute på Linnesjöns brygga och pratade. Det var fortfarande soliga dagar med varma kvällar och de satt på bryggan i kortbyxor och korttröja och svingade med benen över bryggkanten. Stig höll ömt sin arm runt lille Gustaf. Solen hade just försvunnit ner bakom den höga granskogen på andra sidan sjön. En lätt kvällsbris krusade mitten av sjön men försvann snabbt och det blev spegelblankt. Ett svanpar simmade sakta på andra sidan sjön.

– Det är bara du, Olov och jag nu Gustaf. Jag är så ledsen över att din mor inte finns längre men jag kan inte hjälpa det, förstår du. Det var inte så här det skulle bli, men så här är det nu. Detta är den bittra sanningen och den går inte att ändra på. Jag hade gjort vad som helst i hela världen för att få din mor tillbaka, men det kan jag inte. Vi måste göra det bästa av situationen nu, vi måste hålla ihop vi tre. Det är vi tre nu, Gustaf. Tillsammans är vi starka, om vi bara håller ihop, håller sams och visar respekt för varandra. Förstår du vad jag menar med det?

– Ja. Saknar mor. Gustaf ledsen.

Stig fick en stor klump i magen när han hörde och såg sin son vara ledsen och försökte trösta så gott han kunde.

– Ja, du är ledsen, jag vet gubben. Stig kramade återigen om Gustaf hårt och länge och kände sig som världens sämsta far, som har berättat saker som fått sin son så fruktansvärt ledsen, men det var ju inte hans fel. Desperat försökte han komma på någonting som kanske kunde trösta den lille pojken. Till slut kom han att tänka på Gud. Stig hade knappt inte pratat om Gud med Gustaf, men tänkte nu att det kunde vara räddningen, trösten som kanske kunde få Gustaf lite mindre ledsen. Han visste att Elsie hade pratat lite om Gud för pojken, så helt främmande borde han nog inte tycka det vara.

– Men tänk på att mor är i Himlen nu. Nu börjar mors osynliga liv, förstår du. Hon syns inte men hon finns ändå och du ska veta att hon ändå är här hos oss. Vad du än gör, vad du än är, så ska du veta att om du sneglar bakom din axel så är mor där och övervakar dig. Hon kommer alltid att finnas precis bakom din axel och följa dig genom livet, men hon är osynlig, förstår du. Det är väl ändå bra? Gustaf såg på Stig med stora ögon.

– Mor finns fast är osynlig? frågade Gustaf och såg sig om runt axeln. Stig svalde.

Spelar det någon roll om jag far med osanning nu? Om det kan göra pojken tryggare så får det väl vara så. Och vem är väl jag att avgöra om Herren finns eller ej.

– Ja precis så är det. Stig kunde ana hur ett visst hopp syntes i pojkens ögon och Stig blev alldeles varm i hjärtat och en viss känsla av lugn spred sig i kroppen. Sakta började klumpen i magen försvinna. Trots att hans gudstro aldrig varit svagare än vad det var just nu så kände han att han ändå måste försöka ge sin son lite hopp och lite tro på att hans mor ändå finns kvar på något sätt. Och vad visste Stig om Gud egentligen? Kanske var det just så att Elsie fanns hos dem just nu, fast hon var alldeles osynlig. Kanske satt hon där bredvid dem på bryggan. Kanske höll hon sin osynliga hand på Gustafs lille axel, fastän de varken såg eller hörde henne? Gustaf tittade först över sin högra axel, sedan över sin vänstra. Han blickade upp och ner långsamt.

– Saknar dig, mor! sa han högt. Stig bet sig hårt i läppen för att inte ta till tårar igen, nu när äntligen Gustaf verkade ha hittat en tröst i det han nyss hade berättat. Inga tårar syntes längre i Gustafs ansikte. Snarare en smula hopp. De framskjutna axlarna och hängande huvudet ändrade sakta på sig. Pojken rätade på sig, blicken blev skarpare och till slut kom det – en liten försiktig antydan till ett leende. Stig skulle aldrig någonsin glömma detta ögonblick för resten av sitt liv. Detta var ögonblicket då hans son återfann livsgnistan och hoppet. Stig försökte bygga på pojkens nyfunna glädje.

– Vet du vad? Vi ska åka in och hälsa på Olov på sjukhuset i morgon, det blir väl roligt?

– Ja! Täffa lillebor! Gustaf sken äntligen upp igen och log med hela ansiktet.

– Nu när du har fått en lillebror, lovar du att ta hand om honom ordentligt? Du är ju mycket större än honom, så du måste hjälpa honom med saker och ting. Lovar du att du lär honom allt du kan om gården? Du måste skydda honom när ni om några år går i skolan. Och framför allt, Gustaf, lyssna noga nu. Ni två måste hålla ihop, lovar du din far det? Ni måste hålla ihop genom livet, så blir allt mycket enklare. Både genom svårigheter och när ni har det bra, så håll ihop.

– Lovar, far. Lovar. Ta hand om lillebor. Älskar lillebor, ska vara snäll. Inte vara dum och bråka, sa Gustaf allvarligt. Stig såg djupt in i pojkens ögon och han förstod att det han nyss hade förmedlat till sin son hade gått rakt in i hjärtat på honom, och Gustaf hade menat vartenda ord han nyss lovat sin far.

Kapitel 3

Ingenting blev någonsin sig likt igen hemma på Assargården efter Elsies bortgång. Att som ensam förälder ta hand två barn, varav en nyfödd var sannerligen ingen enkel uppgift, men alternativen var få. Att försöka skaffa sig en ny kvinna som kunde hjälpa till var han varken särskilt sugen på, inte heller skulle det nog vara lätt att skaffa sig någon. För vem skulle vilja börja träffa en änkeman på landet som har två småbarn? Stig kunde inte tänka sig att det lät särskilt lockande för någon ensam småländsk kvinna.

Han fick mycket hjälp på gården av Samuel första tiden, men även grannarna i socknen hjälpte till så gott de kunde. Både med mjölkning, barnvakt och matlagning. Samuels mor, Inga, hjälpte Stig att lära honom hur man lagade några enkla maträtter. Detta hade ju Elsie helt och hållet skött och det enda som Stig kunde i köket tidigare var att koka kaffe. Snart kunde han koka potatis, steka både abborre och gädda, koka gröt och göra ett par enklare maträtter till. Han hade även fått lära sig att ta hand om diverse grönsaker han odlade på gården. Tvätta kläder kunde han nu också, men långt ifrån lika bra och snabbt som Elsie såklart. Det kändes förstås konstigt att utföra diverse "kvinnogöra" men med tiden kändes det alltmer naturligt för honom. Även om matutbudet var knapphändigt så lyckades alltid Stig att ha mat på bordet åt sig själv och barnen. På morgnarna stod det alltid gröt med mjölk på bordet. Middagarna bestod mestadels av potatis, grönsaker och fisk som han, när han fick tid, själv fiskat nere i Linnesjön. Gustaf brukade då få lov att agera barnvakt åt lille Olov. Antingen satt de vid bryggan eller så höll de till inne i huset. Det hände ibland när ekonomin tillät att de åt stek om söndagarna, men det var ytterst sällan.

Gustaf och Olov växte så småningom till sig. Snart kände inte bara Gustaf till gården utan- och innantill utan även lille Olov. När Gustaf fyllde sju år fick han sin första täljkniv. Efter noga instruktioner från Stig, lovade Gustaf att alltid tälja ifrån sig, alltid se till att Olov var på behörigt avstånd samt aldrig att springa med kniven. Allvarsamt nickade Gustaf åt instruktionerna, men så fort han hade fått kniven så hade allt det hans far nyss sagt till honom glömts bort, men som tur var hände aldrig några större incidenter.

Gustaf hade hunnit bli åtta år och var till stor hjälp hemma på gården, trots sin ringa ålder. Året var 1929, året då den stora Depressionen drabbade USA. Detta var året som både Martin Luther King, Max von Sydow och Sixten Jernberg föds. Fortfarande fanns inget vatten indraget i huset på Assargården. Uppvärmningen skedde alltjämt med hjälp av ved som Stig ägnade stor tid åt att ordna med. Träden sågade han ner för hand med sin såg, högg bort grenar, sågade upp lagom stora bitar som sedan någon av hästarna fick hjälpa till att dra hem med kärra. Sedan klöv han kubbarna och staplade upp i prydliga rader så de fick torka ordentligt innan de dög att använda som bränsle till kaminerna inne i huset. Om dagarna var Gustaf i skolan, men så fort han kom hem så lekte han med lillebror Olov. Han hade hittills hållit sitt löfte om att ta hand om sin lillebror. Olov var inte särskilt lik sin storebror. Till skillnad mot Gustaf, som var smal och vild med häftigt temperament var Olov stor, kraftig och ganska lugn till sättet. Trots sina olika egenskaper och sätt kom de alltid bra överens och de verkade komplettera varandra på ett alldeles perfekt vis, hade Stig märkt. Det värmde i hans hjärta när han såg sina pojkar leka tillsammans.

Det flöt på ganska bra hemma på gården för Stig. Han trivdes alldeles utmärkt med att ha Olov omkring sig medan har arbetade. Det var inte alls så mycket passande med Olov som det var med Gustaf när han var i den åldern. Det var sällan som Olov sprang i väg och gjorde rackartyg, han höll sig alltid i närheten omkring där Stig var. Ofta gick han omkring och studerade blommorna eller satt på huk och tittade på myror eller skalbaggar på marken. Ibland stod han och pratade med Greta och Astrid ute i hagen. Där kunde han stå hur länge som helst och bara klappa och kela med dem. När det var dags att hämta Gustaf från skolan ville alltid Olov följa med och på hemvägen brukade han alltid fråga Gustaf vad han hade gjort i skolan. Olov var väldigt nyfiken på skolan och han längtade till den dagen då han själv skulle få börja. Han såg fram emot att få sitta i en egen skolbänk med papper och penna och få lyssna på en fröken som lärde honom att läsa och skriva. Något ängslig var han visserligen över att behöva vara utan sin far i flera timmar och att träffa en massa okända barn och fröknar, men han visste ju att Gustaf alltid fanns där på skolan om det skulle vara något.

Stig tyckte att han hittills gett sina söner en bra och trygg uppväxt, trots avsaknaden av en modersgestalt. När Gustaf hade börjat skolan och sett de andra barnens mammor hade han ibland frågat Stig om mor och om Stig hade tänkt att skaffa en annan mamma till honom. Stig hade svarat så ärligt han kunnat på frågorna och sagt att någon annan mamma än Gustafs riktiga kan han aldrig få. Gustaf hade nöjt sig med det svaret. Han var ganska nöjd som det var ändå, med en pappa här på Jorden och en mamma i Himlen som var osynlig men som man kunde prata med när som helst. För det var ju det som Stig hade lärt honom när Elsie hade gått bort och det föreföll sig helt naturligt för Gustaf.

Tanken på att försöka skaffa en ny kvinna hade naturligtvis slagit Stig och vid några tillfällen hade han åkt in till Skillingaryd för att gå på dans. Kvinnor hade det funnits gott om, men Stig hade varit kräsen. Det hade till och med hänt att han blivit närgången med ett par stycken men det hade bara känts konstigt att kyssa dem. Ingen av dem hade kyssts som Elsie och det var ju de kyssarna han jämförde med. Ett par av dem hade varit riktigt vackra och trevliga men han hade känt att det ändå fattades något hos dem, någonting han inte riktigt kunde sätta fingret på och då fick det vara. Ingen hade ändå nått upp till Elsies nivå, hade han resonerat. Dessutom var han orolig för vad pojkarna skulle säga om han kom hem med en ny kvinna i huset. Skulle Gustaf känna det som ett slags hot mot sin mor om en annan kvinna bodde i huset och skulle Olov känna det konstigt att en kvinna plötsligt levde där? Han som var van vid att bara ha en förälder och inte visste något annat. Tankarna malde fram och tillbaka i huvudet på Stig, som inte visste vad som var rätt och fel. Det tärde på honom att bo ensam, det tärde på honom att barnen kanske inte skulle acceptera om en ny kvinna i huset, men framför allt så saknade han sin älskade Elsie. Vissa kvällar mer än andra.

En kväll i september vaknade Gustaf av att han hörde en röst i köket. Han visste inte vad klockan var, men det var mörkt ute. Han låg en stund och försökte höra vad som sades men han kunde inte uppfatta några ord. Yrvaket klev han upp ur sängen och gick bort till dörren som ledde in till köket. Försiktigt sköt han upp dörren in till köket lite på glänt och kikade in. Han hade förväntat sig att flera personer fanns där, men det var bara hans far som satt vid köksbordet med en halvfull flaska med genomskinligt innehåll i ena handen och ett fotografi på Elsie i den andra. Han tycktes prata med fotografiet, men han lät så konstig när han pratade, han sluddrade och pratade osammanhängande. Dessutom svor han emellanåt och stundtals kunde han se hur det tårades i hans ögon. Far var inte alls sig lik, tyckte Gustaf och blev rädd för vad han såg. Hans hjärta började bulta hårt i bröstet. Stig betedde sig så konstigt och Gustaf funderade på om han hade feber och yrade, men han vågade av någon anledning inte störa honom där han satt på stolen och vajade med huvudet. Försiktigt sköt han igen dörren och gick och la sig igen. På morgonen efter bestämde sig han för att inte fråga sin far om vad han såg och inte heller säga något till Olov. Först när Gustaf kom upp i den äldre tonåren skulle han förstå att han hade sett sin far berusad den där kvällen i köket.

Sommaren 1929 led mot sitt slut och Olov skulle äntligen börja första klass i skolan och Gustaf skulle börja fjärde klass. Skolan bestod av en liten lokal bredvid kyrkan i Ekhult med tre klassrum och tre lärarinnor där totalt fyrtiofyra elever i olika åldrar gick. Utanför skollokalen fanns en liten skolgård med en fotbollsplan, diverse bänkar, en liten kulle med några ekar och sandlåda där de yngsta höll till. Mycket mer än så fanns det inte vid den enkla lilla skolan. Men Gustaf trivdes där, både med sin lärarinna och med sina klasskamrater. Stig hade fått höra att hans son var mycket livlig, en aning rastlös men artig och lyssnade när han blev tillsagd. Det gladde honom, för han ville ju inte veta av att hans son misskötte sig eller var ouppfostrad. Bland hans klasskamrater fanns bland annat hans bästa kompisar Berra och Arne. Det var dem han höll ihop mest med på rasterna. Berra och Arne var precis som han själv bondpojkar och bodde strax norr om samhället. På rasterna var det mest fotboll som gällde. Gustaf visade sig vara riktigt duktig dessutom. Inte nog med att han var snabb i benen, han kunde många fintar också. Några tjejer fanns det också i klassen och ett par av dem tittade Gustaf gärna lite extra på. Det var Britta Styrén och Ulla Karlsson. Båda hade blonda, långa hår och båda hade nästan alltid flätor. Ibland en fläta, ibland två flätor. Både han, Berra och Arne var kära i båda tjejerna, men vågade aldrig tala om det för dem. Gustaf brukade av någon anledning gärna retas med dem. I klassrummet kastade han ibland suddgummi i ryggen på dem. Inte för att vara elak utan för att få lite uppmärksamhet ifrån dem. Om de någon gång blev irriterade så slutade han genast, men oftast skrattade de bara och kastade tillbaka.

En gång såg han en pojke vid namn Karl från årskursen ovanför honom dra Ulla i håret på rasten. Han drog i flätan flera gånger, trots att hon sa att han skulle sluta. Gustaf såg detta och blev alldeles röd i ansiktet av ilska. För Ulla hade ju bett honom låta bli flera gånger, men han hade vägrat.

Bara flinat och fortsatt dra i hennes flätor, igen och igen. Till slut brast det för Gustaf, som flög på Karl och knuffade till honom hårt. Han föll till marken och fick ta emot ett par rejäla käftsmällar från Gustaf och blev tvingad att lova att lämna Ulla ifred hädanefter. De flesta av skolans elever hann samla sig runt slagsmålet som hölls till strax bredvid ena hörnet av fotbollsplanen, innan en av fröknarna upptäckte att det var någon form av ståhej på skolgården och kom tillskyndandes. Men innan hon hann komma hade Gustaf redan hunnit prygla Karl så pass att han ytterst medgörligt gått med på att be om ursäkt till Ulla. Inte heller hade fröken sett något slagsmål och båda pojkarna nekade till att de hade bråkat, trots att Karl stod öga mot öga med fröken med en rejäl fläskläpp. Han hade ljugit och skyllt på att han blivit träffad i ansiktet av fotbollen strax innan. Då hon inte kunde bevisa att de varit i slagsmål slapp de båda undan bestraffning. Denna händelse kom att bli den första gången som Gustaf hamnade i slagsmål, men inte den sista. I klassen fanns också Sven "Svempa" Hildingsson och Gösta "Tjacke" Fridsäll. De två var klassens bråkmakare och värstingar. Båda pojkarna hade föräldrar som drack mer än vad som ansågs vara lämpligt och de hade haft en tuffare uppväxt än de flesta andra barnen i skolan. Allt för många gånger hade tillrättavisning med våld brukats i deras respektive hem. De var båda ganska storvuxna och hade en tuff attityd. De muckade gräl med de flesta på skolan och alla var rädda för dem. Alla utom Gustaf. Av någon anledning hade inte Svempa och Tjacke bråkat med honom. Kanske berodde de på att hade på nära håll sett hur han gett Karl rejält med stryk den där gången han hjälpte Ulla. Eller kanske de såg ursinnet och den svarta blicken han fick i ögonen när han pucklade på Karl. Gustaf var på inget sätt elak av sig, inte heller i behov av att slåss men när han såg någon som blev mobbad på skolgården var det som om något hände i huvudet på honom. Han hatade när någon som var mindre och hjälplös inte kunde försvara sig och han kände sig vid sådana tillfällen skyldig att hjälpa denne. Första dagen i skolan för Olov var omtumlande. Redan på morgonen var han så nervös att han fick ont i magen. Stig såg bekymrad ut.

– Du behöver inte vara nervös, Olov. Jag följer ju med dig har jag ju sagt. När vi är framme och du har träffat fröken så lämnar jag dig där. Sedan kommer jag och hämtar dig när skolan är slut. Och du vet ju att Gustaf är i skolan också. Honom kommer du ju att träffa på rasterna, sa Stig tröstande.

– Jag vet, far. Men det är ju så många barn där som jag inte har träffat tidigare. Tänk om de är dumma mot mig? sa Olov oroligt. Gustaf stod bredvid och hörde.

– Då får de med mig att göra! Ingen är dum mot min lillebror! sa han högt och argt. Stig log inombords. Det värmde i hans hjärta att höra syskonkärleken som fanns mellan de små pojkarna och han förstod att om någon elev skulle vara elak mot Olov så skulle alltid Gustaf finnas där och skydda honom. Det småregnade och Stig hade tänkt låta barnen få åka vagn efter Astrid, dagen till ära. På vägen till skolan växte en klump i magen på Olov och ju närmare skolan de kom desto större kändes klumpen. Han som känt sig så förväntansfull hela sommaren, kände sig nu inte alls lika entusiastisk längre. Stig såg att hans son såg orolig ut men försökte nonchalera det hela och peppa honom att det skulle gå bra. Olov hade inte sagt ett ljud på vägen, medan Gustaf och Stig hade pratat på som vanligt.

Så fort hästvagnen hade stannat till utanför skolgården hoppade Gustaf av och sprang genast i väg till sina klasskamrater borta vid fotbollsplanen. Redan på skolgården möttes de upp av fröken Karlsson. Hon tog i hand på både Stig och lille Olov och presenterade sig och talade om att det var hon som skulle vara lärarinna för årskurs ett och två. Efter att de stått och pratat en stund tyckte Stig att Olov såg lite mera avslappnad ut och sa att han nu tänkte åka hemåt igen. Krampaktigt höll Olov fortfarande Stigs hand och släppte den ytterst motvilligt när det var dags att skiljas. En påtaglig ångest byggdes snabbt upp i den stackars pojken, som inte alls hade lust att vara kvar på en stor och okänd plats medan hans far skulle åka hem till gården igen. Helst av allt skulle han vilja slänga sig i Stigs trygga famn och aldrig någonsin mer släppa taget, men han visste att han inte kunde göra så. För vad skulle de andra barnen tänka då? Skulle de skratta åt honom? Eller skulle Stig bli arg?

– Nähä fröken Karlsson, då ska väl jag inte störa mer. Ni ska få ta hand om alla barnen nu så ska jag åka tillbaka till gården igen, sa Stig och log något överdrivet mot lärarinnan.

– Ja, det är väl bäst att försöka samla ihop alla dessa små busungar och bege oss in till klassrummet, svarade fröken Karlsson med lätt rosiga kinder. Stig tog ytterligare i hand en gång på fröken Karlsson och vände sig sedan om till Olov. Han möttes av pojkens nära nog vettskrämda blick och han anade att tårarna inte var långt borta. Stig fick en klump i magen, men han visste att han nu måste lämna Olov för några timmar.

– Adjö då lille gubben. Vi ses klockan ett igen. Jag och Astrid står här på samma plats och väntar på dig och

Gustaf. Det blir väl bra? frågade Stig. Olov nickade försiktigt på huvudet till svar. Gustaf vinkade bortifrån fotbollsplanen. Den första skoldagen hade bestått av upprop, lunch och en presentation av skolans lokaler, toaletter samt en rundvandring på skolgården. Sedan hade de fått presentera sig själva och var de bodde någonstans. De flesta barnen var blyga och fåordiga när fröken frågade vad de hette och var de bodde någonstans. Olov var inget undantag. Strax innan det var hans tur att presentera sig, dunkade pulsen i tinningen på honom och han kände sig knäsvag. Munnen var snustorr och tungan kändes konstig. Den tålmodiga fröken Karlsson hade fått dra ur honom svaren och till sist hade även Olov talat om, om än med väldigt låg stämma, vad han hette, var han bodde och att han hade en storebror som också gick på skolan. Många av de andra barnen hade också ett eller flera syskon som gick på skolan.

Strax innan klockan ett anlände Stig utanför skolgården precis som han hade lovat. På håll såg han hur hela skolgården var full av barn som sparkade boll, hoppade hage, spelade kula och stod och pratade. Men framme vid skolans grindstolpar stod Olov helt själv och väntade på sin far. Med ena handen på grindstolpen tittade han ner mot marken och sparkade lite i gruset. På huvudet hade han sin älskade keps. På de vita, knubbiga knäna syntes inte tillstymmelse till skrubbsår. Det var inte särskilt konstigt med tanke på att Olov nästan aldrig sprang. Varken hemma på gården eller någon annanstans heller, till skillnad från Gustaf, som nästan aldrig varken stod still eller gick. Han sprang. Vart han än skulle så sprang han, alltid med full fart. Paret Jönsson på granngården brukade påpeka med glimten i ögat för Stig att de aldrig hade sett Gustaf gå.

När Olov såg Stig och Greta sakta komma borta på vägen sken han upp som en sol och gick och mötte honom. De omfamnade varandra och Olov kände sig äntligen trygg igen. Strax efteråt kom någon springandes i full fart emot dem. Det var Gustaf.

– Hej! Här är jag!

– Hej pojken min. Har du haft det bra idag? frågade Stig.

– Jaha det har jag. Det var roligt att träffa kompisarna igen.

– Men har du inte sett att din lillebror har stått här alldeles ensam? Kunde du inte ha lekt med honom? frågade Stig något barskt.

– Jo, men jag har varit framme hos honom flera gånger och frågat om han vill vara med och leka med mig och mina kompisar, men han ville inte det. Han ville hellre stå här och vänta på dig. Eller hur, Olov?

– Ja. Jag ville hellre stå här, svarade Olov med låg ton. Stig såg funderande på sin son.

– Varför då?

– För att... för att jag inte känner Gustafs vänner. Jag vet inte vad jag ska säga till dem, jag har ju aldrig träffat dem förut.

– Nä det är klart... Men dina nya klasskamrater då? De har du ju hunnit lära känna lite under dagen, eller hur? försökte Stig.

– De verkar snälla, tror jag. Fast jag känner inte dem så väl. Jag vill nog hellre vara hemma hos kossorna och mina hästar. De känner jag och jag vet att de är snälla. Olov såg ner i backen och skrapade lite i gruset med foten.

– Nä jag förstår det. Men om du står här så lär du ju inte känna de andra barnen. Är det inte bättre att du försöker prata lite med dem så att du lär känna dem bättre?

– Jo. Jag ska göra det, far. I morgon.

– Det låter bra, min gosse! Hoppa nu upp i vagnen båda två så åker vi hem.

De följande månaderna vande sig Olov sakta men säkert livet i skolan. Även om han trivdes bättre hemma på gården hos alla djur, där han och Gustaf kunde leka tillsammans, så accepterade han skolan. Men blygheten gentemot andra barn fortsatte och det gjorde att Olov inte fick några direkta kompisar. På rasterna gick han mest omkring för sig själv. Han saknade att vara med Gustaf på rasterna, men i och med att han gick i fjärde klass så hade de inte rast samtidigt alla gånger. Ibland satt han på bänken och tittade på när de andra grabbarna sparkade boll och ibland när lagen var ojämna ropade de andra in honom att spela. Stor och klumpig som han var, gjorde han ingen större succé på planen och därmed fick han sällan eller aldrig några passningar och därför tyckte han inte att fotboll var roligt. Ofta satt han och tittade på vad tjejerna i klassen gjorde i stället. De hoppade hopprep och hage. De flesta tjejerna i klassen var snälla och några av dem var till och med riktigt söta, tyckte Olov. Särskilt Karin Bergkvist. Hon var sju år, precis som han själv. Hennes hår var mörkbrunt och axellångt och hon bodde bara någon kilometer från kyrkan, hade hon berättat. En gång hade hon till och med gått fram och frågat honom om han ville hjälpa till att hålla det långa hopprepet så att hon och de andra tjejerna kunde hoppa. Med viss tveksamhet hade han till slut gått med på det, men i och med att han var ovan med att snurra på repet så blev han ganska snabbt utbytt. Fast han glömde aldrig bort den gången som Karin hade gått fram till honom. Han hade blivit alldeles stel först, men när han såg hennes söta leende så hade han blivit knäsvag och sedan den dagen låg alltid Karin Bergkvist honom varmt om hjärtat. De flesta killarna i klassen var snälla, men inte alla. Särskilt inte Gunnar. Han var en liten ettrig kille som var ett helt huvud kortare än Olov och vägde säkert tio kilo mindre, men han såg att Olov var ett lätt byte. Allt som oftast kallade Gunnar honom för tjockis, klumpen och andra fula saker. De andra pojkarna i klassen var inte sena att haka på Gunnar. De ropade fula gliringar de med, men oftast bara skrattade de åt Gunnars hånande ord mot stackars Olov. Ibland brukade han även knuffas och ta krokben på honom på lunchrasterna och Olov var för blyg och osäker för att säga ifrån. Han gick hellre därifrån än att konfrontera Gunnar. Oftast blev han pionröd i ansiktet och kokade av ilska, men han gjorde aldrig något tillbaka, bara gick därifrån. Han hatade Gunnar. De flesta av de andra killarna gick väl an, även om de ibland skrattade åt honom, men den där Gunnar... han hatade verkligen honom. Den lille, fule Gunnar med sitt retsamma leende och elaka ögon. Om kvällarna brukade Olov ligga och fantisera att en dag, då skulle han minsann fatta mod till sig och ge honom en rejäl smocka. Rakt på näsan så det börjar blöda. Kanske slå honom i magen också och han skulle njuta av att se hur den satans Gunnar låg där på marken och blödde näsblod medan han ropade på fröken om hjälp. En dag... då jäklar skulle han ge igen på Gunnar minsann! Till råga på allt var han lillebror till Svempa, retstickan i Gustafs klass. Om det fanns någon som var värre hackkyckling än Gunnar, så var det just hans storebror. Inte nog med att Svempa var taskig mot de klenare killarna i klassen, han retades gärna med tjejerna med. Tjejerna hatade honom och var rädda för honom. Den enda kompis Svempa hade var Tjacke, som var av samma skrot och korn som honom själv. Svempa och Tjacke fortsatte att göra skolgården osäker hela höstterminen och vårterminen och Svempas lillebror var inte mycket bättre han.

Efter en incident på skolgården en lunchrast blev det värre. En fotboll träffade Svempa i ansiktet just när han skulle ta en tugga på sin medhavda smörgås. Den två år yngre killen som råkade sparka bollen på Svempa blev så skraj att han sprang och gömde sig bakom skolgården i en liten skogsdunge resten av rasten, men det hade han aldrig behövt, för Svempa hann aldrig se vem som sparkade bollen på honom. Smörgåsen smetades ut i hela ansiktet och alla elever som såg detta började skratta. En förvånad Svempa ställde sig hastigt upp och utbröt: "Vad fan hände?" En stor klick smör fastnade i pannan på honom medan ett par prickekorvskivor satte sig fast på kinden och över ena ögat medan resten av smörgåsen ramlade ner på hans tröja. Dessutom fällde Gustaf en kommentar som fick eleverna att skratta ännu mer.

– Att du var glupsk visste jag Svempa, men att du var så hungrig så du måste trycka in mackan i hela ansiktet för att du ska bli mätt, visste jag inte! ropade han högt så alla eleverna hörde. Svempa var totalt bortgjord och hans tuffa image var som bortblåst. Tjacke, som satt bredvid visste inte om han vågade skratta eller inte. Om Svempa inte hade haft smör i hela ansiktet, hade alla sett att han var illröd. Den fege Svempa, som bara vågade sig på mindre barn, konfronterade inte Gustaf utan bara gick in på toaletten och torkade av sig smörgåsresterna. Svempa hade irriterat sig på Gustaf innan, men nu växte ett enormt hat upp. Medan han torkade bort smöret från håret började han smida sina planer mot Gustaf.

Den jäveln gjorde bort mig inför hela skolan! Jag är bortgjord för resten av tiden i den här skitskolan och det är den där jävla grabben uppe på Assargårdens fel! Han ska få, den jäveln ska minsann få, vänta bara tills jag har kommit på något!

Följande två veckor gick Svempa och Tjacke runt och tisslade och tasslade på skolgården. De var för fega för att ge sig på Gustaf, även fast de var två och de funderade på hur de kunde hämnas för hans spydiga kommentar. Till slut kom Svempa på att om de inte kunde komma åt Gustaf direkt så skulle de kunna göra någonting med hans lillebror, Olov. De började smida på en plan och en dag bestämde de sig för att skrida till verket.

Kapitel 4

Det var slutet mars månad och all snö var borta sedan ett par veckor tillbaka. Alla de tjocka vinterplagg såsom kängor, mössor, vantar och halsdukar var inlagda i klädkammaren för den här säsongen hemma hos familjen Andersson. Korna stod ännu inne i ladugården och skulle göra så i några veckor till innan de fick gå ut på grönbete i hagarna. Olov kämpade på så gott han kunde i skolan även om han fortfarande inte tyckte det var särskilt roligt. Fortfarande trivdes han allra bäst hemma på gården där han kände sig som allra tryggast. Gustaf hade det lättare och trivdes bättre än sin bror. Fast även Gustaf hade förstås hellre strövat omkring hemma på ägorna och klättrat i träd eller suttit och täljt på någon träpinne på ett stenröse i en hage. Nu när snön var borta och det var barmark gick de den långa vägen till och från skolan. Om Olov slutade tidigare så satt han snällt och väntade på skolgården tills Gustaf var klar för dagen, så de kunde ta sällskap hem.

Det var onsdag och klockan var två och de båda bröderna var på väg hem längs den långa grusvägen från skolan och förbi några åkrar, ängar och några hus som låg längs vägen. Olov var extra glad idag märkte Gustaf men när han frågade varför så svarade han bara undvikande.

– Är det något särskilt som har hänt, eftersom du är på så gott humör? Har du fått chans på någon tjej? retades Gustaf.

– Nä det har jag inte. Jag är bara glad idag, svarade han. Det var mulet väder och det blåste, men det tycktes inte bekomma Olov. Det var knappt så Gustaf hängde med i hans tempo. Annars brukade det vara tvärtom, men inte denna dag. Vad Gustaf inte visste var att tidigare under dagen hade Svempa och Tjacke lurat i Olov att några grabbar skulle ha barkbåtstävling nere vid Linnesjön senare på eftermiddagen. Det var bara särskilt utvalda som fick vara med och Olov var en av dem, men han fick lova att inte säga något till Gustaf. För det var ju bara särskilt utvalda… Dessutom kunde man vinna fina priser om man täljde den snyggaste barkbåten.

Medan de gick längs den slingriga grusvägen funderade Olov på vad det kunde vara för pris. Tjacke hade sagt att de hade ordnat ett riktigt fint förstapris. Även andra- och tredjepriset skulle minsann också vara någonting man inte ville gå miste om. De hade kommit överens om att ses vid sjön klockan fem. Det var därför som Olov hade bråttom hem, så han kunde börja tälja till en fin barkbåt. Han kände sig speciell som hade blivit utvald av Svempa och han kände sig nästan som en i gänget nu, accepterad på något sätt. De hade varit snälla mot honom hela dagen, men de hade sett till att bara prata med honom när inte Gustaf var i närheten. Han förstod inte riktigt varför de hade varit så snälla och bjudit just honom, men det struntade han i. När de kom hem gick de in till Stig för att äta lite. Sedan försvann de ut på gården på varsitt håll. Gustaf hjälpte till med att fodra hästarna. Olov gick in i skogen för att tälja lite, hade han sagt till Gustaf. Han reagerade inte något särskilt på att Olov skulle gå en sväng i skogen, det gjorde han ibland. Innan Olov svängde av mot skogen bakom ladugården såg han sig om över axeln. Han såg varken sin bror eller far. Full av energi sprang han hoppsansteg vidare bort längs stigen längsmed en av hagarna och vidare in i skogen. Det dröjde inte länge förrän han fann en fin bit bark att tälja på. Han satte sig på en stubbe och tog fram sin täljkniv och började tälja medan han nynnade glatt på en visa han lärt sig i skolan. Ytterligare en stund senare var han klar. En riktigt fin båt om han fick säga det själv, tänkte han. Med lätta steg spatserade han tillbaka genom skogen och hem igen. Inne i huset började han rota i en byrå som stod i hallen och efter bara en kort stund hittade vad han sökte. Han satte sig i köket och fixade till det sista på båten. Efteråt lutade han sig tillbaka på köksstolen och såg på sitt lilla mästerverk. En tjugo centimeter lång och fyra centimeter lång barkbåt som pryddes av en pinne i mitten där Stigs näsduk fick fungera som segel. Han hade noga karvat bort alla vassa kanter på båten och undertill fanns till och med en liten köl. Så nog borde det finnas stor möjlighet att få ett pris, tänkte Olov stolt när han såg på sin nya skapelse. Klockan på väggen i vardagsrummet visade halv fem och det var hög tid att bege sig ner till Linnesjön. Han såg inte till Gustaf någonstans, men han antog att han var i ladugården med Stig. Glad i hågen gick han med lätta steg ner för grusvägen som ledde ner till sjön där de andra grabbarna väntade med sina båtar. Det var vad han trodde. När han kom fram till sjön var det bara Svempa och Tjacke som var där. Svempa kom och mötte honom och han hade som vanligt det där illmariga flinet i ansiktet.

– Nä men tjenare Olov! Vilken fin båt du har täljt, flinade Svempa.

– Tack. Var är de andra som ska vara med i tävlingen?

– De blir lite sena. De kommer snart, ljög Tjacke. Vi kan väl gå lite längs stranden och titta lite så länge? För att se var vi ska starta tävlingen, tycker du inte det? frågade Svempa. Olov tvekade lite och tyckte det var märkligt att alla andra som skulle vara med blev försenade.

– Jo, det kan vi väl. Var är era båtar förresten? undrade Olov.

– Vi… vi är domare och ska inte vara med i tävlingen.

– Okej. Men vilka är det mer som kommer? Vad är det för ett pris man kan vinna? Tjacke blängde surt.

– Fråga inte så jävla mycket. Kom nu så går vi ner till stranden och tittar. Olov började tycka det hela verkade vara mycket skumt och tanken slog honom att han kanske hade blivit lurad. Han fick rysningar längs hela ryggraden. *Tänk om de har lurat mig? Tjacke är inte alls lika snäll som han var i skolan tidigare idag. Om det nu är en barkbåtstävling så borde åtminstone någon mer kille vara här mer än jag? Men om det inte är någon tävling, varför har de sagt att jag ska hit för? Var har de i kikaren? Varför vill de att just jag skulle komma hit? Vad kan de vilja mig egentligen?* Olovs ben kändes plötsligt en aning darriga och han blev torr i halsen. Medan de gick ner mot stranden, vände han sig diskret om för att se om någon annan hade anlänt till sjön, men det var ingen där. Han var ensam med två av skolans värsta bråkstakar och han hade just nu ingen som helst aning om vad de ville honom. Han förstod att det här inte skulle båda gott och han undrade vad de hade i görningen. Blåsten tilltog alltmer och snart skulle det börja skymma. Olov började fundera på vad han skulle säga för att slingra sig ur det hela och springa hem.

– Jag… jag har nog ångrat mig. Jag vill nog inte vara med i tävlingen. Jag ska nog gå hem nu. Far väntar på mig, stammade Olov nervöst.

– Det ska du inte alls det! skrek Svempa och kastade Olovs barkbåt i backen så att seglet gick av. Nu blev Olov riktigt rädd och dessutom arg när han såg hur hans fina båt som han lagt ner så mycket tid på att bli fin, var förstörd. Underläppen började darra men han försökte dölja det så gott han kunde.

– Varför gjorde du så? Vad är det ni håller på med egentligen?! skrek han tillbaka så att rösten skar sig.

– Jaså, du! Nu börjar du visa lite attityd, precis som ditt svin till storebror. Minsann! Om jag vore du skulle jag inte vara så stöddig, förstår du! Vet du vad Olov? Du kommer inte hem ikväll om inte du gör oss en tjänst. Nu ska du göra exakt som vi säger, fattar du? En sak ska du ha jävligt klart för dig fläskis, att om du säger ett enda ord om det här till Gustaf att jag och Tjacke har varit här nere vid sjön, så lovar jag att vi skär tasken av dig. Fattar du?! skrek Svempa och hötte med näven. Olov nickade på huvudet medan han kämpade för att hålla tillbaka tårarna. De knuffade Olov framför sig bort till strandkanten. Där låg en tjock trästock av gran. Tjacke gick fram till stocken och trädde på Stigs näsduk som Olov hade lånat, på en liten gren som stack ut från stocken. Sedan började han putta ut ena änden ut i sjön så att den mesta delen av stocken var i vattnet medan en liten del var kvar på land, så att den inte skulle flyta i väg. Sedan vände han sig till Olov och flinade.

– Du som är så jävla tuff och du som har en sån jävla stöddig brorsa, nu ska du visa oss att det är ruter i båda grabbarna Andersson, förstår du. Vi vill att du ska klättra längst ut på stocken och hämta din löjliga lilla näsduk. Så inte far din blir arg om du kommer hem utan den. Om du klarar det utan att trilla i så får du gå hem. Om du misslyckas så får du så mycket stryk av oss båda att din far inte kommer att känna igen dig när han hittar dig. Och inte din fjantbrorsa heller! Vi kommer att slå dig så du inte orkar resa på dig. Du kommer att bli kvar här nere vid sjön hela natten om du inte lyckas kravla dig ut på stocken och hämta näsduken. Fattar du?! skrek Svempa medan Tjacke blängde ilsket på honom. Aldrig förr hade Olov varit så rädd som han var just då och aldrig förr hade han känt sig så långt hemifrån som har var just då. Inte heller hade han saknat sin storebror så mycket som just då.

Åh, om bara Gustaf hade varit här nu! Då hade han spöat dem båda två! Åtminstone skrämt i väg dem, det är jag säker på. Varför skulle jag lånat fars näsduk för? Om han får reda på att jag har slarvat bort den, blir han säkert jättearg. Jag råkade ju ta den som hans mor hade broderat in hans namn på, hans finaste... Varför tog jag just den? Vad ska jag ta mig till? Måste jag verkligen krypa ut på den där stocken? Hur ska jag lyckas med det utan att trilla i? Den kommer helt säkert att snurra runt så att jag trillar i, helt säkert! Undra om jag bottnar här? Vattnet ser iskallt ut.

Svempa knuffade till Olov i ryggen i riktning mot stocken.
– Vad väntar du på, tjockis? Börja krypa ut på stocken nu!
Olov gick sakta fram till stocken. Ännu en gång såg han sig om, bort mot stigen som ledde hem, hem till tryggheten på Assargården hos Stig och Gustaf. Plötsligt kände han igen den. Stocken som låg framför honom.

Det är ju den vi brukar sitta på när vi grillar korv här vid sjön!
Men nu hade grabbarna flyttat bort den från grillplatsen och lagt halva delen i vattnet. Trevande började Olov ta av sig sina skor för att inte blöta ner dem, men Tjacke tyckte

att det gick för sakta och knuffade till honom i ryggen. Den ena skon flög av i knuffen och skyndsamt tog han av den andra skon med, samt strumporna. För han ville ju inte blöta ner sina fina skor som han fick av Stig för någon månad sedan.

– Sätt fart nu, knubbis! Vi har inte hela kvällen på oss. Kryp ut nu och hämta näsduken om du kan, hehe! Olov kände det kalla vattnet mot huden på fötterna och han rös till. Vattnet kunde knappast vara mer än några få grader ännu. Försiktigt började han hasa sig ut på stocken. Till en början kunde han hålla balansen med fötterna mot sanden på botten, men det blev snart djupare och det blev genast svårare att hålla sig kvar på stocken. Hjärtat dunkade i bröstet på honom medan tårarna sakta föll ner på hans jacka. Bakom sig hörde han hur pojkarna skrattade och tjoade åt honom.

– Kolla Tjacke, fläsket kan ju röra på sig! Fast det går ju inte så fort. Öka farten nu då, tjockis! Eller ska du ha stryk? Va?! Svempa gick fram till stocken och sparkade på den.

– Blir det svårare att hålla balansen om jag gör så här? Hehe!

– Sn–snälla, sluta! Jag gör ju så fort jag kan! sa Olov nervöst. Men Svempa slutade inte och ju mer Tjacke skrattade ju mer sparkade Svempa på stocken.

– Vet du vad, tjockis? Jag tycker det är alldeles för mycket av stocken som är på land. Jag tror den måste puttas ut lite till, sa Svempa och började putta ut den med sina händer. Snart var hela stocken i vattnet och hölls bara kvar av Svempas händer.

– Sluta, jag tappar balansen! skrek Olov. Inte blev det lättare av den hårda blåsten heller.

– Nu gäller det att du koncentrerar dig Olov, för nu är hela stocken i vattnet. Inte vicka på rumpan nu, haha!

– Nej, gör det inte! Jag kan inte... sluta, snälla! Jag ber er! Jag kan nå näsduken snart! skrek Olov. Nu var han blöt ända upp till knäna och det iskalla vattnet gjorde att fötterna började domna.

– Ska vi putta ut honom i sjön? Så han lär sig en rejäl läxa? frågade Tjacke, som stod på stranden en bit bakom Svempa.

– Det kanske jag ska. Vad tycker du, Olov? Ska jag det? Va? retades Svempa och drog i stocken fram och tillbaka.

– Nej! Jag kan inte...

– Kan inte vaddå? Nå näsduken? Du får väl sträcka på dig lite då, tjockis, så att du når den! Eller är fläskmagen i vägen? Bäst för dig att du får fatt på näsduken snart, så inte farsan din blir arg på dig. Vad kommer han att göra om du inte kommer hem med hans kära näsduk? Slå dig? Det är ingenting mot vad vi kommer att göra om du inte skyndar dig och tar den! flinade Tjacke. Plötsligt tappade Svempa taget om stocken, och den gled sakta ut i sjön. Olov märkte detta och fick panik.

– Nej! Vad gör ni?! Jag k–kan inte s–simma! Hjälp mig! skrek han i ren och skär panik. Med ens slutade grabbarna att skratta.

– Svempa, han kan inte simma, sa han. Fan! Vad gör vi nu? sa Tjacke och såg skraj ut.

– Jag vet inte. Vattnet är ju iskallt, jag tänker inte hoppa i och dra in stocken, sa Tjacke.

– Fan, varför släppte du för?

– Det var ju inte meningen, fattar du väl! Jag skulle ju bara skoja lite med honom. Svempa började svettas i pannan och flinet var nu som bortblåst.

– Hörru! Olov! Paddla med armarna! ropade Tjacke. Men det var lättare sagt än gjort, för han hade fullt upp med att hålla balansen, och han var livrädd för att åka av stocken och hamna i vattnet, för då skulle han drunkna.

– Du måste paddla med armarna i vattnet, fattar du väl! ropade Tjacke igen. Tjacke tog snabbt av sig skorna och strumporna och tänkte gå i vattnet efter stocken med Olov på, men när han satte ena foten på botten, drog han snabbt upp den.

– Fan, vattnet är ju iskallt! Det går ju inte att vada i den där kylan. Du får göra det! sa Tjacke och vände sig om till Svempa.

– Nä, gör det du! Du är ju ändå barfota. Fortsätt nu! sa Svempa med spänd röst.

– Fan heller! Det här var ju din jävla idé! skrek Tjacke tillbaka. Medan grabbarna tjafsade om vem som skulle vada i och dra in stocken med Olov på, fortsatte den driva ut från land och snart var det så djupt under Olov att han inte såg botten längre. Den lena sandbottnen hade ersatts av en slemmig dybotten långt under honom och inte ens de stora grabbarna bottnade här. Vinden gjorde att stocken snabbt drev i väg ut i sjön och vågorna gjorde det allt svårare för Olov att hålla sig kvar. Stocken hade dessutom blivit hal av vattnet som hade skvätt upp på den.

– Hjälp mig! Snälla, ni måste komma ut och rädda mig, jag kan inte simma! ropade han förtvivlat igen. Kvar på stranden stod grabbarna och såg tysta på med förskräckelse hur stocken drev vidare ut mot mitten av sjön, meter för meter. Vinden tilltog alltmer denna kalla marskväll och mörkret började göra sitt intrång.

– Helvete! Vad ska vi göra, Tjacke?

– Inte fan vet jag! Det var ju inte så här jag hade tänkt mig. Gå ner och känn på vattnet! befallde Svempa. Tjacke satte sig på huk och stack ner handen en bit i vattnet.

– Det går inte att simma i den här temperaturen. Finns det inget rep någonstans här som vi kan kasta ut till honom? undrade Svempa och såg sig om men såg inget.

– Tjacke, vi skiter i det här nu! Han får klara sig, det finns inget mer vi kan göra här. Stocken lär väl glida över till andra sidan om ett tag och då får han hoppa iland där. Kom vi drar! Fort som fan! Tjacke vände sig ut mot Olov och ropade med hotfull röst åt honom.

– Om du säger ett enda ord till Gustaf att jag och Svempa har varit här ikväll så får du spö i morgon på rasten! Grabbarna började springa tillbaka mot grusvägen igen. Olov hörde detta och försökte vända sig om mot dem, men tappade balansen och åkte över med hela kroppen på höger sida om stocken. Med all sin kraft lyckades han kravla sig kvar med händerna runt stocken, men tappade nästan luften när det kalla vattnet trängde sig igenom kläderna. Han fick en kallsup och började hosta och var nära att tappa greppet om stocken. Hostningarna blandade sig med en förtvivlad gråt och Olov var utom sig av skräck. Han skrek och grät om vartannat. Han var stelfrusen och var övertygad om att han snart skulle tappa greppet och sakta sjunka till botten ner i det svarta vattnet.

– Hjälp! Far! Gustaf! Hjälp mig! Hjälp mig någon, snälla! Hallå?! För ögonblicket tystnade han för att hämta nya krafter. Han såg sig om, men ingen far och ingen bror i sikte borta vid strandkanten. Han såg upp mot grusvägen men det hade börjat skymma så det var svårt att se. Tio minuter gick. Femton minuter gick och Olov hade börjat hyperventilera. Emellanåt ropade han efter Stig och

Gustaf, men ropen försvann i den starka vinden. Han kunde inte längre röra på benen på grund av kylan. Känseln var borta. Det hade börjat krampa i ena handen. Olov tänkte på sin far. På hur varmt och skönt han och Gustaf säkert hade det nu. Han tänkte att de säkert satt hemma i köket där vedspisen var tänd. Eller var de kanske ute och letade efter honom?

Visst borde de vara åtminstone lite oroliga varför jag inte har kommit hem ännu? Kanske är de till och med ute och letar efter mig? Hoppas det. Vid Gud, hoppas det! Snälle far, kan du inte komma ner till sjön och leta efter mig snart? Jag klarar inte att hålla mig fast så mycket längre till! Hur fasen gör man när man simmar? Ska man inte sprattla med benen på något sätt?

Hemma på Assargården hade både Stig och Gustaf blivit oroliga. Senast som Gustaf hade sett sin bror var bakom ladugården. Då hade han varit på väg in i skogen för att tälja sig en barkbåt, hade Gustaf berättat. Men det var för en bra stund sedan. Gustaf trodde att Olov var inne i huset för länge sedan och detsamma trodde Stig. De sprang nu runt på gården och ropade, men fick inget svar. Stig gick in i skogen bakom ladugården där Gustaf senast hade sett honom, men han kom snart tillbaka. Nu var Stig riktigt orolig, men försökte dölja det så gott han kunde inför Gustaf. Plötsligt kom han på något.

– Vet du vad? Kanske har han gått hem till Jönssons, jag tar en promenad dit och kollar. Det händer ju att han går dit och äter sockerkaka… Har du lust att gå vägen ner mot sjön och leta?

– Javisst, jag springer dit och letar, far.

– Tack! Försök att skynda dig, för det börjar skymma och snart ser vi ingenting ute! Vi måste hitta honom! Vi ses hemma sedan, sa Stig och skyndade i väg. Gustaf sprang i väg ner för grusvägen som ledde till Linnesjön. Han kunde inte begripa varför Olov inte hade sagt till vart han gick någonstans, det brukade han ju alltid göra. Inte heller brukar han vara borta så här länge heller. Han sneglade upp mot himlen ovanför grantopparna. Solen syntes inte längre och det hade börjat bli mörkt och han hoppades att Olov skulle dyka upp innan det blev allt för mörkt ute. För om Olov skulle vara kvar någonstans i skogen så skulle det vara väldigt svårt att hitta hem. Även om Gustaf var ganska tuff av sig så kändes det inte särskilt trevligt att gå längs den långa slingriga och mörka vägen ner till sjön så här dags och han hoppades så, att han snart skulle möta Olov längs vägen.

Han vände sig hastigt om och såg sig omkring. Gran-skogen hade för länge sedan skymt Assargården, och kvar syntes bara mörk och otäck granskog på båda sidor längs vägen. Vinden tilltog alltmer och han började tveka om Olov verkligen hade gått så här långt hemifrån i det här blåsvädret, men han fortsatte ändå att gå. Det var ändå inte så långt kvar ner till sjön nu och har han gått så här långt, kan han lika gärna gå ända ner, tänkte han. Skogen öppnade till slut upp sig och blev glesare och den stora ängen som bredde ut sig ända ner till sjön skymtade längre lite fram. Gustaf stannade till när han såg den mörka sjön långt borta.

Det finns inte en chans att Olov är här nere och leker så här dags. Nog för att han har hållit till på ängen förr här nere vid sjön och plockat blommor och jagat fjärilar, men inte själv och inte i det här mörkret. Han är säkert hemma hos Jönssons och leker med deras nya kattungar, precis som han gjorde häromdagen. Eller äter sockerkaka hos dem. Han måste vara där. Jag vänder och går tillbaka nu... Han började gå tillbaka samma väg som han kom medan han knäppte rockens knappar ända upp till halsen. Vinden ven i grantopparna medan han småsprang hem i det alltmer tilltagande mörkret. En tanke slog honom plötsligt och han stannade tvärt till på vägen.

Tänk om Olov har fått för sig att testa sin barkbåt som han täljde tidigare idag? Kanske lite längre bort, i andra änden av sjön? I så fall kanske han fortfarande är kvar nere vid sjön och leker med den? Jag springer ner och kollar alla fall! När jag ändå är så nära kan jag lika gärna kolla. Återigen vände han kosan mot sjön och bara ett par minuter senare var han nästan ända nere vid strandkanten. Han svepte med blicken längs stranden så långt han kunde se, men någon Olov såg han inte till. Sjön såg motbjudande och kall ut.

– Olov! Hallå?! Olov, är du här?! ropade han så högt han kunde. Inget svar. Lite björksly skymde sikten över vänstra delen av sjön, men rakt fram och till höger såg han hur det bildades små vågor på den lilla sjön. Det hördes tydligt hur vågorna slog emot stranden med ett smackande ljud. Han tog ett sista svep över sjön och just när han skulle vända sig om och börja gå hemåt i blåsten, fick han syn på någonting mitt ute på sjön. Någonting där ute bröt vågmönstret. Någonting gjorde att på ett visst ställe där ute så var inte vågorna lika höga. Gustaf blev nyfiken och gick lite närmare strandkanten och när han kom fram kisade han med ögonen för att försöka se vad som bröt vågorna där ute.

Satan! Jävlars helvete, det är ju någon som hänger på en stock där ute! Det måste vara Olov! Ja! Visst är det han som klänger sig fast på en stock mitt ute i sjön!

– Olov! Olov!!! Ta det lugnt, jag kommer! Håll i dig hårt så kommer jag!

79

Han hör mig inte. Måste skynda mig innan han trillar i, han som inte kan simma. Hur fasen har han hamnat ända där ute? Måtte han inte hinna släppa taget innan jag får tag i honom!

Utan med den minsta tvekan slet Gustaf av sig jackan och sparkade snabbt av sig skorna. Han sprang bort en bit till vänster där han trodde det skulle vara närmaste biten ut till Olov. Med bara byxorna och den vita nätbrynjan på sig kastade han sig i vattnet och började simma mot Olov. Kylan från vattnet gjorde att Gustaf nästan tappade andan, men han försökte tränga bort alla impulser och bara fortsätta simma i riktning mot Olov. Vågorna och motvinden gjorde att det bara gick hälften så snabbt att simma som i vanliga fall och vid några tillfällen var han tvungen att stanna till för att lokalisera var Olov befann sig någonstans.

Jo, där är han! Ge inte upp nu, brorsan, jag är snart framme!

Gustaf ändrade kursen och simmade något mer till höger och fortsatte framåt så snabbt han bara orkade. Mörkret gjorde det svårt att se honom och varje sekund han simmade var som en minut. Emellanåt riktade han upp blicken mot Olov för att se om han fortfarande höll sig kvar på stocken. Det gjorde han, men skulle han orka bara några sekunder till? Räddningen var så nära nu.

Bara lite till, brorsan så är jag hos dig! Håll ut nu, kämpa!

Armarna började bli fulla av mjölksyra och benen domnade av det kalla vattnet. Gustaf började tveka om han skulle hinna i tid, men till slut efter ännu en stunds simmande kom han fram. Han sträckte sig mot den hala stocken och tog tag om den och såg sedan på Olov.

– Olov! Det är jag! Ta det lugnt, jag ska rädda dig, ropade Gustaf andfått. Olov reagerade först inte, men när Gustaf tog tag i armen på honom lyfte han sakta upp huvudet.

– Gustaf…du kom…

– Jag är här nu, ta det bara lugnt. Släpp taget om stocken nu, jag håller i dig och jag släpper inte taget om dig förrän vi är iland!

Men Olov släppte inte taget om stocken, så Gustaf fick ta i för att få honom därifrån. Det var inte för att han inte ville, utan för att han inte kunde. Armarna var så stelfrusna att de helt enkelt inte gick att böja. Gustaf tog tag under Olovs armar och började simma på rygg tillbaka mot stranden. Olov stönade.

– Det är så kallt…Gustaf, du kom för att rädda mig…

– Ja det gjorde jag. Slappna av nu, vi är snart i land och där ska du få min jacka, okej?

– Okej, svarade Olov med svag, knappt hörbar röst. Han fick plötsligt en kallsup och började hosta så att Gustaf nästan tappade greppet om honom, men fick ett nytt och bättre tag runt armarna. Känseln i Gustafs ben var nästan helt borta och han kunde inte längre känna sina bentag i vattnet, men han förstod att fortfarande gjorde simtag med dem för han kunde se att de sakta närmade sig land. Ett par minuter senare var de framme vid sandstranden och Gustaf drog upp Olov en bit upp på gräset och först då såg han att Olov var alldeles vit i ansiktet och blå om läpparna.

– Här, sätt på dig min jacka. Hur länge har du legat där ute? frågade han. Olov svarade inte. Han var alldeles tyst och reagerade inte på tilltal. Paniken spred sig hos Gustaf, som utan att tänka gav sin bror en örfil. Ingen reaktion. En örfil till. Ett lätt stön hördes och Olov vred upp huvudet.

– Olov! Hur länge har du varit i vattnet? frågade han igen.

– Vet inte. Jag fryser så, Gustaf. Vad ska jag göra?

– Gör så här! sa Gustaf och gjorde en åkarbrasa. Först nu kände han hur iskall han själv var och han kunde knappt inbilla sig hur kall sin stackars bror måste vara och hur mycket han hade frusit där ute på sjön.

– K–kan inte…röra armarna… stönade Olov.

– Olov, vi måste ta oss snabbt hem nu, annars fryser du ihjäl. Kan du gå?

– Vet inte. Tror det, sa Olov medan tänderna skakade. Men när han försökte resa på sig så vek sig benen. Känseln var nästintill borta. Med kraftiga tag började Gustaf massera Olovs armar och ben för att få tillbaka blodcirkulationen. Efter ett par minuters knådande kunde Olov saka börja röra på benen.

– Försök resa på dig! Du måste! Kom nu, manade Gustaf och hjälpte honom upp. På vingliga ben tog han sakta några steg framåt med stöd från Gustaf. De började gå hemåt så snabbt bara Olov kunde och det dröjde inte länge innan även Gustaf började skaka tänder när adrenalinet började avta. Dyngsura gick de längs den långa grusvägen mot Assargården och snart var det så mörkt att de knappt såg var de satte sina fötter.

– Hur i hela världen hamnade du på den där stocken egentligen? undrade Gustaf. Olov tvekade först.

– Det var Tjacke och Svempa. De knuffade ut mig i vattnet. De lurade mig. De sa att det skulle vara en barkbåtstävling nere vid sjön, men jag fick inte säga något till dig, snyftade Olov.

– Lurade de dig?! Var det ingen tävling? sa Gustaf ursinnigt.

– Nä. De sa att de ville lära mig en läxa och de sa dumma saker om både dig och mig. De sa att de skulle skära tasken av mig om jag skvallrade. Olov grät nu rejält. Det svartnade i Gustafs blick.

– De jävlarna! Du kan vara lugn, Olov. Ingen ska skära av din task, det kan jag lova dig. De ska inte få röra dig över huvud taget! De ska få! De jävlarna ska få för det här! Det har du mitt ord på! Fan!

Gustaf var så arg att han helt glömde bort hur stelfrusen han var.

– Snälla Gustaf, du säger väl inget till far om det här, va? Jag menar om Svempa och Tjacke? Jag känner mig så dum! Jag är så lättlurad…

Olov snyftade och näsan rann på honom.

– Hmm, nädå. Vi säger att du trillade i vattnet när du var och lekte med din nya barkbåt, okej?

– Okej, sa Olov och drog en suck av lättnad medan han torkade bort lite snor från näsan. Han skakade fortfarande så kraftigt att rösten darrade när han pratade.

– Men jag vet inte om jag vågar gå till skolan i morgon. Tänk om de fortsätter att bråka med mig? sa Olov oroligt.

– Du kan vara lugn. Du går till skolan som vanligt och jag kommer inte att berätta något för far. Jag kommer att se till att de där två fegisarna kommer att ångra att de någonsin har satt sin fot på skolan! sa Gustaf ilsket. De gick tysta ett tag i mörkret. Grenarna i granskogen runtomkring dem susade när vinden tog i som värst. Temperaturen fortsatte falla. De blöta, kalla kläderna på deras kroppar kändes väldigt obehagliga att ha på sig. Efter ett tag började Olov få upp någotsånär värme i kroppen och han kunde gå lite snabbare när benen och armarna sakta började vakna till liv igen. Lite försiktigt sträckte Olov ut sin hand och sökte Gustafs. Något förvånad tog han tag i Olovs hand och kramade den, sedan fortsatte de gå hand i hand.

– Gustaf?

– Ja?

– Tack för att du simmade ut och räddade mig. Du räddade mitt liv och jag ska aldrig någonsin glömma det. Aldrig.

– Äsch, det är lugnt. Det är väl det bröder är till för? Att hjälpa varandra, svarade Gustaf och klämde lite extra i Olovs hand.

– Jo, det är väl det. Och om jag kan, så ska jag hjälpa dig någon gång när du behöver hjälp. Det har du mitt ord på.

– Jag vet, brorsan. Så länge vi bara håller ihop så kommer vi nog klara oss bra här i livet. Tillsammans är vi starka, tillsammans är vi ostoppbara, sa Gustaf. Brödernas ord värmde varandra där de gick längs den kalla, mörka vägen på väg hem till värmen hemma på Assargården. Olov hade ingen aning om vad Gustaf skulle kunna göra för att stoppa Tjacke och Svempa från att fortsätta sin mobbing, men han visste att på något sätt skulle Gustaf lyckas och det gjorde honom lugn och trygg.

Stig hade nyss kommit hem efter att ha hört av Jönssons att de inte hade sett till Olov. De hade också hjälpt till att leta efter honom och de hade fortsatt leta efter att Stig gått därifrån. Utom sig av oro hade han suttit i köket och försökt fundera på var Olov kunde vara någonstans. I skogen bakom ladugården hade de redan kollat, likaså hos Jönssons. På höskullen hade de också kollat. Gustaf hade han ju skickat ner till sjön. Det gick runt i huvudet på honom och han tänkte oklart.

Var i hela friden kan min lille pojk vara? Han kan ju inte bara försvinna utan vidare? Kan en varg eller lodjur ha tagit honom medan han var i skogen och täljde? Inte omöjligt, men vi borde väl ha hört något i så fall? Plötsligt gick det som en ilning genom hela kroppen, då han kom på ett ställe där de ännu inte hade letat.

Förbannade helvete! Brunnen! Jag har inte letat i brunnen! Kan Olov ha tagit bort brunnslocket och trillat i? Men innan Stig hann resa på sig och springa ut och kolla, fick han se något som skymtade till där ute i mörkret och det var något som lät utanför. Det lät som fotsteg i grusgången och han kastade sig upp från köksstolen och sprang fram till ytterdörren. Där ute på grusgången såg han hur pojkarna kom gåendes och Stig flämtade till.

– Olov! Lille pojk, var har du varit någonstans?! Jag har varit så orolig, ropade Stig och kramade om sin son.

– Förlåt, far. Jag var nere vid sjön och testade min nya barkbåt. Det var så roligt att jag glömde bort tiden, ljög Olov.

– Men... du är ju dyngsur! Varför är du blöt?

– Jag...jag var tvungen att hoppa i vattnet, för båten flöt i väg. Förlåt, far. Jag ska aldrig göra om det igen! Och... och dessutom har jag slarvat bort din näsduk. Jag lånade den som segel. Förlåt! Olovs underläpp började darra och han såg förskräckt ut.

– Det är ingen fara, Olov! Jag struntar väl i näsduken, huvudsaken är att du är välbehållen! Det är bara det att jag blev så orolig när vi inte hittade dig när vi letade efter dig och det började ju bli mörkt ute. Jag blev så... så satans orolig! flämtade Stig och började darra på underläppen. Gustaf var också orolig för dig, sa Stig och gav båda sina pojkar en rejäl och lång kram. Många tankar hade farit genom Stigs huvud de senaste timmarna och stundtals hade han nästan trott att det värsta hade hänt sin lille son. De gick in till köket och medan Stig värmde mjölk på spisen, hjälpte Gustaf till med att få av Olovs alla blöta kläder. Sedan hämtade han nya, torra kläder samt bytte om själv. Sedan åt de kvällsmat tillsammans framför kakelugnens sköna värme inne i vardagsrummet och pratade lite om vad som hade hänt under kvällen. Det tog en bra stund innan de båda bröderna hade fått all värme i tillbaka i kroppen. Olov hade svårt att somna den kvällen, trots att han var väldigt trött. Tankarna snurrade i huvudet på honom. På andra sidan rummet låg Gustaf i sin säng. Han hade redan somnat, men Olov låg bara och vred och vände sig i sängen. När han slöt ögonen såg han framför sig Svempas elaka flin och Tjackes taskiga kommentarer ekade fortfarande i huvudet på honom. Han tänkte på det kalla vattnet. Hur länge till hade han orkat hålla kvar i stocken egentligen? Fem minuter? En minut? Mindre än så? Vad hade hänt om Gustaf bara hade kommit fem minuter senare? Hade han legat på botten på sjön då, iskall och livlös med vattenfyllda lungor? Han rös i hela kroppen när han tänkte på hur fruktansvärt nära det hade varit att han hade dött denna kväll. Om han hade gjort det, då hade han endast hunnit uppleva åtta år här på Jorden. Han skulle bara ha varit ett litet barn när han hade dött. Tänk så mycket han skulle ha missat då! Allt på grund av två mobbares sjuka skämt som gick över styr. Men nu gick det bra, tack vare sin modige storebror. Hur kunde han vara så lättlurad att han trodde på vad sådana som Svempa och Tjacke sagt? Han skämdes för detta och kände sig så dum. Men jobbiga tankar tenderar att förstärkas om kvällen och redan dagen efter skulle han känna sig något bättre till mods.

Morgonen därpå gick pojkarna till skolan som vanligt. Olov var mest orolig för vad Svempa och Tjacke skulle säga när de såg honom, medan Gustaf smidde planer medan de gick till skolan. Han var ovanligt tyst denna morgon och Olov förstod att han klurade på någonting som hade med Tjacke och Svempa att göra. De var snart framme på skolgården och Olov hade flera gånger frågat vad Gustaf skulle göra med Svempa och Tjacke, men han vägrade avslöja det.

– Jag tänker inte tala om det. Men jag kan lova dig att de aldrig mer kommer att röra dig, sa Gustaf bestämt. Klockan närmade sig åtta och allt fler elever anslöt till skolgården. När en fröken plingade med klockan och det var dags att gå in, började alla barnen gå mot den stora stentrappan som ledde in genom skolans stora dörrar. Gustaf höll sig med flit en bit bakom de andra och när han såg Svempa ropade han högt på honom. Tjacke hade redan hunnit smita in genom dörrarna.

– Svempa! Han vände sig om och såg att det var Gustaf som ropade. Med orolig blick svarade han med lätt darrning på rösten. Han försökte låta morsk men misslyckades.

– Ja? Vad är det?

– Kan du komma hit ett tag! ropade Gustaf en bit bort. Han stod med båda händerna i byxfickorna och stirrade med stadig blick upp mot Svempa. Svempa såg nervös ut och såg sig omkring.

– Men vi börjar lektionen nu och jag vill inte komma för sent, sa han oroligt och sökte med blicken efter Tjacke.

– Kom hit sa jag! Eller vågar du inte? Är du feg? ropade Gustaf hånfullt. Fler elever runtomkring började uppfatta deras konversation och vände sig om emot dem. Svempa ville absolut inte bli klassad som en fegis, så han gick rakt i Gustafs fälla.

– Feg? Jag? Skulle inte tro det! Vad vill du?

– Jag vill att du ska komma hit. Jag vill prata med dig. Nu! Med tveksamma steg klev Svempa ner från stentrappan och gick sakta bort mot Gustaf. Samtidigt ringde fröken igen i klockan, och såg att det var två elever som stod kvar på skolgården.

– Hallå, pojkar! Kom nu, lektionen börjar strax!

– Vi kommer alldeles strax, fröken! ropade Gustaf och gjorde "tumme upp" åt henne. Kvar på skolgården stod nu bara Gustaf och Svempa och han var väldigt nervös över vad Gustaf ville honom. Inte heller hade han sin högra hand, Tjacke, vid sin sida den här gången och han kände sig väldigt obekväm att stå där öga mot öga med Gustaf. Omedvetet började han riva med naglarna på sina nagelband. En obehaglig känsla spred sig snabbt i bröstet medan han tvingade sig själv att stirra tillbaka in i Gustafs svarta, hatiska blick och han svalde hårt.

Inne i klassrummet förberedde sig fröken för lektionen. Eleverna tisslade och tasslade tills fröken tystade dem. Det var svenska på schemat och fröken Karlsson började skriva upp några verb på svarta tavlan. En kvart senare knackade det på dörren in till lektionssalen och in kom Gustaf.

– Gustaf? Var har du varit någonstans? Lektionen har börjat för länge sedan! snäste fröken Karlsson surt. Det var helt tyst i klassrummet. Alla de andra barnen stirrade mot Gustaf.

– Jag ber om ursäkt fröken för att jag är sen, sa Gustaf tyst och gick och satte sig vid sin bänk.

– Nå, var har du Sven någonstans då? Jag såg ju att ni två stod och pratade på skolgården.

– Han… han fick ont i magen och gick hem igen, fröken. Fröken Karlsson såg förvånad ut.

– Jaha? Jaså, det var ju tråkigt. Då får vi hoppas att Sven kryar på sig och att han kommer i morgon. Seså, gå och sätt dig på din plats nu, så vi kan fortsätta lektionen. Gustaf började gå mot sin bänk men tog en liten omväg förbi Tjackes bänk. När han var precis bakom honom, böjde Gustaf sig fram och viskade något i örat.

– Jag vet vad ni gjorde med min bror igår. Jag vill bara berätta att Svempa har väldigt ont just nu. Väldigt ont. I eftermiddag är det din tur. Ni två jävla as ska få ångra att ni någonsin gav er i kast med min lillebror! För ger man sig på Olov så ger man på sig mig, din jävla klantskalle! Det är din tur i eftermiddag, kom ihåg det! väste Gustaf och gick sedan och satte sig vid sin bänk. Kvar satt nu Tjacke, alldeles likblek i ansiktet och stirrade med tom blick rakt fram. Ett sorl steg i klassrummet, men fröken Karlsson tystade dem snabbt igen. Senare på rasten spreds snabbt ryktet och det dröjde inte länge förrän även Olov fick höra vad som hade hänt med Svempa. Han sprang fram till Gustaf, som satt på en bänk bredvid grusplanen och tittade på när några elever sparkade boll.

– Gustaf, jag hörde att du hade gjort något med Svempa som gjorde att han fick gå hem! Vad gjorde du med honom? frågade Olov nyfiket. Gustaf slängde bara en snabb blick på sin bror och sedan ut igen mot grusplanen. Han såg allvarsam ut och kisade med ögonen.

– Det spelar ingen roll vad jag gjorde eller sa till honom, men du kan vara lugn. Varken Svempa eller Tjacke kommer vara du mot dig igen, det lovade jag ju dig igår, svarade han lågmält och svepte med blicken ut över skolgården.

– Ja jag vet, men vad gjorde du med honom? fortsatte Olov envist.

– Det säger jag inte. Tjata inte mer om det nu. Fattar du? Gustaf blev nästan lite irriterad.

– Nädå, jag ska inte tjata. Tack så mycket i alla fall, då, sa Olov och log. Äntligen kunde han slappna av igen.

Svempa kom inte tillbaka till skolan dagen efter. Han blev hemma resten av veckan och när han väl kom tillbaka till skolan så haltade han kraftigt och hade svårt att sätta sig på stolarna i skolan. Ena armen höll han i en mitella under första veckan han var tillbaka. Aldrig ett ont ord yppade han till vare sig Olov eller någon annan elev under resten av hans skolgång och han såg till att alltid vara på behörigt avstånd från Gustaf.

Gustaf gjorde aldrig något med Tjacke. Det behövdes inte. Efter lektionen när han hade viskat i Tjackes öra, sprang Tjacke hem av rädsla för att åka på stryk och var borta från skolan en hel vecka. När han väl kom tillbaka såg han alltid till att vara så långt ifrån Gustaf som möjligt ute på skolgården. De två som hade skapat oro i skolan rörde aldrig någonsin mer Olov. Inte heller Svempas lillebror Gunnar, som gick i Olovs klass. Efter händelsen mellan Svempa och Gustaf, blev skolgången både lättare och roligare för Olov och med tiden kom han till och med tycka att det ibland var riktigt roligt att gå dit.

Vad som egentligen hände mellan Gustaf och Svempa där ute på skolgården förblev en hemlighet, men vad som än hände så underlättade det Olovs och andra elevers skolgång under flera år framöver.

Kapitel 5

Livet hemma på Assargården hade sin stilla gång. Livet som bonde slet hårt på den ensamstående Stig. Trots de många timmarna han kämpade varje dag gav det bara en blygsam lön, men han trivdes ändå med sin tillvaro. Han fick trots allt vara sin egen chef och han tyckte det var skönt att han inte hade någon som bestämde över honom. De senaste årens skördar gav mer inkomst än på länge och av det lilla sparkapitalet han hade lyckats spara ihop, hade han köpt sig en radioapparat. Det var sprillans ny av märket Kungs Radio och han hade lagt ut hela 340 kronor för den. Det var inte ofta som Stig lämnade gården och var därmed ganska ovetande om vad som hände runtom i resten av Sverige och världen, men vid den nya radioapparaten satt han ofta på kvällarna och lyssnade till nyheterna. 340 kronor var väldigt mycket pengar och han hade velat länge fram och tillbaka om han skulle köpa eller inte, men till slut bestämde han sig för att slå till. Jönssons hade avrått honom starkt till att slänga ut en massa sparpengar på en sådan där radioapparat. De tyckte att det lät onödigt att köpa en sådan bara för att få reda på vad som hände runtom i världen. Skvaller kunde man ju få gratis om man åkte in till stan och stannade till och pratade med någon, ansåg de. Men Stig ville annat och köpte den dyra apparaten oavsett Jönssons inrådan. Den nya radioapparaten ställde han på den mörkbruna skänken i köket. Ibland spelades det musik och ibland lästes det upp dikter, men mest var det Dagens Eko han lyssnade på. Han tyckte det var intressant att höra vad som hände runtom i Sverige och vad politikerna i huvudstaden tyckte och tänkte. Han fick även höra att i Tyskland skapade den nye rikskanslern Adolf Hitler oro i landet. I strid mot Versaillesfreden återinförde han allmän värnplikt samt inledde en kraftig upprustning av flygvapnet och flottan. Stig, som så väl mindes Världskriget för många år sedan, blev orolig för att något nytt världskrig var på gång.

Lyckan över att se sina älskade pojkar växa upp gjorde arbetet på gården lättare. Det tvivel han kände mot Gud när Elsie gick bort började mer och mer blekna och i stället började han tacka Gud allt oftare för att han har fått så fina barn.

Gustaf hade hunnit fylla fjorton år. Incidenten med Svempa och Tjacke några år tidigare hade ingett respekt, men andra barn växte till sig, fick självförtroende och var inte sena att utmana Gustaf om titeln som skolans tuffing. Därmed var det inte sällan som han råkade i slagsmål. Oftast gick han segrande ur bråken, men ibland hände det att han fick sig några käftsmällar som resulterade i igenmurade ögon och näsblod. Någon riktig harmoni fanns det sällan hos Gustaf i och med alla bråk. Skolarbetet gick inget vidare och betygen var under medel. Olov trivdes desto bättre, men avsaknaden av några kompisar gjorde att han tydde sig mycket till sin bror. De två bråkade konstigt nog aldrig, även om de var olika till sättet. Om kvällarna hade de byggt otaliga kojor i skogen genom åren. En del var så noggrant gjorda att det fanns både dörr och två våningar med både två och tre rum och ett tak som var tätt för regn. Stig lät dem hållas, så länge de lovade att vara försiktiga med verktygen. Det var sällan de gjorde sig illa och med tiden blev de skickliga på att hantera både kniv, yxa och såg. Under den senaste kojans bygge hade de båda pratat om att göra en utflykt någonstans. Med övernattning. Kojan hade de sovit i flera gånger, men de kände att de ville ut på äventyr. Någonstans långt bort alldeles själva, så de skulle bli tvungna att ta med sig egen matsäck.

Hela våren 1935 gick de och fantiserade och planerade på en sådan tur. De hade naturligtvis frågat Stig om lov och för hans del var det inga problem för han visste att grabbarna var kapabla att ta hand om sig själva. Dessutom trodde han det bara skulle vara nyttigt för dem att komma hemifrån gården ett par dagar. Från skolan hade Gustaf fått låna en bok om vildmarksliv där det bland annat stod hur man bygger vindskydd och gör upp eld med mera. Fast den biten kunde han redan. Stig hade lovat att när den dagen kommer då de ger sig av på hajken så skulle han ordna med ägg- och falukorvssmörgåsar åt dem. I slutet av april började vädret bli hyfsat varmt, men så fort det blev dags för helg och möjlighet till att ge sig av så regnade det. Inte förrän lördagen den fjortonde maj blev det tillräckligt med både värme och uppehåll för att kunna ge sig av på äventyr. Det mesta var redan förberett. En varsin ryggsäck skulle de ha med sig och i dem fanns det en varsin kniv, strumpor, tjock tröja, snöre, tändstickor, smörgåsar morötter och en rejäl bit falukorv. Stig som hittills hade varit positiv till att pojkarna skulle ut på hajk, var nu spänd. Han höll som bäst på att steka pojkarnas ägg som de skulle ha på sina smörgåsar medan de åt en stadig grötfrukost.

– Olov, nu är det din bror som är äldst och du måste göra som han säger, förstår du?

– Jadå. Ingen fara, far. Det här kommer att gå bra. Och vi ska vara försiktiga med knivarna. Vi har både plåster och bandage med oss ifall något skulle hända.

– Bra. Har ni bestämt vart ni ska gå någonstans? undrade Stig nyfiket medan han tittade ut genom fönstret. Det såg ut att bli en fin dag idag.

– Ja, vi ska sova ute på Lövön borta i Linnesjöns västra sida, svarade Gustaf glatt.

– Aha, men det blir väl trevligt!

– Ja! svarade båda pojkarna på en gång.

– Men hur ska ni ta er dit då? Simma kanske, skojade Stig.

– Fröken har sagt att det brukar ligga en eka vid stranden som man kan få låna, sa Olov. Pojkarna var otåliga och slängde i sig gröten och det dröjde inte många minuter innan de stod vid ytterdörren med ryggsäckarna på ryggen. Olov var så ivrig att han knappt hann krama Stig innan de gick i väg. De satte av mot den vanliga vägen ner till Linnesjön, men halvvägs dit svängde de av på en ännu mindre väg som ledde bort till andra änden av sjön. Temperaturen började sakta stiga. Ett och annat moln började torna upp sig på himlen. Längs det höga gräset bredvid stigen växte det både smörblommor, vitsippor och maskrosor. Det började kännas i axlarna hos båda pojkarna och Olov beklagade sig vid några tillfällen, men Gustaf höll masken, trots att det skavde en hel del från ryggsäcken.

– Olov, börjar du bli hungrig? Vi kan stanna och ta en paus, så tar vi lite mjölk som far skickade med. Det kanske är bäst att vi dricker upp den snart innan den börjar surna. Vi kan ta en varsin morot och knapra på med.

– Puh, ja det tycker jag. Det värker så i axlarna och jag har fått håll, suckade Olov och satte sig på en sten alldeles intill vägen.

– Ja, vi behöver ta en paus nu. Varmt är det idag också. Fast det är ju bara skönt. Vad skönt att sommaren äntligen börjar visa sig, sa Gustaf och tog av sig ryggsäcken. Han gick och satte sig bredvid Olov på stenen. Solen hettade i deras ansikte. Luften var varm och det var knappt några moln på himlen nu. Olov var lycklig. Som han hade längtat till denna dag! Att äntligen få sticka i väg på äventyr, bara han och storebrorsan!

– Vad ska vi göra först när vi kommer fram till ön, tycker du? frågade Olov.

– Jag vet inte. Vi kanske ska äta lite falukorv, för vi lär nog vara hungriga när vi kommer dit. Sen kanske vi ska börja göra i ordning en sovplats inför natten. Jag tror det finns en grillplats på ön. Så vi kan ju samla ihop lite torra grenar så vi kan göra upp en eld. Om vi får upp en eld så kan vi grilla lite falukorv.

– Visst. Men vi måste spara några smörgåsar så vi har till frukost, inflikade Olov.

– Äsch, du bara tänker på mat! Gustaf slog till Olov lätt på axeln.

– Jag vet. Men det är ju så gott med mat, sa han med skamsen blick.

– Jag bara skämtar med dig, fattar du väl? Klart vi måste se till att vi har mat till frukost i morgon. I kväll kan jag lära dig hur man gör en visselpipa av sälg. Om det finns sådana träd på ön. Fast det går lika bra med rönn har jag hört, sa Gustaf.

– Häftigt! Olov var så stolt över sin storebror. Han kunde så mycket! Det var ju han som hade lärt honom hur man täljde barkbåtar när de var mindre, och det var Gustaf som hade visat hur man skodde om en häst. Inte för att Olov hade testat att sko om en häst, men hade nyfiket lyssnat när Gustaf hade visat och berättat när han skodde om Astrid. Och nu var de mitt ute i vildmarken alldeles själva, men Olov kände total trygghet när han nu satt bredvid sin bror. Det kändes som om att oavsett vad som än hände så skulle Gustaf ordna alla bekymmer. Olov visste inte varför, men han hade på känn att den här resan skulle bli minnesvärd för resten av deras liv. Han kisade upp mot himlen och såg att molnen hade börjat komma in långt borta i väster. Det var svettigt och den tunna tröjan klibbade fast mot ryggen och från deras pannor rann det svett.

– Nä du Olov, nu måste vi nog fortsätta. Vi har en bra bit kvar innan vi är framme vid båten. Olov suckade.

– Ja, det måste vi nog. Men det var skönt att få sitta ner lite, och få ta av sig ryggsäcken. Motigt tog han på sig ryggsäcken igen och Gustaf gjorde detsamma. De fortsatte gå längs den krokiga lilla vägen, där högt gräs och maskrosor växte i mitten. Gustaf höll hög fart och Olov försökte bita ihop för att inte vara till besvär. En timme senare kom de äntligen fram till stället där ekan skulle ligga, enligt vad fröken hade sagt. Mycket riktigt, där framme vid vattenbrynet låg en gammal eka och guppade i vattnet, fastknuten med ett rep runt en smal björk. Båten var fylld med en massa sunkigt, brunt vatten som luktade illa, men som tur var hittade de ett öskar under björken. Gustaf började ösa ur båten med detsamma och Olov satte sig ner i gräset bredvid och vilade sina trötta ben och ömmande axlar. Han pustade ut ordentligt och strax började han känna tröttheten komma, men han visste att han måste skärpa till sig en liten stund till. Vila fick de göra senare, påminde han sig. Så brukade alltid Gustaf säga. Olov såg sig omkring. Bakom honom fanns en svagt sluttande äng med högt gräs. Lite längre bort växte en hel del stora ekar, framför honom tornade Lövön upp sig och bakom den växte hög granskog på andra sidan sjön. Han kände sig riktigt avslappnad nu. Inte en endaste tanke skänkte han till vare sig skolan eller Tjacke och Svempa. Han levde verkligen i nuet. Om bara en liten stund skulle de börja bygga på en sovplats inför natten. Han njöt verkligen av detta äventyr och han ville aldrig att den här dagen skulle ta slut.

Samtidigt hemma på Assargården befann sig Stig som vanligt någonstans runtomkring ägorna. Han höll som bäst på att slå på en sko på Astrid, då det började krångla för honom. Vid Stigs dagliga och noggranna koll på hästarna hade han upptäckt att det gamla stoet hade tappat en baksko och försökte få dit den igen inne i stallet. Svetten rann om honom medan han omsorgsfullt raspade lätt under hoven för att få den jämn. Astrid var en snäll märr, men hade aldrig varit förtjust i att skos och Stig hade svårt att få henne att stå still. Hon ville hela tiden sätta ner hoven på golvet, medan Stig ville ha den i sitt knä. Som så många gånger förr, visste Stig att det skulle bli rejäl viljekamp mellan dem. Astrid som var så beskedlig i vanliga fall var inte att känna igen när det kom till skoning. För varje gång som hon försökte sätta ner hoven, kämpade Stig emot och vid varje försök smärtade det i hans korsrygg och han svor allt högre inne i stallet. När sista sömmen återstod lyckades Astrid slita sig ur Stigs grepp och sätta ner hoven. Han kände hur det brände till i handflatan som nyss hade hållit i hoven, men än värre var att hoven landade rakt på hans fot.

– Aaaj! Satikens hästaskrälle! Ska det vara så in i helsikes svårt att stå still i ynka tio minuter så jag kan få slå på en sko på dig! skrek han på sin bredaste småländska.

Astrid ryckte till av Stigs skrik men höll kvar hoven på hans träsko.

– Lyft på hoven, för fasiken så jag får bort foten! gormade Stig. Astrid förstod förstås inte vad Stig sa, utan blev bara ännu mer nervös av hans skrikande och började frusta. Desperat försökte Stig ta tag med båda händerna runt hoven för att försöka lyfta upp den, samtidigt som han lutade sig mot hästens mage för att försöka ändra hennes tyngd till det andra bakbenet. Han var nära att tappa balansen och falla baklänges men lyckades hitta den igen. Ytterligare en svordomsramsa av den grövsta sorten for ut ur Stigs mun, när plötsligt Astrid fick för sig att för ögonblicket hastigt lyfta på benet, bara för att genast sätta ner det igen. Men det ville sig inte bättre än att Stig fick fingrarna under hoven. Sexhundra kilo ardenner rakt på tre av Stigs fingrar på höger hand mosades och han kunde höra hur hans egna ben inne i handen knäcktes. Stackars Stig skrek allt vad han orkade och smärtan var olidlig. Astrid hoppade till av skriket och Stig kunde snabbt få bort den mosade handen. Med förskräckelse kunde han se hur en sörja bestående av blod, benbitar och senor stack ut från hans högra hand, och det pulserade kraftigt. Tankarna snurrade snabbt i hans huvud och han misstänkte att han snart skulle hamna i chock.

– Satans helvete! Min hand! Förbannade hästajävel, hur kunde du?! skrek han och sparkade till hästen i baken i ren ilska. Stig andades kraftigt och började svettas.

*Satan! Jag måste få stopp på blödningen! Handduk! Var finns
det en handduk i närheten?! Just det, i pentryt!*

Han haltade in i pentryt och fick snabbt tag på en
någorlunda ren handduk och virade in sin sargade hand.
Han virade den hårt. Vartenda varv med handduken
gjorde fruktansvärt ont, men det var nödvändigt för att få
stopp på blodet.

– Så där. Det får duga så länge. Astrid, än slipper du inte
mig. Du får allt ta mig ner till Samuel, så får han skjutsa
mig till sjukhuset i Skillingaryd.

*Hoppas bara han eller någon annan i familjen är hemma så de
kan hjälpa mig.*

Som tur var, var Astrid så pass lydig och snäll att rida att
det gick att rida barbacka på henne. Dessutom lyssnade
hon bra på kommando och Stig trodde att han kunde rida
henne utan betsel med. Det var han tvungen till, för han
hade aldrig kunnat få på ett betsel med bara en hand. Han
hoppade med stor möda upp på ryggen på Astrid och
smackade på henne och bad en stilla bön att hon skulle
lyda när han smackade och ptroade henne. Med ett fast tag
med den friska handen i Astrids man satte de av mot
granngården där Samuel Jönsson och hans föräldrar
bodde.

Kapitel 6

Solen gassade på pojkarna i båten. Det var inte långt att ro till Lövön, kanske femtio meter, trodde Gustaf. Han styrde ekan mot ett ställe där det såg ut att vara lätt att lägga till båten. Svetten pärlades i pannan och han var lätt andfådd efter roddturen. Han gav order till Olov att hoppa iland och binda fast båten vid första bästa träd. Olov rörde sig klumpigt fram till fören av båten och hoppade iland på ön. Det var nära att han tappade balansen och var på vippen att trilla baklänges ner i vattnet, men återfick balansen i sista stund.

– Haha! Är du badsugen redan, Olov?! skrattade Gustaf från båten. Olov svarade med en sur min och gick sedan och band fast båten runt en tall.

– Ähh, sluta sura nu. Du klarade ju dig. Kom nu! Nu ska vi undersöka ön! Olov suckade och såg ner i backen.

– Visst. Men jag är alltid så himla klumpig av mig. Hur svårt ska det vara att kliva ur en båt egentligen? Surt sparkade han till en sten så den for i väg flera meter, sedan följde han efter Gustaf som redan var på väg in mot mitten av den lilla ön. Gustaf var ivrig. Med stora steg gick han genom blåbärsris och ljung och duckade för grenar medan han visslade på en gammal visa. Inte långt efter följde Olov i samma spår. Incidenten vid båten var snart glömd och han började fundera på var de kunde tänkas bygga lägerplatsen någonstans. De stora träden skymde solstrålarna effektivt. Det var stundtals ganska mörkt i mitten på ön, dessutom var det betydligt svalare där också, vilket Olov inte hade något emot. Gustaf sprang bort till öns nordöstra sida, stannade till och slog ut med armarna.

– Vad säger du, brorsan? Blir inte det här en bra plats? Framför den där stocken kan vi göra upp en lägereld. Och där bygger vi ett vindskydd som vi kan sova under i natt! Olov nickade frenetiskt på huvudet.

– Det blir jättebra! Och när det börjar skymma kan vi berätta spökhistorier för varandra! Snälla, kan vi inte det?

– Visst kan vi det. Jag har ett par stycken du nog inte har hört. Du lär nog skita på dig när jag är klar med dem, hehe! Olov fick genast en allvarlig min och ångrade vad han nyss hade bett om. Att vara utan någon vuxen mitt i natten på en öde ö när det berättades spökhistorier kanske inte var en särskilt bra idé när han tänkte efter.

– Eller också kan vi bara sitta ner och titta på solnedgången och äta lite, försökte Olov men Gustaf bara flinade åt honom.

En timme senare var vindskyddet på plats. Det var tillverkat av grenar de hade hittat på ön samt ett par uppklippta jutesäckar. Olov hade samlat stenar och grenar till lägerelden de skulle tända när det började bli mörkt. Han som inte var direkt förtjust i att röra på sig och särskilt inte snabbt, hade sprungit omkring på ön i en väldig fart och samlat torra grenar och stenar. Hela tiden med ett leende på läpparna och då och då tittade han upp för att se vad Gustaf var någonstans.

Det här måste vara en av de bästa dagarna i mitt liv! Bara jag och brorsan alldeles själva på en öde ö, vilket äventyr. Här får vi

klara sig alldeles själva. Ingen som lagar mat åt oss och ingen
som talar om när det är dags att gå och sova. Vi kan vara uppe
hur länge vi vill! Fast å andra sidan är det heller ingen far i
närheten som ger mig en godnattkram, som han alltid brukar
göra... Men det ska nog gå bra ändå, Gustaf är ju med mig.

– Olov! Ska vi se om det finns någon fisk i sjön? Så vi får
någon kvällsmat, menar jag.

– Javisst! Jag tar fram metspöet. Snälla, kan inte du sätta
på masken på kroken? Du vet ju att jag tycker det är
äckligt? vädjade Olov.

– Klart jag kan. Det är väl inte äckligt med en lite mask?
Tycker du verkligen det? flinade Gustaf medan han
började gräva med händerna i jorden.

De små vågorna som fanns tidigare under eftermiddagen
hade nu helt försvunnit. Sjön låg spegelblank. En koltrast
sjöng någonstans på andra sidan sjön. Luften var ännu
ljummen. De båda pojkarna satt tätt intill varandra på ett
par stenar och tittade ut på flötet som låg och guppade lätt
i det mörka vattnet. Samma mörka vatten som några år
tidigare hade kylt ner hans kropp så pass att han nästan
höll på att dö, men det var ingenting han tänkte på nu. De
sa inte så mycket till varandra. Det behövdes inte. De njöt
till fullo av tillvaron. Det var det här de hade längtat till
under hela den kalla vintern. Lugnet. Spänningen.
Äventyret. Tystnaden. Samtalen. Att bara få rå om
varandra. Flötet guppade plötsligt till. En gång. Två
gånger. Den tredje gången försvann den helt under ytan
och linan spändes.

– Gustaf, jag tror du har fått napp! viskade Olov högt av
iver. Gustaf svarade inte utan ställde sig sakta upp och
ryckte försiktigt i metspöt. Linan spändes igen och han
ryckte till lätt.

– Jag tror det är en stor rackare! Titta, det är en abborre, sa Gustaf.

– Ta upp den, ta upp den! sa Olov upphetsat. Den stora abborren sprattlade rejält tills Gustaf fick tag på den.

– Kolla, vilken bamsing! utbrast han.

– Vad stor den var! Nu har vi kvällsmat.

– Ja, men en fisk räcker nog inte. Om du fortsätter meta så ska jag göra upp elden och rensa abborren.

– Okej! sa Olov och blickade ut mot flötet.

Det blev ytterligare två stora abborrar innan de bestämde sig för att avsluta fisket för den här gången. Det var sent på kvällen och det enda ljus som syntes var från lägereldens glöd. Med mätta magar satt de båda bröderna och såg in i den gulröda glöden. Emellanåt knastrade det till från en glödande träbit. Det började kyla på, men än så länge kände de värmen från den lilla lägerelden som ännu var varm. Olov tittade upp mot den stjärnklara kvällshimlen. Han undrade hur långt det var till stjärnorna och hur många det fanns. Många tankar for genom huvudet den här kvällen. Han och Gustaf hade småpratat om allt möjligt. Om gården, skolan och tjejerna i skolan.

– Du Gustaf?

– Har du haft någon tjej någon gång? Trots att Olov redan visste svaret ville han ändå höra Gustaf säga det.

– Nä det har jag inte. Det vet du väl. Det skulle du väl ha märkt i skolan i så fall.

– Ja… men finns det någon i klassen som du är kär i?

– Nä inte kär i. Men det finns ett par stycken som är ganska fina.

– Vilka då? Gustaf skruvade lite på sig och kände sig lite obekväm med Olovs frågor.

– Ulla till exempel.

– Är det hon med tuttarna?

– Ja.

– Ulla är fin. Stora tuttar… Henne är jag kär i, sa Olov och rodnade.

– Du kan väl inte vara kär i Ulla heller? utbrast Gustaf.

– Varför inte? frågade Olov förvånat.

– Hon är ju mycket äldre än du! Du får väl vara kär i tjejer som är lika gamla som du, fattar du väl?

– Det spelar väl ingen roll! invände Olov irriterat.

Det blev tyst en lång stund. Gustaf satt på marken med stocken som ryggstöd. Benen var utsträckta mot eldstaden och blicken var fäst på den alltmer avsvalnande glöden.

– Gustaf?

– Ja?

– Hoppas du inte blir arg på mig nu för att jag frågar, men tänker du någonsin på mor?

– Ja. Det händer väl.

– Jag önskar jag hade träffat henne. Var hon snäll?

– Jag kommer inte riktigt ihåg längre. Jag tror det. Det var så länge sedan hon…

– Dog?

– Ja… Gustafs röst sprack när han svarade. Det tårades i ögonen på honom, men det såg inte Olov. Det var väl klart att han tänkte på mor ibland. Särskilt i början efter att hon gått bort. Han minns hur det gjorde ont i hela kroppen när han tänkte på att hon inte fanns där hos honom längre. Minnet av hur hon såg ut var svagt, men han kommer fortfarande ihåg rösten. Den varma, mjuka rösten som brukade ropa hans namn. Han mindes också hennes varma, goa kramar och hennes parfym. Den minns han starkt. Mor doftade alltid så gott.

– Det är synd om far, som inte har någon fru längre. Vill han inte skaffa någon ny fru, tror du? undrade Olov.

– Jag vet inte. Jag har inte frågat honom. Det är kanske inte så lätt att hitta någon. Han jobbar ju jämt på gården, så jag tror inte han har tid, suckade Gustaf.

– Fast han har ju oss, så han behöver ju inte känna sig helt ensam, sa Olov och log.

– Ja, det är sant. Han har ju oss, och vi tre blir ju som en liten familj, eller hur? Nu log Olov ännu mer. Kanske inte far känner sig så ensam trots allt, tänkte han och såg upp mot stjärnorna igen. Han undrade om hans mor var en av stjärnorna där uppe. Kanske att hon tittade ner på honom just nu. Kanske hon ser allt vad de gör och säger? Det gör hon nog, för det har far sagt. Mor är där uppe i Himlen och tittar ner på oss, tänkte han.

Det var inte mycket glöd kvar i lägerelden och det började bli kallt om ryggen. Olov sneglade på Gustaf. Han såg ut att vara försjunken i djupa tankar. Antagligen tänkte han på det som de nyss hade pratat om. Bara för ett par timmar sedan hade Olov önskat att den här perfekta dagen aldrig skulle ta slut, men nu började han bli riktigt trött. Hans ögonlock började bli tunga och han gäspade djupt.

– Gustaf?

– Ja?

– Jag börjar bli trött. Ska vi gå och lägga oss?

– Inte riktigt än. Vi ska göra en grej först, du och jag, sa han allvarligt men behöll blicken mot glöden.

– Vaddå?

– Vi ska svära blodseden, sa Gustaf som nu såg på Olov med kall blick.

– B...blodseden? Olov förstod ingenting.

105

– Ja. Blodseden heter det. Du och jag ska svära att vi alltid kommer att stötta varandra genom livet. Jag menar om det händer den ene något så måste den andre alltid hjälpa, förklarade Gustaf och ställde sig upp.

– Men? Det vet du väl att vi gör ändå? Det behövs väl inte sväras någon ed för det?

– Man vet aldrig vad som händer i framtiden, men om vi svär blodseden, då har vi knutit ett förbund i blod och är tvungna att hjälpa varandra, vad det än gäller. Är du med?

Olov nickade häftigt, men såg samtidigt riktigt oroad ut. *Vaddå blodsed? Varför heter det så? Varför inte bara en ed? Vad tänker han göra?*

Gustaf gick bort till sin ryggsäck och tog upp något ur den och gick tillbaka till eldstaden där Olov satt. I handen hade han en kniv.

– Du behöver inte vara rädd. Det gör kanske ont i en sekund, sedan är det över. En sekund, förstår du? Olov nickade lätt och såg väldigt oförstående ut. Gustaf satte sig tätt intill sin bror och höll fram kniven, tog fram sin vänstra tumme och satte knivseggen mot den och såg sedan på Olov. Plötsligt ryckte han till, sedan log han mot Olov. Olov såg på tummen. Det rann en mörkröd sträng av blod från tummen och längs hela handen.

– Så där. Nu är det din tur, sa Gustaf med ett svagt leende.

– Men... men! stammade Olov men sa inget mer. *Herregud! Han skar sig själv i tummen så att det kom blod! Och nu vill han att jag ska göra likadant. Hur ska jag våga det utan att börja gråta?*

– Gör nu likadant som jag gjorde. Sedan ska vi tumma på att alltid hjälpa varandra genom livet, vad som än händer. Okej?

– O… okej. Sakta tog han emot Gustafs kniv och höll upp sin vänstra tumme. Han såg på knivseggen. Det var visserligen ganska mörkt ute men han kunde tydligt se spår av Gustafs blod på knivbladet. Sakta förde han eggen mot sin tumme men tvekade när han bara var någon centimeter ifrån. Med en frågande och orolig blick såg han på Gustaf.

– Det gör bara ont i någon sekund, sedan är det över, upprepade han. Olov slöt ögonen.

Tänk inte så himla mycket nu, bara gör det. Var ingen fegis för en gångs skull, bara gör det! Detta är viktigt, det är en blodsed och jag måste svära den!

Han tog ett djupt andetag, blundade, tryckte eggen mot tummen och drog till med kniven. Det dröjde inte länge förrän en fin strimma av blod sipprade ut från såret på hans tumme, precis som på Gustaf.

– Bra Olov! utbrast Gustaf.

– Håll upp din tumme mot min nu. Säg efter mig nu, Olov: "Härmed lovar jag och svär, att jag alltid ska ställa upp för min bror, vad det än gäller. Från och med nu och för alltid". De höll deras blodiga tummar mot varandra. Tårar rullade långsamt ner längs Olovs båda kinder.

– H..härmed lovar jag och svär, att jag alltid ska ställa upp för min bror, vad det än gäller. Från och med nu och för alltid.

– Bra Olov! Nu har vi lovat varandra. I och med detta kan du känna dig trygg genom hela livet, att om det någon gång skulle hända dig något så finns jag där för dig. Okej? Bra va? sa Gustaf glatt. Olov såg faktiskt lättad ut nu. Han torkade tårarna med den andra handen, den som inte blödde. Det bultade lätt i den skadade tummen.

– Ja. Ja, det känns bra, sa han när han hade känt efter en stund.

– Perfekt! Gå och hämta plåstren nu så vi inte får in nåt skit i såren, sa Gustaf medan han torkade av blodet från kniven på gräset. Olov lunkade i väg bort mot sin ryggsäck för att hämta plåster. På vägen dit funderade han på vad som nyss hade hänt. Han och brorsan hade ingått ett förbund, att om någon av dem någonsin hamnade i knipa så skulle den andre alltid finnas där tillhands. Nog för att han trodde att Gustaf skulle hjälpa honom ändå, utan en blodsed, men nu kändes det ännu säkrare. Det kändes bättre ju mer han tänkte på det. Att alltid få hjälp om det skulle behövas, av den han litade som allra mest på, det kändes bra. Riktigt bra.

De plåstrade om varandra och torkade rent händerna från blod under tystnad. Gustaf sneglade mot Olov medan han satte på hans plåster. Han tyckte att Olov såg belåten ut, kanske till och med lite lättad och det gjorde honom glad. Det fanns naturligtvis en baktanke med allt detta; att öka Olovs självförtroende lite grann. Denna ritual skulle förhoppningsvis få Olov att tuffa till sig lite, men om det skulle hjälpa eller ej återstod att se, tänkte Gustaf.

– Du Olov? Det kanske räcker med dumheter för idag. Ska vi gå och lägga oss?

– Ja, det är väl lika bra kanske.

De reste sig båda två samtidigt, och först då kände Gustaf att det värkte i både ben och rygg efter dagens alla strapatser och han tänkte att det säkert måste vara ännu värre för stackars Olov. Deras sängar bestod av lite granris som de hade lagt under vindskyddet och som kudde tog de sina ryggsäckar. Täcke hade de inte med sig, utan de tog på sig sina tjocka tröjor. De la sig tillrätta under vindskyddet och Gustaf tyckte han låg riktigt bekvämt på granrisbädden. Det var helt tyst ute. Inte en vindpust. Inga fåglar sjöng längre. Inga vågskvalp hördes och bara ett fåtal kolbitar glödde fortfarande. Det var kilometer till närmaste gård och de var helt ute i ödemarken. Men de var inte rädda. Olov kände sig helt trygg nu när han låg bredvid sin storebror och det kändes som ingenting i hela världen kunde hända så länge Gustaf fanns vid hans sida. Han kom plötsligt på de där spökhistorierna som Gustaf hade lovat att berätta. Men just nu kändes det inte så viktigt att få höra några. Han tänkte i alla fall inte påminna Gustaf om dem i alla fall.

– Gustaf?

– Vad är det?

– Jag ville bara säga tack för idag. Det här var den bästa dagen i mitt liv, viskade Olov.

– Tack själv. Jag har också haft det roligt idag. Det här måste vi göra om någon mer gång, viskade han tillbaka.

Gustaf blev varm i kroppen av att höra att Olov hade haft det bra. Han kände sig stolt över att kunna få Olov att känna sig lycklig och han tänkte tillbaka på det löftet han hade gett sin far strax efter Elsies bortgång. Han hade lovat att lära sin lillebror allt han kunde om gården, skydda honom i skolan och hålla ihop i vått och torrt. Hittills hade han lyckats riktigt bra med det och han tänkte fortsätta hålla sitt löfte livet ut.

Det dröjde inte länge förrän de båda sov djupt och de vaknade inte förrän mitt på förmiddagen. Medan Olov stod och kissade mot ett träd hörde han hur Gustaf svor borta vid ryggsäckarna.

– Olov! Det finns bara två knäckebröd kvar. Har du ätit upp resten? frågade Gustaf argt. Det knöt sig i magen på Olov och han blev röd i ansiktet.

– Förlåt! Men jag var så hungrig i går. Jag kunde inte låta bli att smaka lite av dem. Förlåt! bad Olov och kände sig dum.

– Det är vad vi har till frukost, det. Ett varsitt knäckebröd, en varsin morot och vatten. Du kunde väl ha tänkt lite på att vi måste spara på maten?

– Jag tänkte inte så långt. Snälla, var inte arg på mig! vädjade Olov med gråten i halsen. Gustaf bet ihop.

– Nädå, jag ska inte bli arg. Men du får skylla dig själv när du blir hungrig på vägen hem, för då finns det inget mer att äta förrän vi kommer hem, tänk på det! Olov såg skamsen ut och nickade på huvudet med blicken i marken. Gustaf ångrade genast vad han hade sagt när han såg hur förfärad Olovs min hade varit. Han gick fram till honom och ruskade om honom i håret.

– Hörru! Ryck upp dig! Lite hunger kan vi väl stå ut med? Va? Det gör inget, det där med maten. Vi äter desto mer när vi kommer hem till gården, okej?

– Visst, snyftade Olov.

De började packa ihop sina saker. Det var mulet och det blåste en hel del. Sjön, som låg så spegelblank och vacker igår var nu full av vita gäss. Medan Gustaf tog på sig en tröja så såg Olov på sina bara fötter. På hälen fanns där nu en stor vattenfylld blåsa som ömmade för varje steg han tog. Allra helst hade han velat lägga upp foten i knät på Stig och bett att få bli omplåstrad och ompysslad, men nu var de långt hemifrån och de hade långt kvar att gå. Han kom på att de faktiskt hade med sig plåster i ryggsäcken, och började rota i den.

– Vad gör du? frågade Gustaf.

– Inget särskilt. Jag har bara fått en blåsa sedan marschen igår bara. Ska bara sätta på ett plåster.

– Okej. Vi börjar väl gå hemåt sen då. Vi kan gå längs strandkanten bort till båten, så slipper vi gå genom skogen, sa Gustaf.

– Det blir bra! Ska bara få på mig skorna först, sen är jag klar.

Gustaf tog täten. Längs hela den norra sidan av ön var det stenigt längs stranden och det blev svårt att gå. Bitvis fick de hoppa mellan stora stenbumlingar för att komma vidare. Efter bara några minuter såg de ekan som låg och guppade en bit längre bort vid strandkanten. Gustaf vände sig om och ropade.

– Halka inte nu, för en del stenar är hala!

– Nädå, jag märker det! Jag var nära att…Ajjj!

Olov skrek till högt och Gustaf vände sig om. Mitt emellan två stora runda stenar såg han Olov ligga på rygg. Men det såg så konstigt ut. Det ena benet var något uppdraget medan det andra hade en konstig vinkel. Olov grät hejdlöst och Gustaf förstod genast att något inte stod rätt till.

– Aj! Gustaf! Mitt ben! Mitt ben! skrek han och sträckte armarna ner mot benet. Det var av. Han hade halkat på de hala stenarna och fallit olyckligt så att lårbenshalsen hade gått av.

– Herregud, Olov! Hur gick det?! Kan du försöka resa dig? Nej förresten, gör inte det. Ditt ben! Det ser ut att vara av!

– Va?! Nej! Har jag brutit benet?! Åh, nej! Vad ska far säga? Olov var helt förtvivlad och chockad.

– Det spelar väl ingen roll vad far säger? Men vi måste få hem dig på något sätt, här kan du inte ligga. Gustaf kliade sig i pannan.

Olov har rätt, vad ska far säga? Kommer han att bli arg på mig, som hittar på en massa äventyr som gör att Olov bryter benet? Kommer jag att få bannor nu? I så fall får det bli så. Men jag måste få med Olov hem på något sätt. Men hur?

– Lyssna nu Olov! Ligg nu bara så stilla du kan. Jag springer tillbaka till vindskyddet och hämtar några tjocka grenar. De kan fungera som stöttor till dig, för du kommer inte kunna stödja dig på benet. Jag kommer snart tillbaka, okej?

– Okej. Men skynda dig, är du snäll. Jag börjar frysa! snyftade han.

– Jag lovar! ropade Gustaf. Han slängde av sig sin ryggsäck bredvid Olov och sprang så fort han kunde tillbaka till där de hade övernattat, fast han var noga med att bara hoppa på de stenar som inte vattnet hade stänkt upp på. På vägen dit funderade han på hur i all världen han skulle få hem Olov och hur skulle han kunna komma i och ur ekan? Sen då? Skulle Olov stödja sig på ett ben och ta en pinne till hjälp att stödja sig med? Han kom snabbt fram till att den idén var ohållbar. Det var alldeles för långt hem. Men han skulle nog få bli tvungen att stödja sig med en pinne fram till båten åtminstone. Men sen då? Att bära Olov ända hem var också otänkbart. Kanske skulle han orka bära honom i två hundra meter, inte längre. Då kom han på det.

En bår! Jag får bygga en bår av två långa pinnar. Det måste väl ändå vara det enklaste sättet att få hem brorsan? Mellan pinnarna skulle han trä sin långärmade tröja. Det hade han läst i en vildmarksbok i skolan att man kunde göra. Han hade tur. Pinnarna från vindskyddet var troligen tillräckligt långa och kraftiga till att använda som bår. Han tog dem under armen och skyndade sig tillbaka. Olov låg av naturliga skäl i exakt samma position som när han lämnade honom. Han var blek om kinderna och han hade gråtit.

– Hej! Hur går det med dig?

– Dåligt. Jag fryser. Och det värker i benet som bara den. Jag vill hem! snyftade Olov.

– Jag förstår att du vill hem. Det vill jag med, men nu måste vi göra det bästa av situationen. Du har brutit benet och du måste på ett eller annat sätt hem. Det kommer att göra ont, mycket ont och jag är ledsen för det men så kommer det tyvärr att bli idag. Jag tog med mig de här.

Gustaf höll upp de långa granpinnarna.

– Vad ska du göra med dem?

– Jag ska bygga en bår av dem, tillsammans med våra tröjor. Men båren får vi bygga när vi kommer till fastlandet, den går det inte att använda här på stenarna. Det går inte att dra dig över dem. Men nu måste vi försöka få upp dig och i båten. Du får lov att ligga still ytterligare några minuter så ska jag springa och hämta ekan. Jag lägger till bara ett par meter ifrån där du ligger, så du slipper hoppa så långt med ditt brutna ben, okej?

– Jaja, okej. Försök gärna att skynda dig, är du snäll. Jag fryser så. Olov var blöt om byxorna av vågorna som slog upp på stranden emot honom. Strax var Gustaf tillbaka med båten. Olov kunde se hur hans bror verkligen gjorde sitt yttersta för att skynda sig.

– Så där! Nu Olov, kommer den värsta biten och det är att få i och ur dig i båten. Sedan behöver du bara ligga still. Följande halvtimme var en pärs för dem båda två. Aldrig hade Olov vare sig skrikit eller gråtit så mycket som han hade gjort nu, men äntligen var de båda i land. Gustaf mådde dåligt av att höra Olovs skrik. Ljuden skar som knivar i huvudet på honom, men han hade inget annat val än att flytta på honom så de kunde ta sig vidare hem. Olov låg stilla på grusvägen medan Gustaf försökte få ihop någon form av bår som han kunde dra sin bror på. Svetten rann i pannan, trots att det inte var särskilt varmt ute, men han var stressad och hade bråttom med att få ihop båren. Han såg hur ont Olov hade och han ville ju inte att han skulle behöva lida längre tid än nödvändigt. Till slut fick han ihop något som liknade en bår som bestod av tre tröjor som var trädda med två långa granpinnar, och tanken var nu att Olov skulle ligga därpå, så skulle han själv dra hem honom. När Olov väl låg på plats på båren, försökte Gustaf stabilisera det brutna benet med de kläder de hade kvar i ryggsäckarna så att det skulle ligga så stabilt som möjligt. Han gav Olov några klunkar vatten och rättade till hans ryggsäck som han hade som kudde. Sedan lyfte han försiktigt upp ändarna på grannstammarna och började dra. De första stapplande stegen kändes ganska okej men efter bara ett par minuter var han tvungen att sätta ner båren och vila armarna.

– Hur går det för dig? frågade han Olov.

– Det går bra, svarade Olov. Fast egentligen gjorde det inte det. För varje liten ojämnhet på grusvägen gjorde det fruktansvärt ont när granpinnarna stötte i dem, men han hade bestämt sig för att försöka hålla masken så gott det gick och inte klaga så att Gustaf skulle höra. Han hade redan tillräckligt dåligt samvete för vad han hade ställt till med och för att hans stackars bror skulle behöva dra hem honom ända hem till gården. Återigen kom tårarna. Han förbannade sig själv för att ha varit så klantig och trillat och han förbannade sig själv för att vara så tjock och klumpig.

Stackars snälle, hjälpsamme Gustaf! Att han bara ens försöker att hjälpa mig hem på detta sätt.

Gustaf tog ett nytt tag om båren och började gå igen.

– Gustaf?

– Ja?

– Jag är verkligen ledsen för allt det här och jag förstår om du ger upp och lämnar mig här. Jag vet att jag är alldeles för tung för min ålder och du ska inte behöva lida för det. Det är helt okej om du går hem före, jag kan nog ta mig hem med hjälp av en stötta, även om det kommer att ta tid, snyftade Olov. Gustaf ryckte till där framme.

– Ger upp?! Vad är det du säger? Det kvittar om du så hade vägt två hundra kilo, jag hade dragit hem dig oavsett, fattar du väl? Jag ska nog allt dra hem dig ända hem till Assargården om det så det sista jag gör! Jag skulle aldrig ens komma på tanken att svika dig och lämna kvar dig här! Vi är ju bröder och vi ställer upp för varandra, eller hur? Vi har ju svurit blodseden, vet du ju! Gustaf såg nästan förnärmad ut av Olovs kommentar och lät arg i rösten.

– Tack, svarade Olov tyst och torkade sina tårar. En halvtimme senare hade Gustaf fått så pass mycket kramp i armarna att han förstod att han var tvungen att tänka om, det gick inte att dra längre på det viset han gjorde. Han kom på att om han band fiskelinan runt båda ändar på båren och sedan la linan över magen så kunde han dra båren utan att behöva ta i så hårt med händerna, då kunde magen dra tyngsta lasset. De tog en välbehövlig paus och Gustaf knöt fiskelinan enligt sin idé, men med tredubbla trådar så att den inte skulle gå av. Den fungerade bra, fast han var tvungen att vända på sin ryggsäck så att den satt på magen i stället. På så vis slapp den tunna, starka fiskelinan skära in i magen på honom.

Både Samuel Jönsson och hans far hade följt med stackars Stig in till sjukhuset i Skillingaryd. Handen hade varit mycket illa däran och doktorerna hade varit tvungna att amputera alla fingrar utom tummen. Fram på kvällen kom till slut Stig hem igen. Det värkte i handen trots all morfin han hade fått. Förutom smärtstillande hade han fått med sig piller hem mot blodförgiftning. Eller nåt. Han hörde inte riktigt vad doktorn hade sagt, han var så borta i huvudet av all morfin. Som tur var hade han fått med sig en lapp hem om hur han skulle sköta sina piller och sina sår. Efter några dagar skulle han tillbaka till sjukhuset för kontroll. Stig var förkrossad. Inte så mycket för att handen värkte, utan för att han oroade sig för hur han skulle kunna sköta gården med bara en hand. Det snurrade i huvudet. Allt han hittills hade gjort med höger hand skulle han nu bli tvungen att göra med vänster, och allt han hittills hade gjort med båda händerna, ja… hur skulle han göra då? Ganska snart hade han kommit fram till att sitta och tycka synd om sig själv inte kommer att hjälpa ett dugg. Han skulle behöva anlita Samuel betydligt mer än vad han gjort hittills. Om nu Samuel ville och hann, förstås. Dessutom skulle Gustaf få börja hjälpa till mer på gården. Han kom även fram till att det mesta kommer ta lång tid och kommer bli svårt att hantera i början, men att han med all sannolikhet kommer att kunna lära sig att få upp snabbheten tids nog.

Att försöka se saker på ett så positivt sätt som möjligt hade Stig fått lära sig den hårda vägen, när Elsie dog. Hade han inte tagit sig i kragen då, hade han antagligen både blivit fråntagen sina barn samt supit ihjäl sig av sorg. Men Stig visst bättre. Han visste att det var fel väg att gå. Han visste

116

att livet inte alltid är en dans på rosor och ibland får man rejäla käftsmällar. Men livet handlar om att kunna ta käftsmällar och ändå gå vidare. Annars har man inget liv längre.

Det hade börjat skymma ute. Stig satt vid sin vanliga plats vid köksbordet med en kaffekopp i handen. Pojkarna hade lovat att vara hemma senast till kvällen. Än så länge var han inte orolig för dem och han litade på Gustaf till fullo. Han såg ut mot hagen där hästarna fanns. Han såg hur Astrid oskyldigt stod och betade, helt ovetandes om vad hon hade åsamkat hans hand. Den aggression han kände mot hästen vid olyckstillfället var nu helt borta. Det var ju inte hennes fel att hon är rädd att skos. Troligen hade någon klant spikat en söm fel så den hade gått för långt in i hoven på henne någon gång när hon var ung, tänkte han. Inte undra på att hon inte tycker om att skos om. Stig tänkte på sina pojkar. Sina fantastiska små, fina barn som har vuxit och blivit så stora och duktiga. Så mycket kärlek har han fått av dem genom åren när han tänkte tillbaka, att han blev tårögd. Om han hade valt fel väg efter Elsies bortgång, hade han antagligen aldrig kunnat sitta här och haft alla dessa fina minnen av pojkarna. Nu hade han återigen två val att välja på; att bryta ihop och tänka att gården måste säljas eller att lära sig göra saker med bara en hand. Valet var egentligen inte så svårt. Han tänkte minsann inte ge upp! Det får ta sin tid, om han så ska jobba tjugotre av dygnets tjugofyra timmar, så ska han minsann kämpa på tills han lärt sig allt med den hand han har kvar! Han såg ner på sin väl bandagerade hand och knöt sin vänstra så hårt han kunde. Sedan slappnade han av och tog en djup suck av lättnad över att ha kommit fram till ett beslut. Ett rätt beslut förhoppningsvis. Klockan i köket visade halv åtta. Återigen styrde han blicken ut genom fönstret och ner mot vägen som leder mot Linnesjön. Någonting rörde sig sakta långt där borta.

Det ser konstigt ut. Är det en människa? Är det pojkarna? Nä, ser bara ut att vara en i så fall, så de kan det väl inte vara. Eller är det en älg? Måste vara en älg som går sakta. Jag går ut och tittar.

Stig gick ut och ställde sig på farstukvisten för att se vad som försiggick nere på vägen. Till sin förvåning såg han att det var Gustaf som sakta kom emot honom.

Det är ju Gustaf som kommer! Men vart är Olov? Varför är inte han med? Har det hänt honom någonting?

Med raska steg började han gå ner mot vägen för att möta upp och när han kom närmare såg han att Gustaf drog på något. Efter ytterligare en bit såg han att det var Olov som Gustaf drog på.

Innan de allesammans hade kommit in i värmen i huset hade pojkarna berättat allt. Stig hade också hunnit berätta i stora drag vad som hade hänt med sin hand. Olov var nerkyld och medtagen och det hade tagit en stund att få in Olov i huset utan att röra hans ben allt för mycket. Benet var svullet och fullt med blåmärken. Gustaf var helt utmattad och stapplade in genom dörren. Det värkte i ryggen och i händerna på honom efter att ha släpat i timmar på Olov och han undrade fortfarande om Stig skulle bli arg på honom för att han inte hade haft bättre koll på sin lillebror.

– Pojkar, pojkar... Det här var ingen bra dag. Inte för någon av oss. Jag har krossat handen, Gustaf är helt slutkörd och du, lille Olov din stackare har brutit benet. Dessutom är du kall nu. Jag ska snabbt koka upp lite vatten så ska ni få värma er med te och havregrynsgröt, för jag antar att ni är hungriga. Sedan blir det i väg till sjukhuset på direkten. Gustaf, hjälper du mig lite här? Gustaf reste sig sakta från bordet och gick bort till Stig, som försökte få ner ett par tallrikar från översta hyllan.

– Far? Jag måste få fråga en sak, sa Gustaf tvekande.

– Vad är det?

– Det här med Olovs ben. Är du mycket arg på mig? frågade Gustaf och såg ner i golvet. Han borde kanske möta Stigs blick men vågade inte.

– Arg? Varför skulle jag vara det?

– Jo, jag hade ju ansvar för Olov när vi var i väg. Jag har sett till att han har fått den lättaste ryggsäcken, vilat när han har behövt, passat så han inte trillat i vattnet. Men... benet, jag kunde inte hjälpa det. Det gick så fort!

– Men Gustaf lille! Inte anklagar jag dig för Olovs ben heller! Tokige pojk! Det var ju en olyckshändelse. Olyckor händer ibland, se bara på mig. Jag gjorde ett misstag med Astrid idag och hade inte full koll på var jag hade mina händer. Olov gjorde ett misstag som var oförsiktig på de hala stenarna. Det är okej att göra misstag. Det viktiga är att man försöker ta lärdom av dem, så att man inte gör om dem. Det är av misstag man lär sig här i livet. På vissa saker är det så i alla fall. Mycket lär man sig i skolan, men ibland lär man sig även av sina misstag. En sak ska ni veta pojkar, det värmer något oerhört i mitt hjärta när jag ser er hålla ihop och hjälpas åt både i vått och torrt. Ni kan kivas emellanåt, men när det väl kommer till kritan, när det verkligen gäller, så håller ni ihop. Det har ni verkligen visat prov på idag och det var likadant när ni var mindre och Olov blev mobbad. Det finns ett osynligt, magiskt band emellan er två som aldrig verkar gå av, fortsatte Stig.

Gustaf såg hur Stigs underläpp började darra och han förstod att deras syskonkärlek betydde mycket för honom.

– Nu måste ni äta lite snabbt så vi kommer i väg till sjukhuset med er. Jag antar att vi blir kvar där över natten, sa Stig och drack snabbt upp sitt kaffe.

Del 2 – Orostider

Kapitel 7

Olovs ben läkte ihop bra. Inne på sjukhuset blev han gipsad från foten och ända upp på låret. Han blev hemma från skolan de första dagarna för att sedan gå med kryckor ett tag. I skolan blev hans klasskamrater nyfikna på hans ben och han fick mer uppmärksamhet än vad han var van vid. De tyckte synd om honom och de hade många frågor om hans äventyr på ön och han njöt av varje sekund, då han för en gångs skull fick vara i centrum. Han hade till och med fått ett par nya kompisar i klassen och han var gladare än någonsin den sommaren, trots att hans ben var gipsat. Stigs hand blev infekterad några dagar efter olyckan. Han fick feber och blev kvar på sjukhuset för observation. Till slut gav infektionen med sig och han fick komma hem igen. Det blev en tuff tid för Stig, som fick jobba om möjligt ännu längre dagar än förut och det slet hårt på honom. Gustaf fick huvudansvaret för flera av uppgifterna hemma på gården, vilket innebar sysslor tidigt på morgonen innan skolan men även efter skolans slut. Samuel fick hjälpa till allt som oftast när han hade tid och möjlighet, vilket tärde hårt på hushållskassan för Stig.

Åren gick. Olov växte både i kapp och förbi Gustaf och var fortfarande lite överviktig. Gustaf var däremot fortfarande smal och senig och några centimeter kortare än sin lillebror. Han skulle fylla arton om två månader och hans lynniga temperament var densamma som det alltid har varit. Han ifrågasatte ofta Stig om diverse saker och var gärna gapig och högljudd. Dock hade han fortfarande stor respekt för sin far och när Stig sa ifrån på skarpen så bet han ihop och tyglade sitt humör. Han hade gått ut skolan och det naturliga för honom var att jobba vidare hemma på gården. Det var numera Gustaf som hade huvudansvaret på gården, medan Stig gjorde det han kunde med sin vänstra hand. Han var sliten och hade fått problem med ryggen dessutom, vilket inte gjorde saken bättre. Han hade hunnit fylla fyrtiosex år, men såg minst tio år äldre ut.

Nere i byn gick snacket att Hitler kommer att förklara krig, det är bara en tidsfråga, sas det. Med stor oro försökte familjen Andersson på Assargården följa med på radion vad som hände i Tyskland. Den första september 1939 satt de alla blick stilla i köket hemma i köket och hörde på med förskräckelse vad statsminister Per Albin Hansson hade att säga till svenska folket:

"Medborgare! Det förfärliga som vi i det sista hoppats att världen skulle förskonas ifrån har inträffat. Ett nytt stort krig har brutit ut. Vi ha att konstatera detta ohyggliga faktum och det tjänar bra litet till att försöka giva uttryck åt den sorg och fasa vi känna vid tanken på vad detta kan föra med sig av vånda och ve

för en redan förut sargad och pinad mänsklighet. För oss svenskar gäller det nu att med lugn och beslutsamhet endräkteligen samlas kring den stora uppgiften att hålla vårt land utanför kriget, att vårda och värna våra omistliga nationella värden och att på bästa sätt bemästra den onda tidens påfrestningar."

Gustaf spände sina käkar allteftersom statsministern talade, och när hans tal var slut, kunde han inte längre vara tyst.

– Ha! Jag visste det! Jag visste att den där Hitler skulle förklara krig. Den dåren! Bara han inte kommer till Sverige! Om han gör det så ska vi krossa honom, för här i Sverige har han inget att göra!

Gustaf var pionröd i ansiktet av ilska och stod nu upp. Stig var inte fullt lika upphetsad när han började tala till Gustaf.

– Sätt dig ner, pojk. Lugna ner dig. Än så länge är inte tysken i Sverige. Dessutom är du för ung för att dra ut i krig.

– Jag vet! Men snart fyller jag arton och om jag bara godkänns som soldat så tänker jag ställa upp och strida för Sveriges sak, utbrast Gustaf frustrerat. När Stig hörde orden från sin son högg det till i hjärtat, även om han förstod att Gustaf med all sannolikhet ändå skulle bli inkallad om det skulle behövas. Risken för att han själv skulle behöva rycka in trodde han var minimal med tanke på sitt handikapp. Dessutom var han ensamstående och någon måste ju ta hand om gården med alla dess djur.

Det gick rysningar genom Olovs kropp. Skulle verkligen Gustaf frivilligt ta värvning och försvinna från gården? Första tanken på detta var att det kändes som ett svek från Gustaf. Att bli lämnad av honom skulle kännas hemskt. Även om Olov nu snart var sexton år så var han ännu inte redo att stå på egna ben. Fortfarande fanns det en omogenhet och osäkerhet hos honom som bara Gustafs närvaro kunde råda bot på. Stig var en bra far som naturligtvis också gav stor trygghetskänsla. Men inte som Gustaf. Med honom kunde han prata om allt, verkligen allt och det kunde han inte göra med Stig på samma sätt. Olov hade hört nog om krig, Hitler, Tyskland och allt vad det hette. Han reste sig upp och meddelade att han skulle ta en promenad. Med träskorna på fötterna och rocken under armen gick han ner mot ladugården.

Det var en kylig höstdag. Gula lönnlöv låg utspridda längs hela vägen. Hösten hade kommit tidigt i år och blommornas tid var förbi. Endast några maskrosor lyste ännu gula lite här och där. Han såg ut över stengärdesgårdarna som sträckte sig runt hela ägorna. En svag dimma låg som ett täcke över ängarna. En frustning hördes från Greta. Han gick fram till henne där hon stod i sin hage tillsammans med Astrid och la sin panna mot hennes och klappade henne ömt på halsen. Olov var orolig.

Ska tysken verkligen komma? Vad vill de och vad ska de i Sverige att göra? Vad var det statsministern hade sagt på radion egentligen? Att han skulle försöka hålla vårt land utanför kriget? Hur då? Hur ska det gå till? Måtte han inte kalla in Gustaf till värvning! Värvning? Vad innebär det egentligen? Det görs tydligen inne i Skillingaryd bland annat. Blir man godkänd så kan man bli utstationerad lite var stans i Sverige tydligen. Blir de tvungna att åka direkt i så fall? Eller får man hem och packa och ta farväl av sina nära och kära först? Jag får fråga Gustaf, han har nog mer koll på det. Men om han åker i väg i krig, hur länge blir han borta och var tar han vägen? Får han välja? Gustaf med sitt hetsiga humör! Bara han inte gör något dumt han får ångra…

Tankarna snurrade i huvudet på stackars Olov och den natten sov han nästan inget alls.

Redan tre dagar senare kom det ett brev som var adresserat till Gustaf Stig Gunnar Andersson. Det var från Försvarsmakten. Det var Stig som tog in posten. När han stod ute vid brevlådan med brevet i handen, funderade han länge och väl medan han såg på brevet med en bekymmersam min.

Så det är nu det börjar. Helvetet på Jorden. Nu ska de ta min son ifrån mig. Nu kommer Sveriges försvarsmakt skicka ut min son mot Hitlers armé. Blir det högst tillfälligt eller under flera år? Eller kommer det att bli sista gången jag ser honom när jag vinkar av honom vid tågstationen? Är det allt jag kommer att få? Knappt arton år tillsammans med min förstfödde, älskade son?

Stig svalde långsamt och gick med tunga steg in till huset igen. Han kallade sina båda pojkar till köksbordet och gav Gustaf brevet. Ingen sa någonting. Allt som hördes var tickandet från klockan ute i vardagsrummet. Gustaf tog emot brevet under en sekund av tvekan, sedan sprättade han upp kuvertet och läste vad det stod. Till slut kunde inte Olov hålla sig längre.

– Vad står det? Vad vill Försvarsmakten dig? Gustaf tittade upp från pappret och såg dem båda i ögonen.

– Jag har fått en inkallelseorder till beredskaps-tjänstgöring. Jag ska infinna mig i Skillingaryd i morgon bitti klockan åtta nere vid stadshuset. Där samlas alla som blivit inkallade. Vi får där veta efter en snabb bedömning om vi är krigsdugliga eller inte. Om vi är det så får vi redan då veta var vi blir krigsplacerade någonstans. Utbildning sker på den plats vi blir krigsplacerade. Den som inte inställer sig i tid kommer att fängslas för landsförräderi, berättade Gustaf med allvarlig min. Stig gned sig hårt och långsamt i pannan och suckade djupt.

– Står det när man åker i väg i så fall? undrade Stig.

– Inom en vecka, beroende på var man bli placerad, står det.

– Hur känner du inför detta, Gustaf? undrade Stig. Gustaf sträckte på sig.

– Jag vet inte riktigt. Jag förstod väl att jag skulle få inkallelseorder förr eller senare, men kanske inte så pass snabbt ändå. Men jag tror det känns bra. Att ställa upp och försvara Sverige är väl det enda rätta, antar jag.

Stig ville säga något men visste inte riktigt vad. Han bara klappade Gustaf på armen och blickade ut över ängarna.

Dagen efter kom ett likadant brev till Stig, men han var inte orolig för att han skulle behöva göra beredskapstjänstgöring. Nere hos granngården hos Jönssons hade Samuel också fått ett likadant brev, men inte Hugo. Han hade fyllt fyrtionio år nyligen och var för gammal för att rekryteras enligt Försvarsmakten. Paret Jönsson var lika förfärade över innehållet i brevet som Stig var och Samuel såg blek ut och sa knappt någonting.

Klockan var kvart över sju på morgonen. Den annars så tuffe Gustaf satt på Stigs gamla cykel på väg in till Skillingaryd för att anmäla sig till beredskapstjänstgöring, men just idag hade han fjärilar i magen. Hans händer var kallsvettiga och andningen kort och snabb. Han var spänd på vad som skulle hända denna dag, men han hoppades att han skulle bli godkänd.

Om jag bara blir godkänd och rekryterad så ska jag med stolthet bära Försvarsmaktens kläder och jag ska lära mig skjuta så jag kan försvara mitt land och min familj. Ingen jävla tysk ska komma förbi mig, det ska jag se till. Hoppas bara inte mitt humör ställer till det...

Hans tankar om kriget var oskyldiga i brist på bättre vetande. Än så länge visste han egentligen ingenting om krig och krigsföring, vapen, skador, dödande, smärta och annat som hörde krig till. Allt han hade var en romantiserad egenuppfattning om vad krig var. "Vi mot dem. Kommer tysken så skjut dem, så är det klart sen. Svårare än så kan det väl inte vara?" En uppfattning som allt annat än stämde in med den brutala verkligheten.

Stig och Olov satt på farstukvisten och drack eftermiddagskaffe när de hörde Gustaf komma. I handen hade han ett kuvert som han höll hårt i med vänster hand. Han cyklade snabbt ända fram till dem och tvärnitade med cykeln mitt framför dem så att dammet yrde. Ögonen var stora och lyste av intensitet och upphetsning.

– Far! Olov! Jag blev antagen! Jag ska få hjälpa till att försvara Sverige, sa Gustaf upphetsat. Stig visade inte med någon min vad han kände, utan bara frågade vart han blev stationerad.

– Vart ska du ta vägen någonstans, och när åker du?

– Redan på måndag. Jag blev stationerad i Boden. Jag vet inte var det ligger, men det verkar som om de flesta ska dit. Jag ska vara med och bevaka finska gränsen, så inte ryssarna kommer över den vägen, säger de. Stig reste sig hastigt när han hörde ordet Boden.

– Boden?! Det ligger ju i Norrland! Det är säkert hundra mil dit ju! Herregud, ska du ända dit? Kunde de inte ha skickat dig till något närmare ställe? Käre lille pojk, suckade Stig och satte sig på farstukvisten igen.

Det blev måndag morgon och klockan var kvart över åtta. Det var den elfte september och tio dagar hade gått sedan

Per-Albin Hanson hade gjort sitt uttalande i radion till Sveriges befolkning. I hela riket rådde både kaos och fullt liv och rörelse på allt och alla. Både Stig, Olov och Gustaf satt på bussen till Värnamo, där tåget som skulle ta de nya soldaterna hela den långa vägen ända till Boden. De ville ta farväl på plats vid tåget. Längre bak i bussen satt Samuel tillsammans med hans föräldrar och lillasyster. Det var tyst i bussen. Olov hade det jobbigt. Hans bror skulle vara med och försvara Sverige ifall vi hamnade i krig och ingen visste hur länge han skulle bli borta. Antagligen så länge som kriget höll på, tänkte han. Det skulle bli enormt ensamt hemma på gården. Visserligen fanns det jobb så det både räckte och blev över, så han skulle inte behöva gå sysslolös. Men han skulle sakna att ha någon att prata med, någon att kivas med, någon att skratta ihop med. Men framför allt skulle han oroa sig ända till den dagen då Gustaf kom hem igen. Om han kom hem. Bussen stannade nere vid Värnamos station klockan 08.40. Hela stationen var full av folk. Både nervösa blivande soldater och ledsna mödrar som kramade om sina söner och makar. Gustaf hade packat allt han trodde sig behöva i sin ryggsäck, samma gamla ryggsäck han en gång bar på när han och Olov övernattade på Lövön för några år sedan. Ett dovt tutande hördes långt bortifrån och strax därpå rullade det bruna, långa tåget in på stationen. Gustaf sneglade på Olov. Han såg helt förstörd ut. Stig sa fortfarande inte så mycket. När tåget stannade hoppade två militärklädda män av och ropade högt och tydligt att de män som skulle kliva på för beredskapstjänstgöring skulle gå ombord. Innan de steg ombord blev de avprickade av några andra män med ett anteckningsblock, så att alla som var inkallade fanns på plats på tåget innan det for vidare norrut. Det var dags att ta farväl. Gustaf vände sig mot Stig och sträckte fram handen, men Stig brydde sig inte om hans hand utan gav honom i stället en lång och hård kram. Till slut släppte han taget men höll kvar händerna om Gustafs axlar och såg honom djupt i ögonen.

– Du måste lova mig att du är försiktig. Tänk på ditt humör och gör ingenting förhastat. Ta inga risker och tänk på att vad du har att komma hem till. Jag och Olov väntar på dig. Det här kriget är snart över, ska du se. Du kanske är hemma fortare än du tror, försökte Stig trösta med spräcklig röst. Gustaf kämpade allt vad han kunde för att behålla den kaxiga fasaden. Tårarna var nära, men han lyckades med nöd och näppe hålla tillbaka dem.

– Det ska nog gå bra, far. Jag ska ta hand om mig och kommer fienden så ska de få med mig att göra, sa Gustaf och försökte skoja lite, men Stig log inte tillbaka. Han vände sig sedan om till Olov.

– Ta nu och hjälp far på gården så mycket du kan. Och glöm inte laga spiltan hos Astrid. Hönsnätet måste lagas också, glöm inte det. Och… god jul om vi inte hörs av innan. Jag lovar att skriva hem till dig om jag får möjlighet, lovade han och gav Olov ett fast handslag.

– Var försiktig. Adjö, sa Olov med en klump i halsen. Innerst inne ville han bara gråta rakt ut och be på sina bara knän att Gustaf skulle bara strunta i att åka med det där jäkla tåget och åka tillbaka med honom och Stig hem till tryggheten på Assargården igen. Men han sa inget mer. I stället såg han sin bror kliva ombord på tåget och sätta sig vid fönstret ett par vagnar längre fram. Konduktören blåste i pipan, dörrarna stängdes och sakta började tåget att rulla. Det var nu som först som Gustaf började förstå att det var allvar och det pirrade till i magen. Han vinkade åt

Olov och Stig och allteftersom tåget ökade i hastighet ökade också hans puls. Vad hade han gett sig in på? Nu var det ju det här han hade velat, men även om han inte hade velat ta värvning så hade han suttit här ändå. Tankarna om att bli soldat var inte längre en dröm och en längtan, det var snart verklighet. Han såg Värnamos tågstation sakta försvinna bort, och han undrade om han någonsin skulle sitta på detta tåg igen, fast åt andra hållet. Snart såg han inte stationen mer. Genom fönstret utanför såg han hög granskog som svischade förbi utanför vagnen. Kunde det vara sista gången han såg sin far och bror? Var han verkligen beredd att offra sitt liv för sitt fosterland? Beredd eller inte, han kanske kom att bli tvingad att mot sin vilja att se en främmande ryss i vitögat, innan denne avfyrade ett dödande skott mot hans bröst? Kanske var det så, att vid finska gränsen väntade döden i stället för äventyr och hjältemod?

Vem är den där Hitler egentligen och varför förklarar han krig för? Vad har egentligen ryssarna med detta att göra, för det är tydligen de vi ska passa oss för uppe i Norrland? Fan, jag vet ju egentligen ingenting om vad som försiggår. Jag kanske inte borde ha varit så kaxig i mina uttalanden hemma. Fast det kvittar, jag hade hamnat på detta jävla tåg oavsett... Här sitter jag nu, på ett tåg på väg till ett ställe som jag aldrig hade kommit på tanken att besöka i fredliga tider, tillsammans med ett gäng okända grabbar och män som antagligen tänker likadant som jag. En del av dem visar inga tecken som tyder på oro, en del ser livrädda ut. Med all rätt, antar jag. Jag saknar Olov redan! Stackars osäkra lillebror, hur ska det gå för dig? Jag vet att du kommer att ha det jobbigt utan mig, men vad ska jag göra? Måtte det ändå inte bli sista gången jag såg dig i livet idag!

Gustaf var tvungen att blinka flera gånger för att inte det skulle komma några tårar. Han såg ut genom fönstret. Utanför såg han stora ängar av grödor komma och försvinna. Han såg gård efter gård passera utanför i hög fart och hela tiden kom han allt längre ifrån sitt trygga hem. Plötsligt fick han en fruktansvärd hemlängtan och han hade gjort vad som helst för att bara sitta tillsammans med Olov nere vid Linnesjön och meta abborre och småprata om allt möjligt, som de gjort så många gånger förr. Men det var omöjligt. Tåget han satt på förde honom allt längre bort för varje minut som gick och den där otäcka känslan av panik växte sig allt starkare och han var tvungen att stålsätta sig för att inte tappa fattningen. Det hade gått tjugofem minuter sedan tåget lämnade stationen. Så här långt hemifrån hade han aldrig varit innan.

Kapitel 8

Gustaf såg sig om i kupén. Det satt sju andra killar och män runt omkring honom. I de andra vagnarna satt det gissningsvis hundratalet andra män. Några av dem satt redan på tåget när Gustaf steg på. Inga kvinnor eller barn fanns på tåget, av förklarliga skäl. På detta tåg fanns inga andra resenärer än pojkar och män som ska tjäna sitt land. Samuel Jönsson såg han inte till. Han måste sitta i någon annan vagn, tänkte han. Han uppskattade att fem av dem var i hans ålder varav de två andra säkert var i Stigs ålder. Alla hade ställt i ordning sina tillhörigheter uppe på hyllorna och sorlet i kupén hade lugnat ner sig något. En av de yngre killarna var likblek i ansiktet och såg ut att spy vilken sekund som helst. Förmodligen hade han rädsla och ångest över att behöva dra ut i krig. Och förmodligen hade han aldrig tidigare heller lämnat sina föräldrar, tänkte han. Nu som först när han satt här på tåget började han själv att tveka på allvar. Skulle det verkligen bli så spännande och kul som han hade fantiserat om? Vem vet, om bara två–tre dagar kanske han står öga mot öga med sovjetiska soldater? Hur skulle han reagera då? Plötsligt reste sig den bleke killen upp och rusade fram till den öppningsbara rutan och drog ner den. Knappt hann han få ner den innan en kaskad av spyor sprutade från hans mun och ut genom rutan. Några andra killar fnissade åt honom och fällde ett par glåpord, medan en äldre man blängde surt åt dem.

– Fnissa lagom! Vänta bara ni, om några dagar när befälen ryter åt er är ni inte heller så stöddiga, fräste han åt dem. Grabbarna tystnade och såg ner i golvet. Mannen visade sig heta Rolf Ahlqvist och kom från Ljungby. Han var fyrtiofem år och bodde hemma hos sina föräldrar på deras gård. En stor, svart mustasch prydde hans grovhuggna ansikte och de stora nävarna var märkta av ett liv med hårt gårdsarbete. En timme senare hade Gustaf fått höra i princip hela Rolfs livshistoria och det hade visat sig att han hade varit gift tidigare men att frun hade dött i lunginflammation för några år sedan. Rolf var trevlig men kanske något för pratsjuk för hans del. Killen som hade spytt i början av resan hade visat sig vara riktigt trevlig. Hans namn var Erik Högsäter och kom från det lilla samhället Hyltebruk. De andra grabbarna verkade känna varandra sedan tidigare och de visade sig komma från Växjö. De verkade vilja spela tuffa och ville helst inte prata med några andra. De var ganska högljudda den första timmen, men till slut tystnade de. Ett par av dem började till och med snarka högt. Av konduktören som tittade in tidigare fick de veta att de skulle stanna ett par gånger till på vägen och plocka upp folk och att de skulle vara framme i Boden någon gång under tisdag morgon.

Det fanns inte mycket att göra på tåget än att prata med de som satt i kupén. Ibland tog Gustaf sig en bensträckare och gick längs några tågvagnar. Det serverades både lunch, middag och kvällsfika på tåget i en särskild vagn, men det var knappast någon lyx att tala om. Vid utspisningen stod det en kraftigt lagd äldre man som på ett snabbt och slafsigt sätt serverade den mat man hade rätt till. De fick max tio minuter på sig att äta, sedan var de tvungna att gå tillbaka så att nästa gäng fick mat. Efter en kortare paus i Hallsberg för att plocka upp de sista grabbarna, var tåget fullt och skulle sedan fortsätta i ett sträck ända till Boden. Sova fick de göra så gott det gick i den trånga kupén. När kvällen kom var de flesta ganska tysta och alla väntade bara på att få komma fram. Efter kvällsfikat var varken Gustaf eller Erik Högsäter trötta. De bestämde sig för att sitta kvar och småprata i restaurangvagnen för att inte störa de andra. Den tjurige gubben vid utspisningen hade försvunnit för ett tag sedan, så de såg ingen anledning att skynda sig därifrån. Tågets enformiga dunkande i rälsen var sövande och hade fått Gustaf att somna tidigare under eftermiddagen. Kanske var det även på grund av att den värsta spänningen hade släppt. Nu var han dock klarvaken. Han såg ut genom fönstret, men det var inte mycket han kunde se i mörkret. Han och Erik var själva i hela restaurangvagnen. Det hade börjat bli kyligt på tåget och han hade tagit på sig sin extratröja.

– Vad tror du kommer att hända i morgon bitti när vi kommer fram? undrade Erik.

– Ingen aning. Jag antar att vi får militärkläder tilldelade oss. Och kanske ett gevär. Jag vet inte så mycket om hur det funkar i det militära.

– Inte jag heller. Men vad som än händer i morgon så ser jag inte alls fram emot det. Ärligt talat så är jag livrädd. Jag hade mycket hellre stannat hemma, suckade Erik och såg ut mot den svarta kvällshimlen. Gustaf såg hur Eriks blick var fylld av ångest. Hans ögon var vattniga och det var förmodligen inte långt kvar till tårar. Han tyckte riktigt synd om Erik och undrade hur det skulle gå för honom som soldat.

– Vi borde ju få lära oss hantera en bössa i alla fall, fortsatte Gustaf.

– Jag har aldrig avfyrat ett vapen i hela mitt liv. Bara slangbellor, fast det räknas kanske inte, sa Erik och försökte le lite i sin dysterhet.

– Nä det gör det inte. Vapnen där uppe i Boden är betydligt kraftfullare såklart. Jag har inte heller skjutit med något riktigt vapen, men jag är väldigt nyfiken på att testa. Jag har sett när far har skjutit rådjur hemma på gården. Det blir en jävla smäll när den avfyras. Tanken var att far skulle lära mig nu i höst. Men nu kom visst den där Hitler i vägen… Det blev tyst en liten stund. Sedan lutade sig Erik fram och började nästan viska.

– Det sägs att det är stor chans att Sovjet kommer att ta sig in i landet via Finland, har du hört det? frågade han.

– Jo, jag har hört snacket här på tåget. Men det är ju bara snack, ingen vet ju.

– Vad kan vi göra mot ryssarna egentligen? Lilla Sverige… fortsatte Erik.

– Jag vet inte. Men om de anfaller så måste vi ju göra nåt! Vi kan ju inte bara sitta och titta på. Om de tar sig förbi oss, så lär de söka sig söderöver och där finns ju våra familjer. Vi måste ju slåss för att skydda våra familjer där hemma. Vi måste ju åtminstone försöka försvara oss, eller hur?

– Jag antar det. Och Hitler då? Kommer han söder ifrån? sa Erik.

– Kanske det. Eller så tar han Norge först och Sverige via den vägen. Jag vet inte, suckade Gustaf. De båda nyfunna vännerna fortsatte småprata till långt in på natten. Till slut gick de tillbaka in till sin kupé bland de andra. Erik somnade snabbt, men Gustaf fick svårt att somna. Han var inte alls förtjust i att försöka sova sittande i ett skakigt gammalt tåg. Dessutom var det flera av de andra i kupén som snarkade. Kallt var det också. Till slut somnade han dock men sömnen blev orolig och han vaknade inte förrän tågbromsarna skrek. Med ett ryck slog han upp ögonen. De första sekunderna efter uppvaknandet hade han ingen som helst aning om var han befann sig, men sedan kom verkligheten i kapp honom som en käftsmäll när han insåg att han satt i en trång tågkupé tillsammans med en massa främlingar uppe i Boden. Plötsligt blev det liv och rörelse i hela tåget. Alla reste sig och började samla ihop sina tillhörigheter. Väskor tappades på golvet, ryggsäckar förväxlades och jackor kläddes på i hast.

– Vi verkar vara framme i Boden nu, sa Erik medan han lyfte ner sin ryggsäck från hyllan ovanför honom. Gustaf tittade ut genom fönstret och såg uniformsklädda män överallt vid stationen. De gapade på dem som hade börjat kliva av tåget, men Gustaf kunde inte höra vad de sa.

– Jaha, nu börjas det, suckade Erik och började sakta gå mot utgången. Gustaf följde efter strax bakom. En argsint och högljudd man i uniform pekade på de båda grabbarna och hänvisade dem att ansluta sig till en grupp andra grabbar en bit längre bort. Gustaf gissade på att mannen var något slags befäl med tanke på att han hade två streck på axlarna. Och så pass mycket visste han att ju fler streck på axlarna desto högre rang hade man och hade man stjärnor i stället för streck så var man ännu högre i rang. Ännu längre bort på båda sidorna om dem fanns det fler befäl som gormade och svor. Överallt sprang alla som nyss hade vaknat på tåget, runt som yra höns och försökte göra som de blev tillsagda. En bit bort såg Gustaf grabbarna från Växjö irra runt framför ett gapande befäl, som gång på gång upprepade att de skulle ställa upp i något som kallades för "två led linje." De verkade inte alls förstå vad det var för något. Det gjorde inte Gustaf heller förrän han såg en bit bort hur en grupp började formatera sig efter varandra i två rader framför ett befäl. Växjöbornas tidigare självsäkra miner var nu som bortblåsta och Gustaf kunde inte låta bli att vara lite skadeglad.

Kaoset som rådde på tågstationen lugnade till slut ner sig när alla grabbar stod som befälen önskade. Grupp efter grupp började så småningom gå i väg från stationen och vidare till Bodens artilleriregemente, även kallat A8. Medan de gick såg Gustaf sig omkring. Hela staden kryllade av folk som hade blivit hitsända för att ingå i den norrländska beredskapen. Det var betydligt svalare här än hemma i Ekhult, men det var ännu inte minusgrader. Det var flackare i naturen här. Träden var lägre och vyerna större. Det var helt klart vackert här uppe, men det fanns ingen tid att beundra naturen just nu. Den stelhet och morgontrötthet han kände när han klev av tåget hade släppt och han var spänd på vad som skulle hända härnäst. Han sneglade snett bakåt mot Erik, som gick i ledet bredvid honom. Han såg väldigt spänd och sammanbiten ut. Efter tjugo minuter passerade de genom en stor grind och vid båda sidorna om grinden fanns en hög och kraftig mur. Innanför grinden kunde han se fullt av både stora och små byggnader av tegel överallt. Han förstod att han var framme vid slutdestinationen, men vad som skulle hända här hade han ingen aning om. Befälet kommenderade halt.

– Lystring! Detta var sista gången ni marscherar i "formation skithög!" Ni är nu inte länge civila, ni är från och med nu soldater i Sveriges armé. Ni kommer den närmaste tiden framöver utbildas i hur man marscherar, hur man hanterar ett gevär, hur man tar sig fram i terräng med en karta. Ni kommer lära er hur man beter sig som soldat i allmänhet och hur ni ska agera om ni stöter på sovjetiska soldater i synnerhet. Den närmaste tiden kommer att bli tuff för er, det kan jag lova. Mitt namn är löjtnant Hammar och jag kommer att vara en av dem som kommer att plåga er den närmsta tiden. På tilltal avslutar ni meningen med "löjtnant", om det är en löjtnant som tilltalar er. Är det uppfattat?! skrek befälet som var alldeles röd i ansiktet. Ett svagt sorl hördes och några svarade "ja" lite försynt.

– För satan! Hörde ni inte vad jag nyss sa?! Ni svarar i detta fall högt och tydligt "ja löjtnant"! Var jag otydlig på något sätt?! skrek löjtnant Hammar igen och gick otåligt fram och tillbaka framför grabbarna. Den här gången var de flesta i gruppen med på noterna och svarade högt och tydligt:

– Ja, löjtnant! Gustaf kunde inte låta bli att le. Det var det här han hade hört talas om och längtat till, disciplin. Ordning och reda. Befäl som ser till att saker och ting blir gjorda. Löjtnant Hammars skarpa blick fångade Gustafs leende och pekade på honom med hela handen.

– Du där! Vad i helvete är det du flinar åt? Tror du det här är någon satans lekskola? skrek löjtnanten ilsket, men Gustaf var tuff och svarade med hög stämma.

– Nej, löjtnant! Men jag ser fram emot att få lärdom i hur man hanterar ett vapen så att jag kan bidra med att försvara mitt land, löjtnant, svarade Gustaf högt och tydligt. De andra grabbarna stirrade på honom, men det brydde han sig inte om. Löjtnanten höjde på ögonbrynen och såg häpet på honom.

– Dra åt helvete! Kan det rentav vara så att vi har fått en duglig soldat till oss här i Boden? Du pratar konstigt, vad heter du och var kommer du ifrån, pojk?

– Jag heter Gustaf Andersson och jag kommer ifrån Ekhult, löjtnant, sa Gustaf på sin breda småländska. Några ur gruppen fnittrade.

– Vafalls? Tror du att jag kan varenda satans byhåla i Sverige? Från vilket landskap kommer du ifrån, soldat Andersson?

– Småland, löjtnant! svarade Gustaf igen, fortfarande med hög och tydlig röst. Löjtnant Hammar tystnade för ett ögonblick och såg långsamt på var och en av de andra i den lilla gruppen på ungefär tjugo man.

– Grabbar! Håll noga koll på soldat Andersson från Ekhult i Småland! Han verkar ha huvudet på skaft. Om ni alla har samma inställning som honom så kommer det att gå bra för er. Det är den sortens soldater vi vill ha här uppe i Norrland, orädda grabbar som vill lära sig slåss! flinade löjtnanten och såg nöjd ut. Gustaf kunde höra hur några av de andra grabbarna viskade glåpord åt honom, men det brydde han sig inte om. Erik som stod bakom honom petade till honom i ryggen och böjde sig fram.

– Snyggt! Gustaf log igen. Han började gilla löjtnant Hammar och han gissade att han inte var något befäl som var civil i vanliga fall, utan arbetade som yrkesmilitär. Att han skrek och gormade bekom honom inte alls, tvärtom. Här fanns det ett befäl som var rak och tydlig och om han bara gjorde som löjtnanten befallde så skulle det inte bli några problem, gissade Gustaf. Löjtnant Hammar var lång och ganska smal, men rak i ryggen och vad Gustaf kunde se så verkade han ha ljust och snaggat hår under den gröna kepsen. Hans blick var så intensiv att man ogärna mötte den under särskilt många sekunder.

Resten av förmiddagen bestod av att hämta ut kläder och utrustning. De blev sedan visade till rummen de skulle bo på och de kallades logement, fick de veta. Det fanns åtta sängar i varje logement och vid varje säng stod det ett skåp där de skulle förvara sina saker de nyss hämtat ut. På varje säng låg det en liten tjock bok med titeln "Soldat-instruktion för artilleriet". I Gustafs logement, rum nummer 67, var det förutom honom själv tre stockholmsgrabbar, Erik Högsäter och tre herrar i fyrtioårsåldern. Han tyckte det var skönt att hamna på samma logement som sin nyfunne vän Erik. och han var helt säker på att Erik kände likadant. Stockholmarna upplevde han som störiga och högljudda. Dessa tuffingar var betydligt stöddigare och högljudda än Växjö-grabbarna. De tog stor plats på en gång och var gapiga och kaxiga och visade dålig respekt mot de som var äldre i rummet, noterade han. Erik sa inte så mycket utan bara packade upp sina tillhörigheter i skåpet som de hade blivit tillsagda. Gustaf hade fullt sjå att försöka få in all utrustning enligt bilden som fanns ditklistrad på insidan av skåpet. Han var ganska stressad och huvudet var alldeles snurrig av all information som de fått på kort tid. Plötsligt slets logementdörren upp och löjtnanten uppenbarade sig.

– Uppställning i korridoren om två minuter! Ni ska ha er nya uniform på er samt kängorna. Sätt fart! skrek han så det ekade ute i den långa korridoren. Genast blev det fart på alla. Stockholmarna tystnade och började hetsa med att få på sig den angivna utrustningen. De äldre männen i logementet verkade arbeta både tystare och mer effektivt än honom själv och de andra yngre. Alla i rummet började stirra och leta efter sina byxor, skjorta, ytterrock och kängor. Knappt två minuter senare stod alla ute i korridoren enligt löjtnantens order, visserligen hade alla inte hunnit snöra sina kängor och knäppa sina ytterrockar, men de stod åtminstone ute i korridoren i tid. Naturligtvis blev det inspektion av klädseln och utskällning till de som inte var korrekt klädda. Gustaf och två av de äldre männen var de enda som slapp skäll. Av någon anledning missade löjtnant Hammar att Gustaf slarvat med att peta in skjortan innanför byxorna ordentligt och slapp därmed straff och utskällning. Tio minuter senare hade alla andra fått både en rejäl tillrättavisning, utskällning och förklaring hur odugliga de var, som inte ens kunde klä på sig ordentligt. De hade dessutom fått göra tjugo armhävningar som straff. De flesta hade svårt att fullfölja alla armhävningarna, varpå mer utskällning och förnedring följde.

Det var dags att gå till matsalen för att utspisa. De hade ännu inte fått lära sig att marschera på rätt sätt, men de gick åtminstone på två led linje bort till matsalen. Bakom Gustaf kunde han höra stockholmsgrabbarna tramsa.

– Jaha, det är väl bäst att vi går bakom soldat Andersson från Småland, så att vi gör rätt! flinade en av dem, vid namn Per Börjesson. De andra stockholmarna började genast att flina åt kommentaren. Gustaf började koka inombords men behöll fattningen.

Ska man behöva höra sådant här skit, bara för att man har gjort rätt? Förbannade stockholmsjävel! Jag ska ge igen på honom, förr eller senare, men nu måste jag försöka behärska mig. Annars lär väl jag få skit från löjtnant Hammar…

Ytterligare glåpord följde längs vägen men Gustaf försökte ignorera dem så gott det gick. Per Börjesson var en storväxt blond kille som Gustaf uppskattade till dryga 190 centimeter lång och minst 90 kilo tung, men det skrämde honom inte. Inte alls faktiskt. Det hade funnits både större och längre killar än honom under skoltiden hemma i

Ekhult och dessa hade han minsann brottat ner på skolgården. Han hade lärt sig att ducka för slag och parerat sparkar. Han visste var och när han skulle slå. Det är klart att en och annan snyting hade han själv åkt på under åren, men han hade tagit lärdom av det och gjort det till sin fördel. Att få en snyting i ansiktet gjorde jäkligt ont, men smärtan var tillfällig, det visste han. Men han gillade egentligen inte att slåss. Men är man tvungen så är man. Hellre det än att stå still och ta emot stryk och lunka hem med svansen mellan benen som en förlorare. Aldrig i livet att han skulle ge sig och bli en förlorare med skam i kroppen! Oftast hade det räckt att prata ur sig situationen hemma på skolgården eller nere i centrum på byn. Han visste så väl att om man bara visade attityd och spände ögonen i motståndaren så brukade de ge med sig. Inte visa sig rädd! Attityd och uppkäftighet hade han kommit långt med, men bara när det inte räckte till blev det knytnävarna. Stig visste bara om hälften av alla bråk som Gustaf hade varit med i. Olov visste allt, men skvallrade aldrig. Det skulle han aldrig göra.

De kom fram till den breda stentrappan som ledde upp till matsalsbyggnaden. Det var lång kö utanför så de fick stå och vänta några minuter innan de kunde gå in. Runtomkring dem på den stora planen intill matsalen övade fullt av soldater på att marschera till skriken av ilskna befäl och på håll kunde han höra gevärsskott. Det började plötsligt mullra och vibrera i marken. Ett kraftigt dån från höger sida om honom som blev snabbt starkare. Bakom dem passerade det en stor pansarvagn och alla vände sig om för att se det stora mäktiga fordonet. Den var av modellen Landsverk L–60, beteckning Stridsvagn m/38 med en 37 millimeters kanon på toppen, fick de senare lära sig. Ingen av dem hade såklart sett ett sådant fordon innan. Stockholmarna lugnade ner sig och tystnade så fort de kom fram till kön utanför matsalen. Gustaf sa något till Erik som stod bredvid honom och direkt efteråt hörde han hur stockholmarna härmade hans breda småländska dialekt. Erik såg oroligt på Gustaf. Erik var inte den som gärna muckade gräl, det hade Gustaf förstått, men han själv var inte rädd att gå in i ett slagsmål om det skulle behövas. Det hade han gjort många gånger förr och var van att slåss och visste hur man gjorde. Han var dock inte särskilt sugen att ställa till en scen här och nu, för han visste inte vad påföljden skulle bli. "Hej löjtnant! Jag heter Andersson och kommer från Småland" hörde han stockholmarna härma honom med småländsk dialekt. Pulsen började öka och han kände att måttet snart var rågat. Han var beredd att ta skit i det här läget, men inte hur mycket som helst. Hade han varit hemma i Småland nu, hade konflikten redan varit över. På ett eller annat sätt. Men nu var saken annorlunda. Inte visste han vad för slags bestraffning han skulle få om han startade ett slagsmål så något befäl märkte, men han antog att det inte skulle bli kul för honom. Han svalde och försökte andas lugnt och låtsas som han inte hörde stockholmarna. Sakta men säkert började kön röra på sig och Gustaf var äntligen framme vid stentrappan och det kurrade i hans mage. När han var halvvägs uppe kände han hur någon sparkade till hans fot så han tappade balansen och ramlade framåt så att han fick ta emot sig på personen framför. Utan att ha sett vem det var, förstod han att det var Börjesson. Nu brast det för Gustaf, nu kunde han inte ta mer skit! Blixtsnabbt vände han sig om och slet tag om personen bakom som hade fällt honom. Det visade sig mycket riktigt vara Per Börjesson som var boven. Med båda händerna tog han tag i hans rock och gav honom en dansk skalle på näsan, sedan förflyttade han sig snabbt ett steg i sidled och ett framåt så att han hamnade bakom Per. Innan Per hann reagera tog han tag om hans hals med sin arm och med den andra armens kraft tryckte han Pers huvud framåt och täppte på så sätt till hans luftvägar. Börjesson sprattlade med armarna, väste och kippade efter andan men Gustaf höll honom i ett järngrepp. Gustaf fick stå på tå för att få ett ordentligt tag om den store Börjesson. De andra stod i chock runtomkring och kunde knappt tro sina ögon, för allt gick så fort. Medan Börjesson förgäves försökte ta sig ur Gustafs stenhårda grepp, lutade han sig fram till örat på honom.

– Lyssna nu jävligt noga din förbannade stockholmssprätt! Om jag hör så mycket som ett knyst ifrån dig hädanefter så knäcker jag armarna av dig. Och när jag har gjort det så kommer jag att knäa dig på munnen så att du blir tvungen att dricka soppa för resten av ditt liv. Fattar du?! skrek Gustaf. Börjesson som inte kunde svara, försökte nicka så gott det gick, men Gustaf ignorerade det. Blodet från Börjessons näsa rann ner på Gustafs rock och vidare ner på gruset.

– Jag hör inget. Fattar du, frågade jag?! skrek Gustaf på nytt. Per började få panik Hans kompisar skrek att han skulle släppa taget om deras kompis och började dra i Gustafs armar. Börjesson försökte återigen nicka på huvudet så gott han kunde och den här gången släppte Gustaf taget. Den store stockholmaren föll ner på knä i gruset och flämtade kraftigt medan tårarna blandades med näsblodet. Han tog sig för halsen som var alldeles röd och försökte så diskret som möjligt torka sina tårar. Någon skrek plötsligt bakom dem och de vände sig hastigt om.

– Vad i helvete försiggår här?! Det var löjtnant Hammar som hade fått syn på uppståndelsen och kom springandes. Gustaf hade snabbt ställt in sig i ledet igen.

– Ingenting löjtnant, sa Gustaf.

– Ingenting?! Jag ser väl för satan att ni är i slagsmål! Soldat Börjesson! Har du någonting att tillägga? fortsatte Hammar och ögnade honom ilsket. Börjesson reste sig upp med rödsprängda ögon. Ansiktet var nerkletat av blod. Med skärrad blick tittade han på löjtnant Hammar medan han borstade av gruset från byxorna.

– Ingenting, furir. Jag bara ramlade och slog i näsan i trappan.

– Löjtnant!!! Jag är löjtnant för helvete, inte furir! skrek löjtnant Hammar så att blodådrorna i pannan syntes. Löjtnanten vände sig om till Gustaf.

– Andersson! Tala om vad som händer här genast! Varför blöder din kamrat i ansiktet? Varför stod din kamrat på knäna nyss för?

– Jag vet inte, löjtnant, ljög Gustaf. Ingen av de andra vågade lägga sig i samtalet.

– Du, Börjesson, ser till att torka bort blodet från näsan ögonblickligen. Dessutom vill jag att du rättar till din uniform och borstar bort lorten på dina byxor. Och torka för i helvete dina tårar! skrek Hammar.

– Jag vete fan vad som hände här egentligen och jag bryr mig ärligt talat inte. Men ni två, era satans morsgrisar ska inte komma ostraffat från det här, det kan jag lova! Efter lunchen vill jag se er två på mitt rum, är det förstått?!

– Ja, löjtnant, sa Gustaf.

– Ja, fur...löjtnant, sa Börjesson och torkade bort lite blod från näsan. Hammar kommenderade in gruppen in i matsalen för utspisning. Varken Börjesson eller de andra stockholmarna sa någonting under utspisningen och de verkade nästan chockade av vad som nyss hade hänt. Gustaf var nöjd med utspelet utanför matsalen, men han undrade förstås vad löjtnanten ville honom efter maten. Klockan kvart i ett stod de båda grabbarna utanför löjtnant Hammars rum. Börjesson hade tvättat av sig allt blod från ansiktet och kvar var bara svullnaden samt ett plåster på näsan. Han hade inte yppat ett endaste ord efter händelsen, inte heller hade de andra stockholmarna sagt något och när de möttes på vägen mot löjtnantens rum hade han inte vågat möta Gustafs blick. Det klickade till i dörren och ut kom löjtnanten.

– Stig in och stäng dörren, sa han barskt och gick in och satte sig i sin stol bakom ett litet skrivbord. På skrivbordet stod en skrivmaskin samt ett pennställ med några pennor i. Bredvid pennstället fanns ett fack med papper. Det luktade cigarettrök. Några gamla möbler stod lite här och var inne i det stora rummet. På en av väggarna satt svenska flaggan uppspikad och bakom löjtnant Hammars stol hängde en stor tavla med en text:

Krigsmannaerinran

Krigsman skall frukta Gud och vara konungen huld och trogen. Han skall med nit och trohet uppfylla alla de plikter som honom i tjänsten åläggas, samvetsgrant och efter bästa förmåga verkställa mottagna befallningar och föreskrifter samt vid alla tillfällen iakttaga ett värdigt och rättskaffens uppförande. Hans oavlåtliga strävan skall vara att väl förbereda sig till krigets värv. Vid ofred skall han mot rikets fiender sig städse manligen och väl förhålla samt med liv och blod, Konung och Fädernesland försvara.

Gustaf tyckte sig känna igen texten. Han hade stött på den i början av den där boken som låg på allas sängar när han som hastigast hade bläddrat i den. Löjtnanten stirrade en lång stund på grabbarna, som inte riktigt visste hur de skulle bete sig inne i rummet. Plötsligt skrek löjtnanten till.

– Givakt! utbrast han för full hals. Grabbarna slog ihop skorna, sträckte på sig och spände armarna utmed sidorna. Blicken rakt fram, helt stilla, precis som de hade fått lära sig bara för några timmar sedan.

– Manöver! befallde löjtnanten i något lugnare ton. Grabbarna tog ut ett steg åt sidan med benen och la armarna bakom ryggen. Hammar reste sig från stolen och gick sakta ett varv runt dem, ställde sig sedan framför dem.

– Det är en sak jag inte förstår, grabbar. Ni ligger inne i högsta stridsberedskap och ska förbereda er inför ett eventuellt kommande krig. Vi har Sovjetunionen rakt österut och Tyskland söderut. Hur i helvete ska ni två, era späda goss-pittar, lyckas vara med och försvara Sveriges gränser, om inte ens ni som är från samma land kan hålla sams?! Va?! skrek löjtnanten så att det ekade i rummet. Grabbarna svarade inte utan stirrade bara rakt in i väggen bakom Hammar. Båda grabbarnas pannor började pärla sig av svett. Löjtnanten som nyss hade stått upp och skrikit åt dem satte sig ner i sin stol igen.

– Naturligtvis kommer ni inte att gå ostraffade ifrån detta. Jag har pratat med majoren och vi är överens om att ni två ska straffas med att hugga tjugoåtta säckar ved var. Jag hoppas ni vet hur man hanterar en yxa. Vet ni inte så kommer ni definitivt att lära er det den hårda vägen efter att den här veckan är över. Detta skall göras efter ordinarie tjänstgöring med start ikväll. Ni får fyra dagar på er. Anmäl er borta hos vakten vid Södra ingången, så visar han er vart ni ska ta vägen. Om ni har någonting att säga, så säg det nu, fortsatte Hammar och såg på dem var och en. Båda skakade lätt på huvudena.

– Inte? Inga invändningar. Då så. Soldat Börjesson, du kan utgå. Försvinn med dig! skrek Hammar. Börjesson lunkade i väg och stängde försiktigt dörren efter sig och gick bort till sitt logement.

Gustaf stod kvar och undrade vad löjtnanten ville honom. Han kände hur det började svettas ännu mer i pannan. *Varför vill löjtnanten prata med bara mig? Såg han att jag slog till Börjesson och vill ge mig mer straff? Eller tänker han skicka hem mig? Det här bådar inte gott.*

Gustaf fick en klump i halsen.

– Soldat Andersson, ni undrar säkert varför jag vill tala med er enskilt?

– Ja löjtnant, det undrar jag, svarade han och svalde. Hammar lutade sig något framåt och talade i tystare ton.

– Tro inte att jag inte har märkt hur de där stockholmarna betett sig mot er. Oss emellan, jag tyckte ni gjorde helt rätt i att slå ner den där jävla Börjesson, men det kan jag ju inte säga högt. Förstår ni? sa Hammar med låg stämma. Gustaf nickade och lyckades dölja ett litet leende.

– Personligen hade jag velat ge dig en medalj i stället för straff, men det skulle se konstigt ut om jag låter en slagskämpe slippa undan straff och låter den andre straffas. Är det någonting jag hatar, så är det mobbing. Jag såg er allt, jag såg från långt håll hur ni tog hand om soldat Börjesson. Du var mig en jävel på närstrid, det må jag säga! Det är sådana grabbar som dig man vill ha i fronten. Jag skulle inte tro att Börjesson vågar ge sig på dig igen efter vad som hände utanför matsalen. Vad tror ni, soldat Andersson?

– Det tror inte jag heller, löjtnant. Jag tar mitt straff utan tjafs. Jag hugger ved var och varannan dag hemma på gården där jag bor, så att få ihop tjugoåtta säckar ved borde inte vara några problem. Kanske det blir problem för Börjesson däremot... Och jag förstår hur löjtnanten tänker, sa Gustaf på sin breda småländska och kostade på sig ett litet kort leende åt löjtnanten.

– Utmärkt! Då är vi överens. Utgå och anslut er till de andra, röt löjtnanten.

Kapitel 9

Följande veckor lärde sig Gustaf och de andra soldaterna hur man marscherar, står i givakt och använder vapen med mera. Även viss närkampsstrid fick de öva på. I början var det mesta förvirrande och väldigt stressande. Av förklarliga skäl var Gustaf väldigt trött den här perioden, med tanke på hans extra kvällstjänst i form av ved– huggning. Varken Börjesson eller de andra grabbarna från Stockholm bråkade med honom och eftersom de visste att han och Erik hängde ihop så lät de även honom vara. Men då och då påminde Gustaf stockholmarna om vad det var som gällde genom att spänna blicken i dem, och det räckte tydligen. Många av de yngre grabbarna bröt ihop någon gång under de första två veckorna, men alltefterrsom de vande sig vid det hårda livet som soldat långt hemifrån gick det lättare. Stressen minskade ju mer de kom underfund med hur saker och ting fungerade i det militära. Redan första veckan fick de sina vapen av modellen Mauser m/38, den förkortade varianten med repeterkarbin. De fick inte bara lära sig att skjuta med det, de fick även lära sig att plocka isär det och rengöra det. Gustaf gillade sitt vapen. Han kände sig trygg med det av någon anledning. I början fick han ont i axeln av det när han sköt, ända tills ett befäl såg att han höll vapnet fel, men efter det gick det betydligt bättre. Han blev en medelgod skytt och tyckte om när de låg på skjutvallen och övade. De blev så småningom indelade i större grupper och den lilla grupp som Gustaf tillhörde de första dagarna blev hopslagen med ett flera andra och tillsammans bildade de 3:e kompaniet. Ett par kompanier från Boden hade redan förflyttat sig bort mot närheten av den finska gränsen, fick de höra. Snacket på logementen gick. Var det deras tur snart? De visste att så länge de var kvar i Boden och övade så levde de i säkerhet, men borta vid finska gränsen kunde vad som helst hända.

Den norrländska vintern kom betydligt tidigare än vad Gustaf var van vid hemma i Småland. Redan den sextonde oktober kom den första snön och den skulle visa sig ligga kvar ända till långt in på våren. De kvitterade ut vinterkläder från förrådet och med dessa gick det lättare att utstå det allt kyligare vädret när de låg ute i fält och övade. På förmiddagen den trettionde november låg kompaniet ute vid skjutbanan som låg en bit utanför den mäktiga fästningen i Boden, som även kallades för "Låset i norr". Det var tio minusgrader ute och snön knarrade under kängorna när de gick fram till måltavlorna och tillbaka. Kylan gjorde fingrarna stela och okänsliga och de hade alla svårt att skjuta bra denna förmiddag. Plötsligt såg soldaterna hur befälen började springa av och an. Erik Högsäter såg hur en bil hade stannat en bit bort vid ena änden av skjutbanan och flera av befälen samlades vid bilen. Alla förstod att någonting var på gång, men ingen visste. Erik blev nervös.

– Gustaf? Varför är det så mycket befäl här? Det brukar det väl inte vara? Tror du tyskarna har anfallit Sverige nu? Eller är det ryssarna? frågade han oroligt.

– Det vete fan. Det är inte omöjligt, men vi lär snart få veta, suckade Gustaf. Det var inte utan att han skänkte en extra tanke till de där hemma. På Stig och Olov. Det kändes fel att vara här uppe i Boden på beredskapstjänstgöring när tyskarna kanske har invaderat södra Sverige vid det här laget. Hur skulle det i så fall gå för de där hemma? Lever de ens fortfarande? En stigande panik steg inombords på honom medan han låg i snön i sitt skyttevärn och väntade på vad befälen hade att säga. Några minuter senare kom befälen springande och avbröt skjutövningen och kommenderade uppställning bakom skjutvallen. En major med ett för Gustaf okänt namn ställde sig för att tala. Det var en mörkhårig och relativt kort man med buskiga ögonbryn som ställde sig på en pall. Efter en kort avlämning tog majoren till orda.

– Soldater! Det har nu på morgonen kommit till vår kännedom att vårt kära grannland Finland har invaderats av sovjetiska styrkor. Deras infanteri gick över gränsen på Karelska näset norr om sjön Ladoga och vid Petsamo. Dessutom har sovjetiska bombplan synts i luften ovanför Helsingfors nu på förmiddagen. Läget är som ni förstår mycket allvarligt och vad detta kan innebära för Sverige vet vi inte i dagsläget, men vi behöver förstärka vår gräns mot Finland. Vi befinner oss alltså ännu inte i krig, men om Sovjet besegrar Finland behöver vi förstärka våra gränser med både beväpning och soldater med mera. Dagens skjutövningar avbryts härmed och era respektive befäl tar er med tillbaka till garnisonen. Där får ni avvakta tills vidare.

Ett svagt sorl gick genom gruppen och en kuslig stämning följde. Gustaf kände hur en klump i magen växte.

Nu jävlar är det allvar. Nu är det ingen övning längre, ryssen kan komma att invadera Sverige snart. Undra om det gäller dagar eller veckor? Vad händer nu? Ska vi skickas till finska gränsen och ligga beredda på ett anfall? Jävla skit. Satans jävla skit!

När Gustafs kompani marscherade in på kaserngården rådde det en allmän nervös stämning. Det var soldater som sprang i grupper överallt med befäl som skrek ut order. Flera militärfordon körde omkring medan andra stod stilla någonstans och lastades på med diverse materiel. De såg soldater som bar ut tält ur förråden och befäl som räknade kulsprutor och handgranater. Det var så mycket allvar det bara kunde bli nu.

De var snart tillbaka på logementen igen för att avvakta nya order. Några grabbar var märkbart tagna av de hemska nyheterna om Finland, andra var uppspelta och ville ut och skjuta sovjetiska soldater, eller ryssar som de kallade dem. Gustaf försökte hålla sig lugn. Han la sig på sin säng och ville bara hålla sig för sig själv just nu. Tankarna gick återigen till de där hemma.

Undra om vintern har kommit där hemma? Troligtvis inte. Antagligen är det bara vått och blaskigt än så länge. Far går väl omkring och svär över de leriga hagarna som hästarna går i. Jag ger mig den på att han ber Olov spola av hovarna på hästarna, så han själv slipper. Hur ska det gå för far och hans hand? Hoppas Olov reder ut allt som har med gården att göra. Han får inte slarva med hästarna bara, måtte han inte glömma att kontrollera hovarna ordentligt, så de inte går där i hagen och är halta. Fast nä, det där missar inte Olov. Han har koll. Vi borde väl ändå ha fått hö så det räcker för hela vintern? Stackars Olov, nyheten om Finland måste ha gått ut i radion hos dem med, där hemma i Småland. Han lär vara orolig för mig, den stackarn. Om jag bara kunde få honom att veta att jag är okej. Det skulle kännas bra för mig om jag visste att han inte oroade sig.

Då kom Gustaf på en sak han inte hade tänkt på tidigare. *Vi borde kunna få skriva brev hem till våra nära och kära? Vad kan hindra att jag skickar ett brev, det kan väl inte vara förbjudet? Det måste jag kolla upp!*

Hela dagen gick utan att Gustafs pluton fick någon vidare information, inte resten av kompaniet heller. Den långa, tysta ovissheten var plågsam för grabbarna och det diskuteras och spekuleras vilt i vad som skulle kunna hända härnäst. Olsson, en av stockholmsgrabbarna, var livrädd och pratade högt om att desertera från Boden och sticka hem på natten när ingen ser. Han kom emellertid på andra tankar när någon berättade för honom att det stod vakter runt alla utgångar och att det dessutom var fängelsestraff på den som deserterar.

Det blev kväll och kvällsmaten låg och skumpade i allas magar. Några duschade och andra rökte och spelade poker inne på logementen. Ute i korridoren var det tyst. Ända tills Gustaf hörde en dörr som öppnades långt borta i andra änden. Stegen lät bestämda och inte som någon av grabbarna, som mest går och vankar otåligt av och an. Han reste sig upp ur sin säng och gick bort till logementsdörren och öppnade för att se vem det var. I samma ögonblick som han såg löjtnant Hammar, hör han honom ropa högt.

– Uppställning i korridoren med omedelbar verkan! Uppställning!

Det tog inte många sekunder innan alla fanns på plats framför löjtnanten. Hans min var allvarlig och han såg spänd ut och grabbarna var lika spända. Om en nål hade fallit ner på det hårda stengolvet hade det nog ekat längs den stora korridoren.

– Soldater i 3:e kompaniet, 1:a plutonen! Som ni alla vet så har Finland blivit angripna av Sovjet. Under det senaste dygnet har de forcerat fram genom Karelska Näset och vidare västerut. Tusentals helsingforsbor flyr sina hem då ett flertal bomber har fällts. Vi svenskar behöver förstärka vårt försvar vid den finska gränsen och därmed har general Berg beordrat att flera kompanier från Boden ska hjälpa till med detta, och vårt kompani är ett av dessa. Vi kommer bland annat att betongförstärka skyttevärn och uppföra stridsvagnshinder. Området vi kommer att söka oss till är den så kallade Kalixlinjen och vi kommer att beväpna oss tungt. Ifall ryssen kommer så långt som till gränsen mellan Sverige och Finland så gäller det att vi är förberedda på bästa sätt, inte bara med att förstärka våra värn, utan även fysiskt och psykiskt. Om vi kan hantera den hårda kylan som nu råder och som kommer att fortsätta i månader, samt att veta hur man anskaffar sig proviant från det som naturen har att erbjuda, ja då kan vi skaffa oss en fördel gentemot ryssen. Vi behöver dessutom ha full koll på hur vi orienterar oss i naturen. Vi måste kunna detta bättre än ryssen! Det är uppställning utanför om två minuter. Vi ska sedan packa utrustning för vistelse i fält på obestämd tid. Vi ska även packa vapen och ammunition, så mycket vi har. Vi kommer, när vi är framme vid vår slutdestination, att varva förstärkningar av våra värn med utbildning i fältöverlevnad och skytte med mera. Ju snabbare ni lastar på lastbilarna desto längre tid får ni sova. Avfärd i morgon bitti klockan sex. Utgå!

Det blev plötsligt en väldig fart på grabbarna. Alla var inte fullt påklädda medan löjtnanten talade och de fick extra bråttom. Det som skulle bli en lugn och avvaktande kväll blev i stället en sen kväll fylld av stress, kyla och få timmars sömn. Ute hade temperaturen sjunkit till 14 minusgrader. Kvällen var för övrigt klar och vindstilla. Fem sergeanter ur 3:e kompaniet hade fått i uppdrag att se till att alla lastbilar blev packade enligt tilldelad instruktion. Hela Bodens regemente såg ut att vara i uppror. Överallt var det liv och rörelse långt in på småtimmarna. Medan Gustaf var i färd med att lasta på tolvmannatält och tältkaminer tillsammans med Olsson och Erik, ångrade han sig bittert att han inte hade kommit på tidigare med att försöka skriva ett brev hem till Assargården. Nu kanske det var för sent. Men han visste var det fanns papper och penna någonstans i logementet och när de kom tillbaka dit skulle han smussla ner några papper och en penna. Kanske skulle det finnas möjlighet längre fram att få i väg ett brev till dem där hemma. Han visste att Stig och särskilt Olov, var orolig för honom och det tärde hårt på honom.

Halv tre på natten ansåg löjtnant Hammar att 3:e kompaniet var klara med packning av utrustningen. Trötta, hungriga och frusna återvände soldaterna in till värmen i logementen. Många av kamraterna försökte komma i säng så fort som möjligt, men Gustaf och några andra tog en snabb dusch, för de visste inte när de skulle få chansen nästa gång. Dessutom var det tre dagar sedan de duschade senast.

Klockan var halv fyra på morgonen och Gustaf låg klarvaken i sin säng. Det gick inte att sova. Tankarna for runt i huvudet på honom. Om bara några timmar skulle de fara i väg, ännu längre bort från sitt kära hem i Småland. För bara några veckor sedan hade han fantiserat om hur han låg på en kulle tillsammans med några andra och sköt på tyskar som sprang emot dem. En efter en föll tyskarna döda ner. Alla skott satt rakt i hjärtat på dem och de föll som furor. Nu som först förstod han hur han hade romantiserat kriget. Han hade haft fel. Väldigt fel. För det första hade han förstått redan efter första dagen på skjutbanan att det inte är så enkelt att träffa någon på hundra meters avstånd. Att träffa en måltavla på hundra meter är en sak, men att träffa någon som kanske springer emot dig eller i sidled är betydligt värre och träffar man inte på första skottet så kanske fienden träffar dig i stället. Gustaf rös vid tanken. Dessutom så hade han inte räknat med att bli ivägskickad upp till Norrland. Till I12 i Eksjö eller möjligtvis A6 i Jönköping. De var de enda regementen han kände till. Han hade förstått av några grabbar från trakten att den kyla som nu rådde är bara början och värre skulle det bli. I flera månader framåt. Vad var det för ett ställe han hade hamnat på egentligen, frågade han sig. De orden som löjtnant Hammar hade sagt inför hela plutonen för ett par veckor sedan ekade fortfarande i huvudet på honom: "Om du inte träffar fienden först, så träffar han dig och då är det slut. Då kommer ni hem i trälåda i stället för finkostym. Så se till att lära er skjuta duktigt så har ni en bra livförsäkring." De andra i logementet sov. Djupa snarkningar hördes från de flesta sängarna. Erik som låg i sängen ovanför honom sov också. Till slut somnade även Gustaf. Han drömde en bra dröm om att han och Olov badade en varm sommardag hemma vid Linnesjön. De skrattade och skojade med varandra och dök från den gamla bryggan. Vattnet var varmt och skönt. Efter badet tog de fram metspöna och satte sig på bryggkanten och metade. Olov fick en stor abborre. Han hade skrattat med hela ansiktet av lycka. "Kolla Gustaf, vilken bjässe!"

Det blev ett abrupt slut på den trevliga drömmen när sergeant Holmström slet upp logementsdörren och skrek att alla hade tre minuter på sig att klä på sig och ställa upp i korridoren. Gustaf svor tyst för sig själv, när han efter en halv sekund efter uppvaknandet kom på att han inte alls satt på sin brygga hemma tillsammans med Olov, utan hundratjugofem mil hemifrån för att försvara sitt land mot ryssarna. Efter den sedvanliga frukosten fick alla gå in och hämta den sista personliga utrustningen i logementen, för de som ville ha med sig något extra och sedan ställa upp utanför militärfordonen som skulle ta dem vidare norrut i riktning mot den finska gränsen. Fordonen som Gustafs pluton skulle åka i var en typ av terrängjeep med kraftiga däck och hög markfrigång. Även ett flertal lastbilar med snökedjor stod uppställda på kaserngården. De som hade otur fick sitta bak på flaken på lastbilarna. Gustaf hade aldrig sett så många bilar i hela sitt liv och endast vid ett tidigare tillfälle hade han åkt i en.

Resan norrut mot den så kallade Kalixlinjen blev lång och dryg, men när Gustaf tyckte att det blev obekvämt att sitta, tänkte han på de stackarna bak på lastbilarna. I jeeparna fanns det åtminstone möjlighet att sätta på värme. Det var inte mycket till värme som kom ut från hålen ovanför instrumentpanelen, men det höll i i alla fall vindrutan fri från is och imma. Strax innan avfärd fick de veta att hans kompani skulle bli stationerade vid en liten by vid namn Morjärv. Byn låg längs med Kalixälven några mil norr om dess utlopp i Bottenviken. Där skulle de bygga skyttevärn vid strategiska platser så att de var beredda ifall sovjetiska soldater kom över från finska gränsen. Parallellt med detta skulle de fortsätta att öva på skytte men framför allt öva på att överleva och orientera sig i den svåra terräng som råder i Norrland vintertid. De dåliga vägarna och den djupa snön gjorde att hastigheten drogs ner. Tre timmar, åtta mil och två pauser senare kom de till slut fram till Morjärv. I terrängbilarna fanns det värme och Gustaf tänkte på de stackarna som hade trängts i flaken på lastbilarna. Som tur var hade de redan från början varit utrustade med försvarets varmaste vinterkläder i vit kamouflagefärg. Gustaf tittade på sitt armbandsur som han hade fått i present av sin far när han hade fyllt sexton. Han glömmer aldrig den stolta min som Stig hade när Gustaf öppnade presenten med klockan i. Den måste ha kostat en förmögenhet hade Gustaf tänkt och tyckte att det var en alldeles för dyr present att få. Klockan visade nu snart halv tolv. Det kurrade i magen och som tur var såg han hur utspisningsvagnens personal redan hade börjat förbereda för lunch. Det rådde sträng kyla i luften och snön var minst trettio centimeter djup, gissade han. Han såg sig omkring i omgivningen. Det var vackert här, det gick inte att komma ifrån. Det var soligt väder och den stora älven rann fram som en bred, svart virvelvind ett hundratal meter ifrån dem. Han förstod att det var den mäktiga Kalixälven de hade framför sig.

Så det är alltså här vi ska befinna oss den närmsta tiden. Det kanske till och med här vi kommer dö. Ska denna plats bli den sista jag ser innan jag blir skjuten i bröstet av en sovjetisk soldat? Hur kommer det att kännas när skottet träffar mig i bröstet? En brännande känsla? Hinner jag känna något alls innan allt blir svart och jag faller död ner till marken? Jag hoppas att jag hinner skänka en sista tanke på dem där hemma om det värsta händer...

Det knöt sig i magen på honom vid tanken att han kanske aldrig mer fick träffa Olov igen. En stark känsla av ångest fyllde hans bröst. Han blundade för ett ögonblick och kunde känna värmen från Olovs hand när de tog farväl vid tågstationen i Värnamo och han såg framför sig de tårfyllda ögonen på honom som han så förtvivlat kämpade för att hålla tillbaka.

Vad fan gör jag här egentligen? Varför kan inte de där ryssarna och tyskarna hålla sams med övriga världen? Då kunde jag ha fått vara hemma på gården nu med Olov och far. Vid den här tiden hade vi säkert stått och utfodrat hönsen. Kanske precis tagit en kopp kaffe på baksidan vid huset. Far kanske hade föreslagit att vi skulle ta ner några höbalar från logen. Kanske dragit något dåligt skämt eller bara lutat oss tillbaka mot husväggen och blundat en stund i solen.

– Lystring 3:e kompaniet! Det är uppställning för utspisning!

Det var löjtnant Hammars välbekanta och skrovliga röst. Gustaf ryckte till och var snabbt tillbaka till den dystra verkligheten igen. Instinktivt sökte hans blick snabbt efter sin enda trygghet här uppe, sin nyfunne vän Erik Högsäter från Hyltebruk. Han stod en bit längre bort och ordnade med sin ryggsäck. Det kändes bra att åtminstone Erik var med upp till Morjärv. Någon han kunde vädra lite tankar och snacka lite skit med. Någon som precis som han själv var bondson på en gård hemma i Småland. På logementet om kvällarna brukade de prata om allt från hönsfoder till när de brukade slå havren på åkrarna, något som inte de där stöddiga stockholmarna förstod sig på. Fast allra helst hade han velat att Olov var här. Men på ett sätt var det skönt att han var kvar hemma i Småland. Det kändes tryggare att ha honom där, långt bort från allt elände. Dessutom tvivlade han på att Olov skulle mäkta med den råa attityd som rådde bland soldater och befäl. Han var heller inte byggd för att marschera de långa turerna som de har fått öva på ute i skogarna omkring Boden. Olov var tyvärr lite för vek och lite för tung för det.

Kokerskorna hade börjat utspisa de första i de tre köerna. Hundraarton hungriga grabbar och män från 3:e kompaniet skulle bli bjudna på pytt i panna idag. Det var mat som Gustaf gillade som tur var. Vad som skulle hända efter lunchen var de ännu inte informerade om, men antagligen någonting fysiskt ansträngande. Som det mesta man gjorde här i beredskapstjänstgöringen, vilket passade Gustaf bra. Han kunde känna att den frustration han ibland kunde bära på lättade och ibland till och med försvann när han gjorde någonting fysiskt, som att marschera, springa eller bygga någonting. Många av de andra brukade sucka djupt eller grimasera när de fick höra att det var någonting jobbigt på gång, men inte Gustaf. Då var det värre med att sitta still och lyssna på något befäl som skulle undervisa dem i till exempel hur man läste av en karta. Efter en stund brukade han få myror i kroppen och det som befälen sa gick inte in i huvudet. Det fastnade bara inte. Han brukade ofta få fråga kamrater senare hur man gjorde med vissa saker, men alltid när de väl skulle använda sig av de det hade lärt sig i praktiken, till exempel ta sig från A till B via en karta ute i skogen, ja då förstod han direkt. Ibland undrade han varför han var så korkad, varför saker man sa till honom inte fastnade i huvudet. Det gjorde honom väldigt frustrerad, särskilt under skoltiden. Men han visste ändå att han var bra på att göra fysiska saker och han antog att det var väl helt enkelt sån han var och man kan ju inte vara bra på allt tröstade han sig med. Med Olov var det precis tvärtom. Det var sällan några problem för honom att lära sig saker i skolan, även om han inte gillade den. Proven gick lätt och betygen låg högt, förutom i idrott. Han gillade visserligen att vara hemma på gården, men att hjälpa till att bära in hö eller mocka efter djuren var inte hans favoritsysslor.

Lunchrasten blev inte långvarig. Det blev uppställning och kaptenen för 3:e kompaniet, kapten Lagerkvist talade till samtliga. Kompaniet blev splittrat i mindre grupper. Gustaf hamnade i en grupp bestående av honom själv, Erik, Ahlqvist från Ljungby, stockholmarna von Scheele och den före detta drygpellen Börjesson samt han som ingen hörde vad han sa, skåningen Möllerstedt. Visserligen hörde Gustaf och Erik vad han sa för det mesta, men när stockholmarna retade honom och han svarade tillbaka något för dem obegripligt, var det inget roligt att reta honom längre. Möllerstedt var en dryg besserwisser med tjocka glasögon som pratade alldeles för mycket. Det verkade inte spela någon roll om man lyssnade eller inte, han pratade ändå. Han var nära att få stryk en gång av von Scheele när han tyckte att Möllerstedt sa "what a handsome face" till honom, fast i själva verket frågade han bara på bred skånska "var det han som fes?" von Scheele hade tryckt upp stackars Möllerstedt hårt mot ett plåtskåp inne på logementet så det dånade och stackaren hade inte fattat vad han hade gjort för fel. Händelsen reddes ut snabbt och blev en rolig snackis på hela kompaniet.

De sex grabbarna bildade en grupp soldater som skulle slussas vidare några kilometer upp för älven. Där skulle de slå upp sitt tält och vistas på platsen på obestämd tid och som de tidigare fått uppgifter om så var det främst skyttevärnsgrävning om utbildning i överlevnad i vinterklimat som stod överst på dagordningen. Marschen dit blev jobbigare än vad Gustaf hade väntat. Snön var djup och de stränga norrlandsvindarna bet hårt i hans kinder. Gustaf fick i uppgift att bära fälttelefonapparaten, den så kallade fältapan. I början kändes den inte så tung men efter ett par kilometer i snön var den inte särskilt rolig att kånka på. De som bar på tältlådan hade det också tungt i snön. Som tur var tog de många pauser på vägen. Erik Högsäter hade fått anvisningar på kartan var exakt de skulle ta vägen. De hade egentligen ingen tidsbegränsning på sig förutom att tältet inklusive kamin skulle vara uppsatt innan midnatt. Stockholmarna bar på torr ved som de skulle ha under natten och räckte inte veden fick de själva ombesörja mer i skogen, alternativt frysa, hade löjtnant Hammar sagt till dem. Hammar skulle tillsammans med en sergeant dyka upp till dem under morgondagen för vidare utbildning i skyttevärnsbygge. Det kändes som att snömarschen i nordlig riktning aldrig ville ta slut och Gustaf undrade om han någonsin skulle hitta ända hem till Ekhult igen. Många stunder tvivlade han faktiskt på det. Bredvid Gustaf gick Möllerstedt.

– Vi förflyttar oss hela tiden allt norrut. Det känns som om man inte kan komma så mycket längre norrut i Sverige nu, sa Gustaf till Möllerstedt.

– Åjo, det kan man allt. Nordligaste stället i Sverige är något som heter Treriksröset. Det är där Sverige, Norge och Finlands gränser möts. Tror det är säkert femtio-sextio mil dit. Så visst kan man komma ännu längre norrut, sa Möllerstedt. Sedan fortsatte skåningen att babbla om vilka vägar som ledde till Treriksröset, om samefolket och om bergskedjan i väster, men Gustaf valde att inte lyssna på honom så noga utan koncentrerade sig på att hitta vägen i stället. De vandrade mestadels genom öppen terräng längs Kalixälven och det var inte ofta de stötte på befolkning. Enstaka hus syntes lite här och var men sällan var det några människor som syntes utanför dem. Kanske inte undra på med tanke på kylan, tänkte Gustaf. Pauserna på väg till dit de blev många men nödvändiga och fastän de var mycket trötta när de kom fram beslöt de sig för att genast börja sätta upp tältet. De var alla inte bara trötta utan också väldigt stelfrusna och de ville ha i gång kaminen i tältet så fort som möjligt.

Stället där de kom att ställa upp tältet hette enligt kartan Tjärnheden och låg ungefär sex kilometer norr om Morjärv. Gustaf hade aldrig hört talas om lappsjukan innan, men Möllerstedt hade berättat för honom ingående i tio minuter vad det var för något och hur det tedde sig. Nu här mitt uppe i ingenstans i de norrländska markerna hade han inga som helst problem att relatera till det uttrycket.

Kapitel 10

Det var söndag morgon. Olov och Stig satt tysta i köket hemma på Assargården utanför Skillingaryd i Småland. Ett par flugor kröp på köksfönstret. Det enda som hördes var köksklockans eviga tickande. På bordet stod det en varsin kopp kaffe åt dem och på fatet mitt på bordet stod det en halvt uppäten sockerkaka. De hade unnat sig en stunds sovmorgon innan det var dags att utfodra djuren. Olov var dyster. Det var inte detsamma utan Gustaf på gården. Det kändes tomt och tråkigt. Stig hade märkt hur Olov kände sig och hade försökt hitta på saker med honom och försökt prata om allt möjligt för att få honom på bättre humör, men förgäves. Stig kände också att det var tomt hemma utan sin äldste son. Han oroade sig mycket för hur Gustaf hade det långt där uppe i Norrland och han lyssnade på nyheterna så fort han hann, för att höra om Sovjet hade tagit sig igenom Finland och in i Sverige. Han och Olov brukade ha koll på klockan när det blev dags för nyheter och då samlades de i köket för att lyssna. Olov som först inte förstod vitsen med att lägga dyra pengar på en radioapparat, hade ändrat åsikt.

Lucia hade varit för två dagar sedan och de hade gått ner till kyrkan som de alltid brukade göra, men inget var sig riktigt likt nu när så många män hade ryckt in för beredskapstjänstgöring. Kvinnorna i trakten hade gjort så gott de kunnat ändå för att få lite julstämning. Några barn var klädda i luciadräkter och sjöng vackert i kyrkan medan det som vanligt serverades varm glögg efteråt utanför kyrkan, men i år var det betydligt färre folk som hade dykt upp. På radion om kvällarna hörde de med förskräckelse hur Sovjets offensiv skördade offer i Finland, men ännu ingenting om att de hade nått den svenska gränsen.

Julafton blev stillsam hemma på Assargården, men det gjorde ingenting för vare sig Stig eller Olov. I vardagsrummet stod det en gran med några kulor och glitter i och på kvällen hade de klätt på sig sina finaste kläder och de hade hjälpts åt att laga extra god mat i köket. Inga Jönsson hade varit snäll och kommit upp med en bit julskinka till dem. Förutom att önska god jul hade hon yttrat sin oro för sin Samuel som också hade fått rycka in till beredskapstjänstgöring.

Stig hade till och med bjudit Olov på en halv sup till maten, trots att han inte riktigt hade åldern inne ännu. Stämningen var god mellan dem och de var på relativt gott humör hela Julafton, men när kvällen kom och de bytte ett varsitt paket med varandra blev det känslosamt. Olov hade köpt ett par äkta ullstrumpor åt Stig och Stig hade köpt en morakniv och ett par träskor åt Olov. Det hade blivit mörkt ute för länge sedan och det låg minst en decimeter snö på marken. De satt nu i varsin fåtölj i vardagsrummet framför kakelugnen och tog igen sig. En skön värme från elden spred sig i rummet och de kände sig båda trötta. Detta var den första julen utan Gustaf och det kändes konstigt.

– Tror du att Gustaf och de andra soldaterna får fira någon jul där uppe i Boden? undrade Olov.

– Jag hoppas verkligen det, men jag vet inte. Det är inte alls säkert. Kanske de ligger ute i skogen ikväll och inte har någon aning om att det är Julafton just ikväll. Eller så kanske det är i sina logement och äter skinka och korv... suckade Stig och såg in i eldens gula sken.

– Jag hoppas att han har det bra, var han än är och vad han än gör. Plötsligt reste sig Stig och gick ut i köket. Han var strax tillbaka hos Olov och i handen höll han en flaska brännvin och två glas.

– Jag tycker vi tar och skålar för vår tredje familjemedlem som är långt hemifrån och hjälper till att försvara vårt land, sa Stig och fyllde på Olovs snapsglas. Sedan fyllde han på sitt eget glas och höjde det medan han såg på Olov.

– Den här är för dig, Gustaf. Vi tänker på dig och önskar att du snart är tillbaka hos oss välbehållen. Skål, grabben min och skål på dig Olov!

– Skål far, sa Olov höjde sitt glas. Detta var Olovs andra sup någonsin. Den första hade han fått för bara någon timme sedan när de åt middag. Förra året hade han inte fått någon då Stig och Gustaf tog sig en julsnaps. Han grimaserade illa när det brände till i halsen på honom. På något sätt kände han sig som en vuxen man nu, när Stig hade för första gången bjudit honom på en sup. Stig ställde ner sitt glas med en duns på bordet.

– Nu Olov får du ingen mer brännvin, men jag ska ta en till innan det är bra för ikväll. Jag ska ta en för din mor, sa han allvarligt och fyllde glaset ännu en gång. Sedan höjde han glaset framför sig och såg in i elden.

– Den här är till dig, kära Elsie. Jag önskar så att du var med oss nu ikväll. Julen blir inte densamma utan dig, ska du veta. Om du bara visste vilka fina barn du satte till världen. Du ska veta att jag gör så gott jag kan här hemma. Om du bara…

Stig kom av sig och Olov såg att hans ögon blev fuktiga. Hans underläpp började darra och en tår rann längs ena kinden. Sedan tog han och svepte glaset och såg sedan tyst in i elden en lång stund.

– Jaha, så var det med det… Nähä Olov, jag vet inte hur det är med dig, men jag blev sugen på en kvällssmörgås. Ska vi gå ut till köket och breda oss varsin?

– Ja, jag tar gärna en smörgås till. Jag tackar sällan nej till mat, det vet du! sa Olov och reste sig.

Det kom mer snö under mellandagarna och några dagar blev riktigt kalla. Arbetet på gården var tvunget till att flyta på som vanligt, men för varje dag som gick blev Olov alltmer inåtvänd. Inte ett ljud hade han hört från Gustaf sedan de vinkade av honom från stationen i Värnamo och han var orolig att något hade hänt honom. Han hade hört med Jönssons men de hade inte hört något från Samuel heller.

Den andra januari vaknade Olov mitt i natten med ett ryck och han andades kraftigt. Det rann svett i pannan och sängkläderna var blöta. Han hade drömt en mardröm om Gustaf. Om vad exakt kom han inte ihåg, men han hade bara en stark känsla av att någonting inte var som det skulle. Det enda han kom ihåg från drömmen var Gustafs ansikte, det mindes han tydligt. Det var plågat på något sätt och han verkade vara i knipa. Gustafs ansikte hade varit så väldigt verklig! Varje grimas, varje plågade ansiktsuttryck. Resten av natten låg Olov sömnlös. Det var omöjligt att somna om efter den otäcka drömmen. I stället gick han ner längs den knarrande gamla trappan och satte sig i köket. Det var kallt där även att elementet var på.

Termometern på väggen bredvid köksklockan visade fjorton grader. Han rev av lite tidningspapper och knölade ihop och stoppade in i spisluckan, sedan tog han fram några smalare bitar av veden som låg under spisen. Det tog inte lång tid innan en fin liten eld brann och när värmen började komma gjorde han i ordning pannan med kokkaffe. Ute var det fortfarande mörkt och det skulle fortsätta vara det i några timmar till. Olov kunde tydligt höra Stigs snarkningar från hans rum. Kaffet smakade inget bra. Hela tiden malde den där otäcka mardrömmen om Gustaf och fortfarande kunde han se Gustafs plågade ansikte framför sig.

Har det hänt Gustaf någonting där uppe i Boden på riktigt? Varför såg han så plågad ut? Tänk om någonting har hänt eller om han är i knipa på något sätt. Ska jag verkligen sitta kvar här och inte göra något, som en jäkla fegis? Efter allt som han har gjort för mig? Han har ju till och med räddat livet på mig. Ska jag försöka åka upp till Boden och leta efter honom? Känns som ett omöjligt uppdrag... Men om jag åker så sviker jag far. Det skulle bli tufft för honom att klara av gården själv, särskilt nu när hans hand är som den är.

Tankarna for fram och tillbaka i huvudet på honom ända tills han hörde Stig komma ut från sitt rum. Det hade blivit morgon.

– God morgon, sa Stig och kliade sig på magen när han kom in genom köksdörren.

– God morgon, svarade Olov halvt frånvarande.

– Har du suttit här länge? undrade Stig.

– Ja, svarade han kort och såg ut genom fönstret.

– Kunde du inte sova i natt?

– Jag hade en sån otäck mardröm. Om Gustaf.

169

– Usch då. Han har det nog okej där uppe, ska du se. Han är tuff och hård, han klarar sig alltid. Rätt vad det är så är kriget slut och han är hemma igen, försökte Stig trösta.

Olov svarade inte utan såg bara ut genom fönstret.

Morgonen blev till kväll, men bilden på Gustafs ansikte ville inte försvinna ur huvudet. Han kände sig illa till mods. För att inte kunna vara där uppe i Boden och hjälpa, om Gustaf behövde hjälp. Inte för att han visste hur han kunde vara till hjälp, men kanske det fanns någonting han kunde göra för honom. Han kunde väl kanske åtminstone försöka?

Det gick ytterligare ett par dagar. Minst två gånger per dag gick de in till köket för att starta den stora radioapparaten och höra om det senaste om kriget. De fick höra att den finländska skidbataljonen på 1800 man gjorde starkt motstånd mot Sovjetiska armén och med hjälp av den 9:e divisionen lyckades man bryta upp den sovjetiska 163:e divisionen i delar under julhelgen. Dagarna efter nyår hade den finländska armén lyckats omringa 40 000 sovjetiska soldater och döda 23 000 av dem. När Stig och Olov hörde detta på radion ställde de sig upp och jublade och på radion propagerades det för att "Finlands sak är vår" och det talades om att Sverige skulle bidra med bland annat vapen och ammunition. På radion talades det också om svenska Frivilligkåren, som var tänkt att hjälpa finnarna. Olov var ännu för ung för att gå med som beredskaps-soldat men vad han kunde förstå fanns det ingen åldersgräns i den svenska Frivilligkåren. En tanke hade börjat gro hos honom, och det var att försöka ta sig upp till Boden genom att ansluta sig till Frivilligkåren. Men det var ingenting han pratade med Stig om och han brottades med tanken om de skuldkänslor han skulle få gentemot Stig om han nu skulle ge sig i väg norrut. Eller om han skulle fega ur och stanna hemma på gården. Fega ur. Olov hatade ordet feg. Han hade varit feg under hela sin uppväxt och hade aldrig varit i slagsmål på skolan någon gång, han hade hellre dragit sig undan. Skulle han verkligen vara feg även denna gång?

Det var kvällen den nionde januari och Olov hade lagt sig, men det gick inte att somna. Pulsen ville inte gå ner och han var klarvaken. Dessutom hade han bestämt sig tidigare under dagen. Han skulle minsann inte vara feg den här gången också. Om det skulle hända Gustaf någonting där uppe i Norrland och Olov hade bestämt sig för att vara kvar på gården, skulle han aldrig förlåta sig själv. Han var rädd så han nästan skakade, men det fick bära eller brista – han skulle till Boden! Ryggsäcken var packad med vad han trodde han skulle behöva. Han hade tagit av sina sparpengar till att köpa tågbiljett och han skulle göra samma resa som Gustaf hade gjort för några månader sedan. Brevet till Stig låg färdigskrivet på nattduksbordet där han försökte förklara hur han kände och att han hoppades på förståelse för hans handlingar samt förlåtelse för att han skulle lämna Stig själv hemma med alla djur. Klockan skulle ringa redan klockan fyra på morgonen och tanken var att försiktigt smyga ut ur huset och gå ända in till Skillingaryd. Därifrån skulle han sedan ta bussen till Värnamo där tåget skulle avgå. Han hade såklart ingen som helst aning om vad han hade gett sig in på, men hans instinkt sa att det han tänkte göra nu var det enda rätta. Strax efter midnatt somnade han till slut och när klockan ringde var han inte det minsta trött. Han satte sig nästan omedelbart upp i sängen. Han var beredd. Så mycket som han bara kunde bli. Ryggsäcken var redan packad med några konservburkar och en limpa bröd. Tandborste och varma kläder fanns där i. Det var bara att klä på sig och börja gå. Trappan knarrade alltid på ett visst ställe i mitten men det stället undvek han och kom ljudlöst ner i hallen. Han stannade för att lyssna om Stig var vaken, men Olov kunde tydligt höra hur han snarkade inne i sitt rum. Han satte på sig sina vinterkängor och rock och tryckte försiktigt ner handtaget till dörren så att det inte skulle gnissla. Några centimeter nysnö tog emot när han öppnade dörren och en lätt, kylig vind kom emot honom. En sista gång såg han in i huset och in mot köket och han undrade om han någonsin skulle få återvända hit igen, eller om det här var sista gången han klev ut genom dörren hemma på Assargården. Han såg att lappen han skrivit till sin far låg på köksbordet. Den var väl genomtänkt och det fanns inget han ville ändra på den. Nu fick det bli som det blir.

Förlåt far, men det måste bli så här. Jag gör det för vår skull, för familjens skull. Jag hoppas så att du har förståelse för hur jag tänker. Jag gör detta för Gustafs skull, jag gör det för familjens skull.

Innan han fortsatte ner längs grusvägen och vidare mot Skillingaryd, gick han snabbt ner till djuren för att titta till dem en sista gång. Han gav Astrid och Greta en lång kram och kliade dem lite under hakan. Han såg att de hade det bra och han visste att Stig skulle ta väl hand om dem.

I decimeterdjup snö gick han den långa vägen in till Skillingaryd där en buss skulle ta honom vidare till Värnamos tågstation. Klockan var 05.30 och det skulle vara mörkt i några timmar till. Det var stundtals svårt att se var vägen gick men emellanåt skingrades molnen på himlen och månskenet gjorde det lättare för honom att följa den stötäkta vägen. En viss stress grodde i honom. Om Stig skulle av någon anledning vakna tidigare och hitta lappen på köksbordet, skulle han antagligen försöka springa i kapp honom för att försöka stoppa honom. För varje steg han närmade sig busshållplatsen kände han sig säkrare. Det var långt att gå och betydligt jobbigare än han hade trott att förflytta sig i den djupa snön. Han hade ju dessutom en tung ryggsäck på ryggen. Runt omkring honom var det bara mörk granskog men han visste att det snart skulle spricka upp och han skulle alldeles strax skymta de första husen inne i Skillingaryd. Klockan visade 06.07. Bussen skulle komma 06.55 enligt tidtabellen. Han ökade takten något men när han såg de första bebyggelserna kände han sig säker på att hinna med. Andningen började bli ansträngd och han kände tydligt av skavsår på båda hälarna. Olov var inte van att gå så här långt. Han var inte van att röra sig så här mycket över huvud taget.

Så fort jag kommer ombord på bussen så ska jag plåstra om mina hälar. Tur att jag tänkte på att ta med mig plåster. Måtte inte far ha upptäckt att jag har lämnat huset. Bara jag inte ser honom komma efter mig, då skulle han lätt kunna övertala mig att stanna kvar.

Busshållplatsen skymtades och snart var Olov framme. Han satte sig på den snötäckta bänken. Det var alldeles tyst ute. Folk låg och sov fortfarande. Han såg åt vänster åt det håll han nyss hade kommit ifrån. Endast ett par hjulspår från en bil och hans egna fotspår syntes. Spåren försvann in bland granarna ett par hundra meter bort där vägen svängde av. En rysning spred sig genom kroppen plötsligt.

Tänk om busstiderna har ändrats eller är inställda nu på grund av omständigheterna i Sverige och Finland? Vad gör jag om

bussen inte kommer? Det är alldeles för långt att gå till Värnamo,
det klarar jag inte! Ska jag gå hem igen, slänga lappen till far och
glömma alltihop då? Ska jag stanna hemma och vara en fegis då?
Då kom han att tänka på sin klasskamrat som han hade
mött för bara ett par dagar sedan. Han hade sagt att han
hade åkt buss nyligen och det gjorde honom säker på att
bussen skulle dyka upp. Hans svettiga rygg började bli kall
nu när han satt på bänken vid busshållplatsen. Fötterna var
frusna och fingrarna började bli svåra att röra på, trots
vantarna. Hans armbandsur visade 06.54 och pulsen steg.
Han borde både se och höra bussen när som helst. Återigen
blickade han bort mot vägen där han kom. Ingen Stig
syntes. Han funderade på vad han skulle säga om nu Stig
skulle dyka upp i sista sekund. Skulle han försvara sitt
agerande och åka ändå eller skulle han gå hem till gården
med Stig igen med svansen mellan benen? Han visste ännu
inte svaret på den frågan.
Ett dovt muller hörs långt borta och Olov hajade till.
Det är bussen. Den kommer! Fan i helvete, den kommer! Jag ska
till Värnamo!
Olov reste sig och gick fram till trottoarkanten. Ett gnissel
hördes när bussen saktade in. Han klev på och tog fram sin
plånbok för att betala. När busschauffören tog emot Olovs
pengar tyckte han att han hörde något. Någonting utanför
bussen. Han vände sig om men såg inget utanför. Ljudet
hördes igen. Någon ropade utanför. Chauffören skulle
precis stänga dörrarna när Olov bad honom lugna sig med
det. Olov tog ett steg bakåt och klev ner på första
trappsteget ner igen. Nu såg han att en person kom
springande mot bussen i full fart. Olov kände igen sin far
på sättet att röra sig. Först fick han panik och ville bara be
chauffören att stänga dörren och åka i väg, men han hade

inte hjärta att göra så. Inte eftersom han visste att Stig har tagit sig hela vägen från Assargården till Skillingaryd till fots i den djupa snön. Han hade inget annat val än att konfrontera sin far, och han bad chauffören att vänta ett ögonblick. Stig stannade av när han kom upp jämsides med bussen. Hur långt han har sprungit visste Olov inte men han förstod att det är länge. Kanske ända hela vägen. Ansiktet var rött av ansträngning och pannan var svettig, trots kylan ute.

– Olov! Olov, vänta! ropade Stig så fort hans snabba andning minskat en aning. Olov kände hur hans hjärta dunkade hårt i bröstet.

Fan också! Det var just det här som inte fick hända. Han fick inte komma hit! Jag måste stå på mig nu. Får inte vika mig. Jag må känna mig usel som sviker far och som överger honom och lastar över allt arbete åt honom på gården, men jag lär känna mig ännu uslare om jag inte försöker hjälpa min bror. Jag kommer aldrig förlåta mig själv om det händer Gustaf någonting och jag inte ens har försökt hjälpa honom.

– Far! Jag måste upp till Gustaf. Den där drömmen, jag kan inte förklara det, men jag känner att någonting är fel. Han är i knipa. Låt mig åka upp till honom. Du kan inte stoppa mig! Jag är vuxen nu! protesterade Olov och han blev förvånad själv över hans tilltal mot sin far. Aldrig tidigare hade han vågat tala så till honom och han förstod knappt själv sitt djärva beteende. Stig var nu ända framme hos honom och han tog ett tag om Olovs arm.

– Jag vet, Olov. Jag vet! Du är vuxen och jag kan inte stoppa dig. Jag tänker heller inte försöka, men jag ville bara ta farväl. Jag hade hellre sett att du stannade hemma hos mig men jag inser att du måste göra som du känner, sa Stig med ansträngd röst. En lättnad for genom kroppen på

Olov när han hörde sin fars ord och hela han blev med ens avslappnad, som om en tung sten lättade från hans bröst.

– Är det Frivilligkåren du ska anmäla dig till? frågade Stig, som fortfarande var tagen efter att ha sprungit ända från gården. Olov nickade.

– De tar emot folk från hela landet. Jag tänker ta tåget från Värnamo, precis som Gustaf. Jag ska söka upp honom och jag tänker inte ge mig förrän jag vet att han är okej och är han inte okej så ska jag se till att han blir det. Han har ställt upp så mycket för mig genom åren. Nu är det min tur, sa Olov bestämt. Blicken var hård och Stig såg att hans son menade vartenda ord han sa. Chauffören muttrade om att han måste åka vidare och Olov lyfter armen åt honom för att visa att han ska vänta lite till.

– Jag måste åka nu, sa Olov och tog av sig handsken för att skaka sin fars hand. Stig besvarade inte hans hand utan sträckte sina armar runt Olov och gav honom en hård kram i stället. Stig viskade åt honom medan han höll om honom.

– Ta väl hand om dig. Tänk på att vi lever i farliga tider. Ta inga risker. Om du träffar Gustaf så hälsa till honom så mycket. Se till att ni kommer helskinnade hem, båda två. Jag tänker på er varje dag. Jag har redan mist er mor och jag klarar inte att mista någon mer. Okej?

– Jag lovar, jag ska vara rädd om mig. Du fixar gården själv, bara ta det lugnt så ska det gå bra. Jag lovar att ta igen allt arbete när jag kommer hem. Förlåt mig än en gång, men jag måste bara åka. Farväl!

– Farväl, pojken min, sa Stig med gråt i rösten. Bussdörren stängdes och Olov gick längst bak i bussen och satte sig. Bussen började sakta köra i väg och Olov vinkade i bakrutan till Stig, som stod kvar i den kalla vintermorgonen och vinkade tillbaka ända tills han inte såg bussen något mer.

Kapitel 11

Livet utanför Morjärv i Norrland var tufft. Gustaf slet hårt med byggnation av skyddsvärn. Temperaturen steg sällan över tjugo minusgrader och han frös ständigt. När de inte byggde skyddsvärn, övade de på skytte, högg ved till deras tältkaminer och tränade på överlevnad i vintermiljö. Ofta sköt de harar som de flådde och åt. Den första haren Gustaf var med och flådde fick hans magsäck att vändas ut och in. Han och de andra hade dessutom svårt att skilja allt ätbart kött, men de lärde sig med tiden. De hade fått skidor att ta sig fram med och de underlättade betydligt när de skulle ta sig till de olika skyttevärnen. Dagarna blev till veckor och den täta närvaron med de andra i gruppen tärde på hans psyke. Alla i gruppen var inte alltid överens, även om Erik och Gustafs vänskap höll i sig. Stockholmarna var ofta dryga och lata och tyckte sig vara lite förmer än de andra. De gjorde bara vad de behövde och knappt det. De dagar de inte hade något befäl hade Gustaf blivit utsedd av löjtnant Hammar till gruppchef, vilket retade stockholmarna ännu mer. Allt som oftast somnade de vid eldvakten om nätterna, vilket resulterade i att det var iskallt i tältet när de andra vaknade. Gustaf hade påpekat detta gång på gång och de lovade dyrt och heligt att det inte skulle upprepas något mer. En tidig morgon vaknade Gustaf av att han hackade tänder. Han såg upp mot stolen där han som hade eldvakten ska sitta, men ingen satt där och kaminen var iskall. Nu var måttet rågat, nu hade han fått nog av denna nonchalans! Han var så evinnerligt trött på att ständigt frysa och den enda stund han hade chansen att bli riktigt varm, det var de få timmarna de spenderade i tältet. När han inte ens fick vara varm då, då blev han förbannad på riktigt.

– Vad i helvete! skrek han så att alla i tältet vaknade med ett ryck och undrade vad som stod på.

– Scheele! Hur i helvete kan du ligga och sova när det är du som har eldvakten?! Va? Jävla idiot, res på dig och se till att det blir varmt i spisen på en jävla gång! röt Gustaf. von Scheele tittade nyvaket upp och reste sig upp på armbågarna.

– Du, *von* Scheele om jag får be, sa han stöddigt.

– Jag kallar dig vad fan jag vill, din dumme, nonchalante jävla stockholmsjävel! Är det du som har eldvakten så ska du ta mig tusan också se till att sköta den! Vill du att vi andra ska frysa ihjäl? Har du ingen som helst respekt för dina kamrater? skrek Gustaf.

– Lugna ner dig lite, Andersson. von Scheele kan väl inte rå för att han somnade, sa Börjesson och backade upp sin kompis, trots att han själv hackade tänder av kyla. Gustaf vände sig om mot Börjesson och stirrade på honom med mord i blicken.

– Du ska fan bara andas och inget annat! Du har somnat vid din eldvakt flera gånger, trots att jag har sagt till dig. Ska det vara så jävla svårt för er stockholmare att hålla upp ögongluggarna?! sa Gustaf och ställde sig upp i tältet. von Scheele ställde sig nu också upp och knöt sina händer. Stämningen i tältet var mycket ansträngd och Gustaf kände att vad som helst kunde hända härnäst. Erik, som normalt sett försökte hålla sig så neutral som möjligt, ställde sig upp bredvid Gustaf och försvarade sin kamrat.

– Grabbar, det här är inte första gången och jag börjar bli jävligt trött på att vakna upp stelfrusen. Ni får fan ta lite ansvar nu! Annars tycker jag ni kan sova någon annanstans! Erik höjde nu rösten för första gången på länge. von Scheele stirrade länge i ögonen på Gustaf men Gustaf vägrade vika blicken. Till slut gav von Scheele upp och han förstod att han inte hade något att komma med. Han hade gjort fel och dessutom visste han att det var lönlöst att gå i klinch med Gustaf.

– Jag ska börja elda. Det ska inte upprepas igen, sa han och började ta fram mer papper och träpinnar. Frukosten åts under tystnad från samtliga och efteråt gick de bort till det skyttevärn som de höll på att bygga. Denna morgon var det Gustaf och Erik som byggde tillsammans. Oftast var det så, för de två passade bäst ihop medan von Scheele och Börjesson helst arbetade ihop. Efter att ha grävt med sina hackor och spadar ett par timmar, tog de en stunds välförtjänt rast och satte sig ner i den djupa snön.

– Ja det är ju inte världens roligaste jobb det här, suckade Erik.

– Nä verkligen inte. Men om man jämför detta med att ligga ute i krig mot ryssar eller tyskar så är väl detta ändå att föredra. Vi får nog vara tacksamma så länge vi kan hålla oss ifrån kriget, sa Gustaf. Erik torkade bort lite snor från näsan med baksidan av vanten.

– Det har du förstås rätt i. Fast när det är som jobbigast och kallast så brukar jag tänka på tjejen därhemma. Hanna, du vet. Det hjälper faktiskt att fantisera sig hem till hennes varma famn. Jag brukar tänka på att hon och jag är ute och går en långpromenad längs ån hemma i Hyltebruk. Vi skrattar och stojar och plötsligt stannar hon mig och ger mig en kyss…

– Det låter som en trevlig fantasi. Själv har jag ingen tjej. Fast jag tänker ganska ofta på gården, där far och brorsan bor.

– Inte…inte din mor? frågade Erik försiktigt. Gustaf såg ut över det snötäckta landskapet och skakade lätt på huvudet.

– Nä. Hon gick bort när jag var liten. Har nästan inget minne kvar av henne. Det är bara jag, brorsan och far hemma på gården. Men det funkar ganska bra det med. Olov vet inget annat. Far pratar sällan om mor. Han brukar skåla för henne vid högtidliga tillfällen, det är det enda…

– Jag beklagar, sa Erik.

– Det är lugnt. Ingen fara. Men det är som du säger Erik, det hjälper att drömma sig bort, för att slippa tänka på all kyla, snö och grävande, fortsatte Gustaf.

– Verkligen. För att inte tala om stockholmarna, haha!

– Ja, de kan vi väl lämna kvar här sedan när vi far hem till Boden, haha!

Det blev tyst ett tag. Gustaf sneglade på Erik, som såg ut att grubbla på något.

– Vad är det? Har du redan börjat fantisera dig hem, skojade Gustaf.

– Det här kriget kom lite oläckligt, sa Erik allvarligt och såg ner i snön.

– Hur menar du?

– Strax innan det där jävla brevet om inryckning kom, berättade tjejen där hemma att hon var med barn, sa Erik med en dyster min. Gustaf trodde knappt sina öron.

– Fy fan. Jag menar, alltså, det är ju suveränt men det är ju som du säger, ganska oläckligt.

– Verkligen. Vi som inte ens är gifta. Hannas far kommer att slå ihjäl mig när han får veta att hon är gravid och ogift. Hade jag varit hemma nu så hade vi kanske snabbt ordnat med ett bröllop, men nu... Erik såg riktigt dyster ut.

– Men... det ordnar sig nog när du kommer hem ska du se, försökte Gustaf trösta.

– Att det råkade komma ett krig emellan erat bröllop kan väl inte du rå för?

– Nä det har du rätt i. Fan Gustaf, jag ska bli far! Kan du fatta det?

Erik sken upp som en sol när han sa de orden.

– Japp, det ska du. När du kommer hem härifrån så har du en liten bebis som väntar på dig. Då börjar ett nytt kapitel i ditt liv. Snacka om att du har något att fantisera om medan du gräver de här jävla skyttevärnen! Fan, hade jag ett par cigarrer i fickan nu så skulle vi röka lite och fira! Men jag har faktiskt ett cigarettpaket på mig. Det får duga, sa Gustaf och började rota i fickan.

– Men? Du röker väl inte? sa Erik och såg förvånad ut.

– Nä. Men jag snodde Börjessons cigarettpaket härom- dagen. Han glömde dem på skithuset hemma på regementet. Jag tog dem mest för att jag ville jävlas, jag hade inte tänkt att röka upp dem. Men nu fick vi ju tillfälle, eller hur?

– Ja.. fast jag röker inte heller. Men va fan, jag ska ju bli farsa! utbrast Erik och log med hela ansiktet. Med ovana händer tände Gustaf två cigaretter och gav den ena till Erik. Båda två hostade till några gånger när de fick ner röken i lungorna, därefter skrattade de.

– Fy fan! Jag ska aldrig börja röka, sa Erik och hostade lite till.

– Inte jag heller, men grattis än en gång! sa Gustaf.

– Tack! Jag hoppas att jag får en dotter. Många av mina vänner där hemma vill helst ha en son, men inte jag. Jag har ända sedan den dagen jag träffade Hanna drömt om att vi ska få en dotter tillsammans. Jag ser henne framför mig ibland när jag fantiserar. Hon tultar omkring hemma hos oss med två långa flätor på hennes bruna kalufs, fortsatte Erik. Han såg drömmande ut. Blicken var glansig. Han log. Egentligen satt han bara en halvmeter bredvid Gustaf, men i sinnet var han någon helt annanstans. Han var hemma hos sin Hanna och blivande dotter. Gustaf unnade verkligen honom varenda minut hans vän kunde drömma sig bort från detta helvete här uppe i den norrländska kylan. Denna väldigt sköra och genomställe kamrat lyckades för ett kort ögonblick drömma sig bort, hem till tryggheten och kärleken hemma i Hyltebruk. Gustaf önskade att han en dag fick träffa hans Hanna. Hon var helt säkert en varm och go tjej, alldeles perfekt tillsammans med Erik, tänkte han.

– Du, nu kör vi ett tag till så vi inte fryser fast här, sa Erik och reste sig upp. Medan de grävde vidare funderade Gustaf på det som Erik hade berättat. Han var glad för hans skull och han var glad över att ha funnit en sådan god vän. Morgonen efter kom både sergeant Holmström och löjtnant Hammar förbi medan Gustaf och de andra befann sig i tältet. Befälen brukade aldrig komma båda två samtidigt och gruppen undrade om något särskilt var på gång.

– Soldater! Vi samlas här ute hos mig, sa löjtnanten som stod några meter utanför tältet. De andra avbröt det de höll på med, tog sina gevär och ställde sig framför honom.

– Jag tänkte ge er en kort lägesrapport om kriget i Finland. De finländska soldaterna kämpar emot tappert mot de sovjetiska styrkorna, men de har också lidit stora förluster. Häromdagen lyckades Finland besegra fienden vid en liten by vid namn Suomussalmi, och på det viset hindra fienden från att erövra Uleåborg för att på så sätt dela Finland i två delar. Slaget var mycket viktigt för finnarna men Sovjet kommer inte att ge sig i första taget och frågan är hur länge Finland kan streta emot. De är ju helt underlägsna den stora ryska styrkan i soldater räknat. Vad vi har fått höra, så lider finnarna stor vapenbrist och statsminister Per Albin Hansson har begärt att Sverige ska hjälpa Finland med att förse dem med vapen och ammunition. Även luftvärnspjäser, granater och några få flygplan kommer vi att bistå med, fortsatte löjtnanten. Börjesson räckte upp handen.

– Ja, Börjesson?

– Löjtnant, menar ni att Sverige nu ska in i krig mot Sovjet?

– Svar nej. Vi ska inte kriga mot Sovjet på finskt territorium, men vi ska, som jag sa, bistå Finland med krigsmateriella ting såsom vapen och granater bland annat. Vår statsminister är noga med att understryka att Sverige ska fortsatt vara neutrala i kriget. Att vi bistår med vapen till vårt grannland innebär inte att vi är i krig och om vi hjälper dem med vapen så minskar risken att vi snart får påhälsning av Sovjet. Kapten Lagerqvist har gett mig i uppdrag att utse tre grupper om sex man i vardera, att leverera vapen till finsk mark. Andersson, er grupp är en av dem, sa löjtnant Hammar och såg barskt på Gustaf. Gustaf svalde och lyssnade intensivt på löjtnanten. *Äntligen händer det något. Nu får jag äntligen göra något betydelsefullt! Nu slipper jag detta enformiga grävande här. Synd bara att vi inte blir omgrupperade, nu kommer jag få dras med de här jävla stockholmarna ett tag till. Men fan om de inte gör som jag säger...*

– Andersson, er order är att ta er grupp över till finska gränsen till en stad som heter Kemi. Där ska ni leverera diverse krigsmaterial till en finsk kontaktperson. De exakta koordinaterna finner ni på de papper jag skickar med er, likaså tidpunkten för överlämningen. De två andra grupperna har liknande uppgift men har andra koordinater och andra kontaktpersoner, allt för att minimera riskerna att bli upptäckta. Ni får tillhandahålla en av de lastbilar som jag och sergeant Holmström har med oss. Som ni vet så rymmer förarhytten tre platser. Det innebär att tre av er får sitta bak i flaket tillsammans med vapnen och hur ni turas om att sitta inne i värmen bryr jag mig inte om, det får ni göra hur fan ni vill. Frågor på detta?

– Löjtnant, vem ska vi kontakta när vi väl är på plats och om ingen möter upp oss, hur gör vi då? undrade Gustaf.

– Kontaktperson står i de dokument som ni tar med. Ni får dem av mig innan vi ger oss av. Om ni mot all förmodan inte får tag på vår finska kontakt, ska ni anropa någon av de andra två svenska grupperna och söka er till dem för vapenleverans. Det är av yttersta vikt att vapenleveransen blir av. Tänk på, "Finlands sak är vår". Om läget hade varit tvärtom så hade vi svenskar tacksamt tagit emot hjälp från Finland, eller hur?

– Ja löjtnant! ropade alla i gruppen tillbaka.

– En sak till. Från och med nu är soldat Andersson korpral. Detta enligt order från kapten Lagerqvist. Det innebär att ni andra tilltalar honom "korpral" och avslutar med "korpral" när ni talar med varandra och fan ta den som nonchalerar korpral Anderssons order! Ni må ha era inbördes dispyter sinsemellan, men nu är vi mitt uppe i ett krig. De innebär att ni lägger dispyterna åt sidan tills ni inte längre är soldater. Kivas med varandra kan ni göra när ni är civila, detta ska ni ha jävligt klart för er! Ni bryter tältplatsen med omedelbar verkan. Tältet kommer ni att ha användning av de närmaste dagarna. Vägarna härifrån och till Kemi är dåliga och snötäckta men civilbefolkningen har skottat och plogat stora delar av vägen för att hjälpa oss soldater. När uppdraget är slutfört, ska ni återsamlas på A8 i Boden igen. Det är många mil ni har framför er och ni har ingen särskild tid på er att vara tillbaka på regementet, men vi vill att ni håller radiokontakt med basen i Morjärv två gånger dagligen. Ytterligare frågor?

– Nej, löjtnant, svarade samtliga i låg ton.

– Utmärkt! Hammar såg belåten ut och var precis på att vända sig om för att åka tillbaka med sergeanten då han hejdade sig och vinkade till sig Gustaf.

– Korpral Andersson! Jag hade aldrig valt din grupp om jag inte hade haft största tillförlit till dig. Jag vet att du är lynnig men även skarptänkt. Ta inga risker. Vi vet inte vad som finns på andra sidan gränsen. Om ni mot all förmodan skulle stöta på sovjeter så har ni tillstånd att försvara er. Men tänk på att kriget inte är erat än så länge, utan mellan Finland och Sovjet. Skjut om ni måste och dra er tillbaka fortast möjligt om läget blir oroligt. Klart?

– Glasklart löjtnant, svarade Gustaf och gjorde honnör och Hammar besvarade honnören.

När befälen hade åkt gick Gustaf och de andra fram till lastbilen för att kolla vad som fanns på flaket. Han fällde ner flaklämmen och vek undan det gröna tygskynket. Flaket var full av armégröna trälådor i olika storlekar. Hammar hade redan beskrivit vad som var i lådorna och grabbarna lät bli att öppna. Gustaf kommenderade nedtagning av tältet och övrig utrustning och när de var klara med det, la de in allting på flaket tillsammans med de vapen som de skulle transportera vidare till finnarna. Helst av allt hade han önskat att bara han och Erik satt i kupén medan de andra satt bak på flaket, men för att minimera slitningarna i gruppen och för sämjans skull hade han andra planer. Han beslöt att han själv skulle köra medan von Scheele och Ahlqvist satt inne hos honom i hytten den första biten. Möllerstedt började muttra något på sin skånedialekt som ingen hörde, men Gustaf förstod att han var missnöjd över uppdelningen. Möllerstedt påstod sig vara bra på att läsa kartor men han fick ändå sitta på flaket första biten.

Snart var allt lastat och klart och de gav sig i väg. Tankmätaren visade trefjärdedels tank och mer bensin fanns i ett par dunkar bak på flaket så det räckte och blev över för hela resan. Den fyrväxlade lastbilen var lätt att köra. Gustaf hade aldrig kört bil innan han kom till Boden men vid ett par tillfällen fick han testa inne på regementsområdet. Körkort hade det inte varit någon som frågade om. En halvtimme senare kunde de som satt inne i kupén lätta på både mössa och vantar, något de inte kunnat göra på flera dagar på grund av den stränga kylan. Gustafs humör var bättre än på mycket länge. Det var varmt och behagligt i hytten medan frosten enträget bet sig fast på sidorutorna där det inte var skrapat. Gustaf svor tyst för sig själv att om han någonsin kom hem igen så skulle han aldrig mer sätta sin fot i Norrland något mer. Vintrarna hemma i Småland räckte gott för hans del. De kunde vara nog så kalla, tyckte han. Äntligen fick de lite andra uppgifter än att gräva de förbaskade skyttevärnen i den grymma kylan.

Olov satt och halvsov i den halvtomma kupén. Timmarna förflöt långsamt och det enda han såg fram emot var när det var dags att äta. De andra i kupén var kvinnor och äldre män och han hörde att de pratade om Frivilligkåren och om Boden, men just nu orkade Olov inte bry sig. Det var många timmar kvar innan han var framme och det skulle finnas gott om tid för diskussion om både de frivilligas insats i beredskapen och om regementet i Boden, om han skulle få lust att prata. Han var än så länge inte ångerfull över beslutet att resa till Boden för att försöka komma i kontakt med Gustaf och fortfarande hade han en känsla av att någonting var på väg att hända honom som inte var bra. Hur i hela friden kunde han se Gustafs huvud så verkligt i drömmen och varför såg han så fruktansvärt plågad ut? Dessa frågor hade malt i huvudet på Olov ända sedan han hade haft den där drömmen.

Han förstod att det skulle bli svårt att hitta Gustaf bland allt folk på regementet, men inte omöjligt. Om han bara blev godkänd som medlem i svenska Frivilligkåren så skulle han kunna leta fritt inne på regementet. Om han inte blev godkänd, ja då visste han inte vad han skulle ta sig till, för han hade ingen reservplan. Det måste bara gå! Det knöt sig i magen på honom bara vid tanken att han inte skulle få bli insläppt på regementet.

Det blev eftermiddag och det blev kväll. Utanför föll snön kraftigt. De mörka molnen syntes inte längre och mörkret hade gjort sitt intrång. Ett par svaga lampor lyste upp den alltmer svalare kupén. Olov gjorde sig i ordning för natten så gott han kunde i den obekväma bänken på tåget. Det var kyligt men han hade med sig kläder som han satte på sig när han började tycka det blev allt för kallt. Han somnade ganska snabbt när han väl försökte och han vaknade inte förrän konduktören puffade på honom och sa att de var framme i Boden. Olov tittade nyvaket ut genom fönstret och trodde knappt sina ögon. Utanför låg snön meterdjup där det inte var plogat och solen tittade precis fram bakom ett stort moln. Det kryllade av människor utanför och han förstod att den lilla staden var populär bland de som ville ansluta sig i Frivilligkåren. Det var inga problem alls för honom att få följa med en grupp likasinnade vidare till inskrivning i kåren. Den bistra norrlandskylan gjorde sig snabbt påmind och han drog upp jackans dragkedja så långt upp det gick. Förväntansfulla människor i alla åldrar pratade högt och intensivt om vad som komma skulle. Olov hade ingenting att tillägga, men lyssnade på vad som sas. Ganska snart gick det dock upp för honom att de som anslöt sig till Frivilligkåren skulle allihop skickas till en stad som hette Kemi. Dit ville han ju inte! Han skulle ju in till artilleriregementet där Gustaf befann sig! Stressad över nyheten satte han sig ner på en bänk och samlade sina tankar. Ganska snabbt kom han fram till att han måste ta sig till regementet och åtminstone fråga om han hade någon möjlighet att få träffa sin bror. Allt höll på att gå helt åt skogen. Skulle han verkligen ha åkt så här långt för ingenting? Gustaf var ju här någonstans och han måste bara få tag på honom! Men hur?

Det var lång väg att åka för Gustaf och de andra i gruppen och det gick inte fort fram på den snömoddiga vägen. Snön tyngde ner trädgrenarna längs vägen. Allting var vitt och det var svårt att hålla sig på vägen ibland. Det hade börjat snöa kraftigt igen och vindrutetorkarna på lastbilen var inte de bästa. Vid flera tillfällen fick de stanna till och gå ut och borsta bort snön. Det var glest mellan bebyggelserna men när de väl såg folk ute, vinkade de glatt åt dem och de kände sig verkligen välkomna. Gustaf hade trott att det skulle vara tvärtom, att folk skulle rynka på näsan åt soldater, men så var inte fallet.

Vid en liten by nära den finska gränsen passade de på att fylla på bensin från en av bensindunkarna bak på flaket. Medan Ahlqvist stod och tankade, närmade sig en äldre kvinna och en liten flicka. Båda var klädda i sjal och tjocka bylsiga kläder. Hon frågade vart de var på väg och Ahlqvist drog till men en halvlögn att de skulle över till Finland med proviant. Han ville inte tala om att de hade hela flaket fullt med både det ena och det andra. Kvinnan berättade att de alla i byn var stolta över de svenska soldaterna som låg i beredskap och när hon fick höra att de skulle över till Finland, erbjöd hon dem allihop mat och dusch. Ytterligare en kvinna kom fram medan de pratade och hon tog med sig halva gruppen in till sitt hus. Gustaf och de övriga kunde inte nog tala om för kvinnorna hur tacksamma de var, då det var många dagar sedan de hade fått stå under en riktig dusch med varmt vatten. Att kalla det för en by var nog i överdrift, för det var inte mer än fem hus vad Gustaf kunde se, medan de gick mellan lastbilen och huset där de skulle få äta. Erik, som hade suttit på bak på flaket gick upp jämsides med Gustaf.

– Tjena korpralen. Hur är läget? flinade han.

– Äh, lägg av. Jag bryr mig inte det minsta om vad jag har för gradbeteckning. Men inför de andra nötterna så bör du också tilltala mig "korpral". Så att de inte tycker att jag särbehandlar dig på något sätt. Det hade bara kunnat skapa oro i gruppen. Det var därför som jag satte dig i flaket innan.

– Jag förstod det, det är lugnt. Men det är jävligt kallt där bak, ska du veta. Jag känner knappt mina tår längre. Det ska sitta fint med en varm dusch nu! Fy fan vad jag fryser, huttrade Erik och viftade med armarna för att få bort lite av den värsta stelheten.

– Du ska få sitta fram i hytten sedan när vi åker härifrån. Vill du köra då? Du får det om du vill. Jag sätter Möllerstedt på att läsa karta. Han påstår att han är bra på det, men ha gärna lite koll på honom. Jag litar inte på att han vet hur man gör.

– Visst, jag kör gärna ett tag. Det kan ju inte bli värre än när du kör, flinade Erik.

– Vad fan? Kör jag så dåligt?

– Nä då. Men det skumpar ganska bra där bak, det kommer du att märka. Vartenda litet gupp i vägen känns. Fan vad jag är hungrig, hoppas hon bjuder på något gott...

Olov närmade sig vakten på regementet. Detta ställe gick inte att ta miste på då han tydligt kunde se hur det satt någon i en liten vaktkur precis vid vägen, som fortsatte in bakom de tjocka murarna som omslöt regementet och vid vaktkuren fanns det en bom för vägen. Med trevande steg gick han fram till dörren till vaktkurens dörr och knackade på. Han kände sig dum och bortkommen, men han måste komma innanför området och försöka få tag på Gustaf. Vakten öppnade dörren?

– Ja?

– Ursäkta, men jag behöver få tag på en person som befinner sig här inne. Kan du hjälpa mig, tror du? frågade Olov försynt.

– Vem är det du söker? frågade vakten på bred norrländska.

– Det är min bror och han heter Gustaf Andersson.

– Vilket kompani tillhör han? frågade vakten medan han antecknade på ett papper vad Olov sa.

– Kompani? Ingen aning. Men du kan få hans personnummer och hemadress om du vill? sa Olov. Vakten noterade uppgifterna han fick av Olov.

– Ett ögonblick så ska jag se vad jag kan göra, sa vakten och stängde dörren om sig. Av förklarliga skäl, för det var iskallt ute. Olov såg hur den sävlige vakten tog upp en telefonlur och ringde någon. Först verkade de prata en stund och sen såg han hur vakten verkade vänta på något. En liten stund senare började vakten prata igen och noterade någonting på en lapp och la sedan på luren. Vakten tittade ut mot Olov och vinkade åt honom att komma in.

– Hör du, vi har hittat din bror. Han tillhör en av plutonerna på regementet, men...

– Men vaddå? frågade Olov oroligt. Det knöt sig i magen när han hörde vaktens ord och han försökte förbereda sig på det värsta tänkbara.

– ...men han är inte kvar här i Boden.

– Inte kvar i Boden? Var är han då? Olov blev nästan sur över att behöva dra ur orden ur den fåordige och långsamme norrlänningen.

– Jag har hört mig för lite.

– Jaha?

Säg inte att han har fått åka hem igen! Jag som har åkt så långt för att få träffa honom! Fast det kanske hade varit det bästa om han har gjort det. Åkt hem till oss i Småland...

– Först verkade det som om att han och hans pluton var i Morjärv.

– Morjärv? Var ligger det?

– Kalixlinjen, du vet, sa vakten och tog långsamt upp en näsduk ur fickan och snöt sig.

– Jag har aldrig hört talas om någon Kalixlinje. Är Gustaf i en stad som heter Morjärv? frågade en alltmer uppjagad Olov.

– Nej.

– Nej?

– Alltså, han tycks ha varit där tillsammans med de andra i hans kompani. Alltså 3:e kompaniet som han tillhör. Men enligt min kapten är han på väg med en specialtransport över till Finland.

– Till Finland?! Olov såg ner i marken och försökte samla tankarna.

– Men om jag behöver få tag i honom då, hur gör jag då? undrade Olov.

– Ja du, jag tror inte det går vare sig tåg eller bussar upp till finska gränsen faktiskt. Bästa sättet är väl och sätta sig i bilen och åka dit, antar jag. Kom du hit med bil? frågade vakten.

– Nä, med tåg, suckade Olov uppgivet.

– Fast det är klart... Vakten funderade en stund.

– I och med att du inte är i beredskapstjänst så kan du ju alltid gå med i svenska Frivilligkåren, de ska till Finland.

– Ska de? Vet du vart i Finland? Olov fick genast upp lite hopp igen.

– Vänta lite, det kommer ett fordon som vill passera, suckade vakten och reste sig sakta upp. Han gick ut och pratade med föraren som var på väg in till regementet. Han gjorde honnör och öppnade bommen. Sedan gick han tillbaka in i den lilla trånga vaktkuren där Olov tålmodigt väntade.

– Vart var vi? Jo, Frivilligkåren och Finland, ja. De ska till Kemi tror jag.

– Kemi? Ligger det i Finland? Jag trodde det var en svensk stad! Vet du lite mer exakt var i Finland som Gustaf skulle åka?

– Jag frågade inte min kapten det, svarade vakten som började tycka det var jobbigt att ha någon som var så frågvis som Olov. Olov ilsknade nu till, vilket var väldigt sällan han gjorde.

– Men se då för fan till och ring upp din kapten och fråga då! Begriper du inte att jag måste få tag på Gustaf?! Det är ingen jäkla artighetsvisit jag ska på, skrek Olov. Vakten blängde till på honom med uppspärrade ögon och nu som först blev det lite fart på vakten. Efter ett kort samtal med hans kapten, berättade han att Gustaf och hans grupp var på väg till utkanten av Kemi, men mer än så visste han inte. Olov svarade inte utan bara vände sig om i den lilla vaktkuren och började småjogga tillbaka till platsen för anmälan till Frivilligkåren. När han kom fram dit igen var det mängder av bussar som stod där och folk som hade anmält sig var i färd med att stiga ombord. Han rusade fram till en person som såg ut att vara ansvarig och frågade om han fick ansluta sig till Frivilligkåren.

En timme senare satt Olov på en buss på väg mot Kemi tillsammans med fyrtio andra personer av olika kön och åldrar. Både framför och bakom den buss han satt i var vägarna fullkomligt invaderade av frivilliga i andra bussar och lastbilar från hela landet som ville hjälpa till och slåss för Finlands sak. Totalt 1500 man bildade en bataljon under ledning av överstelöjtnant Ivar Lysén. Tanken var att från Kemi ta sig vidare till Rovaniemi med hjälp av skidor för att sen ta sig vidare med tåg till Kemijärvi. I och med att

Frivilligkåren var just frivillig, så var det ingen större koll på de frivilliga och Olovs tanke var att utnyttja just det. Han visste, eller rättare sagt trodde sig veta att Gustaf befann sig någonstans i trakterna kring Kemi och han tänkte inte fullfölja kåren vidare med skidor utan på något sätt avvika från gruppen och leta reda på Gustaf. Det fanns värme i bussen men den var inte mycket att ha. Olov satt och huttrade med både vantar och mössa. De hade fått veta att de skulle få vita kamouflagekläder när de kom fram i Kemi och där skulle de även bli utrustade med vapen med mera. Han var riktigt trött på att resa nu och hade nästan inte gjort något annat de senaste två dygnen. Han tittade ut genom fönstret och förundrades över hur mycket snö det var överallt. Djup, vit, iskall snö som bredde ut sig över landskapet. Han var inte van vid så mycket snö och inte heller den enorma kyla som rådde här. Allt resande och oro för att inte lyckas få tag på Gustaf hade gjort honom ur balans och han började känna att han var på väg att brytas ner i psyket nu. Bara för en stund sedan hade han stått och gapat på en vakt, vilket inte alls var likt honom.

Vad var det som flög i mig egentligen i Boden? Hur vågade jag ens gapa så? Det kan nog inte bero på annat än rädsla. Rädsla för att inte hitta bror min. Rädsla för att misslyckas som gick över i aggression mot vakten. Undra vad det var för någon snubbe egentligen, han kan ju knappast ha varit något högre befäl, så sävlig som han var. Bara han inte anmäler mig. Fast så hotfull och gapig var jag nog inte. Det finns nog viktigare saker att ta hand om. Framme i Kemi måste jag försöka försvinna bort från de andra och på något sätt höra mig för om befolkningen har sätt några svenska soldater. Det kan lyckas. Det måste lyckas, annars är det kört för mig. Om jag inte får tag på Gustaf så står jag där ensam i Kemi. Hur ska jag ta mig hem därifrån? Frivilligkåren har åkt vidare och jag är kvar någonstans i Finland, vilken jävla mardröm! Vad har jag gett mig in på egentligen? Fan, jag har nog gjort bort mig rejält... Kan det räknas som desertör om jag blir påkommen att ha smitit ifrån Frivilligkåren? Nä, det måste nog bara gälla de som är riktiga soldater, det heter ju Frivilligkåren av en anledning. Dags att vila en stund nu. Fast det vore gott med lite mat snart...

En dryg timme efter att Gustaf och de andra soldaterna hade fått äta och duscha, gav de sig i väg vidare mot Kemi igen. Det var en helt annan stämning som nu rådde bland soldaterna. Rena och mätta åkte de vidare, mil efter mil och flera gånger fick de stanna för renar som korsade vägen i det vita landskapet. Gustaf var fascinerad av de konstiga djuren. De liknade en liten älg på något sätt, fast ändå inte. Helt orädda för människor verkade de vara också. Det var hans tur att sitta bak på flaket och tanken var att han skulle försöka skriva ihop ett brev till de där hemma, men det var helt omöjligt. Dels skumpade det för mycket, dels gick det inte att ta av skinnhandskarna mer än kortare stunder på grund av den alltmer tilltagande kylan.

Det var dags att återknyta till staben i Morjärv. Det skulle finnas ett PKS, påkopplingsställe, inte långt ifrån där de var nu enligt kartan. Där skulle de ansluta den tunga telefonen, den så kallade fältapan, för att koppla upp sig och meddela deras position och få vidare instruktion. De kom fram till påkopplingstället och de anslöt telefonen. Erik, som höll kontakten med staben, noterade en massa på ett papper medan han pratade med dem och när han var klar såg han ganska allvarlig ut.

– Gubbar, vi får lov att använda våra skidor den sista biten. Direkt order från löjtnant Hammar, att för att undvika onödig uppmärksamhet så ska vi parkera lastbilen på en viss angiven position. Jag har koordinaterna nerskrivna. Vi ska sedan låta tre av oss vara kvar vid lastbilen och vakta den medan tre alltså ska ta skidorna till mötesplatsen som heter Kaivola. Det ska tydligen ligga en liten bit utanför Kemi, vi får kolla på kartan sen. Vår finske kontaktman är Jussi Karjalainen. Han har kaptensgrad och kommer att tillsammans med några av sina män följa med oss tillbaka för att hämta de krigsmaterial vi har med oss. Fråga mig inte varför det ska vara så omständligt men det har väl med säkerheten att göra antar jag, fortsatte Erik.

– Jaha, då vet vi lite mer. Fy fasiken vad kallt det är, sa Börjesson och gjorde åkarbrasa för att få upp värmen i sin kropp.

– Är det någon av oss som kan finska här? Kan ju vara bra att kunna kanske, sa von Scheele, mest på skoj. Alla skakade på huvudet.

– Vi får väl försöka på svenska eller på engelska. Jag tror att många finnar kan svenska, sa Ahlqvist.

– Ingen fara, de pratar svenska. Löjtnanten sa det, sa Erik.

– En viktig sak grabbar. Löjtnant Hammar berättade något mindre trevligt. Risken för att sovjeter finns i närheten är liten men inte omöjlig. Vid mötet med kapten Kir... Kaj... Karjalainen, så ska vi först säga ett kodord, fortsatte Erik och läste på sina anteckningar. Vårat kodord är "fjällräv" och de måste svara "lokatt". Svarar de inte så är det illa. Då kanske det är en sovjet som står framför oss.

– Fan. Vad gör vi i så fall? undrade Börjesson.

– Vad fan tror du? Då är det bara att slita upp bössan fort utav bara helvete och försöka skjuta dom jävlarna innan de skjuter dig, sa Ahlqvist barskt. Han var oerhört trött på de dumma stockholmarna vid det här laget och han hade retat sig på dem ett bra tag nu. Gustaf nickade instämmande.

– Såja, lugna dig nu, Ahlqvist. Vi kopplar ner fältapan nu och gör oss redo för avfärd igen. Vi har inte så långt kvar till finska gränsen och därefter ligger Kemi bara en liten bit bort. Uppsittning i lastbilen!

Det var Gustafs tur att sitta inne i kupén igen tillsammans med Erik och Ahlqvist. Huvudet var fullt av bryderier. Han själv skulle vara en av de som skulle ta skidorna och möta upp den finske kaptenen, men vilka två skulle han ta med sig?

Jag måste ta med mig två som jag känner mig trygg med, två som jag kan lita på. Samtidigt måste det finnas bra killar som klarar av att vakta lastbilen, ifall de får oväntat besök. Allra helst hade jag velat ha med mig Erik och Ahlqvist. Ahlqvist är bra på att hantera en bössa, han visste redan innan han kom till Boden hur man hanterade en sådan. Erik är också bra. Han är bra på att skjuta och är kvicktänkt, dessutom är det honom jag litar på allra mest här. Fast de andra odugliga rövhålen vågar jag inte lämna kvar vid lastbilen. Ifall något skulle hända så vet man inte hur det kan sluta. Ahlqvist vet jag har problem med ryggen, han får bli kvar vid lastbilen. Han skulle inte tveka att skjuta om han anade oråd, det känns tryggt att veta. Erik får följa med mig. Då får man inte bara vettigt sällskap på vägen utan även en som snabbt kan lägga an geväret och skjuta bra på långt håll, honom känner jag mig säker med. Han har också god kondition och kommer inte att gnälla när det börjar bli jobbigt att skida genom den djupa snön. Möllerstedt vill jag inte ha med mig, han ser för dåligt för att skjuta i de där tjocka glasögonen. Dessutom pratar han så jäkla mycket och kan avslöja oss om ryssen ligger och trycker någonstans. von Scheele? Inte en chans, han skulle börja gnälla inom en halvtimme på att det är bakhalt, skavsår, för kallt eller vad som helst. Han får bli kvar i lastbilen, där gör han minst skada. Då återstår Börjesson. Han är visserligen dryg men han har fysik för att ta sig fram på skidor utan problem och är ganska bra på att hantera geväret. Kasta kniv kan han också, om det nu blir nödvändigt och det verkar gå att lita på honom också, när det verkligen gäller. Ja, så får det bli.

Gränskontrollen mellan Sverige och Finland hade förvarnats om att bland annat Gustafs lastbil var på väg och passagen blev inga bekymmer. Strax efteråt var de framme i Kemi och enligt order skulle de hitta en viss bensinstation och parkera bakom den. Där var lastbilen lite lagom skyddad och väckte ingen större uppmärksamhet, för vem reagerade på en lastbil på en bensinmack? Hade de parkerat långt in på en skogsväg och någon hade upptäckt den så hade det nog varit värre.

När de hade stannat bakom macken samlade Gustaf dem utanför.

– Okej, så här har jag bestämt. Ahlqvist, von Scheele och Möllerstedt, ni tre stannar här och vaktar lastbilen. Jag vet att det är jävligt kallt så starta i gång motorn då och då för att få upp värmen, men ha igång den så lite som möjligt så ni inte slösar upp för mycket bensin, okej? De tre nickade utan invändningar. Det innebär att Börjesson och du Högsäter följer med mig. Ni kan packa ner era skidor från flaket. Vi har ungefär fem kilometers skidfärd framför oss. Erik, du är vår kartläsare och Börjesson, du är starkast och störst av oss så du får ta fältapan. Den måste vi ha med oss, ifall det händer något så vi kan kontakta staben i Morjärv. Jag tar ett par handgranater med mig samt extra ammunition till oss. Man vet ju aldrig vad man möter i skogen, sa Gustaf. Börjesson började muttra tyst om att det var onödigt att ta med den tunga fältradion på skidor, vilket det kanske var men det kändes säkrast att ha med den, tyckte Gustaf. Jag hjälper till med att bära fältapan ifall du blir trött eller får ont i ryggen, Börjesson.

– Ähh, så jäkla tung är den inte så jag inte orkar bära den, sa Börjesson och sträckte på sig. Gustaf visade inget, men log inom sig och kunde inte förstå hur dum och lättmanipulerad Börjesson var. Det var iskallt och ingen av dem var sugna på att stå ute stilla i kylan och prata längre. Erik plockade ut skidorna och stavarna från lastbilen och de gjorde sig i ordning för avfärd.

Kapitel 12

Bara någon mil från Kemi började de första svenska Frivilligkårens bussar och lastbilar brumma fram på den vintriga vägen och i en av bussarna satt Olov.

Inte en svensk soldat på hela vägen har man sett... Fast om man skulle se någon så är de väl i Kemi som vakten sa, antar jag. Fast det var visst inte så många av de svenska soldaterna som ännu har skickats över gränsen. Det bådar ju gott, för om det inte är så många svenskar så kanske de vet vem Gustaf är, om man stöter på någon soldat. Om jag nu träffar på Gustaf, vad ska jag säga till honom egentligen? Han kanske blir arg på mig för att jag tagit mig ända upp hit? Han kanske tycker jag är larvig som har fått för mig att han skulle behöva min hjälp av något slag? Skickar han hem mig igen? Fan, jag kanske har begått ett rejält misstag som tog mig hit. Varför i helvete stannade jag inte hemma hos far för? Min dumme jäkel!

Det som kändes så rätt hela vägen från Ekhult och fram till Kemi, började nu kännas annorlunda. Få fel på något vis. Och larvigt. Varför skulle Gustaf vara i fara egentligen? Bara för att han hade haft en dröm. Inte ett enda gevärsskott hade Olov hört och Gustaf lär säkert vara tillsammans med fullt av andra svenska soldater, tänkte han. Bussen passerade en skylt där det stod "Kemi 3 " på. Det innebar att de snart skulle få stiga ur bussarna och vad som sedan väntade visste Olov inte riktigt. Men antagligen skulle de få de där vita militärkläderna och gevär, trodde han. Men hans plan var att avvika och på något vis hitta svenska soldater. På bussens högra sida kunde Olov se hur Bottenvikens frysta vatten skymtade. Allt fler hus syntes längs vägen och han förstod att de strax var framme.

Han samlade ihop sina saker och såg till att ryggsäcken var ordentligt stängd. När de kom fram var där redan fullt av bussar på en stor plan, och där fanns mängder av frivilliga svenskar som väntade på vidare order. Det blev inga problem alls för Olov att avvika från den stora gruppen och han började gå in mot centrum av staden. Efter en stund såg han något som liknade en liten lanthandel. Det var en byggnad med två stora skyltfönster och mellan skyltfönstren fanns en dörr. Ovanför dörren fanns en skylt med stora bokstäver där det stod " Sekatavarakauppa". Olov kunde inte ett ord finska men ögonen var det inget fel på. Han kom närmare och han förstod snart att han hade haft rätt. På vinst och förlust gick han in och tanken var att fråga om de som jobbade där hade sett några svenska soldater. Det plingade till i dörren när han steg in och ganska direkt såg han en medelålders kvinna bakom disken. Hon log vänligt mot honom och sa "Hei". Olov svarade "Hej" tillbaka och han började få upp hoppet om att kvinnan kunde svenska.

– Jag undrar om ni möjligtvis har sett till några svenska soldater i närheten? Kvinnan såg undrade ut.

– En puhu ruotsia, svarade kvinnan och slog ut med armarna. Olov försökte på dålig engelska i stället.

– Swedish soldiers? Frågade han.

– Ah, Ruotsalaiset vapaaehtoiset! Tulkaa! sa kvinnan glatt och kom fram bakom disken. Hon tog försiktigt tag om hans arm och gick ut genom ytterdörren. Där utanför pekade hon bort mot det hållet där Olov nyss hade kommit. Han förstod att hon trodde att han letade efter svenska Frivilligkåren och han skakade på förtvivlat på huvudet. Han gjorde nytt försök att göra sig förstådd och lyfte upp händerna och låtsades hålla ett gevär i handen och skjuta, sedan gjorde han honnör.

– Ah, Ruotsalaiset sotilaat, sa kvinnan och såg lite mer tveksam ut. Hon skakade på huvudet, som om hon inte hade sett några soldater.

– Okej, good bye, sa Olov och gick ut genom butiken igen. *Det var i alla fall värt ett försök. Skit också. Men jag kan inte ge upp, måste leta vidare. Han är ju här någonstans, jag SKA hitta honom.*

Han gick vidare längs vägen och närmade sig en bensinmack. Längre fram såg han ett litet torg där en del folk hade samlats och han tänkte att någon där framme vid torget kanske har sett några svenska soldater. När han kom upp jämsides med macken såg han att en lastbil stod parkerad snett bakom. Den var grön, precis som de lastbilarna på regementet i Boden och registreringsskylten var svensk dessutom. Han stannade genast till och stirrade på lastbilen. Inte nog med att han hade hittat en svensk militärlastbil, det verkade till och med sitta folk i den med! *Måtte de ha hört talas om en Gustaf Andersson från Småland. Måtte de åtminstone veta var jag kan leta vidare någonstans…*

Han gick över till andra sidan vägen och mot lastbilen. Snart kunde han tydligt se att det satt fler än en soldat i hytten. Innan han hann knacka på, hade de sett honom och öppnat dörren.

– God dag. Ursäkta, men är ni svenska soldater? frågade han försynt och kände sig lite dum.

– Syns inte det, svarade soldaten spydigt. Det var von Scheele.

– Jo, det är så att jag letar efter en viss soldat. Han heter Gustaf, Gustaf Andersson och kommer från Småland och han är min bror. Det är möjligtvis inte så att ni har hört talas om honom? fortsatte Olov. De såg häpet på varandra när Olov hade frågat klart. Almqvist som satt i mitten sträckte sig ut mot dörren.

– Jo, vi känner honom. Han är med oss. Fast inte just nu. Han är på uppdrag en bit härifrån. Har det hänt något? frågade han. Olov tvekade för ett ögonblick vad han skulle svara.

– Öh, nej det har det väl egentligen inte. Men jag behöver få tag på honom, det är svårt att förklara, sa Olov och kände att han blev röd i ansiktet och tyckte hela situationen var mycket pinsam.

– Inte kan väl vi tala om för dig var han är, förstår du väl? Vi vet ju inte vem du är, du kanske inte alls är bror till honom? Du skulle ju till och med kunna vara en sovjetisk spion för böveln, sa von Scheele lika spydigt igen. Almqvist blev nu förbannad.

– Fan, Scheele! Är du så jävla dum? Du hör väl för fan att grabben pratar samma dialekt som Gustaf? Dessutom ser du väl att de är lika i ansiktet? Kolla munnen och näsan, sa Almqvist surt.

– Vad är det för ett uppdrag? frågade Olov.

– Jag tror inte jag vill gå in på detaljer på själva uppdraget i och med att du är civil och jag är inte säker på vad jag får berätta. Men Andersson och två andra av oss är på väg på skidor till en liten by som heter Kaivola där de ska möta ett gäng finska soldater, sa Almqvist. När Olov hörde detta fick han rysningar längs hela ryggraden.

Specialuppdrag för att möta finska soldater. På något sätt låter inte det bra. Kanske har mina farhågor besannats ändå? Tänk om jag har haft rätt hela tiden? Tänk om Gustaf verkligen är i fara? Jag måste ta mig till honom!

– Snälla, kan ni visa mig vägen? Jag tror att han kan vara i fara! Nu vaknade Möllerstedt till, som hittills hade varit tyst.

– Ledsen, men vi måste vakta lastbilen. Vi kan inte ta dig till honom. Dessutom är vägen för liten för att köra med lastbilen. Inte är det plogat heller.

– Han har rätt, vi måste stanna här, sa Almqvist. Olov såg uppgiven ut.

– Men sa du inte att de tog sig dit med skidor?

– Jo, de gav sig i väg för ungefär två timmar sedan, sa Almqvist.

– Har ni fler skidor? frågade Olov.

– Ja, det har vi faktiskt. Ursäkta att jag frågar, men menar du att du har tagit dig från samma lilla by i Småland som Andersson kommer ifrån och ända hit för att du tror att han kan vara i fara? frågade Almqvist.

– Så är det faktiskt, sa Olov och kinderna blossade upp igen.

– Helt otroligt… Som sagt, vi har våra order att stanna här. Men du skulle kunna få låna ett par skidor av oss, så kan du ju åka efter honom om du vill. Du kan ta vår karta, vi har märkt ut platsen dit de ska, sa Almqvist igen och tyckte synd om grabben. von Scheele tittade surt på Almqvist men sa inget.

– Får jag det? Tack så mycket! Olov blev överförtjust av att den ena soldaten var så hjälpsam. Äntligen hade han fått spår av Gustaf! Efter den långa resan ända från Småland så var han bara kanske någon mil ifrån Gustaf. Almqvist hoppade ner från hytten och ut i den iskalla kylan. von Scheele var snabb på att stänga dörren efter honom för att inte släppa ut den lilla värme som fortfarande fanns kvar i hytten. Almqvist hoppade upp på flaket och började plocka fram skidorna. När han räckte över dem till Olov, viskade han till honom.

– Jag tror faktiskt inte att Andersson är i någon fara, han ska bara hämta några finska befäl och ta dem tillbaka till oss, dessutom är han beväpnad och har två av oss svenska soldater med sig. Men det känns inte bra att släppa i väg dig ensam och obeväpnad efter dem. Här, ta med dig den här pistolen. Om du trots allt hamnar i trubbel så kan du åtminstone försvara dig. Det här är en 9 millimeters Walther och den är fulladdad. Den är säkrad nu men så här gör du för att osäkra den, sedan är det bara att sikta och skjuta, okej? Olov såg med avvaktande blick på det tunga, svarta vapnet.

– Jaha, okej. Jag har aldrig skjutit med ett vapen innan. Men det känns ju bra att ha med sig någonting. Vi befinner ju oss faktiskt i ett land som är i krig, sa Olov. Han tog emot den tunga pistolen och kollade på spaken där man osäkrade den, drog i den fram och tillbaka.

– Osäkra, sikta och avfyra? frågade han osäkert.

– Precis, sa Almqvist och klappade till honom lätt på armen.

– Tack så mycket!

– Ingen orsak. En sak till bara. Här är vi nu och hit är våra kamrater på väg. Almqvist höll upp kartan och pekade på platsen där de nu befann sig.

– Du borde nästan kunna följa skidspåren ända fram, men kartan kan vara bra att ha med sig, sa Almqvist och pekade bort mot de tydliga skidspåren som ledde bort på en mindre väg.

– Javisst. Än en gång, tack! Du, en sak till. Jag… ber om ursäkt för att jag kom och störde er i bilen, men… jag kan inte förklara riktigt men jag har bara en konstig, otäck känsla av att Gustaf kan vara i fara. Jag vet att det låter dumt, men detta är bara en grej jag måste göra, sa Olov och såg generat ner på skidorna.

– Det är okej. Man ska göra det man känner är rätt. Och du kan ha rätt, Gustaf är ute på ett uppdrag som faktiskt vara farligt. Jag hoppas bara både du och Andersson kommer tillbaka hit till oss helskinnade. Åk nu och dra upp dragkedjan i halsen, för det är jäkligt kallt, sa Almqvist.

– Tack för allt! Vi ses om några timmar hoppas jag, sa Olov och gav sig i väg med pistolen nerstoppad i jackfickan.

Gustaf, Erik och Börjesson hade kommit halvvägs när det började snöa. Först lite lätta snöflingor men ganska snart blev det kraftig nederbörd, dessutom tilltog vinden. Som om inte kylan var tillräcklig. De gjorde paus för att dricka samt smörja in sig med Försvarets hudsalva i ansiktet. Den normalt sett så kletiga hudsalvan var stenhård på grund av kylan och de var tvungna att värma den i handen en stund innan de kunde massera in lite i pannan, kinderna, näsan och hakan. Det var inte mycket av den hårda salvan som fastnade på huden, men det var ändå värt ett försök. Än så länge var vägen mot Kaivola lätt att staka ut, det var bara att följa den smala vägen, men enligt kartan skulle de snart svänga av och åka genom ett skogsparti för att sedan passera en liten sjö på höger sida. Snöflingorna var stora som 2-kronor och sikten blev bara sämre och sämre. Gustaf som åkte först sneglade bak på de andra. Han såg att Erik hade det tufft. Han grimaserade illa men sa inget.

Erik har verkligen blivit tuffare sedan första gången jag såg honom. En helt annan hårdhet i honom nu. Eller också har han alltid haft det i sig, den småländska hårdheten, men bara plockat fram det när han behöver det som bäst. Inte undra på att han var illa tillmods när vi sågs första gången på tåget, han hade ju sin gravida flickvän att oroa sig över och allt vad det innebär. Det är klart att han inte sa något till mig då, vi kände ju inte varandra.

Börjesason åkte sist och hade börjat grymta och beklaga sig redan en halvtimme efter de hade lämnat lastbilen. Gustaf hade vid ett par tillfällen frågat om han skulle bära den tunga och otympliga fältapan en stund men Börjesson hade vägrat lämna från sig den av ren tjurighet. De kom snart fram till sjön de hade sett på kartan och den iskalla vinden svepte över sjön och rakt emot dem när de sakta tog sig fram genom den djupa snön.

– Det här är självmordsuppdrag! Vansinne! muttrade Börjesson. Gustaf började fundera allvarligt hur han själv var funtad, för ju värre vädret blev desto mer gillade han detta uppdrag. Kanske var det belöningen av att lyckas klara hela den tuffa vägen utan att avbryta som lockade? Eller var det själva smärtan när det värkte i fingrarna som knappt gick att räta på efter att ha hållit i staven så länge? Han visste inte. Nog för att han hellre suttit på det varma logementet och spelat kort i stället, men någonting var det med det här självplågeriet som han gillade, ju tuffare det var för honom desto mer tog han i. Det hade varit likadant i skolan när någon bråkade med honom. Ju större kille som muckade gräl, desto mer ville Gustaf vinna över honom.

Olov hann kanske en halvtimme innan snön kom. Han hade ganska klart för sig hur han skulle åka efter att ha studerat kartan som hastigast. Fast egentligen han hade bara till att följa skidspåren som de andra hade skapat. Orientering hade han tyckt om i skolan och han hade haft lätt för sig att se ut punkter som han sedan skulle följa på kartan. Men här i de finska skogsmarkerna såg det annorlunda ut än hemma i Ekhult. Allt var vitt här och den meterdjupa snön dolde och jämnade ut saker som han annars kunde ta ut som riktmärken. Dessutom gjorde det alltmer intensivare snöfallet närapå omöjligt att se något framför sig. De klara och tydliga skidspåren som hans bror och hans kamrater hade skapat, blev alltmer otydliga när vinden suddade ut alla ojämnheter i snön. Inte förrän nu, en timme efter han lämnat den trevlige soldaten Almqvist och hans något udda och otrevliga kamrater, började han fundera på om han verkligen skulle fortsätta framåt eller om han skulle vända om. Oron började övergå mer och mer i ren och skär rädsla. Han var trött och sliten i vaderna och det enda som drev honom framåt nu var den känslan av att hans bror var i fara på något sätt. Den känslan hade återigen ökat och han tvivlade inte längre på att det han kände tyvärr var rätt. En annan tanke slog honom medan han sakta tog sig fram genom den djupa snön.

Det kanske inte blir jag som räddar Gustaf, det kanske blir han som hittar mig halvt ihjälfrusen här längs vägen. Så oerhört pinsamt det skulle vara i så fall! Jag får inte bli till belastning för honom och hans uppdrag! Jag ska minsann klara av att komma ända fram till deras mötesplats innan jag stupar!

Han försökte förtränga hur iskall snö smet in mellan jackan och nacken och han försökte förtränga skavsåren han kände på fötterna i de allt för små pjäxorna han hade fått låna. En gren rispade honom lätt i ansiktet under ögat, men han brydde sig inte om det. Han kände inte ens det heller. Spåren framför honom var nu stundtals helt bortsuddade av snön som föll. Ännu en gång tog han upp kartan och försökte lokalisera sig var han befann sig. Hittills hade det gått bra, men nu blev han osäker. Det fanns inga bra landmärken att ta sikte på och kartan tycktes inte riktigt stämma in på var han trodde att han var. Han var inte vilse än, för han visste på ett ungefär var han befann sig, men det värsta var att han inte hade helt koll på åt vilket håll han skulle åt längre. Om han fortsatte åt fel håll skulle det bli väldigt fel ganska snart och då skulle han komma längre ifrån Gustaf. Återigen tittade han upp från kartan och försökte se någonting att fästa blicken på men det var nästintill omöjligt för allt snöande. Han började fundera på alternativen igen. De var få, konstaterade han ganska snabbt. Att stanna kvar där han var och vänta på bättre väder var inget alternativ, han skulle frysa ihjäl ganska snabbt misstänkte han. Han mindes att han tittade till på en stor termometer som satt på väggen vid lanthandeln. Den visade 27 minusgrader. Aldrig någonsin hade han vistats i en sådan här kall kyla förut. Han vände sig om och såg bakom sig. Hans egna skidspår syntes bara några meter. Näsan var bortdomnad och trots att hans mössa täckte öronen var de nästan bortdomnade de med. Medan han stod och funderade på alternativen tyckte han att snöandet minskade för ett ögonblick. Med koncentrerad blick försökte han hitta något att fästa blicken på längre bort, men det fanns bara snö och snöflingor. Det gällde att fatta ett beslut nu, han kunde inte stå stilla så mycket längre. Han började inse att risken att frysa ihjäl här i en snödriva i skogen ökade för varje minut.

Kapitel 13

Gustaf, Börjesson och Högsäter skidade genom ett öppet fält, som de antog var något slags sädesfält under sommartid. Längre fram fanns en låg kulle och enligt kartan skulle mötesplatsen med finnarna vara på andra sidan kullen. Det hade slutat snöa nästan helt och sikten var ganska god. Med förnyade krafter tog de sig över det stora fältet och började ta sig upp för branten. Börjesson sladdade efter en bit bakom dem. Uppepå krönet kunde de se hur det sluttade ner lika mycket som de nyss hade tagit sig upp. Hundratalet meter nedanför dem såg de några röda skjul med fönster på men än så länge kunde de inte se några människor i närheten.

– Här är det, sa Högsäter och försökte hämta andan. Andedräkten bildade stora rökmoln när han pratade.

– Ja. Men var är alla? Jag trodde det skulle vara fullt av finländska soldater här, sa Börjesson och satte ner fältapan i snön bredvid honom.

– Det trodde jag också. Passa på och drick lite vatten så ni inte torkar ut, sa Gustaf och vilade sig hukande fram på stavarna.

– Vad gör vi nu?

Börjesson tog av sig ena vanten och höll den över näsan för att värma den.

211

– Fan. De måste vara här någonstans. Vi åker ner och undersöker skjulen. De är nog där inne, de har inte sett oss än bara. Eller också gömmer de sig för att inte dra uppmärksamhet till sig. De ligger säkert med kikare och spanar efter oss. De har säkert redan sett oss och lär komma och möta oss så fort vi närmar oss skjulen, sa Gustaf.

– Ja, det är lika bra att få det överstökat, så vi kommer tillbaka någon gång. Jag är så jävla trött på den här kylan. Kom nu! sa Börjesson och började staka sig ner mot skjulen utan att vänta på de andra. Högsäter rättade till sin mössa och tog tag i stavarna och började åka efter. En kraftig smäll hördes. Gustaf och Erik tittade upp och såg hur Börjesson föll bakåt och landade i snön.

– Helvete! Ett bakhåll! Tillbaka, tillbaka! Sök skydd för helvete! skrek Gustaf och försökte få stopp på sina skidor. Ytterligare två smällar hördes och Gustaf såg hur snön flög upp i luften bara någon meter bredvid honom när kulorna träffade snön. En fruktansvärd panik spreds i kroppen på honom och med full kraft skidade han tillbaka de få meter han hade hunnit ner från toppen på kullen och det enda han hade i huvudet var att söka skydd bakom någonting. Högsäter var inte långt bakom honom. Ytterligare tre–fyra skott avlossades precis bakom Högsäter, som snabbt vände sig om för att se varifrån skotten kom.

– Gustaf, jag såg en jävel av dem! Det måste vara ryssar! Ta betäckning bakom stenen där! skrek han. De slängde sig bakom en stor sten som var lika hög som de själva.

– Är du träffad? frågade Gustaf. Erik skakade på huvudet och flåsade häftigt.

– Finnarna måste ha blivit överrumplade och dödade av sovjeter och nu har de upptäckt oss. Fan! Vad gör vi? frågade Erik och såg skräckslagen ut.

– Jag vet inte hur många de är, men de lär vara fler än oss i alla fall. Vi kan aldrig komma undan dem om vi försöker åka tillbaka. Skidspåren avslöjar oss. De lär åka i kapp oss och skjuta oss i ryggen. Vi måste försöka försvara oss. Vi smyger upp på varsin sida om stenen och försöker hitta dem.

– Ta fram geväret! befallde Gustaf. Det här var han verkligen inte beredd på. Han visste att geväret var laddat och för säkerhets skull kände han med handen på sin stridssele att asken med patronerna var kvar. Erik satt med ryggen mot stenen. Han blundade och höll krampaktigt i sitt gevär. För ett par sekunder tänkte han sig bort, ända hem till sin Hanna. Till en händelse för bara några veckor sedan. Hem till värmen i föräldrahemmet där han och Hanna satt ensamma i köket och drack kaffe. Hon log mot honom och fattade hans hand. Hon berättade den stora nyheten för honom och det kom glädjetårar från dem båda. Sekunden senare var han tillbaka i verkligheten, bakom en sten i norra Finland med fienden bara ett femtiotal meter från honom.

– Hur gick det för Börjesson? skrek Erik panikartat. Gustaf skakade bara på huvudet.

– Jag vet inte säkert men jag tror han blev träffad i bröstet.

– Helvete!

Erik ålade sig till stenens vänstra sida och tittade försiktigt fram för att leta efter fienden. Hastigt vände han sig mot Gustaf och viskade.

– Jag ser två av dem! Det står en jävel på knä vid det högra skjulet. Den andre ligger bara ett par meter till höger om honom vid en snödriva. Jag såg hur hans gevär stack upp nyss. Gustaf kikade försiktigt fram, men såg bara den första soldaten som stod på knä.

– Jag ser inte jäveln bakom snödrivan. Jag försöker ta den vid skjulet så skjuter du den andra! sa Gustaf och la an geväret och siktade på en av sovjeterna. Precis innan han skulle skjuta, skvätte det till av stensplitter bara ett par decimeter ovanför honom och några bitar av stensplittret träffade hjälmen på honom. Gustaf drog sig inte undan, utan avfyrade ett skott. Det verkade träffa sovjeten i bröstet och han såg hur han föll handlöst framåt med ansiktet ner i snön. Bara någon sekund senare sköt Erik två snabba skott mot snöhögen. Det andra skottet måste ha träffat, för han kunde tydligt se hur en gevärspipa åkte först upp i luften för att sedan försvinna.

– Fick vi båda? viskade Erik.

– Tror det. Vi avvaktar en stund så får vi se om de skjuter tillbaks.

Pulsen på Gustaf var hög. Han försökte ta djupa andetag för att lugna ner sig själv, men det gick inget vidare. Han tänkte på Börjesson.

Börjesson är förmodligen död! Satans jävla skit! Är det mitt fel? Borde jag ha varit mer försiktig? Jag är ansvarig för gruppen, jag borde ha handlat annorlunda! Fan! Men det skulle ju inte vara några ryssar här, bara finnar!

Han sneglade bort mot Erik, som såg lika tagen ut som han själv kände sig. De satt stilla och lyssnade efter ljud i två minuter, men hörde ingenting.

– Jag ska kolla läget. Sitt kvar! kommenderade Gustaf. Med samma försiktighet som innan, stack han upp huvudet och spanade runt området. Han såg ingenting som verkade likna en soldat någonstans och det var helt tyst. Han sjönk ner igen bakom stenen.

– Kan vi ha fått alla? Var det bara två? frågade Erik.

– Vet inte. Jag ska testa en grej, sa han och knäppte av sig sin hjälm och satte den på gevärspipan. Sedan stack han upp den sakta över stenkanten så att hjälmen blev synlig nerifrån skjulen.

– Smart! viskade Erik. Inget skott från fienden hördes.

– Det borde ha smällt vid det här laget.

– Ja, det var nog bara två av dem. Vi måste kolla ifall Börjesson lever. Tror inte det, men det finns en liten chans, sa Erik.

– Det finns en liten chans, men jag såg hur skottet träffade honom och jag kollade på honom nyss, han ligger helt stilla. Även om han fortfarande lever så lär han dö innan vi har släpat tillbaka honom till lastbilen. Vi riskerar inte någonting nu, utan försöker smyga tillbaka till lastbilen och dra härifrån fort som fan, sa Gustaf.

– Men tänk om Börjesson lever? Vi måste åtminstone se efter, sa Erik och trotsade Gustafs order. Han reste sig upp och smög fram de tjugotal meterna till Börjesson. Gustaf hann knappt reagera.

– Nej! Kom tillbaka! Kom tillbaka, sa jag! Vi tar inga risker! Kom tillbaka! skrek Gustaf men Erik bara fortsatte. I hukande stil tog han sig allt närmare sin skjutne kamrats blodiga kropp, som nu bara var några få meter ifrån honom. Ytterligare en smäll hördes och Gustaf såg hur skottet träffade rakt i ansiktet på Erik, strax under hjälmkanten. Allt gick i slow motion för Gustaf. Han såg hur hans kamrat slog ut med händerna och släppte taget om sitt gevär medan han sakta föll baklänges och landade i snön. Blod sprutade ut från huvudet och ner i snön. Han låg helt stilla i snön medan blodet fortfarande pulserade ut från hans huvud. Ingen överlever ett sådant skott, det insåg han. Erik Högsäter var död. Bilden av hur blod som rann ur det som återstod av Eriks huvud skulle komma att etsa sig fast hos Gustaf under resten av hans liv, vare sig han ville eller ej. Han ville skrika men fick inte fram ett ljud. I några sekunder stod han helt paralyserad. Sedan kom paniken. Med skakiga händer tog han fram patroner från stridsselen och laddade geväret.

Helvete! Det finns flera! Jävla Erik, varför lyssnade han inte?! Jag sa ju till honom! Hur fan ska jag kunna överleva detta? Jag kommer aldrig komma levande härifrån! Jag kommer dö helt ensam på en kulle i norra Finland, skjuten av ryssjävlar! Min kropp kommer i morgon vid den här tiden att vara som en isklump! Så jävla långt hemifrån, vad fan har jag här att göra egentligen? Jag önskar att jag bara hade stannat hemma på gården hos Olov och far. Där finns minsann inga sovjeter med gevär som försöker skjuta hål i mig. Fan vad jag saknar mina hästar, deras doft och deras härliga frustande när jag kommer och möter dem i hagen. Jag saknar far och Olov! Om jag ändå vore hemma nu i stället för den här jävla platsen!

Gustaf kände hur tårarna började komma men försökte hålla emot. Han kände att hela situationen nu var hopplös. Två av hans kamrater hade blivit skjutna inom loppet av några minuter och snart kanske det var hans tur. Det kändes så overkligt, hela situationen. Två personer som nyss hade pratat med honom fanns inte mer. Deras hjärtan hade stannat och skulle aldrig mer slå igen. Det föll en tår från Gustafs öga. Han måste bita ihop lite till. Får inte balla ur nu. Om han nu ändå snart ska dö, så ska han åtminstone dö med sin heder i behåll. Han bestämde sig för att strida in i det sista. Ännu en gång tittade han fram bakom stenen men denna gång gjorde han det där Erik hade suttit bara för någon minut sedan. Oron för att bli träffad gjorde att han inte vågade titta upp tillräckligt mycket för att överblicka hela området. I stället stack han upp geväret och sköt på måfå i riktning mot skjulen, därefter hängde han snabbt geväret på ryggen, tog tag i stavarna och gav sig tillbaka samma väg som han kom. Tanken var att komma i väg en bit och lägga sig i skottläge och om de skulle följa efter honom så skulle han försöka skjuta dem.

Knappt hann han resa sig förrän det small igen och i samma sekund kände Gustaf hur det brann till i axeln. Han hade blivit träffad i höger axels baksida och han skrek högt av den oerhörda smärta som följde. Men han kunde inte stanna, inte nu. Bakom honom fanns fienden och de hade fått korn på honom. Det var bara att huka sig så mycket han kunde och fortsätta ner för slänten och försöka komma därifrån. Kanske, kanske hade de inte skidor, utan försökte springa efter i snön. I så fall hade han en chans. Det pulserade i axeln och han kände hur varmt blod rann innanför tröjorna ner längs ryggen på honom, men just nu fanns det ingen tid till att försöka stoppa blodet. Inte än. Det var omöjligt för honom att staka med höger arm och detta sinkade farten rejält. Ytterligare två skott small av och i samma stund skvätte snö upp ett par meter framför Gustaf. Ryssen hade missat honom med minsta möjliga marginal. Med orolig blick vände han sig om och såg att en man klädd i grågröna kläder med en hjälm han inte kände igen, följde efter honom till fots. I handen hade han ett gevär. Gustaf ökade farten ännu mer, mer än vad han trodde han var kapabel till. Han förstod att det var adrenalinet i kroppen som gav honom oanade krafter.

Varför i helvete är de ute efter mig för? Vad fan gör ryssjävlar ända uppe i dessa trakter? Har de skjutit ihjäl finnarna och trott att vi var vittne till händelsen och måste döda oss med? De måste vetat om att finnarna väntade på vapenleverans. Helvete vad det gör ont! Hur länge kan jag klara mig utan att stoppa blödningen? Måste hinna undan från ryssen först. Det verkar bara vara en av dem kvar. Jag ser ingen annan i alla fall. Jag kan fortfarande ha en chans. Får inte ge upp nu!

I samma ögonblick som han tänkte det, ramlade han i den lätt sluttande nerförsbacken och föll till marken. Han skrek till av smärta när han landade på sin högra axel. Skidorna var hoptrasslade och han föll återigen när han desperat försökte resa sig. Snabbt såg han sig om och såg hur ryssen närmade sig och han skrek något på ryska till Gustaf. Ännu en gång försökte han resa sig men han hade ingen kraft kvar. Med vänster arm slet han tag i sitt gevär som hängde på ryggen på honom, men fick inget grepp om det. Soldaten var tjugo meter ifrån honom nu. Han saktade in och höjde lugnt sitt vapen mot Gustaf och fortsatte sakta fram emot honom tills han stod endast ett par meter ifrån. Gustaf insåg nu att det var kört. Det var dags att dö. Han försökte inte ens få tag på geväret något mer.

– Dra åt helvete, jävla ryssjävel! Måtte djävulen ta dig! skrek Gustaf och spottade åt honom. Ryssen gjorde ingen brådska att ta sikte på honom, för han visste att Gustaf inte kunde göra motstånd, och han flinade till och sa något lågt på ryska. Han satte därefter kolven mot sin axel, siktade och tryckte av. Klick!

Sovjetens vapen klickade! Han måste ha skjutit slut på sin ammunition, den jäveln! Måste försöka få upp mitt gevär igen, än finns chansen!

Men ryssen laddade inte om sitt vapen. Han blev nu stressad och vände på det och tog tag i pipan med båda händerna och gjorde ansats mot Gustaf för att försöka slå ihjäl honom i stället. Gustaf såg ryssens uppspärrade ögon som lös av både rädsla och aggression.

Det var det, nu dör jag. Jag hann inte ens uppleva min tjugonde födelsedag…

Han blundade och försökte se Stig och Olov framför sig innan han skulle dö från ryssens gevärskolv. Då small det plötsligt till. Men det var inte ryssens gevär och det var inte Gustafs. Skottet hördes från nära håll, men det lät inte som skotten innan. Detta lät lite annorlunda, lite ljusare än de gevärsskott som nyss hade avfyrats. Gustaf öppnade sina ögon igen och såg hur ryssen blev träffad i sidan och vacklade till. Den sving han nyss hade påbörjat, kom av sig och han skrek av smärta. Ett skott till hördes. Det träffade den här gången i ryssens mage. Samtidigt som han föll ner på knä, vällde det upp blod ur munnen på honom. Just nu fattade Gustaf ingenting.

Vad är det som händer egentligen? Vem skjuter på ryssen, kan det vara någon finländare? Fy fan, jag trodde precis att jag skulle bli ihjälslagen, men nu ligger ryssjäveln död framför fötterna på mig. Herregud! Jag måste ha änglavakt!

Gustaf såg sig om och såg en man närma sig med snabba steg i den djupa snön och han blev genast orolig igen, för han visste inte om det var vän eller fiende, men han antog att han förmodligen var på hans sida i och med att han skjutit på ryssen och inte på honom.

– Vem är du? sa han oroligt. Han såg ännu inte ansiktet på mannen.

– Gustaf! Det är jag, Olov!

Gustaf trodde för ett ögonblick att han var död och kommit till Himlen, för detta kunde bara inte stämma. Inte kunde väl Olov vara här? Det var helt omöjligt! Men det var alldeles sant, för nu var mannen framme hos Gustaf och han såg att det var hans älskade lillebror som stod framför honom, skäggig, blek och andfådd.

– Det är jag, Gustaf - Olov!

Gustaf började panikslaget se sig ner på sin jacka efter skotthål. *Var är de någonstans? Var är skotthålen? Ryssen måste ha träffat mig och jag har kommit till Himlen. För jag får inte ihop detta annars, det kan inte stämma. Olov kan inte vara här. Inte här, ända uppe i norra Finland! Men... om jag är död och är i Himlen och träffar honom, då måste han också vara död?*

Olov kunde till en början inte göra annat än att stirra på sin bror, som betedde sig väldigt förvirrat, som försökte stirra ner på sin jacka hela tiden.

– Gustaf, du är okej. Du klarade dig, ryssen sköt dig inte. Jag sköt ryssen åt dig! log Olov och satte sig på huk framför sin för tillfället förvirrade bror.

– Vad i helvete! Är det du?! Är det verkligen du, Olov? Är jag inte i Himlen? Är...? Är du här i Finland med mig nu? stammade Gustaf förvirrat.

– Ja, det är jag! Olov log mot honom med sitt varma leende.

– Men... hur...vad fan gör du här, i Finland? frågade Gustaf.

– Jag kan inte förklara det, men jag kände på mig att du var i fara. Strunt samma, vi får prata mer om det sen. Men du är skadad! Det kommer blod från din arm! sa Olov och sträckte fram sin hand mot Gustafs söndertrasade jacka där ingångshålet fanns.

– Jag blev skjuten i axeln av den ryss du nyss dödade, kan du försöka stoppa blodflödet? stönade Gustaf. Olov la sitt gevär i snön och slet av honom jackan så försiktigt han kunde och lyfte upp tröjorna. Han stönade till när han såg såret.

– Herregud! Det pulserade blod från ingångshålet och någonstans där inne fanns kulan. Snabbt tog han av sig sin ryggsäck och tog fram sin förstaförbandslåda. Från den tog han fram två kompresser och en linda att sno runt såret och kompressen med.

– Reste du inte med två andra? Det sa din kamrat borta vid lastbilen. Var är de? undrade Olov. Gustaf skakade på huvudet.

– De blev skjutna. Först Börjesson och sedan… sedan Erik! Ryssjävlarna sköt min kompis! snyftade Gustaf.

– Fy fan! Är du den enda överlevande?

Gustaf nickade.

– Jag kommer att bli tvungen att linda ganska hårt nu och det kommer att göra ont, men jag är tvungen. Gustaf skrek högt rakt ut när Olov drog åt lindan.

– Förlåt, men jag var tvungen, sa han och drog snabbt tillbaka de nerblodade tröjorna och drog upp jackan igen.

– Vi måste få upp dig på fötter igen, här kan du inte ligga. Du måste få professionell hjälp, du behöver komma till ett sjukhus så fort som möjligt, sa Olov oroligt.

– Ja…sa Gustaf frånvarande och darrade på de alltmer blånande läpparna.

– Du är på väg att gå in i chocktillstånd. Lyssna! Du kommer att klara dig. Det är kallt och du har ont, men du kommer att klara dig. Vi har lång väg kvar tills vi är tillbaka till dina kompisar i lastbilen. Därför måste vi börja röra på oss nu.

– Jag vet, jag vet, svarade Gustaf svagt. Olov tog tag under Gustafs friska axel och lyfte upp honom. De började sakta och trevande skida tillbaka mot lastbilen. Gång på gång blickade Olov bakåt för att se om någon följde efter dem, men såg ingen.

Olov hade varit nära att ge upp bara för en stund sedan. Ge upp och vända om och åka tillbaka till lastbilen. Väldigt nära. Bara för en stund sedan hade han beslutat att vända om. Inte för att han på något sätt ville ge upp, utan för att överleva. Han hade börjat gå tillbaka, men snöfallet hade ökat igen och han hade ingen aning om vilket håll som var tillbakavägen. Han beslöt sig för att stanna till och vila en stund och hade hoppats att snöfallet skulle minska, bara lite åtminstone, så han kunde se vart han skulle gå. Men tröttheten hade tagit överhand och han hade lutat sig tillbaka mot ryggsäcken och blundat för en liten stund. Tröttheten hade blivit alltmer påtaglig och han hade varit nära att somna. Innerst inne hade han vetat att han att han inte fick somna, för då skulle han ha dött i kylan. Ögonlocken hade blivit tyngre och tyngre och andetagen långsammare. Han hade varit på väg in i sömnens värld, men mitt emellan vakenhet och sömn hade det dykt upp en bild i huvudet på honom. Det var återigen bilden av Gustaf, samma bild som i drömmen han hade haft hemma i Ekhult för några dagar sedan. Den där hemska bilden av Gustafs ansikte där han grimaserade illa och var i behov av hjälp. Han verkade sitta eller ligga ner, för Olov kunde tydligt se hur Gustaf tittade uppåt på någon. Någon som fick hans ansikte att utstråla ren och skär dödsångest. Plötsligt hade Olov blivit klarvaken igen. Den otäcka bilden på hans lidande bror hade gett honom förnyade krafter. Genast hade han ställt sig upp och börjat gå åt det håll han trodde var det hållet som Gustaf befann sig. Egentligen hade han inte haft en aning, men följde sin inre känsla. En kort stund därefter hade snön avtagit helt och han hade lyckats lokalisera var han var i förhållande till kartan. Adrenalinet i honom hade pumpat kraftigt och på så sätt givit tillbaka lite av den kraft och värme som hans kropp så desperat behövde. Efter ytterligare en stund hade han hört gevärsskott och tagit skydd bakom en dunge. Därifrån hade han sett hur en skadad man hade varit på flykt på skidor i hans riktning och bakom honom en soldat med gevär som sprungit efter i snön. När han senare hade sett att det varit Gustaf som var den skadade mannen hade han fått panik och inte vetat först vad han skulle ta sig till. Sedan kom han på att han hade en pistol i fickan. Allt hade därefter gått fort. Sovjeten hade varit så fokuserad på Gustaf att han inte hade märkt hur Olov försiktigt hade smugit sig närmare sovjeten i sidled med draget vapen och när han kommit tillräckligt nära hade han avfyrat pistolen. Det gick inte fort för dem att ta sig tillbaka till lastbilen. Kylan bet obarmhärtigt tag i deras trötta kroppar, men Olov var säker på vägen nu. Även om vinden och snöandet hade sopat igen skidspåren visste Olov nästan helt säkert åt vilket håll de skulle gå. Tre kilometer senare var de fortfarande på rätt spår men Gustaf var nu mer död än levande. Han hade förlorat mängder med blod. Hela jackärmen var indränkt i blod. Gång på gång hade han sackat efter och han såg mer sliten ut för varje minut som gick.

– Kom igen nu Gustaf! Det är inte långt kvar nu. Hur går det med dig? frågade Olov trots att han redan visste svaret.

– Inte bra, inte bra alls, stönade Gustaf.

– Jag klarar inte mer! Jag fryser! huttrade han.

Olov fick panik.

– Det gör du visst! Nu jävlar kämpar du på en stund till, sa jag! Vi är snart framme. Snart sitter du i en varm lastbil på väg tillbaka till ett sjukhus. Om bara en liten, liten stund. Där kommer du bli ompysslad, jag lovar.

– Nä, brorsan. Jag hinner aldrig dit. Jag känner hur såret har blodat igenom kompresserna. Jag har förlorat så mycket blod! Jag är yr i huvudet och jag börjar se suddigt. Jag… jag ser inga färger längre, sluddrade Gustaf och föll ner på knä. Olov satte sig ner mitt emot sin bror och såg honom djupt i ögonen med förfärad blick. Han visste inte först vad han skulle säga till Gustaf för att få honom att fortsätta den sista biten, men bara öppnade munnen och började tala från sitt hjärta.

– Lyssna nu noga, brorsan. Vi har inte många minuter kvar innan hjälp finns! Jag vet att du har jävligt ont, men du måste försöka hitta den innersta styrkan i dig och kämpa en liten, liten stund till. Försök tänka att vi befinner oss i hemma vid Linnesjön. Det är varmt och vi sitter på bryggan med fötterna i det ljumma vattnet. Abborrar simmar förbi under bryggan och solen steker oss i ansiktet. Barn från granngården leker inne vid stranden och vi skrattar och busar. Ser du oss framför dig där på bryggan? Gustaf nickade medan han grimaserade blundandes.

– Bra! Vi ska återuppleva den stunden igen tillsammans du och jag, men om vi ska kunna det, så måste du kämpa på en liten stund till! Jag vet att du har förlorat en del blod, men det ser värre ut än vad det är, du har mycket blod kvar som ditt starka hjärta pumpar runt! skrek Olov och fattade sina händer om kinderna på Gustaf.

– Jag har åkt så jävla långt för att komma ända fram till dig och rädda dig och jag tänker fan inte misslyckas nu, hör du det?! Du har 2–0 på mig än så länge, och jag SKA ha 2–1, hör du det?! Du är skyldig mig den här jävla poängen, hör du det! Låt mig för fan få ta en poäng och göra nån jävla nytta i mitt liv! skrek Olov i ansiktet på Gustaf, som nickade till svar. Gustaf visste precis vad Olov menade med 2–1. Han hade räddat livet på Olov vid två tillfällen tidigare och nu hade Olov chansen att knappa in på hans försprång. Om Olov skulle ha dött den där gången när han bröt benet när de var små var väl tveksamt, men han räknade ändå det som ett poäng.

– Nu reser vi på oss och du ska banne mig ge ditt yttersta i några minuter till, hör du det?! skrek han återigen så att saliven flög i luften. Olov tog tag under Gustafs vänstra arm och lyfte upp honom på fötter igen. Olov blev förvånad av sig själv. Aldrig någonsin tidigare hade han talat så till någon och han visste inte varifrån hans häftiga utbrott kom ifrån. Men det var från rädsla. Ren och skär rädsla av att mista den han höll av mest av allt på denna jord, sin storebror.

– Jag känner igen mig, vi är nära nu, ljög Olov när de återigen började skida mot lastbilen igen. Gustaf var som i en dimma. Han visste inte var han befann sig någonstans och han visste inte vart de skulle men någonstans långt där inne hade Olovs ord fastnat i huvudet på honom, att om han kämpade på i några minuter till så skulle han få hjälp och bilden av de två tillsammans nere vid Linnesjön fick honom att ta fram de allra sista krafterna inom honom. Krafter som han aldrig innan trott att han hade inom sig.

Pauserna blev allt tätare. Olov hade det kämpigt med kylan och hans ork började på allvar att tryta men när han tänkte på hur trött Gustaf måste vara, blev han full av förundran över den fruktansvärda vilja som måste finnas i broderns huvud. Den sjö de båda hade passerat på vägen mot Kaivola hade de passerat för länge sedan och Olov var helt säker på att de faktiskt var riktigt nära lastbilen nu. De var återigen på den lilla vägen och Olov uppskattade att det nu bara rörde sig om några hundra meter kvar.

– Gustaf! Nu är vi nära! Titta, det är bara den här raksträckan kvar, sen borde vi se lastbilen! ropade Olov.

Gustaf tittade inte upp utan bara tog små, små steg framåt med skidorna. Gustafs läppar var blålila och han var fullständigt okontaktbar. Skidåkningen gick som på automatik och hade det stått en björn i vägen så hade han kört rakt på den utan att märka något. Varje minut var som en timme för dem båda. Plötsligt såg Olov hur skogen sprack upp och en bit bort skymtade han en byggnad. Strax därpå såg han även lastbilen!

– Titta Gustaf! Där är lastbilen! Ta de sista stegen nu så är du strax i värmen i hytten! Då segnade Gustaf ner på knäna. Det var stopp nu, det gick inte mer. Det spelade ingen roll vad Olov än sa och gjorde. Förtvivlat kunde Olov inte annat än se på hur den sista kraften fullkomligt försvann från Gustaf. Det rann en sträng av saliv längs ena mungipan. Ögonen var nästan helt stängda och ett dovt stönande kom från Gustaf. Olov fick panik. Han förstod att all deras ansträngning hade varit förgäves. Då kom han att tänka på pistolen igen. Han tog upp den och avfyrade ett skott snett upp i luften för att uppmärksamma de andra borta i lastbilen. Bara några sekunder efter smällen öppnades lastbilsdörren och någon steg ur. Det var Almqvist som med draget vapen hukade sig bakom lastbilen.

– Hjälp! Hjälp för helvete! Kom hit! Gustaf är skadad! skrek Olov allt vad han orkade. Almqvist och de andra två kom springandes emot dem och Olov föll ner på knä bredvid Gustaf.

– Nu Gustaf får du hjälp! Dina vänner är här! Du är snart inne i värmen igen, snart får du hjälp! Gustaf reagerade inte utan låg kvar i snön orörlig och Olov visste inte om han levde eller var död. Medan Almqvist, von Scheele och

Möllerstedt kom springandes emot dem, tog Olov av skidorna och försökte sätta Gustaf upp.

– Vad är det som har hänt, ropade Almqvist när han kom fram.

– Han har blivit skjuten i axeln och blöder kraftigt! Han måste till sjukhus snabbt. Dessutom är han kraftigt nerkyld.

– Helvete! skrek Almqvist och tog tag under ena armen på Gustaf. Han tog tag i hans högra arm, men Gustaf reagerade inte längre och Olov antog att han mer eller mindre var avsvimmad.

– Var är de andra, frågade von Scheele medan han samlade ihop skidorna.

– Jag förklarar i lastbilen, sa Olov.

Kapitel 14

Ur en lång, mörk dvala vaknade Gustaf sakta till liv igen när han hörde en röst säga hans namn, samtidigt som någon tog honom på handen. Hans ögon var fortfarande stängda men allteftersom hans namn nämndes upprepade gånger, började han komma till medvetande. Det var ju han som hette Gustaf och det var någon som ville honom något. Det var inte vilken röst som helst, utan en kvinnoröst. Den lät ung och len och det gjorde honom nyfiken. Det var längesedan han hade hört någon kvinna tala till honom. Det var länge sedan han hade hört en kvinnas röst över huvud taget och nu verkade denna kvinnoröst tala till just honom. Långsamt öppnade han ögonen men bländades av det skarpa ljuset som fanns i rummet. Han kisade och ögonen tårades.

– Åh, förlåt! Vänta lite så ska jag dra för gardinerna. Så där! Men se god dag, herr Andersson! Vad trevligt att ni äntligen ville vakna, sa kvinnorösten.

– Gustaf. Kalla mig Gustaf, sa Gustaf och harklade sig lätt. Hans ögon började vänja sig vid ljuset och nu kunde han se hur en fantastiskt vacker kvinna satte sig på sängkanten hos honom.

– Ursäkta fröken, men var är jag? Vad har hänt? sa Gustaf vilset. Han hade just nu ingen som helst aning om var han befann sig eller vem den otroligt vackra flickan som satt bredvid honom var och han kände sig aningen förnärmad.

– Ni befinner er på sjukhuset i Boden. Ni har legat här i fem dygn och har varit med om en skottskada i axeln. Dessutom var ni kraftigt nerkyld när ni kom hit, fortsatte den vackra flickan.

– Oh förlåt, jag glömde presentera mig. Jag heter syster Ingrid och jag har vakat och pysslat om er ända sedan ni kom hit, sa Ingrid. Gustafs min blev mer och mer allvarsam alleftersom minnet började komma tillbaka.

– Ja! Nu minns jag! Jag blev skjuten av en ryssjävel! Oj, ursäkta mitt språk, syster. Det ska inte upprepas, sa Gustaf och såg skamset ner på sin filt.

– Hihi, det är ingen fara, Gustaf. Ni har varit riktigt dålig ska ni veta. När ni anlände till oss hade ni förlorat mycket blod. Det var nära att ni miste livet, faktiskt. Men era värden har förbättrats betydligt de två senaste dagarna. Dock så är ert sår fortfarande infekterat och ni har fortfarande feber. Den antibiotikakur ni fått har inte hjälpt ännu, men doktor Hansson säger att infektionen borde börja ge med sig snart. Men till dess får ni dras med mig, log syster Ingrid och drog en lock från sitt mörkbruna hår bakom örat.

– Jaså, var det så illa? Jag minns att jag blev beskjuten och att jag flydde för livet. Jag blev jagad. Jag ramlade, han försökte skjuta mig, men hans vapen klickade. Jag trodde han skulle slå ihjäl mig, men… men någon sköt honom precis innan han hann svinga sin gevärskolv mot mitt ansikte. Just ja! Nu minns jag! Olov! Min bror dök upp från ingenstans och sköt honom. Helt otroligt, jag trodde han var hemma i Ekhult. Alltså gården där vi bor, i Småland.

Var är han någonstans? Har du sett honom? frågade Gustaf oroligt.

– Det var Olov som kom hit med dig för några dagar sedan, tillsammans med en sergeant. Han var också kraftigt nerkyld och låg inne här hos oss, bara ett par rum längre ner i korridoren. Han hade köldskador på näsan och öronen. Hans fötter blödde av kraftigt skoskav och han var väldigt tagen och utmattad, men han skrevs ut för två dagar sedan. Vi vet tyvärr inte vart han tog vägen. Olov berättade hela historien för oss. Du hade aldrig överlevt utan honom, den saken är säker! Vilken fantastisk bror du har! sa syster Ingrid och log med hela ansiktet.

– Jag vet. Han är verkligen fantastisk, sa Gustaf nästan drömlikt.

– Ja! Han har suttit här inne i ditt rum och övervakat dig, timme ut och timme in har han suttit här hos dig. Han har till och med ätit sin mat här i ditt rum. Ja, han satt där borta vid fönstret. Det är knappt så att han kunde slita sig när doktorn sa att han var tvungen att lämna sjukhuset. Ja, han var omplåstrad och friskförklarad och vi kan inte ha kvar friska personer här, förklarade syster Ingrid.

– Jag förstår. Men sa han något om att komma tillbaka och hälsa på?

– Nej, det sa han inget om. Inte vad jag hörde i alla fall, sa syster Ingrid med ledsen blick.

Gustaf fick koncentrera sig noggrant på vad hon sa, för allt han kunde tänka på var hennes fantastiskt vackra ansikte och den halvlånga, lätt lockiga pagefrisyren som passade perfekt till hennes söta ansikte. Ett svagt, rött läppstift prydde hennes läppar och ögonen var mörkbruna. Det var verkligen den vackraste kvinna han någonsin sett! Han trodde att hon var i hans egen ålder, men vågade inte fråga.

Hennes dialekt var typiskt norrländsk och han tippade att hon var ifrån trakten. Hon verkade vara lugn till sättet och log ofta. Det var åtminstone vad han hade uppfattat, den korta stund de hade pratat.

– Det är snart dags för lunch. Vågar ni testa att äta lite grann?

– Vet inte. Jag är inte särskilt hungrig.

– Det blir ärtsoppa idag. Med pannkakor. Lite ärtsoppa kan ni väl prova i alla fall? sa syster Ingrid.

– Ja.... det skulle vara för er skull då, sa Gustaf och log lite men insåg inte då att han omedvetet hade försökt charma in sig hos syster Ingrid. Syster Ingrid log och gjorde den där rörelsen igen med handen vid håret.

– Vad bra! Ni behöver ju äta för att återfå era krafter igen. Jag ser till att någon kommer in med mat så snart den är klar, sa systern och lämnade rummet. Nu som först såg Gustaf sig omkring i rummet. Det var ett ganska litet rum med fyra sängar i, men det var tomt i de andra sängarna. Det var ganska kalt på väggarna och allmänt tråkigt där inne. I ett hörn stod några skärmväggar som gick att ställa framför och vid sidan av sängarna om man ville vara ifred. En ynka liten tavla satt på ena väggen, med ett motiv som det inte gick att se vad det föreställde. Det fanns ett smalt fönster till vänster om Gustafs säng och under det stod ett litet bord med två besöksstolar. På bordet låg en röd och vitrutig duk med en smal vas utan blomma i. Bredvid vasen stod en askkopp. Toaletten fanns precis bredvid honom, vägg i vägg. Gustaf försökte samla sig efter uppvaknandet som hade skett nyss.

Jaha, då har man hunnit med att bli skjuten också då...Olov! Han räddade livet på mig! Han sköt ryssen som försökte döda mig. Med två skott, tror jag. Har för mig att jag hörde inte bara ett, utan två skott! Måste fråga honom mer ingående om det, om hur det hela gick till. Men hur fan kunde han veta att jag var i fara? Och hur tog han sig ända till mig inne i Finlands skogar? Hur fan lyckades han med det? Det är ju ett mirakel! Jag skulle ha dött där i skogen om det inte varit för honom. Blivit ihjälslagen. Fått huvudet inslaget av en rysk gevärskolv. Jag hade varit en isbit vid det här laget, om inte det varit för Olov! Men nu ligger jag här på sjukhuset. Tillbaka till Boden igen. Kanske lika bra det. Helvete, Börjesson och Erik! Nu minns jag! Förbannade sovjetsvin, de sköt ihjäl mina kamrater! Erik! Satan, han är död! Borta!

Han tog sig för munnen och fick en tår i ögat när minnena av den olycksaliga dagen för några dagar sedan kom ifatt honom. Hans bäste vän här i Norrland, Erik Högsäter från Hyltebruk hemma i Småland, var död och han kunde knappt tro att det var sant. Det var den killen av alla de andra som han hade kommit allra närmast. Det var också den killen av alla han hade känt längst, då de träffades redan på tåget i Värnamo. De hade på något sätt funnit varandra på en gång, trots att de var lite olika till sättet. Gustaf var tuff, otålig och ganska "rättfram" medan Erik var lite mer tillbakadragen och orolig av sig, men när väl Gustaf hade lärt känna honom så pratade han både mycket och länge. Det visade sig att de hade samma sorts humor och värderingar om saker och ting. Dessutom var de båda uppvuxna på landet och de brukade prata mycket om sådant som rörde lantbruk och djur. I och med att Gustaf nyss hade vaknat upp hade han inte hört om rabaldren kring dödsskjutningarna och var väldigt nyfiken på vad som egentligen hade hänt där i Finland vid Kaivola.

Fan, jag vet ju ingenting om vad som hände sedan efter att jag tuppade av och hamnade här i Boden! Hur gick det med vapenlasten? Var är de andra från min grupp? Vet löjtnant Hammar om var jag är någonstans? Måste fråga syster Ingrid när hon kommer tillbaka, hon kanske vet något. Eller hon kanske kan ta reda på lite information åt mig. Och då får jag ju chans att prata lite till med henne. Vilken vacker tjej! Och trevlig dessutom, fast det är hon väl mot alla patienter, förstås... Aj, satan vad det värker i min axel! Jag har säkert fått smärtstillande innan som börjar släppa nu. Jag kan säkert få mer om jag frågar, hoppas jag. Jag måste berätta för far om vad som har hänt mig! Han vet säkert ingenting. Undra om han ens vet att Olov är här? Fast det vet han säkert om. Att han ens släppte i väg honom, trodde jag aldrig. Jag måste fråga om jag får skriva ett brev och skicka hem! Olov kanske är på väg tillbaka hem nu? Eller åkte han tillbaka till Finland? Vad fasen gjorde han i Finland och hur hittade han mig? Stackars Eriks föräldrar! Och hans tjej Hanna! De som hade varit ett par i tre år och skulle ha barn, fy fan vad tragiskt. Varför är livet så jäkla orättvist för? Och jag som verkligen hade fått en vän för livet i Erik, kan knappt fatta att han inte finns längre...

Gustaf låg länge och grubblade i sin säng över de tragiska saker som hänt. Inte visste han hur länge han skulle bli kvar här på sjukhuset eller vad som skulle hända med honom när han blev frisk. Så många frågor. Så få svar. Värken tilltog alltmer i axeln och han hoppades på att syster Ingrid skulle komma in med ärtsoppan snart, då skulle han be om en värktablett. Axeln var lindad i en vit gasbinda flera varv runtom och hans högra arm var något svullen en bit ner och han kunde inte röra den. Den frostskada i ansiktet han hade ådragit sig i Finland hade han inget ont av men han visste att han behandlades, för en slags kletig salva var insmord både på näsan, kinder och haka.

Det knackade på dörren och innan Gustaf hann säga "stig in", kom en sköterska in med en matvagn. En kvinna i uppskattningsvis 60-årsåldern med stramt uppsatt, grått hår med knut i nacken stegade in med bestämda steg mot honom. Något besviken över att det var en annan sjuksyster men ändå glad att han äntligen skulle få mat i sin alltmer kurrande mage.

– Vi hörde att herr Andersson inte bara hade vaknat, han var hungrig dessutom. Jag har med mig lite ärtsoppa och pannkakor. Hoppas det ska smaka, sa sjuksystern och rullade fram matvagnen till hans säng.

– Tack syster! Det gör det alldeles säkert. Jo, skulle jag kunna få en värktablett tror du? Det börjar göra ganska ont i axeln.

– Javisst, jag ska be syster Ingrid komma in med en tablett till er, sa den äldre sjuksystern, som enligt namnbrickan hette Lisbeth.

Syster Ingrid, ska hon komma in med värktabletten? Vilken tur jag har, jag får träffa henne igen! Den här gamla tanten kan väl gå och hjälpa några andra patienter, det är syster Ingrid jag vill ha här!

Det doftade ljuvligt från ärtsoppan och bredvid den låg det ett par pannkakor med en liten klick jordgubbssylt, trots att han bara hade beställt ärtsoppan. Soppan slank ner lätt och han kunde inte låta bli att smaka på pannkakorna, trots att hans mage kanske inte skulle tillåta det. Det knackade ytterligare en gång på dörren in till hans rum, men den här gången var det en försiktigare knackning än sist. Sakta öppnades dörren och syster Ingrid kom in. Ansiktet sken upp i ett leende när hon såg Gustaf och han undrade om hon var lika vänlig mot alla sina patienter, eller om leendet bara var en fasad, något som hör till i jobbet.

– God dag igen! Jag bad syster Lisbeth att lägga på ett par pannkakor till dig, ifall du ångrade dig, sa Ingrid och drog håret bakom örat.

– Tack, det gjorde ni rätt i, syster. De var jättegoda. Jo, jag har några frågor, men jag vet inte om ni är rätt person att svara...

– Vad undrar ni? sa syster Ingrid och satte sig försiktigt på sängkanten, precis som Gustaf hade hoppats att hon skulle göra.

– Jo, hur illa är det med min skottskada egentligen? Jag har ju fått en infektion i såret, men läker det som det ska? Kommer jag bli bra igen? undrade han. Syster Ingrid skruvade lite på sig och såg en aning besvärad ut.

– Egentligen är det doktor Hansson som ska svara på era frågor. Men... om jag ska vara helt ärlig så är det väl tyvärr så att det inte gör det. Läker som det ska menar jag, viskade syster Ingrid och lutade sig fram. Gustaf blev fundersam och såg ner på sina händer som han hade uppe på täcket. Nu kunde han känna en svag doft av syster Ingrids parfym. Det var en sort han gillade och den passade verkligen henne.

– Läker det inte som det ska? Vad innebär det då? frågade han oroligt.

– Det behöver inte innebära så mycket, men att ni får fortsätta att vila och ta det lugnt och ge din kropp tid att läka, skulle jag tro. Så ni får allt dras med mig några dagar till är jag rädd, sa syster Ingrid och log.

– Åh, det ska jag nog kunna stå ut med, sa Gustaf och blinkade mot henne och han kunde ana hur hennes kinder rodnade lätt. Ingrid såg ner i golvet och kände sig generad.

– Just det ja, ni frågade efter en värktablett? Stackare, börjar det göra ondare nu? Här, ta den här så ska ni se att det lättar om en stund. Ni ska få en till, till kvällen så ni kan sova, sa Ingrid och sträckte fram en tablett och ett glas med vatten.

En vecka senare var Gustaf fortfarande kvar på sjukhuset. Infektionen ville inte ge med sig och han hade en lätt feber som pendlade mellan 38 och 38,5 grader. Ingrid och han samtalade flera gånger varje dag och de kom varandra allt närmare in på livet. Snart visste han om att hon bodde här i Boden i en liten lägenhet. Där hade hon bott i ett par månader bara och jobbet på sjukhuset hade hon haft i ett halvår. Hon hade en lillebror som var tolv och föräldrarna bodde på landet strax utanför stan. Men framför allt hade han fått reda på att Ingrid inte hade någon festman! Han själv hade berättat om livet hemma i Ekhult. Gustaf visste vid det här laget vilka tider som syster Ingrid knackade på dörren och han såg alltid fram emot dem med lätt pirr i kroppen. Han började förstå vad som höll på att hända, han började bli kär i syster Ingrid och om han inte helt hade fattat saker och ting fel så var känslorna besvarade. Inte för att någon av dem hade sagt det rakt ut, men ibland känner man bara på sig vissa saker. Man känner det i luften, man får en viss känsla. Kvarvarande blickar, lätta beröringar, leenden. Jodå, någonting speciellt mellan dem fanns det.

En kväll när Ingrid jobbade kvällspasset, tittade hon som vanligt in till Gustafs rum för att lägga om förbandet och ge honom mediciner. Gustaf satt för tillfället vid det lilla bordet vid fönstret och löste korsord, i brist på annat att göra. Han hörde hennes fotsteg redan innan hon hann knacka sina försynta knackningar på dörren. Snabbt som ögat lyfta han på ena armen och nosade hastigt. Det var lugnt på svettfronten.

– God kväll, Gustaf. Dags för lite godsaker till dig.

– Hejsan Ingrid. Vad har du för tabletter till mig ikväll då? Är det de vanliga?

– Ja det är det.

– Hmm, jag behöver snart ingen kvällsmat, jag blir ju mätt av all medicin jag får, suckade han.

– Äsch, så mycket är det inte. Vill ni sitta kvar i stolen medan jag byter förbandet?

– Jag kan sitta kvar här. Om det går bra för er, förstås? frågade Gustaf. Ingrid log och la huvudet lite lätt på sidan.

– Klart det gör! Sitt kvar så ska jag se till att du får nya fräscha förband, sa hon med samma glada men samtidigt lugna härliga norrländska dialekt. När hon höll på som bäst med att byta förbandet, kunde han känna en mild doft av vad han förmodade var parfym. Möjligen kunde det kanske vara handkräm med. Vad det än var, så doftade det gott. Det doftade Ingrid och han gillade det. Medan hon la om det nya förbandet kunde han inte låta bli att se på henne och vid ett par tillfällen såg hon tillbaka på honom rakt i ögonen. Hennes blick blev genast allvarlig och hon rodnade, det kunde han tydligt se. Någonting magiskt var det med henne, för hon gjorde honom alldeles varm och pirrig i kroppen. Aldrig tidigare hade han känt de här känslorna men han gillade det.

Efter att allt var bytt och klart, förvånade hon honom genom att sätta sig ner i stolen mittemot. Det var inte längre jobbigt att försöka komma på något samtalsämne med Ingrid. De kunde prata om allt möjligt, både om saker som hade hänt på sjukhuset och om kriget men även om mer privata saker. När Ingrid satt där mittemot honom så var det som om tiden stod stilla och han inte längre befann sig på sjukhuset. De fortsatte att prata om allt möjligt, tills

Gustaf ryckte till och tittade på den stora vita väggklockan som hängde ovanför rumsdörren.

– Men? Vad är klockan egentligen? Borde inte du sluta ditt pass snart? undrade Gustaf, som kände sig dum för att ha uppehållit henne i tjänsten. Ingrid fnissade till och såg på sitt armbandsur.

– Jag slutade för en halvtimme sedan, svarade hon och såg honom länge och djupt in i ögonen. Gustaf visste inte mycket om romantik, men att Ingrid hade stannat kvar i över en halvtimme på kvällen bara för att prata med honom, gjorde honom bara ännu mer säker på att det verkligen fanns någonting mellan dem. Någonting riktigt, riktigt bra!

Några dagar senare skrev han ett brev hem till Stig där han förklarade hur saker och ting låg till och han skrev hur Olov hade räddat hans liv. Han hade inte kunnat skriva förrän nu, då hans arm och fingrar hade varit alltför svullna för att kunna hålla i en penna. Den nionde dagen på sjukhuset fick han besök av Almqvist och självaste löjtnant Hammar. Med sig hade de en ask med choklad-praliner. Gustaf fick veta mer i detalj vad som hade hänt där borta i Kaivola och vad hans kamrater gjorde nu. Löjtnant Hammar berättade att de gäng finnar som skulle ha mött upp Gustaf, Erik och Börjesson blev överfallna av en liten grupp sovjeter som hade fått nys om vapenutbytet via radioavlyssning. Bara ett par timmar innan Gustaf och de andra hade anlänt till mötesplatsen hade en snabb eldstrid utbrutit mellan sovjeter och finnar. Sovjeterna hade gått som segrare ur eldstriden, dock hade tre av deras landsmän fått sätta livet till. Alldeles för sent fick de svenska befälen reda på vad som hänt med finnarna. En stor insatsstyrka skickades till Kaivola för att ge militärt understöd till Gustafs grupp men de kom för sent. Insatsstyrkan hade mött lastbilen med den skadade och kraftigt nerkylde Gustaf tillsammans med Olov och de andra när de var på väg tillbaka till Sverige. Hammar öste beröm över honom och de andra över att ha lyckats så bra med att göra motstånd, samtidigt som han beklagade djupt över Högsäter och Börjessons död. Hammar förtydligade noga att Gustaf inte på något vis var skyldig till Högsäters och Börjessons död. Även Olov fick beröm för att ha handlat på ett otroligt hjältemodigt vis. Vidare berättade Hammar att Högsäters och Börjessons kroppar redan hade skickats i väg till deras respektive hemorter och halv stång skulle hissas överallt på regementet under de dagar de skulle begravas. Radion hade rapporterat om dödsskjutningarna och på löpsedlarna kunde man läsa om hur svenska soldater hade försvarat sig mot sovjeter. När Gustaf frågade om löjtnanten visste var Olov var, fick han höra att han troligtvis hade återvänt in till Finland och Frivilligkåren, men han visste inte säkert.

Gustaf tyckte det var väldigt roligt att få besök av Almqvist och löjtnanten. Det hade varit en hel del allvar, några fina minnen och ett par känsliga minuter när de pratat om de som hade gått bort i Finland. Gustaf bad om Eriks kärestas hemadress, för han ville hemskt gärna skriva några rader och dels beklaga sorgen, dels berätta hur han och Erik kom i kontakt med varandra. Löjtnanten lovade att försöka få fram en adress så snart som möjligt. Ett par timmar senare tackade Almqvist och löjtnant Hammar för sig och for tillbaka till Morjärv där de skulle fortsätta med arbetet med att förstärka Sveriges försvarslinje. Gustaf var långt ifrån kry och även om besöket var välkommet blev han väldigt trött efteråt och somnade till en stund på eftermiddagen.

Klockan halv fem vaknade han av att syster Lisbeth puffade på honom att det var dags för middag. Ugnsbakad torsk med potatis och äggsås var ingen favorit, men han försökte peta i sig maten ändå. Desto mera såg han fram emot den lilla efterrättsskål som alltid brukade serveras efter söndagsmiddagarna tillsammans med kaffe. Maten åt han oftast ute i matsalen där han träffade de andra patienterna. De flesta var äldre, några var gipsade och ett par av patienterna var barn. Vad han visste om var han ensam om att vara soldat inne på sjukhuset. Åtminstone på den avdelning han själv befann sig på. Ingen av de andra var i hans ålder och han var inte särskilt sugen att dra i gång någon längre diskussion med någon patient. I allmänhet hade han ganska tråkigt på sjukhuset. Det enda som lyste upp hans tillvaro var syster Ingrid. Hade det inte varit för henne, visste han inte hur han skulle lyckas stå ut inne på sjukhuset. Hemma i Ekhult hade kaffe varit en lyx som Stig kokade på morgnarna och till söndags- middagarna, men här på sjukhuset fick man så mycket man ville, men det hade varit tal om ransonering hade han hört. Det kunde bli både två och tre koppar kaffe per dag för Gustafs del och han njöt av varje droppe. Kanske berodde den stora mängden lite på att ute vid lunch- rummet där kaffet fanns, brukade han ofta springa på syster Ingrid. Då och då, när hon hade tid, brukade hon slå sig ner bredvid honom och prata. Det fick hon egentligen inte och när hon såg att någon doktor närmade sig lunchrummet brukade hon ställa sig upp och låtsas kontrollera Gustafs sår.

Samma kväll som Almqvist och löjtnanten hade varit på besök, hade Gustaf svårt att somna. Hur mycket han än försökte gick det bara inte. Till slut gick han upp och satte sig i fåtöljen inne på rummet. En annan patient låg numera i samma rum, men denne sov djupt och vaknade inte när Gustaf tände sin sänglampa. Tankar och känslor hade en tendens att förstärkas om kvällarna för Gustaf och denna kväll var han särskilt orolig. Dels oroade han sig för sitt sår. *Varför läker aldrig mitt sår för? Jag är ju inte ett dugg bättre nu än för en vecka sedan. Det ömmar ju fortfarande så fort jag rör armen det minsta. Borde jag vara mer stilla med armen? Hur mycket antibiotika har de inte pumpat i mig hittills? Ska jag aldrig bli bättre? Kanske jag blir tvungen att få armen amputerad? Fan, det får de inte göra! Hur ska jag då kunna klara av att sköta gården där hemma? Hur länge får jag vara kvar här egentligen? Kanske blir jag hemförlovad snart? För inte kan de väl sätta in mig bland de andra soldaterna igen med den här armen? Nä, jag kommer nog inte tillbaka något mer... Visserligen är det skönt att slippa att sova i militärtält och gräva skyttevärn men man saknar ju kamraterna. Fast nu när Erik är borta så är det faktiskt inte många jag saknar. Särskilt inte stockholmarna. Och var har Olov tagit vägen? Han är väl rädd om sig, var han än nu är? Helvete, utan honom hade jag inte suttit här idag. Hur ska jag någonsin kunna återgälda det han har gjort för mig? Att han åkte ända upp till Finland för att söka upp mig och rädda mig, allt på grund av en dröm om att jag behövde hjälp. Väldigt konstigt... Var är han någonstans? Kan han inte komma och hälsa på? Eller har han åkt hem till Ekhult igen? Det enda positiva med att min axel inte vill läka är att jag får fortsätta träffa Ingrid. Utan henne vet jag inte hur jag hade stått ut i det här dårhuset. Vad är det för en tjej egentligen? Är hon lika trevlig mot andra patienter som hon är mot mig? Jag kanske bara har inbillat mig allthop om att hon och jag har något speciellt ihop? Har jag haft så fel? Hur ska jag få reda på hur det egentligen ligger till? Ska jag fråga henne rent ut hur jag känner för henne, så får jag se vad hon svarar? Tänk om hon inte känner likadant?*

Gustaf skruvade på sig lite i fåtöljen och drog om sig filten han hade lagt över sig. Utanför lyste snön upp gårdsplanen. Allt var tyst, sånär som på patienten i Gustafs rum. Tunga, knappt hörbara andetag hördes från sängen ett par meter ifrån honom. Det var en tanig, äldre man med dålig hörsel som låg där. Gustaf hade försökt sig på några artiga fraser när mannen anlände för tre–fyra dagar sedan men gav upp när gubben svarade "va?" på varje mening. Det var ändå skönt att inte vara helt själv i rummet. En rysning gick plötsligt genom kroppen.

En tanke som han inte har tänkt på tidigare slog honom. Han, Gustaf Andersson, var en mördare! Han har haft ihjäl en annan människa, släckt ljuset för någons ögon för evigt. Gustaf, mördaren. Men vad skulle han ha gjort annorlunda egentligen? Det var ryssarna eller dem. Klart de var tvungen att försvara sig. Hade inte han siktat och träffat den där mannen som stod halvt om halvt gömd vid skjulet i Finland så hade han kanske skjutit ihjäl honom i stället. Han vet att han hade gjort det enda rätta, men han var fortfarande en mördare och det skulle han få bära med sig resten av sitt liv. Ett liv som han fortfarande levde på grund av de beslut han tog borta i Finland. I morgon skulle Erik Högsäter begravas i Hyltebruk och Gustaf kunde inte närvara, vilket gjorde att han hade dåligt samvete. Hans tankar gick till Eriks käresta, Hanna. Han hade pratat så varmt om henne. Gustaf mindes tillbaka på en av de första dagarna på logementet. Det hade varit en sen kväll och de skulle strax gå och lägga sig. Han och Erik hade suttit uppe och snackat om allt mellan himmel och jord. Erik hade tagit fram sin plånbok och tagit fram ett litet slitet fotografi.

Tjejen på fotot var Hanna. Erik hade sett så stolt ut, mindes Gustaf. Hon verkade vara en go tjej som Gustaf gärna hade velat träffa. De hade pratat om det, att när "den här skiten är över" så skulle de träffas och ta en fika någonstans hemma i Småland. Antingen i Hyltebruk eller i Ekhult. Han hade inte trivts lika bra i det militära som Gustaf och hatade varje stund han var där. "När den här skiten är över, då ska vi träffas igen hemma i Småland, du och jag och då tar jag med mig min Hanna", hade han sagt.

Skiten tog slut fortare än vad det var tänkt för din del, min vän. Fan också! Du dog på grund av att du hade ett stort hjärta, på grund av din fina välmening och kamratskap. Du ville så desperat försöka nå fram till Börjesson för att försöka rädda honom och det blev din död. Din sista tid i livet blev en mardröm. Du slets ifrån din älskade, havande Hanna och hamnade bland skrikande befäl långt bort ifrån tryggheten hemma i Hyltebruk. Jag hoppas innerligt att jag, i egenskap av nyfunnen vän, gjorde din sista tillvaro i livet lite mer drägligt i alla fall. Åtminstone var det så för mig. Även om jag trivdes ganska okej på regementet så var det väldigt skönt att ha en god kamrat att prata med. Fan vad jag saknar dig, Erik!

Gustaf tittade på den stora runda urtavlan som satt ovanför dörren in till rummet. Det syntes dåligt i mörkret men han kunde urskilja att hon visade halv ett. Han torkade ett par tårar från kinderna med sin friska arm och reste sedan sakta på sig. Det var verkligen dags att försöka få några timmars sömn nu och han ville helst hinna somna innan värktabletterna slutade verka.

Kapitel 15

Det var eftermiddag och klockan var kvart över fyra. Ingrid stod påpälsad på trottoaren utanför sin lägenhet på Lilla Nygatan. Snövallarna låg höga runtomkring längs vägarna. Ett äldre par gick förbi henne och hon nickade artigt. Förväntansfullt såg hon sig om till höger. Hon verkade vänta på någon. Fötterna blev allt kallare och hon började snart att huttra. Fem minuter senare stannade en svart Volvo PV 50 med snökedjor precis framför henne. En man steg ut och gick fram till Ingrid. Hon gick och mötte honom och gav honom en lång kram. Hon såg lycklig ut.

– Ingrid! Hej min lilla flicka! Är allt bra?

– Hej, far! Jadå, allt är så bra det bara kan bli. Snarare, humöret är på topp men jag tror jag har en begynnande förkylning på gång. Tack så hemskt mycket för att du ville hämta mig, sa Ingrid och tog upp en näsduk ur handväskan.

– Inga problem, gumman min. Din mor håller som bäst på med maten därhemma. Hoppas du är riktigt hungrig?

– Ja det är jag. Jag har inte ätit någon sedan lunchen på jobbet. Det var någon slags fisklåda i ugn, det var inget vidare.

– Nä, det lät inte gott. Men din mors mat brukar du ju tycka om?

– Såklart jag gör! sa Ingrid och klappade sin far på armen. De satte sig i den svarta Volvon och for i väg längs Lilla Nygatan och vidare österut. De åkte sakta vidare, på väg bort från Boden och ut på landsbygden. Det gick sakta när den gamle mannen med silvergrått hår och stora röda näsan körde på den dåligt plogade vägen på väg ut till Ingrids föräldragård, som låg gångra kilometer nordost om Boden. Men det gjorde ingenting, för det var länge sedan hon besökte föräldragården sist och hon och hennes far, Evert Svahn, hade mycket att ta igen. När de kom fram till gården och hade stigit ur bilen stod Ingrids mor, Sonja, på farstukvisten och log med hela ansiktet. Hennes bror Albin kom springandes emot henne och slängde sig om halsen.

– Hej Albin, det var länge sedan man såg dig? Är allt bra?

– Jaha då. Hur är det med dig? Har du träffat på några skjutna soldater på ditt jobb? Har någon dött på din avdelning? undrade Albin nyfiket.

– Kära nån, vad du hade många frågor idag, Albin. Jag kan berätta för dig att ingen patient har dött på min avdelning, och ja, kan du tänka dig, det finns faktiskt en skottskadad soldat hos oss på sjukhuset. Men jag berättar mer om det lite senare, ler Ingrid.

– Älskade barn! Du måste hälsa på oss oftare! Du jobbar väl inte för hårt inne på sjukhuset, flicka lilla? sa Sonja och höll om sin dotter både länge och väl.

– Nejdå. Men jag trivs väldigt bra på mitt jobb. Det var bland annat därför jag ville besöka er idag. Jag har en sak jag vill berätta för er. Men jag berättar vidare under middagen, sa Ingrid och steg in i värmen i hallen. Det doftade underbart av god mat i hela huset. Hon tog ett djupt andetag och kunde känna både doften av nygräddat bröd, kokta morötter och någon form av stek. Det doftade precis som det brukade göra här i Ingrids gamla barndomshem och hon rös av välmående. Hon tog av sig ytterrocken och skorna. Vantarna och mössan la hon på hyllan i hallen.

– Maten är alldeles strax klar. Ni två kan gå och sätta er till bords, så kommer jag om en liten stund. Jag har dukat inne i vardagsrummet idag. Det är varmast där, sa Sonja med sitt vanliga varma leende. Det knarrade lätt om de breda trätiljorna när Ingrid gick in i vardagsrummet. I den öppna spisen sprakade brasan och hon kunde känna den sköna värmen från den. Hon gick ett sakta varv i det stora rummet innan hon satte sig vid det dukade bordet. Allt var precis som vanligt. De gamla tavlorna i avlånga, svarta ramar med gamla släktingar hängde där de alltid hade hängt. Samma gamla gardiner som vanligt, samma gamla prydnadssaker stod framme där de alltid hade stått så länge hon kunde minnas. Evert la in ett par björkbitar i spisen. Några minuter senare satt de alla fyra vid det uppdukade bordet och åt av den välsmakande maten.

– Nå Ingrid. Låt höra, vad var det du ville berätta för oss? undrade Evert nyfiket. Ingrid sken upp som en sol, just som hon hade tagit en stor tugga.

– Egentligen är det alldeles för tidigt att säga något, sa hon lite hemlighetsfullt. Sonjas ögon blev stora.

– Säga vaddå? undrade hon. Ingrid log nu om möjligt ännu bredare.

– Jag har träffat någon, fnissade hon och såg om vartannat på sina föräldrar. Sonja släppte ner sin gaffel på tallriken.

– Men kära barn! Vad säger du? Vad roligt! Vad heter han? Ingrid skruvade lite på sig.

– Vi… vi är egentligen inte tillsamman ännu. Men jag har en stark känsla av att det kan bli så. Han heter Gustaf och han är en patient till mig.

– En patient? undrade Evert nyfiket.

– Ja…. han har varit hos oss i några veckor nu, den stackaren. Han kommer från Småland. Hans dialekt är så charmig! Han var med om en skottskada borta i Finland och hans sår har blivit infekterat, så det är därför han har varit hos oss så länge.

– Jaså, är han soldat? Men det är väl inga svenskar som har varit i några strider? undrade Evert.

– Kommer du inte ihåg vad som stod i tidningarna för ett tag sedan? Att några svenskar hade varit i eldstrid med sovjetiska soldater inne i Finland? undrade Ingrid. Både Sonja och Evert tänkte efter en stund.

– Jo, det har du rätt i. Det kommer jag ihåg nu när du säger det, sa Sonja.

– Gustaf var en av de som var där i Finland. Han blev skjuten av en sovjetisk soldat men hade turen att bli räddad av sin egen bror i sista sekund. Sedan tog brodern med Gustaf tillbaka hem till Sverige igen och in till sjukhuset där jag jobbar. Han var illa däran när de kom in med honom, doktorn trodde inte han skulle klara natten. Han hade ju förlorat väldigt mycket blod och dessutom var han kraftigt nedkyld. Men det gjorde han, fortsatte Ingrid.

– Nämen! Vilken historia! utbrast Sonja.

– Men hur är det med grabben nu då? undrade Evert nyfiket.

– Det är bättre nu. Han blir sakta men säkert piggare för varje dag som går, även om han fortfarande har feber. Men infektionen i axeln är tyvärr inte läkt ännu, så han lär vara kvar hos oss ett bra tag till. Han är världens charmigaste

kille. Han har pigga ögon och är artig på alla sätt och vis.
Mor, far, jag tror jag är kär! utbrast Ingrid och fick tårar i
ögonen.

Kapitel 16

Veckan som följde för Gustaf kom att visa sig vara den tråkigaste hittills. Syster Ingrid var sjuk vilket innebar att han inte hade någonting roligt att se fram emot om dagarna. Hans tid på sjukhuset var densamma de närmaste dagarna, det vill säga en lätt feber omkring 38 grader, ömmande axel, värktabletter, antibiotika, doktorsbesök en gång om dagen och smaklös sjukhusmat samt mycket kaffe. Även en hel del patiens med kortleken blev det ute i allrummet. Det blev fredag morgon och fortfarande hade inte Ingrid dykt upp. Hon jobbade tvåskift och det lilla hopp han hade om att hon skulle vara frisk igen och börja sitt pass klockan två, försvann på eftermiddagen när Gustaf lämnade rummet och gick ut till allrummet där man ofta brukade se sjuksystrarna. Ingen Ingrid. Inte heller vågade han fråga de andra sjuksystrarna om Ingrid, det var för pinsamt. Att hon var sjuk visste han dock, det hade syster Lisbeth berättat i måndags. Då hade han försökt spela så oberörd som möjligt men inombords blev han riktigt besviken.

Helgen kom och den bestod mest av kortspel med en äldre dam som tenderade att försöka fuska så mycket hon kunde. I brist på annat gick han promenader längs sjukhusets alla korridorer, våningar och källare och snart fanns det inget ställe på sjukhuset han inte kände till. Promenaderna gick dock långsamt med tanke på den milda feber han hade och han orkade inte gå särskilt länge åt gången. Någon gång under veckan som kom hoppades han på att få ett brev från Stig. Det hade varit så oerhört roligt att få ett livstecken hemifrån. Han längtade hem nu och han var väldigt trött på att gå omkring som en zombie på sjukhuset och han var väldigt trött på att aldrig bli fri från den här infektionen. Dessutom var han väldigt trött på den här ständiga värken i axeln som till synes aldrig verkade vilja ge med sig. I tidningen Norrbottens-Kuriren kunde han läsa lite av vad som hände i kriget. Tydligen fortsatte Finland att lida stora förluster mot Sovjet. I Auschwitz i Polen anrättade den tyske fürern, Adolf Hitler, något som kallades koncentrationsläger. Gustaf följde med stor oro vad som hände i det alltmer krigsdrabbade Europa.

Söndagseftermiddagen gick oerhört sakta. Efter middagen, som bestod av kålpudding med ris a la Malta som efterrätt, blev han dåsig och gick tillbaka till sitt rum för att försöka sova en stund i brist på annat att göra. Vid sextiden väcktes han av en sjuksyster som kom in med medicin och värktabletter. Helst av allt skulle han bara vilja somna igen och vakna av att det var måndag morgon och att syster Ingrid var tillbaka i tjänst igen. Men dystra tankar blandat med värk i axeln höll honom vaken ända till långt efter midnatt innan sömnen till slut inföll sig.

Kapitel 17

Klockan åtta nästa morgon vaknade Gustaf av att en sjuksyster önskade god morgon. Det innebar att frukosten skulle serveras en halvtimme senare ute i den lilla matsalen. Värktabletterna hade slutat verka för länge sedan men han visste att han skulle få sin lilla burk med piller till frukosten. Med stela och trötta ben hasade han sig ut till matsalen efter att han hade sträckt på sig och gått på toaletten. Innan han ens var framme i matsalen hörde han rösten han så länge hade väntat på, Ingrids! Hjärtat började genast att banka hårdare i bröstet på honom och omedvetet sträckte han på sig lite grann. Hon verkade prata med en patient om frukostgröten. Han klev in i matsalen och där stod hon, livs levande. Omkring hundrasextio centimeter lång, mörkbrunt halvlångt hår i page, mörkbruna ögon som var stora som rådjursögon som tindrade lång väg. Blotta närvaron av Ingrid där i matsalen fick hans hjärta att slå ett par dubbelslag. Som han hade väntat! Egentligen kände han sig ganska fånig. Här hade han gått och väntat i flera dagar på att en viss sjuksyster skulle komma tillbaka och nu när hon äntligen hade gjort det så blev han alldeles till sig inombords. Han var inte dummare än att han visste vad som höll på att hända, han var kär. Upp över öronen förälskad och det gick inte att få stopp på känslorna längre.

Det ville han inte längre heller. Ingrid fanns i hans tankar dag som natt och han ville inte ha det på annat vis. Med förnyade krafter gick han och tog en bricka och serverade sig själv en tallrik med havregrynsgröt med äppelmos och två smörgåsar. Sedan satte han sig vid ett bord bredvid två senila farbröder. Gustaf satte sig medvetet bredvid dem för att slippa behöva prata. De visste knappt var de befann sig och de skulle knappast börja inleda en konversation med honom, vilket passade honom utmärkt. Genast började oroande tankar gro. Skulle hon bara hälsa artigt på honom när hon upptäckte att han satt i matsalen, eller skulle hon komma fram och säga någonting? Eller hade hon kanske annat för sig så att hon skulle lämna matsalen innan hon såg honom? Motvilligt började han att äta sin gröt som inte smakade någonting särskilt denna måndagsmorgon. Utan att försöka blänga allt för mycket, sneglade han åt Ingrids håll så mycket han kunde. Han såg att hon hjälpte en kvinna med sin tallrik till bordet. När hon tittade upp, fastnade blicken rakt på Gustaf. Innerst inne hade han lust att bara ställa sig upp och ropa "God morgon Ingrid! Hur är det med dig?" men i stället försökte han sig på en blandning av coolhet och charm genom att lyfta det glas med äppeljuice han höll i handen lite högre, som en hälsningsgest mot henne. Det var nu det gällde. Skulle hon hälsa lite artigt och gå vidare till näste patient eller skulle hon gå fram till honom? Men leendet kom, precis som han hade hoppats på.

– Men god morgon, Gustaf! Jag såg er inte, hörde han Ingrids mjuka, klara röst säga. Den lilla klump i magen som hade hunnit byggas upp försvann direkt och den byttes genast ut mot några fjärilar som började dansa runt där inne i magen.

– God morgon, syster! svarade han glatt. Hon gick med snabba korta steg fram emot honom, precis som han hade hoppats på. Hon gick så där lekfullt och glatt, ungefär som ett litet barn kan göra. Hennes väl tilltagna bröst gungade i takt med armpendlingarna, vilket gjorde att fjärilarna dansade ännu vildare i magen på honom. Han ville egentligen titta betydligt längre på dem än vad han gjorde men vågade inte, ifall han skulle bli påkommen. I dagar hade han övat på vad han skulle säga när Ingrid var tillbaka, men de fraserna var som bortblåsta nu. Snabbt beslöt han sig i stället för att bara låta det komma spontant.

– Jag hörde att ni hade varit sjuk. Är ni piggare nu? sa Gustaf och tog en klunk av juicen.

– Ja, nu är jag tillbaka igen! Jag åkte visst på en rejäl febersläng. Usch, vad dålig jag var! Det är skönt att äntligen få börja arbeta och göra lite nytta och träffa alla goa patienter igen. Vad härligt att se dig igen, sa hon och slog sig ner mitt emot Gustaf vid bordet.

– Hur är det med dig? Jag har tänkt på dig, ska ni veta. Känner ni någon bättring i er axel? frågade hon med orolig blick och lutade sig fram på bordet.

– Nej, det kan jag inte påstå. Det är ungefär som förra veckan, tyvärr. Blicken sökte sig ner mot hennes bröst men fick snabbt upp blicken mot hennes ögon igen.

– Nämen, ska ni aldrig bli bra, suckade hon och tog honom spontant på underarmen.

– Man kan ju börja undra hur länge jag ska behöva gå så här, sa Gustaf och såg medvetet lite ynklig ut.

– Har ni fått värktabletterna än? Gustaf skakade på huvudet och såg ännu ynkligare ut.

– Jag ska hämta dem, jag kommer strax, sa Ingrid och reste sig och gick i väg.

När hon gick i väg med de där snabba mjuka stegen för att hämta medicinen, kände Gustaf hur han blev alldeles upprymd inombords. Ordningen var återställd, Ingrid var tillbaka och han var glad igen. En liten del av honom ville inte bli frisk, för det skulle innebära att han skulle behöva lämna sjukhuset. Det skulle ju innebära att han inte skulle få träffa syster Ingrid igen, samtidigt som han var trött på att aldrig må riktigt bra. Tanken på att bli tvungen att få åka härifrån gjorde honom en smula rädd. Om han skulle bli frisk och få lämna sjukhuset, skulle antagligen minnena av den söta syster Ingrid sakta men säkert tyna bort, liksom den åtrå han kände till henne. Eller? Skulle han för alltid ha de här starka känslorna? Skulle han för alltid vara olycklig över att en gång ha träffat kvinnan i sitt liv under några veckor för att sedan aldrig mer se henne igen? Men om hon nu var den rätta för honom så kunde han ju inte bara släppa taget om henne. Tankarna snurrade i huvudet på honom medan Ingrid var borta vid medicinvagnen.

Någonting måste göras, jag får inte tappa taget om denna tjej! För annars är det bara en tidsfråga innan hon försvinner ur mitt liv, för jag kan ju inte vara kvar här på sjukhuset för alltid. Men vad kan man hitta på för att inte mista henne? Jag måste helt enkelt fånga hennes hjärta så att vi blir ett par! Men hur? Jag har aldrig haft en tjej förut, jag vet inte hur man gör för att bli tillsammans med en tjej. Bio! Bio och middag kanske? Men det kräver ju att jag får lov att lämna sjukhuset några timmar. Det måste jag väl ändå få göra, om jag känner mig tillräckligt pigg? Eller?

Gustaf beslöt sig för att försöka fatta mod till sig och bjuda ut Ingrid på bio och middag någon kväll. Pengar hade han, det visste han. Inte var det mycket han hade, men nog skulle det räcka till både bio och en middag, minsann.

Ingrid var snart tillbaka med ett par värktabletter. Hon satte sig ner hos honom igen. Med en hastig blick spanade hon bort mot dörren i korridoren där doktor Hansson höll till.

– Här har ni Gustaf. Ta de här så ska ni se att värken lättar om en stund, sa hon och såg på honom med de där stora, bruna ögonen som Gustaf knappt kunde slita sig ifrån.

– Tack så mycket. Det gör så förbaskat ont idag, beklagade han sig och tog sig för axeln. Han var inte redo för att fråga henne om bion ännu, men innan hennes arbetspass var slut skulle han ha frågat henne, det hade han bestämt sig för.

– Vet du vad, Gustaf? Jag tog med mig en bok hemifrån till dig. Det finns ju inte så mycket att göra här på sjukhuset och jag tycker så synd om er, som bara går omkring här och har långtråkigt, sa Ingrid. Gustaf såg förvånat på henne.

– En bok? Till mig? Han trodde knappt sina öron.

Hon tog med sig en bok hemifrån, bara till mig! Vilken tjej! Så omtänksamt! Det måste ju betyda att hon bryr sig om mig. Det är klart det gör!

– Men Ingrid! Tack så hemskt mycket, jag vet inte vad jag ska säga, sa han och kände hur hans kinder hettade. Han rodnade kraftigt men hoppades att hon inte märkte något. Ingrid log.

– Ni behöver inte säga någonting alls. Jag har den i min handväska. Jag kommer in med den till ert rum om en stund, men nu är det bäst att jag smiter i väg och jobbar. Jag hoppas ni tycker om den. Vi ses senare då! sa hon och reste hastigt på sig och gick i väg, alltid med samma vackra leende. Gustaf visste inte om det var omedvetet som hon återigen hade lagt handen på hans arm innan hon reste på sig, men han tyckte väldigt mycket om när hon gjorde så.

Fjärilarna var fortfarande kvar i magen och dansade runt, men det gjorde ingenting!

Ingrid är tillbaka och hon kom och satte sig hos mig. Dessutom hade hon med sig en bok till mig! Denna vecka kunde inte ha börjat bättre!

Gustaf kunde inte låta bli att känna sig lite mallig när han såg på de andra patienterna som la märke till att den snyggaste sjuksystern hade satt sig hos just honom och från vissa av dem såg han en tydlig avundsjuka i deras blickar.

En och en halv timme senare kom ronden. Doktor Hansson såg bekymrad ut när han kom in till Gustafs rum. Den lille fetlagde doktorn stannade till framför sängen och såg ner i sitt anteckningsblock en stund för att sedan vända upp blicken mot Gustaf.

– Ja, herr Andersson… Vi har ju som ni vet lite svårt att få ordning på den infektion ni har i axeln. Normalt sett borde ni vara så gott som återställd vid det här laget, men…det är ni ju inte. Jag skulle därför vilja testa en annan sorts antibiotika på er. Ja, Sulfa var nog inte riktigt rätt behandling för er, fortsatte doktorn.

– Jaha. Doktorn får göra vad doktorn tror är bäst. Jag börjar bli trött på att hela tiden ha feber och ont i axeln.

– Jag förstår verkligen det, unge man. Men nu börjar vi med den här nya sortens antibiotikakur, så får vi se om ett par dagar om ni märker någon skillnad. En ung och rask grabb som ni ska inte behöva må så här bara för att ni har fått en skada i axeln. Visserligen är det ett djupt, otäckt sår ni har fått, men ändå. En sjuksyster kommer strax in till er med den nya antibiotikan, så håller vi tummarna att er feber snart ska försvinna, sa doktor Hansson och såg på Gustaf med ett litet leende. Doktorn Hansson var trevlig tyckte Gustaf. Han var inte en sådan där dryg doktor som tyckte han var bäst i världen utan snarare riktigt trevlig och sympatisk. Han tackade doktorn och drog täcket över sig igen så snart han var själv i rummet. Knappt hann han lägga sig till rätta förrän det knackade lätt på dörren. Vid det här laget kände han igen sättet det knackade på, det kunde inte vara någon annan än Ingrid som knackade på det viset. Han bestämde sig för att ta tillfället i akt och fråga om det där med bion, innan han hann bli alltför nervös.

Nu gäller det. Fast det där med bio kommer inte att funka, jag kan inte vara borta hur länge som helst. Jag frågar om hon vill gå på kondis i stället. Bio får vi ta en annan gång. Om det nu blir en annan gång, förstås.

– Hej Gustaf. Här kommer lite ny medicin till dig, men det har väl redan doktor Hansson berättat, förmodar jag? log Ingrid.

– Ja, jo han berättade det. Jag hoppas verkligen att den här sorten ska hjälpa, suckade han.

– Det gör den säkert ska du se. Hon såg på honom med lite överdrivet sorgsen min, som om att hon ville visa att hon tyckte synd om honom. Gustaf tog ett djupt andetag och samlade mod till sig.

– Jo, säg Ingrid?

– Ja?

– Inte är det väl förbjudet för patienter att lämna sjukhuset för en timme eller två? frågade han. Ingrid blev allvarlig för ett ögonblick.

– Jo, enligt sjukhusets regler så är det så. Varför undrar du, frågade hon och satte sig på sängkantens nedre del.

Skit också! Det hade jag inte räknat med? Vad gör jag nu? Vad ska jag säga? Jag får inte lämna sjukhusområdet… Det måste gå att lösa på något sätt! Men nu har jag ju redan börjat fråga och

Ingrid undrar varför jag ville veta. Lika bra att fortsätta med min lilla plan, det får bära eller brista!

– Jo jag undrade bara... jag hade tänkt att fråga er om...ähum, finns det möjligtvis en chans att ni kanske skulle vilja gå på kondis med mig nere på stan på fredag kväll? undrade han nervöst. Gustaf kände hur kinderna återigen blev varma och hur pannan började bli svettig.

Nu gäller det! Svarar hon nej nu, så vet jag inte vad jag ska ta mig till. Då dör jag här och nu! Snälle gode Gud, låt mig få höra ett "ja" från henne nu!

– Åh, Gustaf! Det hade jag gärna velat! Men... som sagt, ni får inte lämna sjukhusområdet, sa Ingrid med sorgsen blick. Han funderade några sekunder och tittade sedan upp på Ingrid igen.

– Men... om jag råkar försvinna från sjukhuset ett par timmar och är tillbaka innan någon ser mig, så kan väl inte det ta någon skada? log han osäkert. Ingrid såg förvånat på honom.

– Ja, oj! Men... men? stammade Ingrid som inte visste riktigt vad hon skulle svara.

– Kan vi inte ses nere på Konditori Oskar på fredag klockan sex? Jag vet att ingen av sjuksystrarna kommer och tittar till mitt rum förrän kvart över åtta.

– Visst. Gärna! Visst, jag träffar jättegärna dig på fredag klockan sex! Men hur ska du ta dig ut utan att någon ser dig? undrade Ingrid med bekymrad min.

– Lugn, oroa dig inte för den saken, det ordnar jag! sa Gustaf och sken upp som en sol.

– Men då säger vi så! Ta det försiktigt bara.

– Jag lovar!

Gustaf log igen självsäkert. Snabbt tog han sin medicin tillsammans med ett glas vatten som Ingrid höll fram.

Sedan sneglade hon på klockan och verkade ha bråttom till nästa patient. I dörröppningen vände hon sig om mot Gustaf.

– Gustaf, jag ser fram emot fredag kväll! Verkligen! Sedan skyndade hon i väg till nästa patient. Med en duns slängde sig Gustaf ner i sängen på kudden. Hela ansiktet log av ren och skär lycka.

Jag lyckades! Hon sa ja! Hon vill träffa mig! Hon vill verkligen träffa mig! Hon kunde ha sagt "nej" om hon inte hade velat, men hon sa "ja"!

Resten av dagen svävade han som på moln. Ingenting kunde förstöra hans glädje, inte ens när gubben mittemot gjorde på sig innan han hann fram till toaletten så att hela rummet stank av avföring.

Att ta sig ut från sjukhuset skulle nog inte vara några problem. Han visste att rökarna alltid brukade gå ut och ställa sig utanför altandörren lite längre bort i korridoren och den dörren var alltid olåst. Genom den skulle han ta sig både ut och in. I garderoben fanns hans civila kläder som löjtnant Hammar hade haft med sig och om bara inte den senila gubben i samma rum skulle skvallra så skulle nog allt gå bra. Veckan flöt på lika långsamt som vanligt, till skillnad från att han nu hade någonting att se fram emot, att få gå på date med Ingrid! Boken han fick låna från Ingrid var intressant. Den hette "Mot alla odds" och handlade om en yngling i Amerika som råkat ut för en kanotolycka och kom vilse i ödemarken. Den var riktigt spännande. Kanske den kändes extra spännande bara för att den var Ingrids…

Om dagarna funderade han noggrant på vad han skulle prata om och fråga om, och det var mycket att tänka på.

Oftast låg han i sängen i sina tråkiga sjukhuskläder och funderade.

Jag får inte verka för självupptagen och prata för mycket om mig själv, men heller inte vara hemlighetsfull om vem jag är. Ingrid behöver ju få veta vem jag är utanför sjukhuset med. Jag behöver också visa mig nyfiken på henne och ställa bra frågor, utan att det verkar som om jag snokar. Några skämt måste jag försöka dra också, för att visa att jag har lite humor. Inte för att jag är särskilt bra på att skoja, men jag får ju inte verka tråkig och för allvarlig.

Gustaf funderade ett tag på att låna ett papper och en penna för att skriva upp alla saker, men ångrade sig, för tänk om någon skulle upptäcka lappen. Det hade ju varit katastrof! En viktig sak som han absolut inte fick glömma var att ge henne komplimanger!

Jag måste komma ihåg att tala om för henne att hon är fin i håret. Sådant gillar nog tjejer. Och att hon luktar gott! Eller heter det doftar? Doftar låter bättre. En hundskit kan lukta men aldrig dofta. Så det är nog jag bäst att jag säger "dofta" om henne.

Ingrid var tyvärr van att se honom i rufsigt hår och utan parfym, men han hade minsann en plan för det med. Det fanns en gubbe i korridoren längst bort till höger som han visste använde både brylkräm och parfym, för det hade han sett stå framme när han hade gått förbi och kikat in i rummet. Han hette Kvarnström och verkade ganska trevlig, det lilla de hade pratat i alla fall. I morgon skulle Gustaf gå bort och fråga om han fick låna lite av brylkrämen och parfymen, det borde nog gå bra. Om gubben trots allt skulle trilskas så skulle han försöka muta honom med lite pengar eller choklad. I värsta fall skulle han faktiskt kunna tänka sig att smyga in till gubbens rum och sno lite när gubben inte var där. Nöden har ingen lag och att lukta gott och vara fin i håret var viktiga saker när man ska på date!

Den ständiga småfebern och de återkommande penicillinkurerna började sätta sina spår på Gustaf. Orken var inte vad den en gång hade varit. Ofta kunde han sova både två och tre timmar på eftermiddagarna och ändå sova hela nätterna. Magen var ofta uppblåst av allt penicillin och värktabletter och ärligt talat började han faktiskt fundera på hur länge till hans kropp skulle orka. Skulle han bli kvar här på Bodens sjukhus tills han till slut tynade bort helt? Eller skulle doktor Hansson hitta rätt medicin till sist som skulle bota honom från infektionen? Det var inte utan att han ibland kunde känna av en smula dödsångest. Ofta kom dessa tankar om kvällarna när allt var lugnt och stilla inne på sjukhuset, när dagpersonalen hade gått hem och de flesta patienter hade dragit sig tillbaka in till sina rum. När lamporna i korridorerna släcktes och lugnet inföll sig, då började tankarna snurra. Han saknade Olov. Fruktansvärt mycket till och med. Det var som om ena halvan av honom själv fattades när Olov inte var där. Han hade kommit och räddat honom från döden som en ängel, precis i sista stund, bara för att kort efteråt försvinna igen. Men var höll han hus någonstans nu? Fanns det ingen möjlighet för honom att hälsa på?

Det blev fredag morgon, dagen då mycket skulle hända. Inte nog med att han skulle göra något så förbjudet som att lämna sjukhusområdet utan tillstånd, han skulle dessutom på date med den vackraste flickan han någonsin sett. När han kom tillbaka från frukosten, låg ett brev på hans säng. Han kände väl igen sin fars handstil. Han satte sig till rätta i sängen och började otåligt att sprätta upp brevet med skakiga händer.

Äntligen! Ett brev från far! Hoppas nu att allt är bra där hemma...

Ekhults gård den 22: a februari 1940.

Käre Gustaf, en sten föll från mitt hjärta då jag äntligen fick ett livstecken från dig. Jag beklagar djupt att du är skadad men tacksam över att du fortfarande är i livet. Hur i all världen Olov kunde ana att du var i fara kan jag dock inte förstå, det gör mig fortfarande sömnlös om nätterna när jag tänker på det. Jag tackar både honom och vår Herre för att Olov fattade mod till sig och gav sig i väg på sin långa färd upp till Norrland för att rädda dig. Vid det här laget trodde jag att han skulle vara tillbaka på gården igen. Vet du möjligtvis vart han kan ha tagit vägen? Kanske fortsatte han vidare med Frivilligkåren, som han hade talat om. Jag börjar bli orolig för honom. Här hemma på gården rullar det på ungefär som vanligt, men allt tar lite längre tid med tanke på dels min hand, dels avsaknaden av dig och Olov. Men jag ska inte klaga, jag fick ju ett brev från dig, vilket kommer att förgylla mina dagar ända tills nästa gång jag hör något från dig. Även den stränga kylan gör sitt till, måste vara den kallaste vintern på många år. Men det går, jag hankar mig fram. Ibland tar jag hjälp av Hugo på granngården. Han har visserligen fullt upp med sitt men är snäll och ställer upp när jag ber honom. Han börjar bli gammal han med, som du vet. Jag vill helst inte oroa dig, men jag har dessvärre åkt på en lunginflammation säger doktorn. Det började med en vanlig förkylning, som övergick alltmer i hosta. Den vill inte släppa och om sanningen ska fram så har jag svårt att hinna med allt på gården, som blir alltmer eftersatt, trots hjälpen jag får. Men djuren mår bra, det är det viktigaste. Det andra får vänta. Nu ska du ta och se till att ta hand om dig så att du snart kan återvända, min saknad är stor. Låt oss hoppas att det här satans kriget snart är över så att allt blir som vanligt igen, det ber jag om till vår Herre varje kväll. Hoppas Han hör mina böner. Jag ber också om ditt och Olovs välmående och om ett snart återseende, men allt ligger i Guds händer.

Hälsningar, din tillgivne far

Gustaf kunde inte hålla tillbaka tårarna längre och ett par av dem föll ner på brevet så att bläcket smetades ut. Snabbt torkade han bort dem från sina kinder ifall någon skulle komma in och se honom. "En redig karl fäller inga tårar" hade Stig sagt till honom när han var liten och hade slagit sig. Han hade aldrig förstått varför det skulle vara på det viset, men han tänkte alltid på de orden när han hade slagit sig och det gjorde ont. Då försökte han alltid hålla tillbaka tårarna så gott han kunde, för han ville ju visa sin far att han minsann var en "redig karl". Att läsa brevet från Stig gjorde honom alldeles varm i hjärtat. Det kändes bra att äntligen få höra något hemifrån. Dock blev han bekymrad över att Stig hade fått lunginflammation. Inte för att han visste exakt hur pass sjuk Stig var, men han förstod att det inte var bra. Kylan gjorde inte saken bättre, det förstod han. Plötsligt kom den där gamla Gustaf tillbaka, han med dåligt tålamod och kroppen full av otålighet.

Stackars far! Han måste ha det tufft där hemma. Inte ska väl han gå och slita ont hemma på gården alldeles själv och med lunginflammation. Hoppas att Hugo hjälper honom tillräckligt.

Fast han har väl sitt att tänka på, förstås. Om jag bara kunde bli frisk snart så att jag kan komma hem och hjälpa honom! Vad han behöver nu är lugn och ro, nerbäddad i sängen, inte släpa sig ut i ladugården i minusgrader för att mocka och utfodra djuren. Vad har jag ställt till med egentligen? Inget av detta hade behövt hända om jag smitit undan inkallelseordern. Fast då hade väl polisen hittat mig till slut och skickat i väg mig i alla fall. Fast Olov hade ju aldrig behövt lämna gården, då hade ju han funnits hemma och ha kunnat hjälpa far.

Gustaf plågades av tankarna och de val han gjort och de val han kunde ha gjort i stället. För vad hade hänt om han hade trotsat inkallelseordern och fått en fängelsedom på sig? Det hade förmodligen satt sina spår för resten av livet för honom. Länge och väl försökte han trösta sig själv med att han gjorde rätt och att gjort är gjort och går inte att ändra på. Han skulle svara på brevet vid lämpligt tillfälle, men inte idag. Idag skulle han tillägna all tid åt Ingrid och vad de skulle hitta på ikväll.

Gustaf la brevet från Stig i lådan under nattduksbordet och satte sig sedan upp på sängkanten. Det var dags för rakning. Den ovårdade och skäggige Gustaf skulle bort och det var dags att släppa fram den välvårdade och nyrakade Gustaf med välkammad frisyr och stiliga kläder, den Gustaf som Ingrid ännu inte hade fått uppleva. Framför spegeln inne på den lilla toaletten i sjukhusrummet stod han och gjorde sig i ordning. Den gulaktiga belysningen var dålig men han kunde ändå se att rakningen blev ganska bra. Det hade tagit extra lång tid eftersom skottskadan i axeln gjorde sig påmind hela tiden och han ville ju att det skulle bli noga idag. Efteråt såg han till så att de kläder han skulle ha på sig senare var hela och rena. Det skulle bli skönt att ha på sig lite vanliga kläder för en gångs skull och inte bara de trista sjukhuskläderna som han dessvärre hade hunnit vänja sig vid.

Hur kan Ingrid ens visa något intresse för mig över huvud taget när jag ser ut som jag gör här på sjukhuset? Men tydligen gör hon väl det, annars hade hon väl aldrig velat gå på date med mig, antar jag.

Lunchen smakade inget. Det var inget fel på maten men den nervösa känslan och pirret i kroppen gjorde att han tappade aptiten. Allt han ville var att komma i väg från sjukhuset och träffa Ingrid nu. Under eftermiddagen gick han ännu en gång igenom vad han skulle prata med Ingrid om och fram mot sena eftermiddagen tyckte han att han hade full koll på vad han skulle säga. När han lite senare gick bort till gubben Kvarnströms rum för att fråga om brylkrämen och rakvattnet, sov han som en stock och Gustaf ville inte väcka honom. På Kvarnströms nattduksbord stod mycket riktigt både brylkrämen och en vit liten parfymflaska av märket Tabac. Gustaf smet in och hällde på sig lite av rakvattnet och tryckte ut en sträng brylkräm i handen och smet sedan tillbaka till sitt rum igen. Utan tvekan skulle han tala om för Kvarnström vad han hade gjort och han trodde inte att han skulle bli sur för detta. Tillbaka på rummet smetade han in brylkrämen i håret och kammade sig. Sedan klädde han på sig och sist av allt borstade han sina tänder. Nu kunde han inte göra mer. Nu hade han gjort så gott han hade kunnat och om han fick säga det själv så var det en ganska stilig kille som just nu stod inne framför spegeln på toaletten och gjorde en sista koll innan avfärd!

Han tittade nervöst på klockan. Den visade 17.25. Det var dags att ge sig i väg nu. Hjärtat dunkade hårt i bröstet. Egentligen mådde han inte så bra, men antog att den här känslan hör till när man ska träffa tjejer och att det antagligen var miljontals killar som har känt exakt likadant som han gjorde just nu. Det tillhörde liksom spelets regler. Att smita ut från sjukhuset gick lättare än han hade trott. Ingen borde ha sett att han lämnat området och snart var han utom synhåll för sjukhuset. Det enda som skulle kunna avslöja honom var fotspåren som ledde från altandörren och bort mot gatan.

Det var nog inte mer än fem minuters väg ner till centrum där Konditori Oskar låg. I lugnt tempo närmade han sig centrum i den lilla staden. Han ville ju inte gå för snabbt så att han skulle lukta svett när han kom fram. Några militärfordon passerade honom och Gustaf tittade bort. Det sista han ville nu var att bli igenkänd. Om någon mot all förmodan skulle känna igen honom och stanna, skulle de säkert undra vad han gjorde ute på stan och inte på sjukhuset. Snön knastrade under skorna på honom medan han gick. Det var flera veckor sedan han kände känslan av iskall nysnö som mosades under skosulorna. Det var länge sedan han kände frisk luft över huvud taget och han älskade det. Den sterila sjukhusmiljön höll på att göra honom galen. Luften var kall och klar och han kände sig fri på något konstigt sätt, samtidigt som han hade dåligt samvete för att han hade gjort något han inte fick. Redan efter några minuters promenad började krafterna att tryta. Han var inte van att gå så här långt, särskilt inte med lätt feber och infektion i kroppen. Medan han passerade en vacker liten park för att sedan svänga av in på Storgatan fick han plötsligt panik.

Tänk om inte Ingrid kommer? Hon kanske har ångrat sig? Vad gör jag då, hur länge stannar jag kvar och väntar, ifall hon är sen? Herregud vad dum jag kommer att känna mig om jag står där som ett fån och väntar men ingen kommer! Eller, tänk om hon bara tackade ja till daten för att vara artig? Hon kanske kommer att göra väldigt klart för mig att hon endast vill vara vän med mig och inget annat? Mitt hjärta kommer att krossas då! Det var flera dagar sedan jag bjöd ut henne, hon kanske till och med har glömt bort vår date?

De oroliga tankarna malde i huvudet på Gustaf medan han gick bort mot konditoriet, men det skulle visa sig att han hade oroat sig helt i onödan. Ingrid kom. Hon var till och med före Gustaf. På långt håll kunde han se hur en ensam kvinna stod precis utanför konditoriet och väntade. Där stod hon i sin långa, tjocka kappa med vantar och mössa. I händerna höll hon en liten svart handväska. Hon såg ut att frysa. Inte undra på när termometern visade 21 minusgrader. Hon hade ännu inte upptäckt honom, utan tittade åt ett annat håll.

Där är hon! Där är Ingrid! Hon kom! Herregud, vad vacker hon är, det fullständigt lyser om henne. Men samtidigt ser hon så lugn ut. Varför väntar hon inte inne på konditoriet? Hon blir ju stelfrusen av att stå utanför och vänta.

Lite av den ängsla som fanns i Gustafs bröst lättade när han såg henne. Ingrid hade ju åtminstone kommit till daten, nu gällde det bara att sköta sig så att det blev en bra date. Tjugo meter ifrån henne hörde hon fotsteg knarra i snön och hon vände sig om. Gustaf möttes av det där härliga, breda leendet som lös upp hela ansiktet på henne. Ett leende som var äkta, inget som helst tvivel på den saken, tänkte han.

– God kväll! log Gustaf.

– God kväll Gustaf, sa Ingrid och såg först ut att tveka om hon skulle ge honom en kram eller inte, men hon fattade handväskan i vänster hand och gav honom en lätt kram.

Gustaf hade ännu inte tänkt på hur han skulle bemöta henne när det skulle träffas, men allt kändes så naturligt när Ingrid sträckte ut sina armar för att ge honom en kram. Han kände hennes kalla kind emot hans för ett ögonblick och det pirrade till ännu en gång i hans mage, precis som det gjort så många gånger förr inne på sjukhuset när de hade setts. Hon doftade gott. Samma sorts parfym som hon brukade ha inne på sjukhuset, fast nu doftade den starkare.

– Ni kom! sa hon och fortsatte att le med det där leende som gjorde Gustafs ben svaga. En känsla han inte var van vid, men Ingrid hade den effekten på honom varje gång de sågs.

– Det är klart jag kom. Den här daten skulle jag inte missa för allt smör i Småland, sa han med sin breda dialekt och rodnade lätt.

De steg in på konditoriet. Det plingade till i dörrklockan när de klev in i värmen och lite snö blåste in just när de skulle stänga dörren. Konditoriet var ganska litet, men mysigt och med en hemtrevlig känsla. På de små runda borden stod det tända ljus. En söt doft av nybakat slog emot dem och de båda tyckte det var skönt att komma in i värmen. Till vänster satt det en militärklädd man med ryggen mot dem. Gustaf rös till. Han hade inte tänkt på att det kunde finnas befäl på konditoriet som skulle kunna känna igen honom. Snabbt vände han sig om och gick åt det andra hållet. De valde ett bord lite längre in där det inte var något folk. Två äldre damer satt vid ett fönsterbord och gjorde ingen notis om dem. Gustaf kunde höra hur damerna pratade om Hitler och Finland. Ingrid började ta av sig sin rock, men Gustaf reagerade snabbt, reste sig upp och hjälpte henne av med den och hängde den på stolsryggen på riktigt gentlemannavis. Av hennes min att döma så uppskattade hon hans gest.

– Brr, det är kallt ute, började Gustaf säga för att få i gång en konversation.

– Ja verkligen. Vi brukar ha det kallt om vintrarna här i Boden men jag tror nog att den här vintern är den kallaste jag har varit med om i alla fall, sa Ingrid och satte sig på stolen. Naglarna var klarröda och såg nymålade ut på hennes perfekta små vackra händer.

– Ja, vintern 1940 lär bli en vinter att lägga på minnet. Det verkar vara ett år då mycket händer.

– Både dåliga och bra, sa Ingrid och såg klurig ut, och hennes min gjorde Gustaf en smula osäker. En servitris kom fram och frågade om de var redo att beställa.

– Jag vill nog ha ett wienerbröd. Vad vill ni ha, Ingrid?

– Jag tar nog gärna en chockladbiskvi, sa Ingrid och såg omväxlande på servitrisen och Gustaf.

– Bra, då tar vi en chokladbiskvi, ett wienerbröd och två kaffe, sa Gustaf och log artigt mot servitrisen.

– Använder ni socker, förresten? undrade han. Ingrid skakade på huvudet. Gustaf tänkte först säga något sliskigt, som "Du behöver inget socker, du är söt som du är", men ångrade sig. Ingrid betraktade Gustaf för ett ögonblick.

– Du har rakat av dig skägget! Och gjort dig fin i håret med, sa hon glatt.

– Man kan ju inte gå på date ovårdad, svarade Gustaf och log brett.

– Förresten, varför stod ni utanför och väntade i kylan? Det är ju jättekallt ute!

Ingrid verkade bli generad av frågan och såg ner på bordet för att sedan titta upp i Gustafs ögon med röda kinder.

– För… för att vara säker på att du inte skulle missa att jag var här, sa hon och slog snabbt ner blicken i bordet igen.

Gustaf visste inte vad han skulle svara, men blev alldeles varm inombords.

Jag har henne! Hon är min, det här borde inte kunna gå fel!

Den pinsamma tystnaden avbröts av att servitrisen kom in med kaffet. Resten av kvällen gick precis som Gustaf velat. Den lilla nervositet som han kunde ana i Ingrids vackra ansikte hade försvunnit snabbt och det visade sig att de hade mycket att prata om. En del allvar, många minnen, historier och många skratt senare var klockan nio och Konditori Oskar skulle stänga för kvällen. Ingrid tittade på klockan när servitrisen berättade att det var dags att stänga.

– Oj, är klockan redan så mycket?! sa hon förvånat.

– Tiden går fort när man har det trevligt, sköt Gustaf in. Med samma artighet som när de kom, reste han sig snabbt och höll upp rocken åt Ingrid. De lämnade det varma konditoriet och ställde sig ute i kylan. Det var mörkt ute men några lampor i skyltfönstren lös upp i centrum. En och annan person sågs gå längs gatan på andra sidan, men för övrigt var det dött i staden. Just när Gustaf funderade på vad som skulle hända härnäst, tog Ingrid och la handen om hans arm.

Hon ser allvarlig ut. Det här bådar inte gott! Är hon inte nöjd med hur kvällen artade sig? Har jag sagt något dumt som har sårat henne, kanske? Är det nu hon säger att daten har varit trevlig men att det är bäst att vi bara är vänner?

– Jo Gustaf… jag tror nog inte att… att…

Ingrid harklade sig lätt och Gustaf blev alldeles stel i kroppen och kände på en gång hur svetten började komma under mössan. Tusen tankar dök upp i huvudet på en gång.

Åh nej, det här börjar inte bra! Hon kommer att säga att vi inte ska ses något mer, att det här var en dålig idé. Hon kommer att säga att en sjuksyster inte ska umgås med sin patient och att detta var en engångsföreteelse som inte bör upprepas något mer, att hon gjorde ett misstag. Fan! Har jag inte gjort tillräckligt gott intryck inför henne ikväll? Åh, vad jag känner mig bortgjord!

– Jag tror nog inte att... att jag har haft så här trevligt på väldigt länge! Jag hoppas att du känner likadant, sa hon och log medan hon drog några hårstrån bakom örat under hennes stickade mössa. Han flämtade till och fick först inte fram ett ord.

– Vad är det? frågade hon oroligt.

– Åh, jag trodde först att du skulle säga något jag inte ville höra... Jag har också haft det trevligt. Väldigt trevligt! Jag trivs i ert sällskap, sa han och log. Återigen blev det en pinsam tystnad och ingen av dem verkade veta vad som skulle hända härnäst.

– Jag ska väl gå hem till mig då, sa Ingrid och drog en kort suck.

– Ja det är väl kanske bäst. Och jag ska väl smyga tillbaka till sjukhuset innan jag blir efterlyst, skämtade Gustaf. Ingrid tog ett trevande steg fram emot Gustaf och var på väg att ge honom en kram, men med den spänning som fanns mellan dem var kyssen oundviklig. Den varade inte länge, men Gustaf var i sjunde himlen. De sa inget mer till varandra utan gick åt varsitt håll i den iskalla vinterkvällen.

Det hade börjat blåsa men Gustaf kände ingen kall vind i ansiktet. Dessutom hade han glömt ta kvällstabletterna för värken i axeln, men inte heller den skarpa smärtan kunde rubba hans humör denna kväll. Hela vägen tillbaka till sjukhuset svävade han som på moln och dagen efter hade han inget som helst minne av hur han tog sig tillbaka till sjukhuset igen. Det här var helt klart den bästa dagen i hans liv och den kom att etsa sig fast i hans minne så länge han levde.

Kapitel 18

Sedan den fredagskvällen då Gustaf och Ingrid kysstes utanför Konditori Oskar var de ett par. På sjukhuset fick de smyga med sin kärlek, för det var inte tillåtet att personal hade ihop det med patienter. Vid flera tillfällen efter hennes arbetspass smet Gustaf ut på samma sätt som tidigare och kunde på så vis träffa sin nya kärlek utanför sjukhuset. De få slantarna som han fortfarande hade kvar, spenderade han på att bjuda Ingrid på bio och på restaurangbesök. Vid flertal tillfällen träffades de hemma i Ingrids lilla lägenhet på Lilla Nygatan 38.

I början av april 1940 beslöt doktor Hansson att Gustaf ska röntgas i sin axel, eftersom ingen antibiotika verkar bita på infektionen. Doktorn misstänkte att det möjligtvis kan sitta kvar en bit av kulan i axeln som gjorde att infektionen inte försvann. Röntgenplåtarna visade mycket riktigt att en liten bit metall från kulan fortfarande fanns kvar i Gustafs axel och doktor Hansson bestämde att Gustaf skulle opereras. Operationen blev lyckad och en liten flisa från kulan togs bort från Gustafs axel. Dagen efter operationen hörde han med fasa på radion inne i sitt rum hur Tyskland anfallit Norge och Danmark. Tyskland hade nu kontroll över de norska hamnarna och hann på så vis före Storbritannien med detta. På det sättet säkrade tyskarna järnmalmtransporterna mellan Kiruna och Narvik. Danskarna hade inget att sätta emot tyskarna, medan Norge förgäves gjorde tappra försök. Det knöt sig i magen på Gustaf när han hörde nyheterna och undrade hur länge Sverige skulle lyckas hålla sig utanför kriget.

En ny antibiotikakur sattes in och sakta men säkert började febern att avta och infektionen i axeln att minska. Under operationen uppstod det dessvärre en komplikation som medförde att vissa nerver blev skadade. Det gjorde så att Gustaf tappade rörligheten i högra handens lill- och ringfinger. I början tänkte han inte så mycket på det utan var bara glad och tacksam att han kände sig piggare för varje dag som gick. Allt som oftast var det Ingrid som skötte om Gustafs axel. Deras kärlek blev bara starkare och starkare och de hade svårt att hålla den hemlig så värst länge till. En vecka senare fick han ett efterlängtat besök.

Just som Gustaf påbörjade det sista kapitlet i boken som han fick låna av Ingrid, knackade det på dörren. Av knackningarna att döma, förstod han att det var syster Lisbeth.

– Herr Andersson, ni har besök! Gustaf satte sig upp i sängen med en förvånad min. Han hade inte fått besök sedan löjtnant Hammar och Ahlqvist hälsade på för flera veckor sedan. Nyfiket vände han sig mot dörren för att se vem det kunde vara som ville hälsa på honom. Gustaf höll på att tappa hakan när han såg att det var Olov som försiktigt klev in genom dörren.

– Olov! nästan skrek Gustaf och klev upp från sängen och gick fram och gav honom ett hårt handslag.

– Det var inte igår, brorsan! Hur är det med dig? frågade Olov, tagen över att se sin bror igen efter så länge och aningen chockad över att se Gustaf så tanig. Nog för att han var smal sedan innan, men nu var han ännu smalare, särskilt i ansiktet.

– Jo det är riktigt bra faktiskt. Äntligen är jag på väg att tillfriskna. Infektionen är så gott som borta, likaså febern. De hittade en flisa från kulan som träffade mig när de röntgade mig för ett tag sedan. De tog bort den och sedan dess har jag blivit både piggare och starkare för varje dag som går. Men två av mina fingrar i höger hand vill inte riktigt vara med. Men hur är det med dig själv? Vad har du haft för dig? Du har varit hemma hos far på gården, antar jag? sa Gustaf ivrigt.

– Nej, jag har varit mestadels i Finland. Min tanke var att åka hem efter att jag och dina kamrater lämnade in dig här på sjukhuset, men jag blev rånad av någon idiot på alla mina pengar. Till och med mina skinnhandskar jag fick av far snodde de. Jag har helt enkelt inte råd att åka hem, suckade Olov.

– Det var det jävligaste! Så du har fortsatt att verka inom Frivilligkåren?

– Ja. Det blev visst så. Jag hade inte så mycket att välja på när jag inte hade några pengar att resa hem för. Men jag trivs. Riktigt bra faktiskt. Mestadels följer jag med lastbilar som transporterar mat och kläder till behövande i Finland. Du må tro vad det känns bra att kunna hjälpa andra! Du skulle se deras miner när vi kommer med mat. Gustaf, de gråter av lycka! sa Olov och log med hela ansiktet.

– Det är ju förjävligt att du blivit rånad! Hade jag haft några pengar så hade du fått dem direkt, men jag har inga kvar. De slantar jag hade med mig har jag spenderat, sa Gustaf och lutade sig fram för att viska något.

– Jag har träffat en flicka, brorsan! Världens vackraste, jag lovar! Ibland om kvällarna smiter jag ut från sjukhuset, då brukar jag bjuda henne på kondis eller bio. Men här behöver vi inte stå och prata, vi går ut i lunchrummet så dricker vi kaffe. Kom!

Gustaf var överlycklig av att få se Olov igen och Olov kände förstås likadant. Han hade saknat Gustaf och det kändes tryggt att få träffa någon han verkligen kände.

De gick ut till lunchrummet och drack kaffe. Där satt de och pratade i nästan två timmar innan Olov var tvungen att fara tillbaka till sitt. Gustaf hann med att berätta mer om Ingrid, sjukhuset, axeln och brevet från deras far, vilket bekymrade Olov. De pratade även om när Olov kom till undsättning i Finland och Gustaf kunde inte tacka nog för att hans liv blivit räddat av Olov. Gustaf berättade att han troligtvis skulle få frisedel och bli hemförlovad snart. Han fick en adress av Olov dit han lovade att skicka pengar till honom så att han kunde resa tillbaka hem till Småland igen.

Det var jobbigt att ta farväl. Gustaf lovade att hälsa hem till Stig. Resten av dagen hade Gustaf blandade känslor i kroppen. Han blev oerhört glad av att se sin bror igen, men väldigt ledsen när han var tvungen att ge sig av. Han blev även ledsen över att Olov inte kunde få träffa Ingrid. Hon jobbade eftermiddagspasset den här veckan och de måste ha gått om varandra precis, men Gustaf hoppades att de skulle få träffas vid ett annat tillfälle.

Några dagar senare blev det som Gustaf befarade. Han skulle bli hemförlovad i stället för att bli tillbakaskickad till löjtnant Hammar och de andra grabbarna. På grund av avsaknad av styrsel i två av fingrarna på höger hand, ansågs han som stridsoduglig och blev därför hemskickad. Det hade han egentligen ingenting emot, men problemet var Ingrid. Hur mycket han än ville stanna kvar i Boden hos Ingrid, så kunde han inte. Assargården och Stig behövde honom och han hade inget annat val än att ta emot den tågbiljett som tillgavs honom från Försvarsmakten. Även om Ingrid visste att denna dag skulle komma förr eller senare, blev hon förkrossad när Gustaf berättade om vad som skulle hända. De kom överens om att de skulle brevväxla till en början, så fick de se hur det hela utvecklade sig.

Tisdagen den andra maj 1940 satt Gustaf på tåget på väg hem. Det hade varit jobbigt att ta farväl av den kvinna han hade förälskat sig i och Ingrid grät när de kysstes en sista gång. Han grubblade fortfarande på om hans beslut om att lämna Ingrid var rätt. Lika rädd var han att hon snart skulle glömma bort honom och hitta någon annan. Men han visste att han var saknad och behövd hemma på gården och han kände i grund och botten att han tagit rätt beslut. Den långa resan hem blev lika jobbig som när han åkte upp till Boden. Värmen ombord på tåget var trasig och Gustaf frös något fruktansvärt efter att ha suttit still i tåget ett par timmar. Som tur var byttes tåget ut någonstans på vägen, han visste inte exakt var och i den nya kupén fanns det som tur var värme. Så småningom fick han upp värmen i sin stelfrusna kropp och till slut kunde han till och med sova några timmar. När tåget passerade gränsen mellan Östergötland och Småland vaknade han till. Nu var det inte så värst långt kvar till Värnamo där han skulle stiga av. Gustaf började fundera på vad han skulle säga till Stig när han kom hem. Så många gånger som han har tänkt på gården och alla djur och hur de har det, snart skulle han äntligen få se sin kära gård igen.

Är allt sig likt där hemma? Hoppas att far har haft det okej och att han inte har fått behöva slita allt för ont på gården. Han är ju

inte så ung längre… Hur länge har jag varit hemifrån
egentligen? När åkte jag? I september någon gång tror jag. Nu
är det maj, det blir åtta månader som jag har varit i väg. Och
Olov, han måste ha varit borta tre, fyra månader antar jag?
Stackars far, som han måste ha oroat sig, stackaren. Men snart
kan han känna sig lite lugnare i alla fall när jag är hemma. Då
ska jag minsann rå om honom och han ska få bara ta det lugnt.
Jag ska ta hand om alla djur både morgon och kväll. Tänk vad jag
har att berätta om allt som har hänt! Både om händelsen i
Finland, skyttevärnen i Morjärv och om Ingrid förstås! Hoppas
att han blir glad över att jag har skaffat en flicka. Han kommer
säkert att tycka hon är lika fin som jag tycker, när jag visar
honom kortet på henne. Stackaren, som har haft lung-
inflammation, hoppas han är helt återställd nu. Men det borde
han väl vara, det var ju några veckor sedan.

Det var dags att stiga av vid Värnamo tågstation. Nu gällde
det att hitta en buss som tog honom till Skillingaryd. Efter
det återstod bara den sista biten till fots innan han var
hemma. Det blev en timmes väntande i Värnamo innan
bussen tog honom de sista tre milen till Skillingaryd.
Gustaf såg ut genom glasrutan i bussen. Här hemma i
Småland var våren redan långt kommen, men uppe i
Boden låg ännu snön kvar lite här och var. Plötsligt
stannade bussen till. Han var framme. Han satte på sig sin
ryggsäck och klev av. Bussen for i väg och kvar stod han
på samma ställe som när han, Stig och Olov steg på bussen
till Värnamo. Det var för åtta månader sedan. Mycket
vatten hade runnit under broarna sedan dess och han
kände sig minst fyra-fem år äldre än vad han verkligen var.
Mognare på något sätt. Mer livserfaren, mer sliten. Kanske
inte undra på efter allt som hänt, tänkte han medan han

började gå de sista kilometrarna hem till sin kära gård och far.

Konstigt, den här sträckan kändes betydligt längre när jag gick här sist. Kanske för att jag har fått marschera så förbannat mycket där uppe i Norrland. Titta, där är Pettersons lada! När jag har passerat den borde jag kunna se Jönssons gård, sen är det inte långt kvar till gården!

Stegen blev snabbare och snabbare ju närmare gården han kom. Förväntningarna steg för varje sekund. Det var lerigt där han gick och han såg att det hade gått folk fram och tillbaka till gården, för det var ganska så upptrampat. Känslan som infann sig när han lyfte på grindlåset och klev in på gården var mäktig. Det kändes helt plötsligt som om han hade varit borta i flera år. Det var eftermiddag och det hade börjat skymma, men ännu kunde han inte se något ljus från fotogenlampan som brukade stå i vardagsrumsfönstret. Ett välbekant ljud hördes på avstånd. Det var Astrid eller Gretas frustande inifrån stallet. Han längtade efter att få se dem igen, men de fick vänta en liten stund till, för först skulle han in och träffa sin far! Utanför dörren bankade han av sina kängor mot trappan och öppnade dörren. Med spänd förväntan ropade han på Stig.

– Hallå! Far, jag är hemma! Hallå? Det är jag, Gustaf! ropade han, men fick inget svar.

Han är väl ute i stallet, förstås. Jag går dit. Vad överraskad han kommer att bli!

Knappt hann han få på sig sina kängor och rock igen förrän han hörde någon närma sig dörren utifrån. Han öppnade för att hälsa på Stig, men i stället stod grannen, Hugo Jönsson, där. Innan Gustaf hann hälsa såg han på Hugos blick att någonting var fel. Hugo var gammal men hade alltid varit glad av sig, men nu var det en helt annan syn som mötte Gustaf.

Någonting är fel. Har det hänt Samuel något? Herregud, hans underläpp darrar!

– Hugo?! Vilken överraskning, jag trodde det var far. Jag letade precis efter honom, sa Gustaf tveksamt. Ingen min från gubben att det var roligt att se honom efter så länge. Fortfarande samma allvarliga blick.

– Gustaf! Ja, jag såg genom mitt köksfönster när du gick på vägen... Du kommer inte att hitta Stig här, sa Hugo. Han stod kvar nedanför trappen blick stilla och såg på Gustaf.

– Jaså? Är han i stallet?

– Gustaf, det har hänt något. Med din far.

– Med far? Vad då? Gustaf kände snabbt en klump i halsen.

– Kan vi gå in i huset och prata? frågade Hugo. De gick in i köket och satte sig. Nu som först kände Gustaf att det var iskallt i huset.

Ingen har eldat här på länge. Vad är det som pågår egentligen? Var håller far hus någonstans? Han är väl inte på sjukhuset?

Hugo satte sig ner på köksstolen och lättade lite på rocken.

– Jag har försökt få tag på dig i några dagar. Telefonledningarna är inte vad de borde vara, men det är väl snön och kylan där uppe i Norrland förstås... Igår lyckades jag till slut komma fram till sjukhuset du låg på, de berättade att du var på väg hem. Gustaf, Stig berättade för dig i ett brev att han hade lunginflammation, eller hur? sa Hugo, fortfarande med samma allvarliga blick. Gustaf svalde hårt och nickade.

– Jag hjälpte honom att posta brevet, han själv orkade inte. Efter det blev han sämre och sämre. Både jag och Inga har varit uppe hos honom varje dag med mat.

– Men… är han på sjukhus nu? frågade Gustaf, men han visste innerst inne redan svaret. Hans far fanns inte mer, det förstod han men behövde ändå fråga.

– Din far gick bort för sex dagar sedan. Jag är hemskt ledsen, Gustaf, sa Hugo och såg ner på köksbordet. Gustaf ställde sig reflexmässigt upp och drog en hand genom håret. Han sa inte så mycket, men ett svagt "nej, nej" hörde Hugo honom säga. En fruktansvärd tomhet fylldes i hans bröst. Det fanns inga ord för att beskriva hur han kände och han fick heller inte fram några till en början. Han kände hur benen blev svaga och han satte sig ner mitt emot Hugo igen. Det här var han verkligen inte beredd på! Han som hade så mycket att berätta för Stig när de skulle ses. Han som var så stolt över att få berätta att han hade träffat en flicka. Hugo sa ingenting utan bara såg på Gustaf, lät honom bearbeta den fruktansvärda nyheten för en stund. Gustaf såg upp från bordet och ut genom fönstret. Det var ännu mörkare ute nu och han såg inte längre ner till stallet från köksfönstret. Ögonen blev fuktiga men han fällde inte en tår. "En redig karl gråter inte", påminde han sig. Ett par minuter gick. Hugo satt tyst och lät Gustaf smälta den tragiska nyheten. Till slut började Gustaf prata.

– Har djuren fått mat? frågade han med bräcklig röst.

– Ja, jag har sett till dem varje dag, oroa dig inte för dem, sa Hugo med lugn röst.

– Var… var är far nu? Gustaf såg upp på Hugo. Den gamle mannens fårade ansikte såg plågat ut. Inte undra på, tänkte han. Far och Hugo hade vuxit upp på sina respektive gårdar och kände varandra sedan innan de kunde prata och det här var tufft för honom med.

– Han är i Skillingaryd. På… på bårhuset. Jag hade tänkt att ta tag i allt praktiskt i morgon. Ja du vet, begravning och sådant… Ja, i och med att jag inte fick tag i vare sig dig eller Olov så tänkte jag att…

– Tack Hugo, du är snäll.

– Det här är inga lätta saker för en ung man som du. Jag tänker hjälpa dig med allt, oroa dig inte. I morgon går vi och pratar med prästen, han vet hur man ska gå till väga med allt, fortsatte Hugo. Gustaf nickade långsamt.

– Inga har maten klar. Följ med ner och ät lite. Hon vill nog ta ett par ord med dig. Om du orkar förstås?

– Absolut, tack. Det är kallt här inne. Jag ska tända upp i kakelugnen och se till djuren så kommer jag ner om en stund.

– Gör så. Än en gång Gustaf, jag beklagar djupt. Din far var en oerhört bra karl. Ekhult har förlorat inte bara en god kamrat utan även en duktig fader och en sjusärdeles jordbrukare. Jag tror inte det fanns någonting som inte Stig behärskade. Många i trakten brukade vända sig till honom om både det ena och det andra som du säkert känner till. Det är en stor förlust även för oss andra i byn, men naturligtvis särskilt för dig och Olov. Jag hoppas du får tag på honom så snart som möjligt. Stackaren, jag vet ju hur känslig han är. Så ung… alldeles för ung för att mista sin far…Inga och jag finns alltid här om det är något du behöver eller om du bara vill prata, sa Hugo och la sin arm på Gustafs axel.

– Tack. Tack för all hjälp, Hugo. Jag kommer ner om en liten stund, sa Gustaf sammanbitet. Det spände i käkarna på honom. Det var som om gråten sprängde innanför ögonen och bara ville ut men på något sätt kunde han inte förmå sig att gråta. Hugo gick ner till sig och Gustaf satte sig på huk framför kakelugnen och började knöla ihop papper. Snart brann det en liten eld längst där inne och han såg på de gulröda flammorna. Det smäckte om träbitarna och snart kände han värmen i sitt ansikte. Han la in några tjockare vedträn och satte på sig kängorna. Han behövde se till hästarna nu. Det var alldeles för länge sen sist. Det var kolsvart ute nu och han lyste upp gången bort till stallet med ficklampan. Astrid och Greta måste ha hört på gångstilen vem som närmade sig, för de frustade båda två långt innan han var framme vid stalldörren. Han öppnade dörren och tände den ena taklampan. Där stod de! Hans älskade gamla hästar. Han gick fram och klappade Greta och sedan Astrid. Hon hade alltid varit hans favorit. Kanske för att hon var den mer sociala av de två. Han sa ingenting utan bara gav henne en lång kram. Då kom gråten. Det fullkomligt sprutade ut tårar som föll ner på Astrids päls och vidare ner i halmen. Hennes tjocka päls värmde hans kalla kind där de stod i spiltan. Alla känslor kom på en gång. Minnen bubblade fram, både från när de var små och några som var från bara för något år sedan. Han slöt ögonen och såg Stig framför sig. De varma, snälla ögonen och de buskiga ögonbrynen. Det rufsiga håret som hade börjat övergå från grått till vitt. Den blårandiga skjortan med den slitna gamla skinnvästen som han nästan alltid hade på sig, för att inte tala om pipan. Snusat hade han aldrig gjort, men rökte pipa gjorde han. Som en borstbindare dessutom. Hur många gånger hade Stig inte suttit där i köket och bolmat i den där svarta pipan när han kommit in på morgonen? "God morgon, min store pojk! Har du sovit gott?" Alltid samma ord, alltid med samma varma vänlighet i rösten. Aldrig arg. Visst, besviken ibland när han och Olov hade hittat på rackartyg, men aldrig riktigt arg, vad han kunde påminna sig. Konstigt nog. Uppväxten med bara en förälder hade aldrig känts konstig. Kanske inte undra på när man inte vet något annat. Han hade gjort ett jäkligt bra jobb, men nu fanns han inte mer. Nu låg han nere på bårhuset på Skillingaryds sjukhus. Iskall och livlös.

Aldrig mer ett leende, aldrig mer några ord från hans varma, skrovliga röst. Det finns ju så mycket mer jag vill säga till honom! Finns han hos Gud nu? Är det bara skalet som ligger där inne på bårhuset? Finns kanske till och med far här i stallet, som en ängel och ser på mig just nu?

Gustaf började fundera. Han släppte taget om Astrids varma päls och vände sig om medan han strök bort snor med handen. Inte för att han visste vad han förväntade sig att se, men där bakom honom var det lika tomt som för en stund sedan. Han slog snabbt bort tanken om det där.

Det där med Gud och Himlen är bara sådant det pratas om, sådant man bara säger. För att skänka tröst och hopp till människor. Bara en massa snack i kyrkan om Gud hit och Jesus dit. Far är borta för alltid, det är bara att försöka vänja sig. Inte fan blir det lätt, men så är det. Hade Olov hört hur jag tänker nu hade han blivit arg på mig. Han lär sörja hur länge som helst. Och gråta också om jag känner honom rätt. Och det gör jag ju. Far är borta nu och ingen kan göra något åt det. Jag är äldst kvar på gården nu. Jag och Olov kommer att ärva Assargården... Det har jag aldrig tänkt på innan, vad konstigt det känns. Måste få tag på Olov. Hur i all världen ska han kunna hantera fars död? Men det måste gå. På något sätt. Men hur?

Kapitel 19

Två dagar senare fick han äntligen tag på Olov. Efter många olika samtal blev han kopplad till en adjutant på Bodens regemente som samarbetade lite grann med Frivilligkåren. Av en händelse råkade Olov och hans kamrater befinna sig på regementet just denna dag för påfyllning av insamlade kläder som de senare skulle frakta vidare över till Finland. Att tala om för sin bäste vän och bror att deras far hade gått bort var det absolut värsta Gustaf någonsin hade varit med om. Ända sedan dagen då han fick dödsbeskedet från Hugo, hade han gruvat sig för vad han skulle säga till Olov. Hur han än vred på orden så skulle det bli fel. Vad han än skulle säga skulle han få sin bror att brista ut i gråt, det visste han, men han var tvungen.

Olov tog det som väntat fruktansvärt hårt. Det var tufft för Gustaf att höra sin bror så knäckt över den knastriga telefonlinjen upp till Boden. Samtalet var förhållandevis kort och de skulle få tid att prata mer när Olov var hemma igen. Det blev inga problem för Olov att få åka hem för att gå på Stigs begravning. Pengar till biljett fick han låna av Ingrid. Hon erbjöd sig dessutom att följa med, men Gustaf tackade vänligt men bestämt nej. Det kändes inte rätt att hon skulle behöva komma ner till Småland i de rådande förhållandena. Inte nu. Inte än. Det skulle komma bättre tillfällen för det, det var han säker på, men han var väldigt imponerad av Ingrids inställning att ens erbjuda sig att följa med Olov den långa resan ner till andra änden av Sverige för att medverka på sin kärestas fars begravning. Att hon ens erbjöd sig att komma ner, såg Gustaf som ännu en bekräftelse på hennes kärlek till honom och det värmde hans hjärta mitt i all sorg.

Det var tufft att ta emot Olov på tågstationen. De sa inte mycket till varandra. Det behövdes inte. Gustaf kunde svära på att Olov hade gått ner i vikt, men det nämnde han ingenting om. Ännu en gång gick Gustaf in genom den svartmålade järngrinden som ledde upp till gården, men den här gången hade han sin bror med sig. När de stängt grinden bakom sig stannade Olov till.

– Vad är det? frågade Gustaf.

– Vet inte. Men det känns inte bra. Det finns ju ingen att komma hem till längre. Far är… borta och…

– Jag vet, brorsan. Jag vet. Kom, vi fortsätter in i huset nu så ska jag se till att du får lite varm mat i dig. Inga var vänlig nog att laga soppa åt oss. Allt vi behöver göra är att värma den, sa Gustaf och la sin arm tröstandes på Olovs rygg.

En timme senare satt de mätta vid köksbordet. Inifrån stora rummet hördes björkvedens knastrande och värmen i huset började sakta men säkert att stiga. De gamla elradiatorerna var inte särskilt effektiva, dessutom hade Stig snålat och ställt in dem på dryga tio grader inne i stora rummet.

– Är du mätt? Det finns mer soppa, sa Gustaf.

– Tack det är bra för mig. Jag är inte så hungrig, sa Olov tyst.

– Nä, man har ingen riktig matlust. Jag kokar en kopp kaffe så tar vi det inne i rummet.

– Visst. Jag fyller på i spisen, sa Olov med låg röst och reste sig sakta och gick in i rummet. Gustaf såg att Olovs hållning var en helt annan och det var påtagligt hur plågad han var. Snart kom Gustaf in i rummet med en varsin kopp kaffe i händerna. De satte sig i en varsin fåtölj. Plötsligt reste sig Gustaf på sig igen och gick bort till hörnskåpet och kom tillbaka med en flaska och två små glas i handen.

– Vi tar en konjak till kaffet. Det brukade alltid far göra på lördagskvällarna. Olov var bara sexton och ganska obekant med alkohol, men sa inget när Gustaf fyllde på glasen. Han tänkte på när han senast hade smakat. Det var här inne i vardagsrummet. Stig hade hällt upp en varsin sup och de hade skålat för Gustaf, mindes Olov. De båda bröderna ställde sig nu upp, höjde glasen och såg på varandra.

– Den här är till dig, far. Tack för allt och för allt du gjort för oss. Vi lovar att ta hand om gården åt dig, fick Gustaf fram med skrovlig, darrande röst.

Den tidigare så kutryggige Olov stod spikrakt när han drack upp hela konjaken på en gång. Ett par gånger efter konjaken försökte han säga någonting men fick inte fram ett ljud. Rösten bar honom inte. De satte sig ner i de gamla nersuttna tygfåtöljerna igen. Det blev tyst en lång stund. De båda såg in i brasans flammor. Tankarna gick till Stig.

– Jag tyckte väl att det var någonting som fattades här inne, sa Olov och reste sig och gick bort till moraklockan.

– Det är ingen som har dragit upp den idag. Jag saknar ljudet av dess tickande.

– Nä, det brukade alltid far göra. Bra att du gör det, det är lugnande att höra ljudet av den, sa Gustaf.

– Hur blir det nu med allt? frågade Olov.

– Jag vet inte riktigt. Jag behöver iallafall inte åka tillbaka till Boden. Axeln är väl okej, men två av fingrarna på höger hand krånglar fortfarande. De tycker väl att jag är oduglig så här, flinade Gustaf och höll upp handen i luften.

– Så du blir kvar här på gården?

– Ja. Hur ska du själv göra?

– Jag vet inte. Har inte bestämt mig ännu. Jag måste få tid att samla tankarna lite.

– Jag förstår det. Om du vill tillbaka till Norrland så förstår jag det. Jag klarar gården själv, tänk inte på det.

– Jag har ett par dagar på mig att fundera på det fram till begravningen. På ett sätt vill jag vara kvar här och hjälpa dig men på ett sätt vill jag tillbaka dit upp. Jag känner att jag gör nytta där uppe. Jag känner mig viktig och behövd. Nog för att jag kanske är behövd här hemma på gården med, men det här är en helt annan sak, försökte Olov förklara. Han såg allvarlig ut och Gustaf förstod att han verkligen menade vad han sa. De hällde upp en varsin konjak till.

Resten av kvällen pratade de om allt möjligt. Både om framtid och sådant som har hänt dem båda den senaste tiden. Innan de tog kväll, gick de båda bröderna tillsammans ner och utfodrade djuren. Det var stjärnklart ute och månen lyste svagt ovanför dem. Knastret i gruset från deras stövlar hördes tydligt i den vindstilla kvällen.

Det var den elfte maj 1940 då Stig Andersson jordfästes i den vita lilla kyrkan i Ekhult. Kaffe hade redan varit ransonerat i över två månader, men prästen hade lovat bröderna att det skulle finnas kaffe till alla i församlingsgården efteråt. Det var många som närvarade vid begravningen, men också en hel del som saknades. Flera av de närmaste vännerna och släktingarna var utspridda runtom i Sverige i beredskapstjänstgöring och kunde dessvärre inte närvara. Gustaf hade inte varit så välklädd och välrakad sedan den där kvällen han träffade Ingrid på Konditori Oskar. De båda bröderna gick sida vid sida längs den välkrattade gången fram till kyrkan och vidare upp på kyrktrappan, men där tog det stopp. När dörrarna öppnades och Olov såg kistan med sin far där framme, ville inte benen längre. Han flämtade högt och Gustaf fick diskret mana på honom. Det var jobbigt för de båda men Gustaf hade alltid varit den starkare av de två.

– Kom nu så går vi och sätter oss där framme, du fixar detta, manade Gustaf. Olov tog ett djupt andetag och fortsatte sakta framåt längs altargången.

Akten varade i knappt en timme men i Olovs huvud var det som en hel evighet. Han satt blick stilla och såg rakt fram, men helst av allt ville han bara resa sig upp och springa ut från kyrkan och bara försvinna så långt borta som möjligt. Han hade gjort vad som helst för att slippa sitta i den svala kyrkan och se på sin fars likkista framför honom, vad som helst för att slippa dricka kaffe med släkt och vänner och höra deras kondoleanser och om vilken bra karl Stig varit. Men framför allt hade han gjort precis vad som helst bara han fick sin far tillbaka. Till slut tog även denna jobbiga dag slut och innan bröderna tog god natt av varandra satt de i köket och småpratade en stund. De mindes tillbaka på sin far. Om saker han gjort och sagt. Gustaf försökte nämna några roliga stunder och han fick till och med Olov att skratta till vid ett par tillfällen, mitt i all sorg.

Följande dagar flöt på som de gjorde förr i tiden. Djuren utfodrades, stallet mockades och åkrarna plöjdes och harvades. Om kvällarna samlades de i köket för att lyssna en stund på radion om vad som hänt i kriget. Churchill hade bildat en ny regering och Tyskland hade gjort ett stort anfall på Frankrike. Olov hade funderat både fram och tillbaka på hur han skulle göra framöver. Att mista sin far hastigt när man bara är sexton år är tufft och han hade jobbiga dagar hemma på gården. Allt han såg och gjorde påminde honom om Stig. Gustaf hade naturligtvis sett detta och beslutet kom knappast som en chock.

– Blir du arg på mig om jag åker tillbaka? frågade han Gustaf en kväll.

– Arg? Varför skulle jag det?

– Jag pallar inte att gå omkring här på gården längre, jag får panik! Allt jag ser på påminner om far. Jag känner till och med doften av honom! Olov snyftade.

– Jag var verkligen inte beredd på allt det här, det gick så snabbt.

– Jag förstår det. Åk i väg tillbaka till Frivilligkåren. Åk i väg och försök smälta alltsammans, det behöver du. Du behöver få lite distans till det som har hänt. Kom tillbaka när du känner dig redo, jag klarar mig ska du se, sa Gustaf. Olov såg upp på honom med rödsprängda ögon.

– Menar du verkligen det? Är det okej om jag åker tillbaka? Men klarar du allt arbete själv med tanke på din hand och axel?

– Ja, jag klarar mig. Men åk i väg på ett villkor, sa han allvarligt. Olov såg frågande ut.

– Du ska lova mig att du är jävligt försiktig där uppe. Du får inte ta några onödiga risker. Jag vill ha hem dig helskinnad igen, förstår du det? Jag har bara en bror och honom är jag rädd om. Du får inte komma hem sån här, sa Gustaf och pekade på sin axel.

– Det lovar jag. Jag ska vara rädd om mig, sa Olov med ett försiktigt leende. Det blev tyst en stund. Gustaf såg hur Olov tänkte på något, förmodligen något som bekymrade honom.

– Vad är det du tänker på?

– Jag tänker på vad som händer när kriget är över. Vad gör vi då? Om jag inte är till någon nytta där uppe i Finland så vill jag inte vara kvar där längre.

– Nä det förstår jag. Men det är väl bara att du kommer hem? sa Gustaf frågande.

– Men säg att kriget varar i, låt oss säga två år till. Då är jag arton år. Jag har ingen utbildning så jag kan inte börja jobba med något särskilt. Allt jag kan är att hantera en gård.

– Ja? Det är väl inte så bara? Det är inte alla som kan det. Gustaf förstod inte riktigt var han ville komma.

– Men, ska jag komma hem hit och driva gården med dig? Är det förresten det du vill? Jobba här på gården?

– Ja… jag tror det. Det är väl tanken i alla fall. Det är ju mycket jobb, men jag tycker ju om att arbeta och röra på mig. Jag skulle aldrig kunna tänka mig att jobba på kontor där man måste sitta på arslet hela dagen, jag skulle få panik.

– Men, vi kan väl inte driva gården båda två? Jag tror inte att det är ekonomiskt genomförbart. Och ska vi bo här tillsammans resten av livet?

– Det har jag inte tänkt på. Men det är väl klart vi kan, sa Gustaf.

– Men tänk om Ingrid flyttar hit? Och jag kanske skaffar en tjej så småningom. Var ska vi alla bo? frågade Olov.

– Jag vet ärligt talat inte. Men jag tror att allt ordnar sig, det brukar det göra. Vi löser allt sådant efter hand, tror du inte det? Så länge vi håller ihop och håller sams så ska vi nog kunna ordna det mesta.

– Ja, så länge vi håller ihop och håller sams, sa Olov och nickade instämmande.

– Vill du att Ingrid ska flytta ner hit?

– Det vore min största dröm i livet. Jag har aldrig tidigare träffat någon som hon. Hon är mitt livs kärlek och jag vill verkligen att hon ska bo här med mig. Men jag vet inte vad hon vill, vi har inte riktigt hunnit prata om det ännu. Vi får väl se vad hon tycker om gården. Om jag märker på henne att hon gillar den så kanske jag frågar henne om hon kan tänka sig att bo här. Skulle du ha någonting emot det? frågade Gustaf.

– Absolut inte. Men... hur skulle vi bo? Allihopa i huset? Olov tyckte det lät lite konstigt ifall de skulle göra det. Han skulle känna sig som det tredje hjulet i så fall, tänkte han.

– Om Ingrid kan tänka sig att flytta ner så skulle jag kunna bygga ett nytt hus åt henne och mig. Jag skulle kunna bygga det borta vid ekdungen borta vid andra änden av hästhagen, vad tror du om det?

– Det låter ju perfekt, ju! Vilken utsikt ni lär få där borta. Därifrån är det ju inte mycket längre till stallet än vad vi har härifrån. Vi kan hjälpas åt! sa Olov, upphetsad av idén.

– Ja, vi jobbar som vanligt om dagarna så bygger vi på huset om kvällarna. Virket tar vi från vår egen mark. Skog har vi så det räcker och blir över. Vi lämnar in det för hyvling och bygger allt själva. Jag betalar dig för den tid du lägger på huset, naturligtvis. Sedan Olov, sedan har du hela detta hus för dig själv, vad säger du om det? sa Gustaf med upprymd blick. Olovs blick blev drömmande och det syntes att han gillade idén.

– Det låter som en utmärkt idé. För jag är väldigt fäst vid det här huset. När allt är klart så delar vi upp sysslorna och driver gården tillsammans, fast vi bor i varsitt hus.

– Ja, sen kanske du skaffar en tjej som flyttar in till dig?

– Äh, det vet jag inte. Det finns väl ingen som vill ha någon som mig, sa Olov generat. Gustaf satte sig upp med ett ryck.

– Vad menar du? Vaddå ingen som dig?

– Jag är väl inte varken den vackraste eller smalaste killen i byn.

– Det är väl för fan inget fel på dig? Okej, du väger kanske lite mer än mig, men det har väl ingen betydelse?! Dessutom är det insidan som räknas! Tänk på det. Säg inte så där något mer, hör du det? sa Gustaf, märkbart irriterad över att få höra Olovs negativa tankar om sig själv.

– Jag vet inte… sa Olov och såg ner i bordet.

– Se på mig! Jag är absolut inte vackrare än dig och smal som en lyktstolpe är jag, men en sak är jag bra på och det är att snacka mycket och var det någonting som Ingrid föll för hos mig så var det inte mitt utseende i alla fall.

– Haha så du snackade omkull henne? Föll hon för dina vackra ord? flinade Olov.

– Hm, något i den stilen måste det ha varit. Jag kanske charmade henne… Om jag lyckades skaffa en flicka så kommer banne mig du också göra det, jag lovar!

– Så… så du tycker inte jag är ful då?

– Visst fan är du ful, men Hitler ska tydligare vara ännu fulare! skojade Gustaf och Olov bröt ut i skratt.

Några dagar senare stod de båda bröderna vid Skillingaryds busshållplats. Gustaf hade skjutsat Olov bak på cykeln hela den långa grusvägen. Det var en varm och solig dag. Morgonnyheterna på radion talade ingenting om att kriget skulle närma sig Sverige. Det talades mest om den alltmer spridda ransoneringen som rådde i landet och om hur tyskarna härjade i Frankrike och det talades mycket om Operation Barbarossa. Ungern, Bulgarien och Rumänien allierade sig med tyskarna och Italien, medan det i Norden var relativt lugnt.

Det var dags att för Olov att hoppa på bussen och fara tillbaka till Norrland och Frivilligkåren. Ju mer han tänkte på det, desto mer insåg han att det här var rätt beslut. Gården skulle ju finnas kvar och det här med Frivilligkåren var som ett litet äventyr, lagom mycket spänning och inte alltför farligt heller. Dessutom kändes det bra för honom att hjälpa andra. Gustaf skulle klara av att driva gården själv, det visste han, det var han inte ett dugg orolig över längre. Han var glad över att han och Gustaf hade diskuterat framtiden om gården och om hur de skulle lösa boendesituationen. Allt skulle lösa sig till slut, det visste han. Det skulle bli bra, så småningom.

Den gamla Scaniabussens bromsar tjöt när den saktade in bredvid bröderna och det var dags att ta farväl för denna gång.

– Nu får vi hoppas att det är fred i världen nästa gång vi ses och att det blir så snart som möjligt, brorsan.

– Det får vi verkligen hoppas. Krama Astrid och Greta från mig.

– Oj, jag höll på att glömma! Här har du ett brev till Ingrid, om du kunde lämna det? undrade Gustaf.

– Absolut, det fixar jag. Jag ska betala tillbaka henne för tågbiljetten med, oroa dig inte!

– Det gör jag inte, det vet jag allt att du vill göra rätt för dig. Glöm nu inte vad du har lovat, att du är rädd om dig.

– Lovar. Hejdå!

– Hejdå, vi ses! Olovs handslag var hårt och bestämt. Gustaf förstod att det här med att åka upp och vara till hjälp för behövande i Finland var något han verkligen brann för. Det var som om Olov hade hittat sitt kall på något sätt. Visst var det vemodigt att ta farväl, men det gick ändå förvånansvärt bra. Det hade varit några jobbiga dagar för dem båda, men det värsta var avklarat nu och de hade hunnit prata igenom väldigt mycket de få dagarna de hade träffats. Deras far var borta nu och det var dags för ett nytt kapitel i deras liv. Visst var det läskigt att stå på egna ben i så pass ung ålder, men Stig hade gjort ett bra jobb med att uppfostra dem till att bli självständiga grabbar. Gustaf stod kvar en stund och såg efter bussen som for i väg mot Värnamos tågstation. Om bara några veckor skulle han få besök av Ingrid och han skulle snart börja planera för besöket så att hon skulle känna sig så välkommen som möjligt. Allt måste bli perfekt, huset skulle städas och skina blankt, gräset skulle klippas kort, staketen till hagarna skulle justeras och stallet skulle både målas och snyggas till så att allt var i topptrim tills Ingrid skulle komma. Det var mycket att göra, men än fanns det gott om tid.

Gustaf försökte få i väg ett brev i veckan upp till Ingrid. Det var inte alltid han hade så mycket att skriva om, för det hände inte så särskilt mycket på gården. Han försökte beskriva gården så gott han kunde och naturen runtomkring. Naturligtvis beskrev han sitt paradis här på Jorden, platsen nere vid Linnesjön. Han ville ju så gärna att Ingrid skulle tycka att gården var intressant! Ingrid skrev tillbaka att hon förstod att både gården och badplatsen betydde mycket för honom och att hon längtade efter att komma ner och hälsa på. Hennes brev var desto längre och i dem beskrev hon utförligt hur mycket hon saknade

Gustaf samt hur vardagslivet var hos henne på sjukhuset. Hon skrev mycket om sina föräldrar och sin lillebror också. I mitten av juli skulle Ingrid få två veckors semester och då skulle hon ta tåget ner till sin käresta nere i Småland. Gustaf kunde knappt bärga sig tills han fick träffa Ingrid igen och han räknade dagarna fram till dess. Då skulle han visa henne runt i den lilla by han bodde i som han älskade så mycket och var stolt över att bo i.

Kapitel 20

1940 den 14 juli, Boden, hemma hos Ingrid. De två stora resväskorna låg på den välbäddade sängen. De var fullpackade med kläder. Kanske lite för mycket, men Ingrid var inte helt säker på tvättmöjligheterna nere hos Gustaf och hon vågade inte fråga. Hon hade till och med hällt i tvättmedel i en liten plåtburk som hon skulle ta med sig. Bättre att ta med för mycket än för lite, resonerade hon. Tågbiljetterna låg framlagda på det lilla köksbordet, precis som husnycklarna och ett äpple som färdkost. Hon gick in på toaletten och hämtade tandborsten. Innan hon stängde toadörren, svepte hon med blicken en sista gång. Allt såg perfekt ut, toastolen och handfatet var rentvättade, spegeln var avputsad och golvet var svabbat. Klockan var 06.40 och det var dags att gå ner till stationen. Det ekade i trappuppgången när hon gick ner mot utgången i sina nyinköpta klackskor. På huvudet bar hon en tunn sjal och över axeln hängde hennes kära handväska som hon fick i julklapp av föräldrarna förra året. Ute var vädret mulet och ganska svalt, med andra ord en vanlig sommardag i Boden. En halvtimme senare rullade tåget i väg från Bodens tågstation. I fönstret såg hon hur hus, bilar och folk försvann bakom henne i allt snabbare takt. Nu fanns det ingen återvändo längre, men hon ångrade sig inte det minsta, även om det var med en viss nervositet hon for. Aldrig tidigare hade hon åkt så långt bort hemifrån, dessutom var det här första gången hon reste utanför stan utan sina föräldrar. I kupén runtomkring satt det fullt av uniformsklädda män och hon förmodade att de skulle hem på permission. Som ensam ung tjej i vagnen kände hon sig en smula osäker. Inte heller hade hon någon särskild lust att påbörja en konversation med någon av männen, för att försöka verka artig och trevlig. Hon försökte trösta sig med att det bara var några timmar kvar tills hon återigen skulle få kasta sig i famnen på den fina man hon förälskade sig i för några månader sedan. Hon log när hon tänkte på sin långe, stilige fästman och hon blev alldeles varm inombords.

Snart är det inte långt kvar! Snart får jag se Gustafs stiliga ansikte igen med de pigga, klarblå ögonen och känna hans starka armar omkring mig när han tar emot mig på Värnamos tågstation. Det känns som om det var åratal sedan vi sågs. Hoppas att gården är lika vacker som han har beskrivit den. Det tror jag säkert att den är. Tänk, vad vi ska bada i sommar! Bara han och jag på gården... Vad spännande det ska bli att få hjälpa till att mata hästarna och vandra omkring på ängarna som är omringade av stora, vackra ekar, som Gustaf har beskrivit så fint. Jag får inte glömma att försöka ringa hem till mor och far och tala om att jag har kommit fram. Åh, om ändå de här karlarna i kupén kunde sluta glo på mig någon gång!

Tågets enformiga dunkande över rälskanterna var sövande. Ett par timmar efter att tåget hade lämnat Boden, somnade Ingrid och vaknade tre timmar senare av att konduktören begärde att få se biljetterna. Lite genant satte hon sig upp i sätet och rättade till frisyren. Fyra uniformsklädda män stirrade på henne och flinade. Ingrid blev alldeles röd i ansiktet och hon bad en stilla bön att hon inte hade snarkat så att de andra hörde. Klockan visade 12.30 och det kurrade i magen. I matvagnen lite längre bort köpte hon en köttbullesmörgås och te och där satt hon i gott och väl en timme. Två män satt snett bakom henne och Ingrid kunde höra hur de diskuterade Hitlers intåg i Frankrike och vad de trodde om Sveriges neutralitet. Den ene trodde att Hitler skulle invadera Sverige inom kort via Norge, medan den andre trodde att kriget snart var slut. Deras prat gjorde henne orolig och helst av allt ville hon inte höra någonting över huvud taget om kriget. Hon ville bara sitta i lugn och ro och tänka på vad hon och Gustaf skulle hitta på i sommar.

Om ändå det där förbaskade kriget kunde ta slut snart! Vad bråkar de om egentligen? Men inte tänker de väl angripa Sverige? Vad har vi gjort och vad vill de oss i så fall? Nä fy, orkar inte tänka på allt elände runtom i Europa just nu, kan inte alla bara vara sams?

Ingrid drack ur det sista i sin tekopp och gick sedan tillbaka och satte sig på sin plats igen för att slippa bli påmind om kriget. Hon lutade sig tillbaka och blickade ut genomfönstret. Landskapet hade förändrats. Det var betydligt mer granskog nu. Medan hon ändå satt och inte hade något att göra, passade hon på att skriva lite i sin dagbok som hon hade med sig. Hon la benen i kors och la dagboken i knät och tog fram blyertspennan.

1940 den 14 juli

Kära dagbok, jag sitter just nu på ett tåg i färdriktning söderut. Jag har precis lämnat Bodens tågstation och är på väg till min käre pojkvän Gustaf. Jag är väldigt spänd

men samtidigt full av förväntan på vad som komma skall. Det var jobbigt att ta farväl av mor och far i går kväll, men jag får trösta mig med att jag snart kommer att få se dem igen. Detta är första gången jag reser en längre sträcka utan dem och det känns lite läskigt. I kupén runtomkring mig sitter det fullt av unga och äldre män som förmodligen ska hem på permission. Några av dem ger mig långa blickar och leenden och det gör mig illa till mods. Kanske borde jag i stället känna tacksamhet för att de uppmärksammar mig? Jag känner mig osäker och jag är den enda kvinnan i kupén. Om jag bara hade haft min Gustaf bredvid mig hade jag känt mig trygg. Men om bara några timmar vet jag att jag vilar tryggt i hans famn igen. Det var så länge sedan vi sågs nu och jag har varit så otålig, samtidigt som jag har svävat på moln av förälskelse! Har aldrig känt så här för en kille förut och jag får fjärilar i magen bara jag tänker på honom! Det händer att jag blir lite disträ på jobbet ibland när tankarna flyger i väg. Jag fantiserar ibland om att jag och Gustaf bor tillsammans och vi går någonstans längs en gata och drar på en barnvagn. Jag vet att det bara är tankar och fantasier, men det skulle mycket väl kunna bli verklighet en dag. Jag har alltid velat ha barn någon gång och nu vet jag även med vem jag vill ha det med – Gustaf Andersson från Småland! Tåget far fram i hög hastighet och vad jag kan se på naturen så verkar sommaren ha kommit längre ju mer söderut jag kommer. Kanske den lilla sjön hos Gustaf går att bada i redan nu? Hoppas det, för sjöarna hemma i Boden brukar sällan bli så pass varma att man kan doppa sig. Jag måste nog vila en liten stund nu, så jag är pigg när jag kommer fram.

Ingrid la tillbaka dagboken i sin väska och lutade sig tillbaka. Hon hörde av någon lite längre fram i kupén att de tydligen snart var i höjd med Stockholm.

Vad bra det känns att mor och far tyckte om Gustaf! Mor tyckte han var så stilig och vältalig och far tyckte han hade ett hårt och fast handslag, ärlig och rättfram. Och det är ju precis så jag också ser honom. Fast jag har ju även sett hans mjuka, romantiska sida med. Vilken kille jag har hittat, vad rätt det känns! Hoppas jag har samma härliga känsla i kroppen när jag åker därifrån om knappt två veckor.

Samma kväll stod en nervös Gustaf på Värnamos tågstation. Ivrigt trummade han på den träbänk han satt på medan han väntade på att tåget med Ingrid skulle rulla in på perrongen. Han visste inte hur många gånger han hade tittat på kortet på Ingrid sedan de sågs senast, men det var många och alldeles strax skulle han få se henne på riktigt igen. En timme tidigare hade han bytt om från de skitiga jobbarkläderna som luktade hönsskit till nytvättade byxor och skjorta. Håret var vattenkammat och andedräkten var bra. Hemma väntade en middag i form av rotmos med fläskkorv. Inte den lyxigaste maten kanske, men det var i alla fall en rätt han kunde tillaga. Korven hade han köpt ett par dagar tidigare inne i Skillingaryd och potatisen, morötterna och kålrötterna var självklart från gården. Det var inte förrän på grusvägen mellan gården och Skillingaryd som han kom på att han kanske borde överlämna en blombukett till Ingrid. I all hast plockade han ihop en liten bukett med blommor som växte längs vägen. Tågvisslan ljöd och Gustaf ställde sig upp och snart hörde han hur tåget närmade sig. Bara några minuter senare hade tåget stannat och fullt av folk strömmade ut genom dörrarna. Förväntansfullt och med stor spänning sökte han med blicken efter Ingrid.

Där! Där är hon! Äntligen är hon här! Satan vad vacker hon är! Och hon är bara min!

– Ingrid!

Gustaf vinkade med hela armen så att hon skulle upptäcka honom. När hon såg honom släppte hon de båda resväskorna och sprang emot honom och slängde sig om halsen och gav honom sedan en lång kyss.

– Hej Gustaf!

– Hej! Äntligen är du här! Har allt gått bra? frågade Gustaf efter att ha hållit om Ingrid länge och väl. Hon hade på sig den välbekanta parfym som doftade så gott.

– Jadå, allt har gått bra. Men det är en lång resa, sa hon och log med hela ansiktet, som om resan inte hade bekymrat henne det minsta. Gustaf kände återigen hur hennes parfym doftade. Det var samma sort som hon hade på sig sist de träffades och det var den sort han förknippade med henne.

– Tok-Fia! Åka så långt bara för att träffa en bonde från Småland, skojade Gustaf.

– Ja, det kanske är vansinnigt, men det är inte vilken bonde som helst! Ingrid gav honom ännu en kyss.

– Ingen skillnad i fingrarna? frågade hon och rynkade lätt på ögonbrynen. Gustaf ryckte nonchalant på axlarna.

– Nä de är lika bortdomnade som vanligt, men jag börjar vänja mig.

Vädret var soligt och varmt, vilket Gustaf var tacksam för. Han ville ju så gärna att gården skulle ge ett så bra intryck som möjligt på Ingrid. De klev av bussen vid det sedvanliga stället i Skillingaryd och där väntade traktorn.

– Du får åka traktor den sista biten, sa Gustaf och tog tag i Ingrids väskor. De var ganska tunga och han kunde inte begripa varför hon hade med sig så mycket kläder för knappa två veckor, på sommaren hade man ju mest kortbyxor på sig?

– Vi äger ingen bil, sa han lite genant.

– Men det spelar väl ingen roll? En dag så äger vi säkert en fin bil tillsammans, sa Ingrid och log.

– Far pratade ofta om att köpa en bil, men det blev aldrig av. Han var väl nära för något år sedan, men då kom ju kriget, fortsatte Gustaf. De passerade Jönssons gård och Gustaf vinkade till Hugo och Inga, som satt på sin altan och fikade. Han kände sig så stolt nu när han hade Ingrid med sig på traktorn. Jönssons visste mycket väl att Ingrid skulle komma denna vecka. De var ganska nyfikna av sig och Gustaf antog att det var därför de satt på altanen just nu. Men det gjorde ingenting, nu fick de äntligen se vilken vacker flicka han hade fått tag på. Ingrid vinkade också glatt till Jönssons och det värmde Gustaf rakt in i hjärtat, att hon inte var en sådan där blyg tjej som inte vågade ta för sig något.

– Jag hoppas du är hungrig, middagen är så gott som klar.

– Har du lagat mat? Vad duktig du är! Ja, jag är jättehungrig, skrattade Ingrid. Det syntes verkligen att hon trivdes med att vara med Gustaf. Ingenting tydde på att hon skulle vara det minsta orolig över att vara så långt hemifrån på en plats hon aldrig hade satt foten på innan. Kanske berodde det på att hon var trygg i sig själv, kanske berodde det på att hon kände sig trygg i Gustafs närvaro, tänkte Gustaf. Den smala grusvägen slingrade sig förbi både tät granskog och vidsträckta ängar. Jönssons kossor råmade på dem när de passerade dem strax innan de tog av höger för att köra den sista biten upp mot Assargården. Det var en idyllisk sommardag. Längs vägen blommade blåklockor, maskrosor, smörblommor blandat med ormbunkar och lupiner. Det skumpade ganska ordentligt när Gustaf körde, trots att han tog det lugnt. Ingrid stod bredvid honom i hytten och höll i sig hårt, men hon såg van ut och Gustaf förstod att hon hade åkt traktor förr hemma hos sina föräldrar. Gustaf pekade rakt fram.

– Där uppe har vi gården, sa han stolt.

– Åh, vilket fint hus! Rött och fint, precis som det ska vara på landet, sa hon glatt. Gustaf körde förbi huset och parkerade traktorn bredvid stallet. Dofterna slog emot Ingrid. Det var en blandning av blommor, hö och hästar och hon älskade de välbekanta dofterna.

– Vad fint ni bor, du och Olov! Verkligen jättefint!

– Tack! Vill du ta en titt på omgivningarna efter maten?

– Absolut! Du måste visa mig allt! log Ingrid.

Vilken gård! Så välskött och prydligt. Inte som vissa andra gårdar där skräp och redskap ligger slängt huller om buller. Men det visste jag att det skulle vara, typiskt Gustaf att ha allt i ordning. Gud, vad hungrig jag är. Hoppas han bjuder på något gott. Ska jag nämna något mer om Stig? Vi har ju skrivit mycket om det. Kanske dumt att nämna något mer om hans bortgång. Jag avvaktar nog med det, men jag ska be att Gustaf tar med mig till gravplatsen, så han känner att jag bryr mig, för det gör jag verkligen. Oj, där borta är hans hästar! Vad hette de nu igen? Det har jag glömt bort. Efter maten måste jag få gå och klappa dem. Och där borta går alla korna med kalvarna! Hoppas jag får färsk mjölk att dricka till maten, som jag alltid får när jag besöker mor och far hemma på deras gård.

De steg in i huset som Gustaf hade städat noga i två dagar inför Ingrids visit. Det fanns inte ett dammkorn någonstans, det hade han minsann sett till. Rotmoset var bara att värma och fläskkorven skulle bara få koka upp så var maten sedan klar. Själv var han ingen salladskille, men hade fortsatt att sköta om grönsakslandet som Stig vurmade för. Därför hade han tagit in salladsblad, grönkål, lök, tomat och rädisor och sköljt av, skurit upp och lagt på deras tallrikar, som än så länge stod i kylskåpet. Det såg faktiskt riktigt snyggt ut med de olika färgerna på tallrikarna, tänkte han. Gustaf vände sig mot Ingrid och slog ut med armarna.

– Jaha, så här bor jag och brorsan. Just nu är det lite ensamt när det bara har varit jag som bott på gården den senaste tiden. Men Olov kommer väl hem förr eller senare. Jag ska börja med maten på en gång. Jag hoppas du gillar fläskkorv och rotmos? frågade han osäkert.

– Ja, absolut! En av mina favoriträtter, log Ingrid och drog en lättnadens suck. Rotmos hade hon ätit mycket som barn och hon verkligen älskade det.

– Vill du ha hjälp med något? undrade hon.

– Nejdå, jag klarar mig. Ta gärna en titt i huset så länge om du vill, så grejar jag lite här. Ingrid nickade och började trevande gå runt i huset på undervåningen. Den lantliga stilen som var genomgående i huset var likt den hon hade vuxit upp med. Det doftade en speciell doft i vardagsrummet. Lite gammalt och något instängt. En blandning från soffgruppen och kakelugnen, misstänkte hon. Även doften var bekant från hennes föräldrahem. De mörka möblerna, tapeterna och de gamla föremålen. Hemma i sin egen lägenhet hade hon försökt ha det så modernt som möjligt och inrett det efter bästa förmåga efter vad hennes tunna plånbok tillät. Men det bästa i hela hennes lägenhet var nog badkaret, det var hon riktigt nöjd med! Det var långt ifrån alla som hade ett badkar i sina lägenheter, men hon hade haft tur. Hon undrade om det fanns något badkar här i huset och hon misstänkte att hon strax skulle bli varse när hon gick upp på övervåningen.

– Gå gärna upp och titta lite om du vill! ropade Gustaf över axeln.

– Där uppe sover jag och brorsan. Du får gissa vilket rum som är mitt!

– Okej, jag tar mig en titt! sa Ingrid och log.

Huset måste vara minst hundra år gammalt. Det känns så hemtrevligt på något vis. Grabbarna får väl sätta sina egna präglar på det sedan, när de har fått lite distans till Stigs bortgång. Allt kan ju inte hända på en gång. Hoppas det finns ett badkar här uppe…

Snart hade de ätit middagen med stor aptit och Ingrid hade fått sin efterlängtade mjölk och gett honom beröm för alla grönsaker som fanns på tallriken. Ingen pinsam tystnad rådde. Vid det här laget kände de varandra så pass bra att om det hade blivit tyst en stund så hade det inte gjort något. Efter maten gick de ner till stallet där Gustaf visade henne runt i de olika delarna. Ute i hästhagen ägnade de en stund åt att gosa med hästarna i den gassande solen, för att sedan gå vidare bort till kalvarna. Ingrid var i himmelriket! Gården var fantastisk, djuren var fina och vädret var soligt och varmt. Men bäst av allt var att hon fick dela allt detta med mannen hon hade förälskat sig i. På en sten ute i kohagen satt de och klappade en varsin kalv. Flugorna surrade intensivt runtomkring dem. En gök hördes långt borta från granskogen och en och annan humla surrade förbi. Gustaf såg på Ingrid att hon trivdes, både med honom och med omgivningen och det gjorde honom lugn. Den lilla spänning han hade haft innan hon kom hade försvunnit och nu var allt bara härligt. En brun kalv hade lagt sitt huvud i knät på Ingrid och hon klappade den varsamt på huvudet. Några flugor surrade envist runt ögonen på henne men det bekom henne inte. Då och då drog hon handen runt örat för att lägga tillbaka håret, precis som hon brukade göra. Gustaf älskade det. Nu som först märkte han att hon hade fått lite solbränna. Det klädde henne. Gustaf hade så många känslor i kroppen som ville ut, så han inte visste riktigt vad han skulle ta sig till. Han var glad, lugn och tacksam. Han var lustfylld, ivrig och han var kär. Men samtidigt som han var lugn tillsammans med Ingrid, spratt det i kroppen på honom och han hade svårt att sitta still särskilt länge. Känslan var bekant sedan barndomen. Samtidigt som han ville sitta här tills det blev mörkt och bara iaktta den vackraste kvinnan han någonsin sett, ville han hitta på något mer, han var rastlös. Plötsligt kom han på något.

– Vill du ta en sväng ner till badplatsen?

– Ja gärna, den bara måste jag få se!

– Vad bra! Vill du ta traktorn, cyklarna eller ska vi gå dit? Det är inte så långt bort.

– Jag vill gå! Så jag hinner se så mycket som möjligt av om– givningarna, jag vill se allt! Hon bara log när hon pratade, hon kunde inte annat just nu. Allt var perfekt och alldeles strax skulle hon få se den sjö som Gustaf hade pratat sig så varm om.

Snart var de framme vid sjön och med sig hade de en termos med kaffe och bullar som Inga Jönsson hade varit förbi med häromdagen. "Du måste ha någonting och bjuda den rara flickan på" hade hon sagt och nypt honom lätt i kinden.

Hon är för rar, gamla Inga. I morgon eller i övermorgon måste vi gå över till Jönssons så jag får presentera Ingrid för dem. Då kommer de få se att jag har lyckats få tag på Norrlands sötaste tjej. Det kan inte finnas någon sötare tjej i Norrland. Det kan det banne mig inte!

– Nä men! Vilken sjö! Så mysig! Ligger den på er mark?

– Nej det gör det inte, men här får man vara så mycket man vill. Det är sällan något folk här. Inte många hittar hit mer än de som bor i gårdarna runtomkring, så det känns nästan som vår sjö. De flesta i trakten åker till en annan sjö med större sandstrand när de vill bada. Men jag tycker den här räcker gott och väl, log Gustaf.

– Verkligen! Var det i denna sjö som... som du räddade Olov när ni var små?

– Ja det var denna sjö, sa Gustaf utan att vilja gå in på det närmare. Hans min blev allvarlig för ett ögonblick och han såg ner i backen. De hade pratat om händelsen tidigare. Ingrid hade tyckt att det var fruktansvärt hur barn kunde vara så elaka som Svempa och Tjacke. Hon förstod på Gustafs min att ärren fortfarande satt djupt efter händelsen och hon frågade inget mer om detta.

Tänk att hitta sin egen bror mer död än levande mitt ute på en stock i sjön... Om Gustaf reagerar så starkt på detta efter så många år, hur ska då inte stackars Olov må? Han måste ha fått ett trauma för resten av livet!

– En liten brygga finns det också! sa hon och sken upp.

– Kan vi inte ta oss ett kvällsdopp? frågade hon ivrigt och tog tag om Gustafs axlar.

– Jo visst kan vi det. Men... vi har inga badkläder med oss.

– Det spelar väl ingen roll, det är ju bara vi här, sa hon och blinkade med ena ögat. Ett pirr for runt ett par varv i

Gustafs mage när han hörde Ingrids förslag och han nickade ivrigt.

– Absolut, det tycker jag! Ska vi fika lite först?

– Nä! Jag vill bada! Kom! sa hon och började ta av sig blusen medan hon småsprang ner till bryggan. Gustaf vände sig om för att försäkra sig om att de verkligen var själva vid badplatsen. De var de. Det var bara de två där och snart skulle han bada naken med Ingrid! Ännu en gång pirrade de till i magen på honom. Han kunde knappt tro vad som snart skulle ske. Trevande tog han av sig sina strumpor, skor, skjorta och kortbyxor och när han hade gjort det gick han ner till bryggan där Ingrid satt på kanten av bryggan med ryggen vänd mot honom och benen plaskandes lätt i vattnet. Hennes rygg var bar och hon hade bara trosorna på sig. Det nyss så goda självförtroende han hade sjönk något när han lite förnärmad gick ut på bryggan i bara kalsongerna. Hon vände sig om.

– Hallå snygging! Redo för ett dopp? Gustaf nickade, samtidigt som han såg Ingrids bröst. Dem hade han sett förr, men det var länge sedan nu. De var lika runda och fina som han mindes dem. Han stod helt still och var stel som en pinne och visste inte vad som skulle hända härnäst. Jo, det visste han förresten. Han behövde kyla av sig i vattnet genast, innan det skulle synas på honom vad han kände för Ingrid just nu. Ingrid reste på sig, tog av sig trosorna och hoppade snabbt ner i vattnet med ett plums. Strax därpå dök hon upp ur vattnet, strök bort blött hår från ansiktet och skrattade.

– Hoppa i då! Det är varmt! ropade hon. Gustaf tog av sig kalsongerna och gjorde som hon sa. Hon hade rätt, vattnet var verkligen varmt och det svalkade skönt mot hans varma kropp. De badade, simmade, kysstes och kramades om vartannat en lång stund i vattnet innan de satte sig på bryggan för att lufttorka sina kroppar. Ute i Europa rådde fullt krig, men här, långt inne i de småländska skogarna kunde varken krig, pansarvagnar eller gevärskulor störa dem och för Gustaf kändes det som om han levde i en helt annan verklighet än den som egentligen fanns. De minnen som han hade från de kalla militärtälten i Morjärv och skriken från befälen var just nu ett minne blott. Inte ens den fruktansvärda och kalla hemmarschen från stället där han blev skjuten fanns i hans tankar. Nu fanns endast han, Ingrid och området kring Assargården, inget annat och han önskade att det här ögonblicket aldrig skulle ta slut.

Länge låg de på bryggan och småpratade om allt mellan himmel och jord medan de drack kaffe och åt av Ingas goda kanelbullar. Solen hade för länge sedan gått ner bakom grantopparna på andra sidan sjön, men det skulle dröja ett bra tag till innan den svala sommarnatten skulle infinna sig. Kvällen var varm och ingen av dem frös ännu. Medan de låg där på bryggan och såg på varandra, började Gustaf att fundera. Allt var så enkelt med Ingrid. Inget hon gjorde eller sa verkade jobbigt, tråkigt eller besvärligt. Hon verkade inte se några problem i någonting, bara möjligheter, vilket fascinerade honom. Han hade aldrig träffat på någon som henne, aldrig någonsin tidigare hade han mött någon med en sådan positiv inställning till livet. *Vad kan det bero på egentligen? Har hon haft en helt perfekt barndom med föräldrar som har uppfostrat henne att "allt löser sig" eller är det hennes arbete som sjuksyster, där man kanske får bita ihop när man har besvärliga patienter, som har lärt henne att alltid se saker på den ljusa sidan? Eller är det bara en fasad hon håller uppe?* Det gick en kall kår längs ryggen Gustaf. *Nä, så är det väl ändå inte? I så fall borde jag ha sett igenom den för länge sedan. Eller är hon en iskall mördare? En spion från Sovjet, kanske, haha!*

Han såg i smyg på Ingrid när hon satt bredvid honom och sörplade försiktigt på kaffekoppen med det nu halvljumna kaffet.

Så oskyldig, så oförstörd. Så himla perfekt. Nä, det finns ingen dold agenda där inte. Hon är helt enkelt så här fantastisk. Vilken jädra fin tjej jag har träffat! Henne vill jag ska föda mina barn! Hon skulle bli den perfekta mamman, det är jag säker på! Men allt måste gå i rätt ordning, vi måste gifta oss först, såklart. Hade det blivit barn innan giftermål så hade inte bara far vänt sig i graven, alla i hela socknen hade tittat snett på oss. Så fort det här jäkla kriget är slut, då ska jag fria till henne!

Resten av sommardagarna med Ingrid blev fantastiska. De badade nästan varje dag. De gick långa promenader, både runt de egna markerna och runtomkring nere i byn. Han visade henne den stora jättegrytan som fanns på andra sidan sjön. Hon hade aldrig sett en sådan förut och blev fascinerad av det stora djupa hålet som istiden en gång hade skapat. En dag tog de traktorn in till Skillingaryd, där de åt lunch. Jönssons bjöd på middag en dag och när de skulle gå viskade Inga; "Det var allt en grann jänta du har fått tag på! Vacker som en dag och huvudet på skaft verkar hon ha med" på sin bredaste småländska.

Dagarna gick fort och det blev dags för Ingrid att fara tillbaka till Boden igen. Hennes semester var över och jobbet som sjuksyster väntade. Hennes vistelse nere i Småland hos mannen hon hade förälskat sig i, var mer än lyckad och hon var säkrare än någonsin på att hon hade träffat Den rätte. De fortsatte att brevväxla hela hösten och de kom överens om att fira självaste Nyårsafton hemma hos Ingrids föräldrar på deras gård utanför Boden. Julen skulle Gustaf tillbringa hemma tillsammans med Olov, som skulle vara hemma i dryga två veckor. Han hade lovat att ta hand om gården över Nyår medan Gustaf var i väg, men de båda bröderna skulle ändå få gott om tid att rå om varandra.

Månaderna gick och livet hemma på gården hade sin gilla gång. Gustaf och Ingrid försökte att träffas så ofta det gick. Nyförälskelsen gick över till djupare kärlek hos dem båda. Det var allvar mellan dem och de började så smått börja prata om både bröllop och att bilda familj. Efter samråd med Olov, började Gustaf att bygga på ett litet nytt hus på gården till honom och Ingrid. Tanken var att de två skulle flytta in där när huset var klart och Ingrid fått jobb som sjuksyster i Skillingaryd. Olov var helt överens om att ta över huvudbyggnaden på Assargården så fort han fick för sig att flytta hem igen och han gladde sig över Gustafs och Ingrids lycka.

Våren 1943 stod så äntligen det nya huset klart. Efter år av slit om kvällarna kunde Gustaf äntligen betrakta sin nya skapelse som klart.

Snödropparna tindrade vackert längs ladugårdsgaveln denna aprilförmiddag. Det var söndag. En av stallkatterna låg och lapade sol på en sten utanför hästhagen. Bredvid stod Gustaf och såg på sitt och Ingrids hus med stolthet i blicken. Han granskade huset uppifrån och ner, från ena sidan till den andra. Sedan log han och tog ett djupt andetag.

Äntligen! Nu är banne mig den sista spiken islagen i denna kåk! Nu är det färdigt. Som jag har slitit, från tidig morgon till sent in på småtimmarna medan Ingrid har sovit. Bjälkar har hyvlats, väggar har rests, fönster har satts i och golv har lagts och det

312

allra mesta har jag gjort själv. Nu ska minsann Ingrid få inreda
vårat nya hem. Det kommer bli bra, det vet jag. Hon kommer se
till att det blir gardiner, mattor och blommor där det passar. Hon
kommer fortsätta att gräva rabatter och göra fint på tomten, det
vet jag. Hon kommer att förvandla detta hus från att vara ett hus
till ett hem. Ett hem där hon och jag ska spendera många fina år
tillsammans. Här ska vi bilda familj, detta hem ska bli vår
trygghet och vårt smultronställe. Jag har länge väntat på detta
tillfälle. Inte bara för att huset ska bli klart. Jag har inte velat
fråga Ingrid förrän allt är färdigt, men nu är det dags.

Medan han stod och såg på sitt hus, kände han med
vänsterhanden i sin byxficka. Asken låg fortfarande kvar.
Precis som den gjorde för en halvtimme sedan och för en
timme sedan. Han var livrädd för att den skulle trilla ur,
men den låg där och väntade på att få bli upptagen i
Gustafs hand. Han vände sig om mot det gamla
boningshuset. Passande nog såg han Ingrid stå och hänga
tvätt på linorna utanför. Han dröjde några ögonblick innan
han ropade på henne. Han gillade verkligen vad han såg.
Där borta såg han kvinnan han älskade, den vackraste
kvinna han någonsin sett. Gustaf hörde ända bortifrån där
han stod hur hon nynnade glatt på en melodi medan hon
hängde deras tvätt. Hon såg lycklig ut. Pulsen steg.

Hon borde väl inte säga nej? Men man vet ju aldrig. Om bara ett
par minuter vet jag.

Han vinkade bort mot Ingrid. Hon vinkade tillbaka och log
stort.

– Har du lust att komma hit ett tag? ropade han.

– Visst, jag kommer, ropade Ingrid tillbaka och ställde ner
tvättkorgen på backen. När hon kom fram till Gustaf såg
han på henne med klurig blick.

– Nu Ingrid. Nu är det klart! Den sista spiken sitter i väggen nu. Jag får nog anse mig vara klar. Jag vill nog påstå att det enda som fattas nu är att vi bär in våra sängar och resten av möblerna så flyttar vi in redan ikväll. Vad säger du om det?

– Men älskling! Menar du det? Är du äntligen klar med vårt hus? Du har varit helt fantastisk, verkligen! Menar du att jag kan börja sopa rent där inne nu så vi kan ställa in sängarna? Det låter ju fantastiskt! Vad mysigt! Tänk, första natten i vårt nya hus blir i natt. Jag går och hämtar sopborsten med en gång, så kanske vi kan bära in sängarna efter lunch? sa Ingrid uppjagat.

– Absolut, det ska vi göra. Men det var en sak till. En sak jag måste fråga dig innan vi fortsätter, sa Gustaf och harklade sig. Ännu en gång kände han efter i sin byxficka efter asken som låg där, men den här gången tog han upp den i sin hand. De stod precis utanför den alldeles nybyggda verandan framför huset. Solens svaga vårstrålar sken rakt på Ingrid. Gustaf tyckte att hon såg ut som en prinsessa där hon stod med sitt vackra, bruna hår och stora, klara ögon som han brukade drunkna i. Snett bakom dem en bit bort fanns gaveln till sädesmagasinet, där de tidigare i år hade ställt ut en bänk med ett bord framför. Ingrid hade ställt en liten vas med några snödroppar i. Lite runtomkring hade tussilagon börjat slå ut och det lös gult lite var stans. Ja, det var en vacker plats att fria på, tyckte Gustaf.

Ingrid förstod först ingenting förrän Gustaf gick ner på knä framför henne. Med darrande händer öppnade han den lilla asken och höll framför Ingrid. Hans käkar var spända av nervositet och han hade ett lätt darr på rösten när han började tala till henne.

– Det har nu gått fyra år och fyra månader sedan jag såg dig för första gången. Jag ska erkänna att bilden av dig var något suddig, när jag vaknade där inne på sjukhuset i Boden. Men sedan, efter några ögonblick när synen klarnade och du stod framför mig så trodde jag ett tag att jag hade dött och hamnat i Himlen. Det ansikte jag såg då var det vackraste jag någonsin sett och så känner jag än idag. Ingen kvinna i hela världen kan mäta sig med dig. Ditt leende och dina ögon, de är oslagbara! Du har ett sätt som får mig att känna mig knäsvag när du ser på mig. Jag kände så den första gång jag såg dig och jag känner likadant än i dag. Ingrid Maria Svahn, det finns ingen jag hellre skulle vilja tillbringa resten av mitt liv med, så därför undrar jag om du vill göra mig den äran att gifta dig med mig?

Det tårades i ögonen på Ingrid, som höll sina händer för munnen när hon hörde Gustafs vackra kärleksförklaring.

– Men älskling! Det är klart att jag vill! JA! JA! JA! tjöt Ingrid och slängde sig i famnen på sin blivande man.

Redan samma sommar gifte sig Gustaf och Ingrid i den lilla kyrkan Ekhult. Det blev ett litet bröllop med bara de närmaste vännerna och släkten. Från Boden kom förutom Ingrids föräldrar och bror, även hennes kusiner och en moster samt tre av Ingrids bästa vänner med respektive. Olov, som efter sin artonårsdag hade rekryterat till beredskapssoldat i Boden, åkte ner för att se sin brors bröllop tillsammans med Ingrids föräldrar. Ingrid fick en fast tjänst som sjuksyster inne i Skillingaryd. De kunde nu äntligen leva fullt ut som man och hustru. De båda drömde om en stor familj med fullt av barn som sprang omkring på gården.

Kapitel 21

Kriget fortgick och Olov hörde av sig alltmer sällan. Anledningen till det var att han anmälde sig som frivillig att åka över till Norge och där hjälpa norrmännen att försvara sig mot tyskarna. Sedermera anslöt han sig till den norska motståndsrörelsen Milorg där han fungerade som kurir. Han hade ingen ro i kroppen och kände sig vilsen. Han hatade allt vad krig hette, men kände att han ändå ville vara där han kunde vara till så stor nytta som möjligt och hjälpa till att försöka få stopp på Hitlers framfart. Under åren som soldat hann han uppleva fruktansvärda saker. Saker som för alltid kom att etsa sig fast på näthinnan och som gav honom mardrömmar åratal efter krigets slut.

Den åttonde maj 1945 jublade Gustaf och Ingrid, när de på radion hörde att Andra världskriget i Europa var över. Hitler var sedan några dagar tillbaka död och det firades för fullt runtom i Sverige. Dock var inte kriget över på andra sidan jordklotet. USA fällde atombomber i Hiroshima och Nagasaki i augusti samma år och Sovjet förklarar samtidigt krig mot Japan. Den andra september kapitulerade Japan och därmed var Andra världskriget slut. Under kriget hade hundratusentals minor lagts ut runtom i Östersjön och följande tre år framåt skedde efterminsvepning under svenska marinens ledning.

Juni 1945. Under hela natten hade Olov rest med tåg och buss. Hans resa hade startat redan två dagar innan från utkanten av Narvik i Norge. Det var onsdag förmiddag, Ingrid jobbade och Gustaf stod lagade taggtråd i kohagen när han plötsligt fick se någon röra sig borta vid huset. Han la ifrån sig hovtången på staketstolpen och kisade med ögonen.

Vem kan det vara som kommer på besök? Är det Samuel? Nä fan, det är ju Olov. Det är ju för helvete Olov som kommer!

Ett stort leende spred sig i Gustafs ansikte medan han sprang emot sin bror. Olov stannade till, tog av sig sin stora ryggsäck och omfamnade Gustaf.

– Olov! Fy fan vad glad jag är att se dig!

– Detsamma, brorsan, detsamma! Olovs ögon var trötta av förståeliga skäl, men det fanns något annat i blicken som oroade Gustaf. Den där pojkaktiga, osäkra blicken var borta och bakom de där trötta ögonen fanns en hårdhet som Gustaf inte hade sett förut.

– Äntligen är du hemma igen! Kriget är över och hela jävla Sverige andas ut och firar. Har du läst i tidningarna? frågade Gustaf ivrigt.

– Ja, det är förjävla skönt. Det har varit en jobbig tid. För oss alla. Det är svårt att föreställa sig egentligen hur jävligt det har varit…

– Verkligen. Alla har väl sin historia att berätta. Du måste uppdatera mig på vad du har haft för dig de senaste två åren. Jag har varit jävligt orolig för dig! Jag har ju inte vetat om du har levt eller inte, sa Gustaf. Hans ögon blev blanka och det var inte långt ifrån att det kom en tår, men han lyckades skickligt blinka bort den. Olov såg ner i backen och blev tyst en stund.

– Det har varit tufft. Jäkligt tufft stundtals. Jag har varit i Norge den senaste tiden. Jag ska berätta mer, men jag måste gå och hälsa på djuren först. Förresten, var är Ingrid?

– Hon jobbar. Hon fick jobb som sjuksyster inne i Skillingaryd, det skrev jag nog i något brev för länge sedan, tror jag?

– Ja det gjorde du. Ska bli kul att få se henne igen. Din fru, hehe! skrattade Olov och slog till Gustaf på axeln.

– Har vi fått många kalvar i år? frågade han medan de sakta gick bort mot ladugården och vidare mot hagarna.

– Fem stycken. En klarade sig inte. Jag var tvungen att skaffa en ny tupp också. Köpte en av Pettersson, han som bor snett emot församlingsgården, du vet. Olov nickade och blickade ut över hästhagen.

– Där är de ju! Astrid och Greta. Mår de bra? Olov tog upp ett långt grässtrå och stoppade i munnen.

– Jadå, de är ungefär som vanligt, tycker jag. Men de börjar bli till åren. Kanske inte samma fart på dem längre ute i hagen. De är nog glada att de är ersatta av traktorn. Gustaf smackade på dem och långt borta under en ekdunge började det röra sig. Snart kom de båda hästarna sakta gåendes emot dem.

– Du måste vara trött efter resan? Vill du gå in och vila dig lite?

– Nädå, ingen fara. Men lite kaffe vore inte fel, sa Olov medan han sträckte fram handen mot Astrid som nästan var framme vid honom.

– Javisst, klart som fan du ska få kaffe, brorsan! Jag går upp och kokar lite. Stanna kvar här så kommer jag snart, sa

318

Gustaf och började gå upp mot huset. Efter några meter vände han sig om.

– Du Olov?!

– Ja?

– Det är skönt att ha dig tillbaka!

– Det är skönt att vara tillbaka! ropade Olov tillbaka och log.

Det blev eftermiddag och Ingrid kom hem från jobbet. Hon tyckte det var skönt att se sin svåger välbehållen och hemma igen. Även hon hade varit orolig för hur han hade haft det. Efter middagen gick de båda bröderna ut en sväng. Ingrid lät dem vara själva en stund. Hon hade redan första gången hon sett grabbarna tillsammans, förstått att de stod varandra mycket nära och hon märkte väl på Gustafs humör och kroppsspråk hur glad han var att ha Olov tillbaka hemma på gården.

Bröderna gick ner till sjön som de gjort så många gånger förr. Längs grusvägen skuggades de av de höga granarna som växte på båda sidor. Det doftade skog och mossa och Olov hade saknat denna härliga doft som han förknippade med gården. Gustaf hade tagit med sig några pilsner och medan de gick ner mot sjön hann de dricka upp en var. De satte sig på den gamla bänken som stod en bit från bryggan. Olov tog ett djupt andetag och andades ut med en lång suck.

– Ahh, det var inte igår man vad här. Det är sig likt här, må jag säga. Vår lilla brygga ligger kvar än. Vi kanske får olja in den snart? Olov drack några klunkar av ölen och la av en rejäl rap efteråt. Gustaf hade aldrig sett Olov dricka öl innan och han tyckte det kändes lite konstigt att se honom sitta där och halsa pilsner, men han förstod att Olov nog hade halsat både en och annan pilsner under åren han varit i väg. Han hade ju faktiskt hunnit med att bli vuxen under krigsåren.

– Ja, jag tänkte göra det snart faktiskt. Titta där borta vid inloppet, sa Gustaf och pekade.

– Jag ser. Jäklar vad vassen har vuxit till sig. Så mycket var det väl inte förr? Gustaf skakade på huvudet. Det var vindstilla ute. Stora mörka moln närmade sig. Regnet hängde i luften men det var ganska varmt ännu.

– Vilket jobb du har gjort med erat hus! Helt otroligt. Har du gjort allt själv? frågade Olov.

– Det mesta faktiskt. Jag fick förstås hjälp med att få upp takbjälken. Men jag har hyvlat till den själv. Allt virke har jag tagit från området bakom nyplanteringen, du vet. Olov nickade nyfiket.

– Det är inte så stort, men det räcker till oss. Till att börja med. Förhoppningen är att vi ska få tillökning så småningom. Ingrid vill ha minst tre- fyra ungar. Vi får väl bygga ut huset efter den tredje, haha! Gustaf mös när han hörde sig själv prata om barn. Han kunde se sig själv hålla sina små barn i händerna medan han visade kossorna för dem.

– Ja, blir det fler än tre så kanske det blir trångt. Är det ingen på gång då, om man får fråga? sa Olov lite försiktigt. Gustaf såg ner i backen och log lite försynt.

– Vi jobbar på det. Men än så länge är det lugnt. Men allt har väl sin tid, antar jag… Det har ju varit lite omtumlande för Ingrid att flytta ner till Småland och så. Hon kanske behöver komma till ro lite, inte vet jag. Gustaf suckade tungt.

– Allt har sin tid, upprepade Olov.

– Du kanske är sugen på att skaffa tjej, du med? Jag menar, efter att bara ha umgåtts med militärklädda karlar i flera år?

– Haha, ja tjejer har det varit ont om, det kan jag lova. Fast det fanns några i Norge förstås...

– Jag har hört att norskorna är fina som satan, sa Gustaf. Olov nickade instämmande.

– Det är fan världsklass på jäntorna i Norge, jag lovar. Fy fan vad fina de är! Sexig dialekt har de med.

– Vi kan väl åka in till Skillingaryd och gå på dans i sommar? Tjejerna här hemma i Småland går inte av för hackor, de heller.

– Det måste vi. Absolut! sa Olov och nickade.

– Nu kanske jag har chans att få någon tjej, nu när jag har gått ner i vikt lite... Olov klappade sig på sin mage.

– Ja det var värst vad du har tappat i storlek. Hur mycket har du gått ner? frågade Gustaf nyfiket.

– Vet inte. Säkert tjugo kilo. Trettio kanske. Fetmagen är borta. Gott om mat har det varit ont om. Fy fan, ibland var man så hungrig att man höll på att kräkas. Ibland mådde man så psykiskt dåligt av allt man upplevde där i Norge att man tappade lusten att äta. Du ska bara veta Gustaf, vad jag har sett och varit med om. Saker som aldrig når löpsedlarna, saker som tystas ner. En dag ska jag berätta om det, men inte nu, det pallar jag inte.

– Det är lugnt. Det tar vi en annan gång, sa Gustaf förstående och klappade honom på axeln.

– Fast det värsta av allt var nog ändå när jag fick tvinga med dig tillbaka till lastbilen när vi var i Finland. Fan vad nära det var att du strök med!

Olov såg djupt in i ögonen på Gustaf med gravallvarlig blick. Ögonen tårade sig och Gustaf såg att han verkligen menade allvar. Gustaf visste inte vad han skulle svara riktigt.

– Men det gick ju bra till slut, eller hur? Du kom till undsättning och du räddade mig. Jag lever ju.

– Jag var så jävla rädd, Gustaf. Så jävla rädd att mista dig. Du var helt borta ett tag. Jag trodde du skulle bli kvar där i snön... Olov grät nu.

– Försök att släppa det där om du kan. Jag lever, du lever och vi sitter här nu. På en bänk nere vid vår sjö i Småland, långt ifrån allt krig och elände. Det är sommar och allt är frid och fröjd. Nu kopplar vi av, eller hur? försökte Gustaf trösta.

– Ja, jag ska försöka gå vidare. Men det är inte så lätt. Men tiden läker väl alla sår och dåliga minnen, antar jag.

– Jag tror det. Du behöver nog prata av dig någon gång. Du berättar när du känner dig mogen. Jag förstår att du varit med om mycket skit, jag ser det på dig. Det syns i dina ögon, de ljuger inte. Men du är hemma nu. Kriget är över och allt kommer att bli bra ska du se, sa Gustaf tröstande.

– Ja... Jag saknar lite normalt liv. Utan en massa honnörer till stroppiga befäl och utan stenhård, överdriven disciplin och skrik från kaptener. Lite normalt liv, utan död, svält, föräldralösa barn. Jag hatar också de där jäkla stridsselarna, för att inte tala om hjälmen. Jag fick en som var för liten, lyckades aldrig byta den. Inte undra på att man nästan jämt hade huvudvärk. Och jag vill inte se ett befäl till i hela mitt liv! Och ser jag ett befälshelvete så ska jag köra upp foten i arslet på honom, jag lovar! skojade Olov. Gustaf skrattade så tårarna rann. De satt länge och väl på bänken nere vid sjön och pratade om allt möjligt. Det började kyla på. De hade inga extra kläder med sig och det började skymma. Ölen var slut och de båda bröderna beslöt sig för att börja dra sig hemåt igen.

Del 3 – Mitt i livet

Kapitel 22

Ingrid stortrivdes hemma i sitt nya hem nere i de småländska skogarna. Visserligen hade det blivit några kvällar med gråt på grund av saknad av föräldrar och vänner, men hon kände sig ändå helt trygg så länge hon var hos Gustaf. Gustaf svävade som på moln hemma på gården. Hans bror var äntligen hemma igen och allt var som vanligt. Eller nästan åtminstone. Eller kanske en hel del förändringar när han tänkte efter. Han och Ingrid var gifta och bodde i ett annat hus nu, Stig var borta och Olov hade fått ett helt hus för sig själv. De var vuxna nu. När kriget startade var de tonåringar, men nu var de båda vuxna och dessutom ägare till Assargården, med allt vad det innebar. Gustaf hade inga andra planer än att fortsätta driva gården. Han älskade sina kor, höns och hästar. Han älskade att puttra omkring på traktorn ute på någon åker och vara för sig själv. Bondelivet var det enda han kunde och trivdes med det. Vad Olov hade för tankar visste han inte riktigt, men han hoppades att han ville driva gården tillsammans med honom.

I juli samma år bestämde de sig för att åka in på dans inne i Skillingaryd. Olov hade möblerat om efter eget tycke i huset. En del saker hade han slängt, saker efter Stig som han tyckte var omoderna. Huset var nu tämligen klent möblerat men han hade ingen panik över det och trivdes bra som det var. Innerst inne hoppades Olov att det kanske flyttade in en tjej i huset så småningom, precis såsom det blev med Gustaf, men la ingen större vikt vid det. Klockan var sju på kvällen. Om en stund skulle han, tillsammans med Gustaf och Ingrid ta moppen in till Skillingaryd och dansa och träffa gamla vänner inne på stans hotell. Han hade precis ätit två smörgåsar med sylta och gurka på i köket. Till det tog han en pilsner, den än så länge första för kvällen. Han hade klätt sig i ett par grå byxor med hängslen och vit skjorta till. Ifrån sin fars badrumsskåp hade han hällt på sig ett par skvättar rakvatten med. Hans korta, ljusa hår var vattenkammat i en prydlig sidbena.

Ja då får man se vad det blir av den här kvällen då... Dansa i Skillingaryd, vilket påhitt! Jag som inte kan dansa. Men dricka pilsner kan jag i alla fall. Det ska faktiskt bli kul att komma ut lite. Vet inte när jag pratade med ett fruntimmer senast men det var länge sedan nu. Måste ha varit den där norska tjejen som jobbade som servitris någonstans i Narvik. Hennes leende glömmer man inte i första taget. Fast hon ler säkert lika fint mot alla killar hon serverar... Fast det kändes väldigt speciellt när hon log mot mig. Äh, jag inbillade mig nog bara. Strunt samma, finns kanske trevliga tjejer på hotellet ikväll med. Gustaf har i alla fall sitt på det torra. Det behöver han. Någon som lugnar ner honom lite. Tycker nog han har blivit lite lugnare faktiskt. Ingrid är nog helt rätt tjej för honom, hon är så lugn av sig och det verkar smitta av sig lite på Gustaf. Vilken härlig framtid det är som väntar för honom nu, nygift, nytt hus och snart en massa ungar på gården. Det kunde man inte tro om honom för tio-femton år sedan. Då var han så vild av sig. Då var han alltid så uppkäftig mot alla och muckade gräl med varenda grabb i skolan som råkade blänga på honom eller kommentera honom för att de har irriterat sig på hans rastlösa och kanske lite nonchalanta beteende. Men aldrig med mig. Konstigt nog har han aldrig varit elak mot mig. Inte en knuff, inte ett elakt ord mot mig. Är det för att jag har förstått mig på honom som ingen annan kanske har gjort? Är det för att jag har accepterat hans rastlösa beteende? Är det bara jag som har förstått att han behöver få utlopp för all energi han har inom sig? Eller är det bara för att vi är blodsbröder, kanske? Aldrig kunde han sitta still, alltid skulle han greja med något. Alltid blåmärken och småsår efter att ha varit oförsiktig och ivrig, hehe. Så typiskt honom. Men även han har vuxit upp nu. Fortfarande kan jag se iver och rastlöshet i hans ögon, men jag märker skillnad, det gör jag. Hade det varit den gamle Gustaf som skulle på dans ikväll så hade jag varit orolig för att han skulle ha startat bråk, men inte nu längre. Det är nog delvis Ingrids förtjänst att han är lugnare, tror jag. Jag hinner nog en pilsner till innan det är dags att åka.

En stund senare hörde Olov hur Gustaf kickade igång den gamle mopeden som stod inne i boden i ladugårds-byggnaden. Han såg ut genom fönstret och såg hur Gustaf backade ut mopeden medan Ingrid stod utanför och såg på. Hon var klädd i en vit, somrig klänning med stora blommor på. Håret var lika välkammat som vanligt. Olov klädde på sig den tunna sommarjackan, gick ut och låste dörren.

– Olov! ropade Gustaf när han fick se honom vid ytterdörren.

– Hej! Är ni redo?

– Jajamän! Fullast kör! ropade Gustaf och höll upp en öl i handen.

– Hör du du! Ingen mer öl för dig innan vi kommer fram till hotellet, vi vill gärna komma fram helskinnade, sa Ingrid och tog ölflaskan från honom.

– Får vi verkligen plats alla tre på den där mojängen? undrade hon och såg skeptiskt mot mopeden.

– Jadå, vi tränger ihop oss. Jag kör och du sitter framför mig. Olov sitter bak på pakethållaren. Det kommer att gå kanon! skrattade Gustaf.

Den lilla mopedmotorn fick jobba hårt för att ta dem hela vägen in till Skillingaryd, men efter två kisspauser och många skratt kom de till slut fram till hotellet. Redan utanför hördes det musik från bandet och det strömmade in folk från alla håll. Det var feststämning och överallt hördes det glada skratt till toner av härlig swingmusik inifrån hotellet. Cigarettröken låg som en dimma i festlokalen. Den första halvtimmen blev det många handslag för både Gustaf och Olov med kompisar de inte hade sett på många år. Gustaf presenterade stolt sin Ingrid för dem, som blygsamt hälsade artigt på var och en. Musiken dånade i den rökiga lokalen. Ingrid drack en rom och cola och satt vid ett bord bredvid Olov. Hon kunde skymta Gustaf, som stod en bit bort och skrattade och gestikulerade tillsammans med några vänner han inte hade sett på länge. Olov hade hälsat på några av sina gamla klasskamrater och även pratat lite med sin granne, Samuel Jönsson, som också var där ikväll. Dansgolvet fylldes alltmer av svettiga par som dansade till Alice Babs "How do you do, mister Swing". Ingrid satt och smuttade på sin rom och cola medan hon klappade takten till den svängiga musiken med handen mot bordet. Hon såg ut att trivas. Då och då möttes hennes blick med Gustafs. Han såg ut att ha dåligt samvete för att han pratade med kompisarna han inte hade sett på länge, men Ingrid bara log mot honom som om hon hade full förståelse. Rätt var det var kom Gustaf fram och tog tag i Ingrids händer.

– Kom nu, älskling! Vi måste dansa lite! sa han ivrigt. Hon följde något motvilligt upp på dansgolvet, men snart dansade de för fullt och såg ut att ha det roligt tillsammans. Olov satt ensam kvar vid sitt bord och såg sig omkring. Han var inte mycket för att dansa och inte heller hade han så många att prata med. Han såg en del gamla klasskamrater, men det var inga som han ville återknyta kontakten med. Han hade redan hälsat på dem han hade velat träffa. Borta vid baren stod rökande tjejer och smuttade på drinkar.

Vid ett par bord längre bort satt en tjej ensam och höll ett hårt tag om sin lilla handväska. Olov kunde inte låta bli att titta nyfiket på henne. Hon hade inte något sällskap med sig vad det verkade. Hon såg något obekväm ut och verkade inte ha särskilt kul. Olov blev nyfiken på vad det var för en tjej och fortsatte att titta på henne lite i smyg. Det var en något rundlagd tjej med halvlångt, ljusbrunt hår. Ögonen var stora och söta och var sminkade med en massa svart, såg han. Hon var kanske inte den smalaste av flickorna i lokalen och inte den sötaste heller, men det fanns något hos henne som lockade hans uppmärksamhet. Kanske var det de där stora ögonen, kanske var det hennes otrygga sätt som på något konstigt vis lockade. Otrygg, precis som han själv... Han visste inte riktigt, men någonting var det. Runtomkring kryllade det av spralliga, vackra tjejer men han visste att han inte skulle ha en chans hos dem. Dessutom var de inte särskilt lockande, det var inte hans smak att ha pinnsmala, högljudda och rökande tjejer med stort självförtroende. Han var själv inte en person som var högljudd med stort självförtroende, så varför skulle han passa ihop med en sådan, tänkte han. Nä, han drogs definitivt mer mot den typ av tjej som satt ett par bord ifrån honom. Den där blyga, lugna typen, det var hans melodi. Hon väckte verkligen hans intresse.

Varför ser hon så allvarlig ut? Var är hennes kompisar? Gick hon hit själv ikväll? Det kan hon väl ändå inte ha gjort? Det verkar inte som hon har någon kille.

Han svepte det sista ur ölglaset och såg ut över dansgolvet. Orkestern spelade en lugn låt nu och mitt på golvet såg han Gustaf och Ingrid hålla hårt om varandra. Olov smålog lite för sig själv när han såg dem ihop. De passade verkligen bra tillsammans. Några tjejer gick förbi honom och fnittrade, längre bort hördes ett klirr från ett glas som gick i golvet. Borta på scenen såg sångaren i bandet ut att försöka flörta med varenda tjej som såg upp mot honom där han stod. Återigen såg Olov bort mot den till synes blyga tjejen. Hon smuttade på ett glas med vad som verkade vara apelsinläsk. Fortfarande höll hon ett stadigt tag om sin handväska. Plötsligt öppnade hon den och tog fram en liten spegel. Med andra handen tog hon fram ett rött läppstift och började stryka på ett lager till. Snabbt stoppade hon tillbaka spegeln och läppstiftet i sin lilla handväska och såg oroligt ut över dansgolvet igen. Någon bekant gick förbi henne och hon log artigt. Hennes blick svepte hastigt bort mot Olovs bord och för ett ögonblick möttes deras blickar. Hon stannade underligt nog till någon tiondels sekund med blicken när hon såg på Olov för att sen snabbt titta generat ner på sin handväska igen. Olov blev nyfiken.

Hon såg på mig. Visst sjutton stannade hon till lite extra med blicken när hon såg på mig? Då är jag inte helt osynlig i alla fall då... Hon verkar vara här själv. Eller så kanske hennes kompisar är uppe på dansgolvet och hon passar deras bord? Så kan det vara faktiskt.

Den tredje ölen för kvällen gjorde sig påmind och Olov gick bort till toaletten. Inne på toaletten kunde han inte sluta tänka på den ensamma flickan som satt vid bordet en bit ifrån honom.

Vad fan gör jag här egentligen? Bara dricker öl och sitter och glor på tjejerna som springer omkring och fånar sig. Finns bara en enda tjej som skiljer sig från mängden här ikväll. Hon verkar vara som jag, lite blyg, osäker och inte verkar vilja dansa. Jag ser nog ganska dum ut som sitter still på samma plats hela kvällen. Men dansa tänker jag inte göra. Kanske om jag kunde, men det kan jag inte. Hotellet är nog ingenting för mig. Om jag ändå kunde fatta mod till mig och gå fram och prata med den där tjejen. Men jag är så jävla helvetes feg. Jag har minsann haft ihjäl tyskar uppe i Narvik, men jag vågar inte ta kontakt med tjejer, vad är det för fel på mig?

Olov kände sig smått dåsig i huvudet av ölen och vinglade något framme vid pissoaren. Toalettdörren öppnades plötsligt och två skrattandes grabbar kommer infarandes. Ljudet från orkestern blev plötsligt högre när dörren stod på vid gavel och sångarens röst blir för tillfället tydligare. De gjorde ingen notis om Olov utan ställde sig vid en varsin pissoar. Förbannad på sig själv gick Olov ut igen och satte sig vid samma bord som innan. Han var sur för att han var så osäker på saker och ting. Visserligen hade han förändrats en hel del under tiden han tjänstgjorde som beredskapsman men när det kom till dans och tjejer var han likadan som han alltid hade varit. Tjejen borta vid bordet hade blicken åt ett helt annat håll och hade inte sett att han hade kommit tillbaka. Olov suckade tungt för sig själv. Snabbt bestämde han sig för att köpa sig en sista öl för kvällen och gick bort till baren. Tillbaka därifrån fick han en knuff i ryggen av ett buggande par och skvätte ut lite ur flaskan på skjortan. Han svor för sig själv och borstade bort det värsta med handen. Det snurrade lite i huvudet nu och han började så smått bli onykter. Rytmen av basen borta vid scenen vibrerade och han önskade så att han kunde dansa han med. Men han skulle bara se fånig ut om han gick upp och försökte, tänkte han. Ännu en gång blickade han bort mot platsen där den blyga, till synes uttråkade flickan satt. Han såg hur hon återigen svepte med blicken över dansgolvet från den ena sidan till den andra. Blicken närmade sig platsen där Olov satt och rätt var det var så möttes deras blickar igen. Av ren reflex höjde han handen med ölen som för att skåla. Han blev förvånad själv över att han vågade hålla kvar blicken och ännu mer förvånad över hennes korta, blygsamma leende tillbaka. Olovs hjärta gjorde ett par extraslag och det pirrade till i hans onyktra kropp.

Hon log mot mig! Helt jävla osynlig verkar jag inte vara trots allt. Vilket fint leende hon hade. Vad fan sitter jag kvar här för? Kom igen nu, Olov! Res på röven och gå bort och snacka med henne! Fast vad ska jag säga? Så typiskt mig. Det låser sig fullständigt i hjärnan så fort det handlar om tjejer. Nä, skärp dig nu. Bara res på dig och gå dit, det får lösa sig, det där med vad jag ska säga. Går det åt helvete så kan jag alltid skylla på ölen.

Det är inte säkert att jag någonsin kommer att träffa henne något mer, så jag behöver inte skämmas om jag gör bort mig.

Olov tog en klunk till av ölen, tog ett djupt andetag för att fatta mod till sig, sedan reste han på sig och gick bort till den blyga flickan. Redan halvvägs dit ångrade han sig, men då var det för sent. Han sträckte på sig och drog till med ett falskt litet leende. Den höga musiken gjorde att han var tvungen att böja sig ner för att göra sig hörd.

– God kväll!

– God kväll, svarade flickan.

Hon log igen mot Olov och det pirrade till igen i magen på honom.

– Får man slå sig ner?

– Ja gärna det, sa hon och höll ett hårt tag om sin handväska.

– Det är bra musik här ikväll, tycker ni inte det? frågade han så artigt och charmigt som han bara kunde. Han kände hur han började svettas i pannan och kände sig dum.

– Ja, de är duktiga. Sångaren har en fin röst, svarade hon. Medan hon talade till Olov såg hon honom i ögonen, men så fort hon var klar såg hon ner mot sin handväska igen. Olov kunde ana hur hennes kinder rodnade.

– Skulle jag kunna få bjuda på en drink, kanske? frågade Olov.

– Tack, men jag kör ikväll.

Olov blev först ställd. Han hade inte förväntat sig ett nej, men fann sig snabbt.

– Jaså på så vis... Men jag kanske kan få köpa en till apelsinläsk åt er?

– Ja det får du gärna göra! sa flickan och sken upp för ett ögonblick. Olov försvann snabbt bort till baren igen. På vägen dit såg han hur Gustaf och Ingrid buggade för fullt på dansgolvet. Med förnyat mod var han strax tillbaka till bordet där flickan satt.

Tänk inte så jäkla mycket på vad du ska säga nu Olov, bara slappna av och säg det som kommer upp i skallen på dig, så ska det nog gå bra. Jag har inget att förlora och allt att vinna. Så skulle Gustaf ha sagt till mig om han var här nu.

– Jag har sett att ni verkar vara ensam här ikväll? fortsatte han.

– Nja, jag är här med min bror. Jag lovade att skjutsa honom till dansen ikväll.

– Jaså, på så vis?

– Själv är jag inte så mycket för dans. Skulle vara tryckare i så fall, något annat kan jag inte dansa, sa flickan och såg generad ut.

– Samma här! Jag heter Olov. Jag är här tillsammans med brorsan och hans fru, sa Olov och sträckte fram handen för att hälsa.

– Marianne Karlsson. Trevligt att träffas! sa hon och log försynt. Hennes lilla hand var varm och fuktig. Olov anade att hon var lika ovan att prata med killar som han var ovan att prata med tjejer. Hon tittade upp mot Olov som för att säga något men avbröt sig och såg ner på sin handväska igen. Det gick några sekunder och Olov kände genast av den pinsamma stämningen av tystnad som rådde mellan dem. *S äg nåt nu du för fan, Olov! Det får inte bli tyst, gör inte bort dig nu!*

– Bor ni här i närheten? fick han till slut fram. Marianne tog en klunk av läsken.

– Nej, jag bor i Klevshult, men min bror har ett par kompisar som bor här i stan som gärna ville att han skulle komma hit och dansa ikväll. Jag lovade vid ett svagt ögonblick att jag kunde skjutsa honom.

– På det viset. Ja då förstår jag varför du sitter helt själv här då.

– Ja, jag känner ingen här ikväll.

– Men nu känner du mig! Lite i alla fall! försökte Olov säga så charmigt han kunde. Han var förvånad själv över hur mycket han vågade prata med en okänd flicka. Det var nog mest ölens förtjänst, tänkte han. Marianne log tillbaka som svar. Det gick några sekunder utan att någon sa någonting. Sedan sträckte hon sig emot Olov.

– Det är väldigt varmt här inne. Jag tänkte gå ut till bilen och lägga in min kofta, sa Marianne. Olov nickade artigt, men rasade inombords.

Jaha, det var det. Så intressant var jag, att hon väljer att gå ut till bilen för att lägga in en jävla kofta, i stället för att prata med mig. Fan vad pinsam jag är. Jag borde ha suttit kvar på min jäkla stol i stället för att gå hit och göra bort mig. Olov, din idiot! Marianne reste sig sakta, men vände sig sedan åt Olov.

– Ni... ni kanske vill göra mig sällskap ut? frågade hon. Hon log igen så där blygt och tittade snabbt ner mot golvet, som om hon nästan ångrade att hon hade frågat.

– Ja gärna! Olov sken upp som en sol och fick förnyad energi. Genast glömde han bort de tankar han nyss hade haft, reste sig och tog en klunk till av sin öl. Marianne var inte hans tjej, men på något vis kände han sig oerhört stolt när han gick bredvid henne genom lokalen och bort mot utgången. Det hade aldrig hänt innan att han gick tillsammans med en tjej på det här viset. Det kändes på något sätt att han hade "fått napp" ikväll, fastän han inte hade det och när det var någon han kände igen som tittade på honom, kände han sig extra stolt. På vägen ut till bilen passade han på att snegla på Marianne. Hon var säkert två huvud kortare än honom, klädd i en ljusgul klänning. Någon direkt midja hade hon inte, men brösten var tillräckligt stora för att skumpa en aning när hon gick. Bilen stod parkerad ett par kvarter längre bort. Musiken från hotellet tystnade ju längre bort de kom. Ute var det mörkt. Några lampor lyste fortfarande i ett par av fönsterna i lägenheterna ovanför dem längs gatan där de gick. Klockan närmade sig halv tolv. Marianne sa ingenting när de gick och Olov försökte återigen komma på någonting att säga, medan han petade in bakdelen på skjortan innanför byxorna så diskret han kunde. På andra sidan gatan stod tre bilar parkerade. Marianne sneddade gatan och gick fram till en till synes helt ny Volvo PV 444. Den var svart och såg alldeles nytvättad ut. Hon låste upp dörren, slängde in sin kofta och vände sig om till Olov.

– Det här är inte min bil, som ni säkert förstår. Det är fars. Jag fick låna den om jag lovade att vara försiktig.

– Den är jättefin! utbrast Olov och såg imponerad ut. *Den måste ha kostat en hel årslön! Undra vad hennes far arbetar med, som har råd med ett sånt här åk? Jösses!*

– Själv kom jag hit på moppe, skrattade Olov och fingrade lite nervöst på sina hängslen. Marianne öppnade sin handväska och tog fram ett cigarettpaket och en tändsticksask.

– Vill ni ha? frågade hon, men Olov skakade på huvudet.

– Nej tack. Har aldrig provat det där. Marianne log och tog ett djupt bloss.

– Vet inte varför jag röker. Men alla andra gör ju det, sa hon och blåste ut ett tjockt rökmoln medan hon ryckte på axlarna.

– Varför kom ni hit ikväll? frågade hon plötsligt medan hon lutade sig försiktigt mot bilen.

– Äh, vet inte... Det var länge sedan jag var ute på galej bara, sa Olov och drog med skon på asfalten.

– Har...har ni fått åka i väg som beredskapsman under kriget?

– Jo, det stämmer. Jag var först med i svenska Frivilligkåren men sedan när jag fyllde arton kom jag med som beredskapsman uppe i Boden.

– Var ligger det? Har aldrig hört talas om Boden, sa Marianne.

– Det ligger nästan så långt upp i Sverige man kan komma på östra sidan, nästan på gränsen till Finland. De sista åren var jag inne i Norge.

– Jaha! Det låter spännande! sa Marianne nyfiket och tog ett nytt bloss.

– Nja, spännande är väl kanske inte det rätta ordet, sa Olov lågmält. Otäcka scener från saker som hände utanför Narvik flimrade plötsligt förbi i huvudet på honom. Bilder på en skottskadad Gustaf inne i Finland. Hans plågade grimas när han försökte resa på en slapp och på gränsen till medvetslös Gustaf ur snön för kanske tredje eller fjärde gången. Olov kunde plötsligt riktigt känna den där ångesten han fick i kroppen när Gustafs ögonvitor var det enda som syntes och han säckade ihop rakt ner i den iskalla snön. Mängder av varmt blod från Gustaf axel som droppade ner i snön och smälte den.

– Men Olov! Hur är det fatt? Mår du bra, frågade Marianne oroligt. Olov var likblek i ansiktet och ryckte till när Marianne tilltalade honom.

– Öh jadå. Jag bara kom att tänka på några saker från kriget bara, ingen fara, sa han och harklade sig.

Skärp dig nu, Olov! Du har en tjej på hugget, tänka på tråkigheterna som har varit får du göra en annan gång!

– Ni såg lite blek ut där för ett ögonblick. Det var inte meningen att få er på dumma tankar. Jag ber om ursäkt i så fall, sa hon medan hon fimpade cigaretten på marken.

– Det är ingen fara, ingen fara alls. Hur länge håller dansen på, förresten? frågade han medan han sakta men säkert började återfå den rätta färgen i ansiktet.

– Den slutar vid midnatt tror jag sa Marianne.

– Ja just det ja. Ska vi kanske gå tillbaka igen?

Varför sa jag så för? Nu när jag äntligen har fått i väg henne helt för mig själv? Hur jäkla dum är jag?

– Hmm, på ett villkor, sa hon och såg klurig ut.

– Vaddå?

– Jag sa till dig innan att jag inte är så mycket för dans, men dansa tyckare klarar jag av… Olov fattade genast piken.

– Då lovar jag att bjuda upp dig så fort en lugn låt kommer, sa han och sken upp som en sol. De gick in igen och satte sig vid det bordet som Marianne tidigare satt. Det var inte längre svårt att komma på samtalsämnen. Mariannes blyghet hade lättat och det dröjde inte länge förrän Olov bjöd upp henne för en tryckare. En bit längre bort såg Gustaf vad som föregick på dansgolvet. Han trodde knappt sina ögon när han såg Olov stå och dansa tätt intill en tjej, mitt på dansgolvet. Han log med hela ansiktet medan han petade till Ingrid för att visa vad han hade sett. Hon sken upp som en sol när hon såg Olov stå och dansa tätt intill en tjej.

– Vad roligt att han har hittat någon att dansa med! Känner du igen henne?

– Aldrig sett henne förut. Hon var lite tjock om baken, sa Gustaf och granskade Marianne. Ingrid slog till honom på armen.

– Sluta! Det spelar väl ingen roll! Eller?

– Nej, jag bara sa vad jag såg, hehe!

– Det ser väl jag med att hon är lite rundlagd, men det har väl ingen betydelse så länge hon är trevlig, sa Ingrid surt.

– Det är klart att det inte spelar roll. Hon har vackra ögon. Kul för Olov, verkligen, sa Gustaf. Flinet i ansiktet var borta och han insåg att han hade avfyrat munnen innan han hade laddat hjärnan.

Klockan var halv ett på natten. Gustaf, Olov och Ingrid var på väg hem från dansen. Det gick betydligt vingligare nu och mopeden vinglade från den ena sidan av vägen till den andra. De var snart inne på den grusväg som ledde bort till bland annat Jönssons och deras egen gård. Gustaf lyckades nog pricka varenda hålighet som fanns i grusvägen. Allt som syntes var det svaga skenet från mopeden. Luften var fuktig och sval och Ingrid huttrade där hon satt bakom Gustaf.

– Går det bra att köra? frågade hon.

– Ja för fan! Den här vägen kan man i sömnen! Eller hur, brorsan?

– Japp, det kan man! Du kan lika gärna blunda och köra, du lär hitta hem ändå! ropade han från pakethållaren bakom Ingrid.

– Det gör du inte! sa Ingrid bestämt och visste inte om grabbarna menade allvar eller om de skojade.

– Vad sa du och Marianne då? ropade Gustaf och försökte överrösta den hårt arbetande gamla mopedmotorn.

– Äh, lite allt möjligt. Hon var från Klevshult!

– Aha! Där är tjejerna pigga, har jag hört! ropade Gustaf och flinade med hela ansiktet. Ingrid slog till honom hårt på armen, men Gustaf bara skrattade.

– Ska ni träffas igen? frågade Ingrid nyfiket.

– Nja, hon ska till hotellet redan nästa helg igen. Då skulle hon och tre av hennes väninnor dit. Hon frågade om jag kunde komma då. Jag sa ja. Så vi får väl se. Om de andra kunde sett Olov nu, hade de sett hur hela ansiktet log av längtan och han hade naturligtvis bestämt sig för länge sedan att han skulle dit. Olov var mer än nöjd med kvällen. Han hade inte kysst Marianne, men dansat med henne hela tre danser. För varje dans hade han hållit lite hårdare tag om henne och hon verkade inte misstycka alls, tvärtom faktiskt. När de senare skiljdes åt, gav hon honom en kram. Det pirrade i magen på honom när han tänkte på kramen. Han var lycklig!

Kapitel 23

Gustaf som körde moppen, var nära att ramla några gånger men klarade sig. Ingrid var inte överförtjust i idén från början att de skulle köra onyktra med den, men gav med sig. När de efter en liten stund var tillbaka på gården och parkerat moppen inne i logen, sa de god natt till varandra. Olov gick ensam in till sitt stora, tysta hus medan Gustaf och Ingrid gick hand i hand bort till deras hus. Nöjd med kvällen gick Olov runt och nynnade för sig själv medan han gjorde i ordning sig för natten. Den här kvällen hade varit mentalt påfrestande för honom. Han var inte van vid att träffa så mycket folk, särskilt inte prata och göra sig till inför en tjej, men utfallet hade varit mycket bra och han var mer än nöjd. Han somnade snabbt och fick några få timmars sömn innan väckarklockan ringde och det var dags att ta hand om djuren.

Inne hos Gustaf och Ingrid var stämningen något dämpad. Han var hungrig och frågade om de skulle ta en smörgås i köket, men hon var inte sugen. Gustaf hoppade över nattmackan men tog sig ett glas mjölk från kylskåpet i stället. Ingrid sa ingenting medan de gjorde sig i ordning inför natten. Gustaf märkte först ingenting, lite smårund under fötterna som han var, men när de lagt sig i sängen märkte han att någonting inte var som det skulle. De hade släckt lampan då han hörde dova snyftningar efter en stund.

– Ingrid? Var är det, älskling? viskade han oroligt. Fortfarande lite berusad kände han att det snurrade till i huvudet när han vände sig om mot henne.

– Gråter du? frågade han och la försiktigt armen om henne. Hon vände sig sakta om på rygg och såg mot honom.

– Gustaf, hur länge har vi varit gifta nu? snyftade hon medan hon torkade bort ett par tårar med handflatan.

– I drygt två år. Det vet du väl? frågade han undrande.

– Precis, i över två år. Varför blir jag aldrig gravid? Vad gör vi för fel? I över två års tid har vi försökt få barn, men det blir ju aldrig några, snyftade hon och torkade försiktigt bort ännu en tår.

– Jag vet inte. Jag tror inte vi gör något fel alls... Men det tar väl tid att bli gravid, antar jag. Det kanske inte kan funka på en gång?

– Jag borde vara gravid för länge sedan! Är det mig det är fel på? Eller är det... dig?

– Det behöver väl inte vara fel på någon av oss? Vi kanske helt enkelt bara har försökt fel dagar i månaden, inte vet jag. Jag är trött nu, kan vi inte bara sova? Det löser sig säkert, ska du se. Vi har väl ingen panik?

Gustaf var riktigt trött och dåsig efter all öl och hade ingen större lust att prata om barn just nu. Innerst inne hade han också undrat varför Ingrid inte blev gravid, men det var inget han hade tagit upp med henne.

– Visst. God natt, då, viskade hon och vände sig om igen. Hon var inte ett dugg trött, bara väldigt ledsen just nu. Hon hade haft väldigt roligt på dansen tidigare ikväll och hon var så stolt över att gå dit med sin stilige man. Men nu var det tyst i huset och hennes tankar förde henne återigen tillbaka till barn. I flera månader hade hon alltmer börjat undra om allt verkligen stod rätt till. Hon borde ha blivit gravid för länge sedan. I hemlighet hade hon burit på dessa tankar utan att vilja oroa sin man.

Vad är det egentligen som är fel? Något måste det ju vara. Är det jag som har varit för stressad? Visst, det blev kanske lite för mycket med både flytt och giftermål på en och samma gång och visst, jag har kanske varit lite spänd över hur jag ska trivas här på gården. Men jag trivs ju bra med allt. Gustaf är så fin, jag älskar att ta hand om alla djuren här och jag älskar hela omgivningen. Vid det här laget trodde jag nog att jag kanske skulle bära på vårt andra barn... Gunilla hemma i Boden väntar sitt andra nu. Hon som inte ens ville gifta sig... Tänk om vi aldrig kommer att få barn? Ska vi gå här hemma på gården hela livet, bara jag och Gustaf? Det börjar kännas så himla tomt nu! Någonting fattas mig och det är att få ta hand om ett litet sött nyfött barn! Mitt uppdrag i livet kan inte bara bestå i av att arbeta, sova och laga mat. Jag vill ge min Gustaf ett barn, inte bara ett utan flera! Jag vill kunna ge mina älskade föräldrar barnbarn, jag vill kunna möta min fars blick när jag talar om för honom att han ska bli morfar! Kommer det någonsin att bli så? Herregud, vad ska jag ta mig till?

Snart hördes snarkningar från Gustaf, men Ingrid låg vaken ännu en stund och funderade på livet. Hon älskade sin man och hon älskade allt omkring på gården, men oron över att ännu inte ha blivit gravid bekymrade henne djupt och det var inte första natten hon somnade gråtandes, men det var inget som Gustaf visste om.

Under kommande vecka hände inget särskilt. Olov hjälpte till på gården och kände att det var väldigt befriande att bara kunna få vara omkring sina älskade kor, höns och hästar. Hans hjärna fick tid att bearbeta minnen från hemskheter under krigstiden, även om tankarna ofta for i väg och kretsade kring flickan från Klevshult, Marianne. Han kunde knappt vänta tills det skulle bli lördag och dans på hotellet i Skillingaryd igen. Gustaf hade lovat att följa med honom, eftersom han helst inte ville gå dit själv. Ingrid hade redan tidigt under veckan berättat att hon hellre stannade hemma den här gången. I stället för att följa med grabbarna hade hon bjudit över Inga Jönsson, eller fru Jönsson, som hon kallade henne, på eftermiddagste och scones. De tycktes trivas bra ihop, trots åldersskillnaden. Det hittills så varma och soliga sommarvädret var borta och ersatt med betydligt svalare väder med rikliga regn och åskskurar. Även lördagen började med regn och Gustaf började fundera på att avstå från kvällens dans, vilket gjorde Olov väldigt frustrerad. Det här var ju kvällen som han skulle få träffa Marianne! Om de ändå hade ägt en bil så hade allt varit lugnt, men de gjorde de inte. De enda fordon de ägde var en traktor och en moped och inte tänkte de ta traktorn in till dansen i alla fall, då skulle de säkert bli utskrattade. Men medan Olov gick och surade ute i ladugården började regnet att avta alltmer. Till slut upphörde det helt och de mörkgrå molnen försvann och ersattes av ljusare.

Vid sjutiden samma kväll satt de båda bröderna på moppen på väg in till hotellet i Skillingaryd igen. Olov satt bak och drack öl medan Gustaf körde den gamle Husqvarnamopeden. De doftade rakvatten och håren var fulla med brylkräm. Humöret var åter på topp hos Olov, även om det pirrade i magen när han tänkte på hur det skulle vara att träffa Marianne igen.

Mycket riktigt var hon på hotellet igen, precis som hon hade sagt. Vid samma bord som sist satt hon när Olov såg henne, men den här gången var apelsinläsken utbytt mot en drink. Hennes kompisar var uppe på dansgolvet och dansade, men inte hon. När hon såg Olov, skuttade hon upp från stolen och gav honom en rejäl kram. Under kvällen skrattade de och de dansade tillsammans när orkestern väl spelade lugnare musik. Kvällen blev magisk och sällan hade Olov haft en sådan trevlig kväll. Han presenterade henne för Gustaf och Olov fick träffa hennes väninnor från Klevshult.

Under kvällens sista dans kom så tillslut den kyss som Olov väntat på och fantiserat om under hela den gångna veckan. När musiken tystnat och det var dags att ta farväl, kom så både den andra och tredje kyssen när de stod utanför hotellet i sommarnatten, och det nya kärleksparet var ett faktum. Den annars ganska tystlåtne och eftertänksamme Olov gick inte att få tyst på under mopedfärden hem till Assargården. Mopedens brölande gjorde att Gustaf bara hörde vartannat ord han sa, men han förstod att han var uppspelt och mer än nöjd med kvällen.

Kapitel 24

Sommaren var över och skörden hade varit god. Ingrids semester var sedan länge slut. Jobbet som sjuksyster fungerade bra och hon trivdes riktigt bra. Hittills hade hon oftast cyklat den långa vägen till Skillingaryd men hösten var kommen och det bar emot att sitta på den kalla cykeln om morgnarna. Hon och Gustaf kom överens om att köpa en bil som hon skulle använda till och från jobbet och i oktober kunde de stoltsera med en sprillans ny Citroen B11 som banken hade beviljat lån på. Under hela hösten och resten av året fortsatte Olov att träffa Marianne. Gustaf förstod tidigt att det inte bara var en tillfällig tjej för Olov. Julafton 1945 firades inne i gamla boningshuset där Olov bodde hemma på Assargården. Ingrids föräldrar och syster kom ner och firade tillsammans med dem. Nyårsafton firade Olov hemma hos Mariannes föräldrar. Det visade sig att de hade det riktigt gott ställt, precis som han hade misstänkt den gången han såg den dyra Volvon hon hade fått låna av sin far. Till och med tilläts han sova över, men självklart i ett gästrum.

I maj året därpå friade Olov till Marianne, som svarade ja och ett år senare, 1947, gifte de sig i Klevshults kyrka. Marianne flyttade in hos Olov på gården samma år. Hon arbetade sedan tidigare som hårfrisörska i Skillingaryd.

Mariannes far, Douglas, erbjöd Olov jobb på banken i Skillingaryd, där han själv arbetade som kamrer. Olov tackade inte ja på en gång utan tog en lång funderare. Han drev ju gården tillsammans med Gustaf, men de båda var väl medvetna om att det egentligen räckte med en man för att driva den lilla gården med allt vad det innebar. Alternativet var att bygga ut ladugården och utöka med fler kor. Efter långa samtal med Gustaf, beslöt sig Olov för att tacka ja till sin svärfars erbjudande. Gustaf förstod att det skulle bli ensamt på gården, men så länge Olov bodde kvar så tyckte han inte att det gjorde något och han tyckte Olov skulle tacka ja till Douglas erbjudande. Olov tackade till slut ja.

Till en början bestod jobbet mest som springpojke och enklare sysslor, men han trivdes riktigt bra och det visade sig att han hade bra handlag med siffror, vilket Douglas snart upptäckte.

Det var augusti 1947 och kräftskiva hemma hos Gustaf och Ingrid och Olov och Marianne var bjudna. Vädret var ännu behagligt och det skulle visa sig vara årets sista riktigt varma dag för året. Ute på altanen hade Ingrid dukat fint med vit duk på bordet med porslinstallrikar, öl och snapsglas. Klockan närmade sig halv tio på kvällen och kräftorna som Gustaf hade fiskat nere vid Linnesjön var slut för länge sedan, liksom det mesta av brännvinet. Ingrid och Marianne hade dukat av och hjälptes åt att diska inne i köket. Nersjunkna i en varsin stol på baksidan satt de båda bröderna och spanade ut över sina ägor, fortfarande med kräfthattarna på sig men något på sned. Det hade börjat bli fuktigt i luften. De var mätta efter all mat och satt nu med en varsin pilsner i handen. Olov kunde inte annat än sitta där och bara njuta av stunden.

Han kunde inte ha det så mycket bättre än så här. God mat och dryck i det bästa sällskap han kunde tänka sig. De hade båda bjudit på ett antal snapsvisor under kvällen, som de absolut var tvungna att lära sina respektive. Visorna var allt annat än rumsrena och de hade lärt sig dem under krigstiden i Norrland. Relationen med Marianne var bra. Mycket bra till och med och det började bli dags för honom och Marianne att berätta kvällens stora överraskning. Han vände sig om från stolen och ropade in till tjejerna i köket, som fnittrade för fullt.

– Hörni tjejer? Har ni lust att komma ut ett slag?

Olov såg lite finurlig ut när han såg på Gustaf, men Gustaf var inte riktigt med på noterna. Tjejerna var snabbt ute på altanen igen och Olov och Marianne nickade lätt till varandra. Olov reste sig upp och ställde sig bredvid Marianne och harklade sig.

– Jo… det är så att vi har en liten nyhet att berätta för er. Det är så att Marianne och jag väntar barn!

Ögonen lyste på honom när han berättade nyheten och ögonen vandrade växelvis mellan Gustaf och Ingrid för att få en reaktion. Gustaf flög upp från stolen, tog ett litet snedsteg och sträckte fram näven.

– Nämen! Det var som själva fan! Vad roligt! Här går det undan, det må jag säga, hehe!

– Vad roligt, grattis! sa Ingrid och omfamnade dem båda.

De höjde sina glas och skålade, sedan satte de sig ner och pratade om nyheten. Ingrid blev allt tystare och efter en liten stund reste hon sig och gick in i huset.

– Ursäkta mig ett tag, jag kommer snart, sa hon och gick sin väg. Olov och Marianne såg frågande på Gustaf.

– Äh, det är ingen fara med henne. Hon kommer snart, sa han och försökte hålla masken, men innerst inne visste han mycket väl vad som stod på. Att Ingrid fick höra att hennes svägerska var gravid, var som att sticka en kniv i sidan på henne. I åratal hade hon och Gustaf försökt få barn utan att lyckas och hon tog denna nyhet mycket hårt. Marianne gick in för att se hur det var fatt med Ingrid och grabbarna blev ensamma kvar ute på altanen. Det blev tyst en stund.

– Jag trodde verkligen inte att Ingrid skulle ta illa vid sig när vi berättade, sa Olov bedrövat. Gustaf tog en lång klunk ur sin ölflaska och snörpte på munnen efteråt.

– Kom, vi går en sväng, sa han och ställde ner flaskan på bordet. De gick ut på det fuktiga gräset och bort mot grusvägen som ledde ner mot Jönssons. En bit bort hördes Astrids frustande från hagen.

– Hur har ni det egentligen? fick Olov till slut fram. Gustaf plockade upp ett långt grässtrå och stoppade det i munnen.

– Inget vidare, om jag ska vara ärlig. Det enda hon tjatar om är varför vi inte kan skaffa barn. Den där glada Ingrid som jag en gång blev förälskad i, finns inte längre. Hon verkar alltmer glida in i en mörk dvala. Jag tror faktiskt hon är deprimerad. På riktigt, och jag vet inte vad jag ska göra, suckade Gustaf.

– Jag visste inte att det var så illa. Jag menar, jag vet ju att ni vill ha barn och så, men…

– Missförstå mig inte, brorsan. Jag är jätteglad för din och Mariannes skull och det är Ingrid med, tro inget annat, men det kom nog som ett slag i ansiktet när ni berättade att ni ska bli föräldrar. Ingrid och jag har känt varandra i snart sju år. Hon och jag har alltid pratat om att bilda familj. Det gjorde vi redan långt innan hon flyttade ner till mig. Hon kunde skena i väg och fantisera om hur vårat liv skulle se ut om både två, fem och tio år framåt i tiden. Du skulle ha sett hennes min när hon pratade om det! Ögonen fullkomligt lyste. Hon visste precis vad hon ville redan då. Gustaf suckade.

– Konstigt, jag har då inte märkt att hon har varit nedstämd?

– Hon håller masken ganska bra utåt...

– Jag är verkligen jätteledsen för er skull, men... det kanske löser sig? fick Olov fram i brist på annat att säga.

– Ja, kanske det. Kanske det, men jag undrar ibland...

Det var riktigt mörkt ute nu och det var svårt att se vart man gick på grusvägen. De vände och gick tillbaka upp mot gården igen. Kräftskivan som hade varit så lyckad, kom av sig efter Olovs och Mariannes nyhet. De beslöt sig för att runda av för kvällen och dra sig tillbaka in till sitt.

I januari året därpå gick det inte längre. Det var en isande kall förmiddag. Himlen var täckt av mörkgråa moln och det var riktigt bistert. När Gustaf kom in från ladugården för att ta en fikapaus hittade han en lapp mitt på köksbordet med Ingrids handstil. Han tog upp lappen och ju mer han läste på den desto mer började hans hand att darra.

Käre, älskade Gustaf, jag önskar att det jag känner bara var en fas. Något som kommer att gå över. Jag önskar att jag kunde säga, att få barn inte betyder allt, men det går inte. Jag har försökt, men det går bara inte! Jag måste genom detta brev berätta att vårt liv tillsammans slutar här. Jag skulle aldrig kunna ljuga för dig, låtsas att allt är bra när det inte är det, du känner mig alldeles för väl för att inte genomskåda mig. Jag älskar dig, tro inget annat, men min längtan till att få ett litet barn väger ännu tyngre. Ett eget litet sött barn att få hålla i famnen fattas mig något så fruktansvärt att det värker i mig. Jag är

fortfarande ung nog att försöka få barn och jag måste därför ta chansen att försöka på annat håll, när inte vi kan. Jag ber dig inte att förstå, men jag hoppas att du kan förlåta mig en dag. Så det här är mitt sätt att säga farväl och tack för allt. Jag saknar kraft och mod att säga detta till dig öga mot öga och jag skäms för det. Vi fick många fina år tillsammans och jag ångrar inte en dag med dig! Jag kommer aldrig att glömma dig och du kommer för alltid att ha en särskild plats i mitt hjärta, glöm inte det! Du är mitt livs stora kärlek och kommer alltid att vara det. Jag vet att jag aldrig kommer att hitta någon som du igen, men kanske, kanske kan jag få uppleva känslan att hålla i ett nyfött barn i min famn och jag måste ta chansen innan det är för sent för mig. Det är det enda jag drömmer om nu för tiden. Det är med stor sorg jag nu lämnar gården, Olov och Marianne, men framför allt dig! Förlåt mig! Jag älskar dig!

/ Ingrid

Gustaf föll ihop mitt på köksgolvet med brevet i handen och blev sittandes där en lång stund medan tårarna rann ner längs hans kinder. Nog för att de hade haft de kämpigt en längre tid, men aldrig kunde han väl tro att det skulle sluta så här! Händerna började skaka på honom medan han torkade tårarna med dem.
– Neej! Fan! Ingrid, för helvete!
Orden blev bara till en viskning. Gustaf lutade sig mot väggen och drog upp knäna mot sig.
Helvete! Helvetes satans jävla skit! Så kom den här dagen till slut. Jag trodde nog aldrig hon skulle göra det, men jag hade fel. Ingrid, min älskade Ingrid… Hur fan ska jag kunna leva utan

*dig? Hur kunde du svika mig så? Efter allt fint vi gått igenom
tillsammans... Nu lämnar du mig helt ensam på gården. Sju år
tillsammans fick vi. Sju fina år. Åtminstone de flesta av dem.
Men ditt sug efter barn blev till slut för stort. Att bara leva med
mig räckte inte till för dig. Jag förstår dig på nåt vis, det gör jag.
Men hur fan ska jag ta mig vidare efter dig, du är ju mitt livs
första, enda och stora kärlek. Hur ska jag kunna bara kunna
glömma ditt härliga skratt, dina små söta händer, handen som
alltid brukar dra tillbaka din hårlock bakom örat. Ditt positiva
sätt, dina kramar, dina mjuka läppar, hur ska jag kunna glömma
och gå vidare? Jag har ingen aning just nu, men jag antar att
tiden läker alla sår. Fast jag är tveksam att det här såret någonsin
kommer att läka... Jag hoppas att du hittar det du söker, det gör
jag verkligen, det är du så värd, min kära. Kanske skänker du mig
en tanke någon gång och tänker tillbaka på allt fint vi varit med
om...*

Gustaf förmådde inte resa sig på över en halvtimme. Det
gjorde ont i bröstet på honom. Det värkte i huvudet och i
käkarna efter alla tårar. När han till slut reste sig var han
helt tom. Han hade ingen aning om vad klockan var eller
vad han skulle ta sig till härnäst. Det första som slog
honom var att han kanske skulle försöka komma i kapp
henne, kanske fanns det fortfarande hopp om att tala
henne tillrätta. Kanske han skulle hinna till tågstationen i
Värnamo innan hon hann åka, men han hejdade sig. Han
hade varit i ladugården i flera timmar och Ingrid hade
förmodligen gett sig av tidigt på morgonen. Han sprang in
till sovrummet och öppnade byrålådan. Det flesta av
hennes kläder var borta, sminket och smyckena likaså. Han
såg ut genom fönstret och bort mot logen.

Bilen står kvar. Hon måste ha gått in hela vägen in till Skillingaryd i den djupa snön, stackaren. Lilla, älskade Ingrid! Hur kunde du lämna mig?

Vid 17-tiden körde Olov och Marianne upp på gården. Det var spårigt av all snö och det var nätt och jämnt att de kom upp för den sista lilla backen efter de hade passerat grindstolparna. Det var kallt och mörkt ute och det snöade lätt. I bilens strålkastarljus såg de hur Gustaf konstigt nog var ute så här dags. Han stod lutad mot hästhagens ena grindstolpe och verkade stirra rakt ut i mörkret. Han gjorde ingen notis om Olov och Marianne, utan fortsatte stirra bort från dem och in mot hagen. Olov såg att han saknade både mössa och jacka och han förstod att något inte stod rätt till.

– Gå du in så länge och tänd fyr i kakelugnen så ska jag gå bort och prata med Gustaf, sa Olov sammanbitet.

– Men... vad kan ha hänt? Varför står han så där? frågade Marianne oroligt. Olov svarade inte, utan gick bort mot Gustaf med bestämda steg.

– Gustaf? sa Olov försiktigt. Gustaf reagerade inte. Olov gick fram jämsides och la handen på hans arm. Utan att vända blicken mot Olov började han prata med tyst röst.

– Hon har lämnat mig.

– Va?! Vad är det du säger för någonting?!

– Hon sa ingenting, bara lämnade en lapp i köket...

– Har... har Ingrid stuckit? frågade Olov häpet, med nästan hysterisk ton. Gustaf höll upp lappen som han hela tiden hade haft i handen och gav den till Olov. Tårarna som hade droppat på brevet hade frusit till is.

– Det är för mörkt, jag kan inte se vad det står. Hur länge har du stått här? Du skakar ju! Kom, följ med in till oss så får vi prata, sa Olov och tog ett fast tag om armen på

Gustaf. De gick in i värmen och satte sig i köket. Marianne kom in i köket och såg på Gustaf. Hon förstod vad som hade hänt.

– Men käre Gustaf! Säg det inte! Säg inte att Ingrid har lämnat gården! Gustaf behövde inte svara, hans rödsprängda ögon sa allt. Marianne tog sig för munnen och satte sig ner vid bordet. Ännu en gång tog han upp lappen från Ingrid och la den på bordet. Med viss tveksamhet tog Olov upp den och läste med öppen mun. När han läst klart satte sig även han ner vid bordet. Han lutade sig fram mot Gustaf och höll om honom. Gustafs öron var iskalla mot Olovs ansikte. Även Olov grät nu och det gjorde så ont i honom att se Gustaf så förkrossad.

– Jag är så ledsen, brorsan! Jag är så ledsen… Du måste få upp värmen, du är ju iskall! Marianne, sätter du på lite kaffe, är du snäll?

Aldrig någonsin hade Olov sett sin bror på det här viset, aldrig. Han själv däremot hade under uppväxttiden varit lipsillen av de två och Gustaf hade varit den tröstande och stöttande. Den tuffe och hårde Gustaf, som spöat de som hade mobbat honom. Tryckt upp dem mot väggen, hotat dem. Men nu satt hans storebror där, ynklig och otröstlig. *Fy fan vad det måste kännas hemskt. Efter så många år tillsammans med Ingrid så sitter han här nu helt ensam. Lämnad av sin livskamrat. Alla drömmar de hade om framtiden, borta. Lämnad kvar med ett nybyggt hus och allt… Hur fan ska detta gå? Hur länge hade han stått ute och stirrat i snön egentligen innan jag kom? Han verkar vara i någon slags chock. Han skakar fortfarande ju. Ansiktet är redan köldskadad sedan kriget, det tål nog inte så mycket, detta är inte bra för honom. Vad ska jag säga? Vad ska jag göra för att trösta honom? Det bästa jag kan göra är nog bara att finnas här för honom.*

Olov la sin arm om Gustaf och satt så en lång stund. Masserade lätt hans axel, men sa ingenting. För det fanns inte så mycket att säga just nu, bara vara där som tröst. Till slut övergick gråten i snyftningar, som övergick till djupa suckar. Emellanåt drack han några munnar ur kaffekoppen som Marianne hade ställt fram.

– Du sover inne hos oss i natt. Inte ska du sova själv ikväll inte, sa Olov. Gustaf nickade bara lite lätt som svar, fortfarande med blicken ner i köksbordet.

– Nä, du sover inne hos oss i natt, upprepade Marianne.

– Jag håller på att värma lite grönsakssoppa, vi tänkte äta om en stund. Jag bakade limpor igår, det blir väl bra? Gustaf nickade igen och såg upp mot Marianne med blodsprängda ögon. Han försökte även sig på ett litet leende, men det försvann snabbt.

– Tack, det blir bra.

Efter maten gick bröderna in och satte sig i vardagsrummet. Kakelugnen började bli varm och elden sprakade lugnande. De satte sig i Stigs gamla fåtöljer. Den värsta chocken hade lagt sig. De småpratade lite om allt möjligt och Olov försökte styra in på lite anda saker för att Gustaf skulle få andrum från det som hänt. De pratade om en del praktiska saker som följer efter en skilsmässa. Gustaf var hela tiden saklig och tystlåten när han pratade. Ute föll snön lika tungt som Gustafs liv just nu gjorde. Gångarna utanför ladugården och utanför ytterdörren som Gustaf skottat i morse hade fått ett nytt, tjockt lager av snö. Olov erbjöd sig att ta ledigt för att kunna hjälpa till med djuren, men Gustaf sa att det inte behövdes. Han ville gärna hålla sig sysselsatt, så han slapp grubbla så mycket, sa han. Dagen efter var som en enda lång mardröm. Bröderna åt frukost tillsammans inne hos Olov och Marianne. Efteråt ville Gustaf gå hem till sig för att tänka. Det var jobbigt för honom att öppna dörren och veta att ingen var hemma. Ingen som kom och mötte honom, ingen puss, ingen kram. Ingen doft som hängde sig kvar i huset av den där härliga parfymen som Ingrid alltid brukade ha på sig. Gustaf satte sig vid köksbordet och såg ut genom fönstret. Det var gråmulet ute och det gjorde inte hans humör bättre. Han borde skotta snö, men han orkade inte.

Det är helt tyst här hemma. Inte ett ljud. Vad fan ska jag ta mig till nu? Ska jag bo här i det här stora huset alldeles för mig själv? Det är ju mitt och Ingrids hus! Jag byggde det ju åt oss! Och våra barns hus, som aldrig kom till... Är det så här livet kommer att se ut, fram tills döden tar mig? Upp och mocka och se till djuren, sedan gå in och dricka kaffe och rulla tummarna här i köket? Fy fan, det här går inte! För helvete Ingrid, kunde du inte ge mig en chans till? Är verkligen att få barn det viktigaste av allt här i livet? Visst ville jag med ha barn. Självklart! Men man kan ju inte få allt i livet, det fattar ju till och med jag, och jag hade för länge sedan förlikat mig med tanken på att leva utan barn. Men inte du, min kära. Du kunde inte släppa den tanken. Jag trodde vår kärlek övervann allt. Jag hade fel, tydligen.

Han reste sig plötsligt och gick in i deras sovrum. I sovrummet hade han byggt en liten klädkammare som han gick in i. Där inne hängde en sommarjacka och ett par blusar som Ingrid hade glömt. Eller möjligen lämnat kvar med flit. Han gick fram till kläderna och lyfte varsamt av en av blusarna från galgen och luktade på den. Den doftade fortfarande Ingrid om den. En efter en började tårar av saknad droppa ner från Gustafs ögon och ner på blusen. Hans saknad av Ingrid skar som en kniv i hjärtat och han hade gjort precis vad som helst, bara hon kom tillbaka till honom. Länge och väl stod han där inne i klädkammaren och insöp de kvarvarande dofterna av kvinnan han fortfarande älskade. Samma kväll la han sig tidigt i deras dubbelsäng. Morgonen efter vaknade han med ett ryck. Det första han gjorde var att vända sig om för att se om allt hade varit en fruktansvärd mardröm. Låg Ingrid där i sängen bredvid honom? Men den vänstra sänghalvan var tom. Kudden låg där, stor och fluffig och täcket låg slätt och fint, precis som Ingrid hade lämnat det ett par dagar tidigare. Det var ingen mardröm, det visste han ju innerst inne, men han hoppades. Till ingen nytta. Han var själv i huset, han skulle få äta frukost själv och han skulle få äta resten av måltiderna själv för lång tid framöver. Han satte sig upp vid sängkanten med armarna vilandes på knäna. Vigselringen satt fortfarande kvar på vänster ringfinger, han hade inte förmått ta av sig den ännu. Med sömndrucken blick såg han på den. Den blänkte vackert medan han skruvade på den med fingrarna. Försiktigt vickade han fram och tillbaka på den så att den lossnade från fingret. På inskriptionen på insidan läste han tyst vad som stod där. "Ingrid 3 juli 1943 – din för evigt". Gustaf fnös till.

Din för evigt? Jo jag tackar, jag… Så gick det med det, suckade han och slängde ner ringen i lådan i nattduksbordet.

Fyra veckor senare var skilsmässopapperna påskrivna. Gustaf förstod att det inte var något att bråka om, det var bara att skriva på. De hade inte talats vid i telefon, bara brevledes. Hon hade inte försökt ringa honom och Gustaf hade inte försökt ringa henne. Nog för att han så väldigt gärna ville höra hennes härliga röst igen, men han var rädd att det skulle såra för mycket att höra den.

Det var fullt upp på jobbet för Olov, som försökte visa framfötterna så gott han kunde inför sin svärfar. Det var inte varje dag som han tittade in hos Gustaf och de dagar han inte hann med det, fick han dåligt samvete. Mariannes mage växte sakta men säkert och i mars var det tänkt att de skulle få tillökning. Gustaf var fortfarande väldigt dämpad i humöret. De gånger som Olov hälsade på, såg han sig lite diskret omkring. Disken i köket började hopa sig och det luktade inte så gott. Han förstod att Gustaf struntade i allt vad hushållsarbete hette och Olov började oroa sig för att djuren blev lidande.

Några veckor senare, den 4:e mars 1948, föddes lilla Elin Esmeralda Andersson. En välskapt flicka på nästan fyra kilo. Håret var blont, precis som hos sin far. Glädjen hos den lilla familjen var total. Gustaf verkade inte göra någon större sak om händelsen och gratulerade bara pliktskyldigt dem båda och drog snabbt hem till sitt efter fikat. Nog för att Olov förstod att Gustaf hade det jobbigt, särskilt nu när han själv hade lyckats få ett barn till världen, någonting som Gustaf inte förmådde, men han började förstå att läget kanske var värre än han först hade anat.

Det var en sen kväll i slutet av mars. Gustaf gick omkring på gården som i en dimma. Han gjorde sina sysslor på ren rutin, men tankarna var någon helt annanstans. De var mörka. Mycket mörka. I innerfickan hade han en halvt urdrucken brännvinsflaska som han tog fram och drack ur med jämna mellanrum. Det var inte den första flaskan han hade druckit idag. Med vingliga steg delade han ut kvällens sista hö till hästarna. Därefter gick han in till det lilla pentryt. På väggen i pentryt hängde ett gammalt rep. Han rafsade åt sig repet och vinglade ut från pentryt och vidare längs stallgången och ut i kvällsnatten. Efter bara några meter föll han och ramlade pladask i leran men reste sig snabbt upp igen och fortsatte vidare bort mot sitt hus.

Hans kinder var blöta av tårar. Håret var stripigt och smutsigt, precis som hans kläder var, men det var ingenting han hade brytt sig om på väldigt länge. Med en duns satte han sig på en av köksstolarna och tog upp repet och formade en snara i ena änden, samtidigt som tårarna fortsatte falla från hans kinder. Snyftande reste han sig sedan och gick in i vardagsrummet med snaran i ena handen och brännvinsflaskan i den andra.

Det går inte mer. Det får bli ett slut på det här nu, jag orkar inte längre. Åt vilket håll jag än ser åt, ser jag bara mörker. Det finns ingen ljusning för mig, allt har gått åt helvete och jag måste få ett stopp på detta lidande. Om jag inte kan få Ingrid så är livet inte längre värt att leva. Jag har försökt att glömma henne, men det går inte. Det går bara inte...Det gör så jävla ont! Jag bryr mig inte om någonting annat längre. Har inga känslor för någonting, inte för huset, inte för djuren. Inte ens för brorsans lilla dotter. Vad är det för fel på mig? Är så jävla avtrubbad... Det kommer aldrig bli bra igen, det vet jag. För jag vet inte vad som skulle få mig att må bra igen. Det får bli slut på det här nu. Sagan om Gustaf Andersson från Assargården tar slut här och nu. Om bara några minuter känner jag inget längre, snart är lidandet över.

Gustaf blickade upp i taket med suddig blick. Där uppe satt redan den kraftiga kroken i en av takbjälkarna som han tidigare hade satt upp. Den skulle hålla, både kroken och bjälken, det var han helt säker på för han hade själv byggt huset och hade minsann inte snålat med virket. Han tog ytterligare en stor sup ur flaskan och ställde ner den med en duns på vardagsrumsbordet. Bredvid brännvinsflaskan låg ett litet svartvitt foto på Ingrid. Det var samma foto som han en gång för så många år sedan fick av henne som han kunde ta med sig ner till Småland, när han fick lämna sjukhuset i Boden. Ytterligare tårar föll från hans kinder när han blickade ner på fotot med den vackraste flicka han någonsin sett. Hon hade varit hans, men inte nu längre. Hon hade övergivit honom, lämnat honom ensam för resten av livet. Svikit honom. Det högg till i bröstet på Gustaf när han såg Ingrids vackra ögon. Han tog upp fotot med ena handen medan han sakta trädde på snaran över sitt huvud med den andra. Med fingret smekte han försiktigt hennes ansikte.

Varför, Ingrid? Varför??

Olov hade precis borstat tänderna när han gick ut i köket för att släcka fönsterlampan. Sedvanligt blickade han ut genom fönstret och ner mot Gustafs hus och mot ladugården. Han såg att ladugårdsdörren var öppen och det lyste där inne och han undrade vad Gustaf gjorde där så här pass sent på kvällen. Han beslöt sig för att gå ner och kolla upp vad som försiggick, men när han kom dit var inte Gustaf där. Djuren hade åtminstone mat och vatten, det såg han. Han släckte ljuset och stängde dörren och gick upp till Gustafs hus. Pulsen steg, för han förstod att han förmodligen snart skulle få se något han inte ville se. Han visste inte vad, men han visste att vad det än var så var det ingenting bra. Han knackade på, men Gustaf öppnade inte. Försiktigt tryckte Olov ner dörrhandtaget och öppnade. Han gick in och stängde dörren efter sig. Det stank i huset av sopor och gamla matrester. Pulsen var nu ännu högre.

– Hallå? Gustaf? ropade han men fick inget svar. Han tog av sig kängorna och gick in mot vardagsrummet. Det låg fullt av stora dammråttor överallt och fullt med lera på hela hallgolvet efter smutsiga skor. Radion som stod inne i vardagsrummet stod på med hög volym och han gick in dit för att skruva ner. Där inne var han! Han blev alldeles iskall när han såg Gustaf utslagen i fåtöljen med sprit- och ölflaskor över hela vardagsrumsbordet. Snarkandes låg han där i fåtöljen med nätbrynjan nersölad med kladdig öl och vad som verkade vara matrester. I handen höll han ett litet foto av Ingrid. I soffan bredvid honom låg en tjock bit rep som var formad som en snara. Olov fick panik och sprang fram till Gustaf och skakade honom i armarna.

– Gustaf! Gustaf, vakna!

Ett grymtande hördes och han rörde lite på sig.

– Gustaf, vad i helvete håller du på med?! Sitter du och super?!

– Låt mig vara! Låt mig för fan få sörja ifred, sluddrade han. Olov tog sig för pannan och blev ståendes för ett ögonblick. Nog för att han hade förstått att Gustaf fortfarande hade det svårt och att han sörjde Ingrid fortfarande, men att han hade tagit till alkohol för att döva sina känslor, trodde han aldrig. Gustaf somnade om och Olov kände att det var lönlöst att få något vettigt ur honom. I stället samlade han ihop alla ölflaskor och ställde dem ute i hallen. I kylskåpet hittade han fler flaskor, som han tog fram och hällde ut i slasken. Han hade svårt att smälta vad han nyss hade sett och var i chocktillstånd. Det var torsdag och han beslöt sig snabbt för att ta ledig från jobbet resten av veckan, hur arg hans chef än skulle bli. Vad han skulle säga till Gustaf under morgondagen visste han inte, men på något sätt måste han få rätsida på detta elände. Han var tvungen att få Gustaf att släppa taget om Ingrid och gå vidare. Ute i köket staplade sig de smutsiga tallrikarna och glasen och Olov ogillade den svinstia till hus han såg framför sig. Under diskbänken tog han fram diskborste och såpa och tappade upp vatten i diskhon och ställde sig sedan och började med det mödosamma arbetet att diska rent all disk.

Hur fan kunde det bli så här illa? Hur ska jag få brorsan att rycka upp sig? Han måste ju sköta djuren! Jag har ingen möjlighet att hjälpa honom, jag har ju ett jobb att sköta. Vad kan jag säga till honom i morgon som gör att han ändrar beteende? Jag fattar att det måste vara fruktansvärt att bli lämnad på det sättet han blev, men gjort är gjort och Ingrid kommer inte att komma tillbaka. Han måste helt enkelt släppa henne. Världen kryllar av kvinnor, han måste försöka hitta en ny kvinna snart så att han kan gå vidare, för att sitta hemma och tycka synd om sig själv funkar inte. Det funkar bara inte! Men hur ska jag få honom till att förstå det?

En halvtimme senare var alltihop diskat, torkat och instoppat i köksskåpen. Diskbänken var avtorkad och slasken var tömd.

Det luktar fortfarande illa här inne, men när väl soporna är ute ur huset, ska det nog snart bli bättre. Bäst att jag går in till Marianne nu, hon undrar nog vart jag har tagit vägen.

Olov tog filten som låg på ena fåtöljen och svepte varsamt den över Gustaf, tog upp snaran från soffan och reste sig och såg en stund på honom.

Brorsan, fy fan så du ser ut nu. Men vi jag ska nog fan få rätsida på dig, om det så är det sista jag gör, det svär jag på, på fars grav!

Sedan gick han med tunga, bekymmersamma steg hem till Marianne igen.

Kapitel 25

Halv åtta morgonen efter ringde Olov in till banken och sjukanmälde sig. Strax efteråt gick han bort till Gustafs hus. Det var ett par plusgrader och blaskigt ute. Det hade varit en kall vinter med mycket snö och den sista snön höll sig envist kvar lite här och var på marken. Marianne hade tagit bilen in till frisersalongen en kvart tidigare. Även hon var väldigt spänd på hur det skulle gå idag. Hon ville ju så gärna att Gustaf skulle må bra och hon såg ju att Olov led när Gustaf inte mådde bra. Två timmar tidigare hade Olov varit nere i ladugården och gett alla djuren mat och mockat, för han visste att det inte skulle bli gjort annars. Han hade berättat om Gustafs fylla i gårkväll för Marianne men tvekat först om han skulle berätta om att han hade tänkt göra av med sig med hjälp av en snara. Till slut hade han bestämt sig för att även berätta den biten. Marianne hade blivit helt förtvivlad och gråtit hejdlöst. Om möjligt ännu mer spänd var han denna gång, nu när han var på väg upp till Gustafs hus. Hjärtat bultade hårt i bröstet på honom. Två timmars sömn under natten borde ha satt sina spår, men adrenalinet i blodet gjorde att han nu inte kände av den minsta trötthet. Denna gång knackade han på men väntade inte innan han fick svar, utan gick in direkt. Den fräna lukten från gårdagen var nästintill borta.

– Hallå? Gustaf, är du vaken? ropade han lågmält. Det kom inget svar, men han hörde en spolning inifrån toaletten och strax därpå kom Gustaf ut. En frän doft av spya kändes när Gustaf öppnade dörren. Han blängde som hastigast på Olov och gick vidare ut till köksbordet. Olov förstod att han skämdes. Han tog ett djupt andetag innan han fortsatte.

– Har du druckit kaffe?

Gustaf skakade på huvudet.

– Jag sätter på lite. Var har du bönorna någonstans?

– I skåpet till vänster där borta, sa han och pekade. Medan kaffet höll på att koka upp, hällde Olov upp ett stort glas med vatten och gav Gustaf. I fickan tog han upp en Magnecyl och la på bordet bredvid glaset.

– Ta och drick upp det här innan kaffet så försvinner huvudvärken snabbare.

– Jag måste ner till djuren, vad är klockan? frågade Gustaf med skrovlig röst.

– De har fått mat för länge sedan. Klockan är snart åtta. Drick upp ditt vatten nu, sa Olov bestämt.

– Det var nära igår, sa Gustaf och tog sig för ansiktet medan han såg ner i bordet med ångestfylld blick.

– Ja, jag såg det. Jag har slängt snaran. Den behöver du inte.

– Nä... Är du arg på mig? undrade Gustaf. Olov suckade.

– Arg? Nä. Besviken? Ja...

– Jag förstår det. Jag är en skam för far...

– Han hade väl inte varit stolt över dig direkt om han hade sett dig. Men du är inte en sämre karl än att du kan ändra dig, Gustaf. Gör honom stolt igen. Visa att du kan ändra dig. Det har inte gått någon större nöd på djuren och alla kan väl supa till det lite. Det ser ut som en svinstia här inne, men du vet ju hur en sopborste fungerar. Jag är inte här för att försöka läxa upp dig, om du trodde det. Jag är här för att försöka få dig på banan igen, för så här kan vi inte ha det. Ingrid är en fin tjej på alla sätt och vis och hur du känner nu efter att ha mist henne kan jag bara försöka föreställa mig. Jag önskar naturligtvis att det aldrig hade hänt, jag önskar att hon var kvar här på gården och att hon var lycklig, men nu är hon inte det. Hon är inte kvar och hon kommer inte tillbaka och det vet du. Om du vill sitta här i ditt hus och supa ihjäl dig över henne så kan jag inte hindra dig, hur mycket jag än försöker. Det är upp till dig och ingen annan. Men vad jag kan göra, det är att försöka få dig på bättre tankar, för dina tankar är ärligt talat jävligt ruttna just nu. Du är deprimerad och det måste vi ändra på. Du tänker inte klart och antagligen kretsar de allra flesta av dina tankar kring Ingrid, men hon kommer inte att komma tillbaka och någonstans inom dig måste du börja acceptera det, annars kommer du att gå under. De säger att tiden läker alla sår och kanske stämmer det, jag vet inte. Det känns jävligt nu, men det kommer inte alltid att kännas så. Jag är ingen psykolog men så mycket begriper till och med jag, att det kommer att kännas lättare med tiden, fortsatte Olov. Gustaf torkade bort några tårar från kinden och nickade instämmande.

– Du måste byta fokus. Alkohol är ingen lösning, det är bara en dålig väg, en väg som leder dig till fördärvet. Du tänker inte klart med alkohol i kroppen och de dåliga känslorna man har blir bara värre. Precis som när man är glad och dricker på Midsommarafton till exempel, då blir ju allt ännu roligare med ett par järn innanför västen, eller hur? Gustaf nickade igen.

– Lyssna på mig nu! Tror du att du är den ende mannen i världen som går igenom en skilsmässa? Livet är som en cirkel, som består både av lycka, sorg, tuffa tider och härliga tider, har du inte märkt det? Om du går igenom en tuff tid, så är det bara en tidsfråga innan cirkeln börjar om på nytt och man går mot bättre tider. Ingenting varar för evigt, inte ens den här jobbiga perioden, jag lovar. Vi ska ta oss igenom det här tillsammans, du och jag. Vi har hjälpt varandra förr och vi ska göra det igen. Vi ger oss aldrig, eller hur brorsan?

Olov la sin hand på Gustafs axel och kramade hårt. Båda fällde nu tårar och Gustaf nickade instämmande medan Olov talade.

– Visst. Visst fan ska vi det, men du får hjälpa mig… för jag vet inte hur i helvete jag ska lyckas, snyftade Gustaf.

Olov funderade en lång stund. Kaffet var klart och han reste på sig och hällde upp två koppar och gav den ena till Gustaf. Han satte sig bredvid honom igen och drog en lång suck och funderade lite till.

– Kan vi inte göra någonting tillsammans, bara du och jag? Någonting som får dig att för tillfället glömma allt skit som varit och bara tänka på någonting helt annat? Någonting att se fram emot?

– Ja, kanske det. Men vad skulle det vara?

Olov slog ut med armarna.

– Vi kan väl ta en minisemester? Vi sticker härifrån! Långt bort som fan! utbrast Olov.

– Har du… klättrat i berg någon gång?

– Det vet du väl att jag inte har…

– Vet du att Sveriges högsta berg heter Kebnekaise?

– Ja?

– Tänk… tänk om du och jag skulle ta och försöka bestiga det berget? Det är det jävlar inte många som har gjort. För tänk om vi klarar det, då klarar vi det mesta, eller hur? sa Olov. Gustaf rynkade pannan och såg fundersam ut.

– Ja… Lyckas man med det så klarar man nog fan av en skilsmässa med, sa Gustaf buttert. Olov sken upp.

– Men… då gör vi det! Vi ger oss fan på att vi ska bestiga Sveriges högsta topp, du och jag! Jag ska göra det och du ska göra det och när du sitter högt uppe på den där jäkla kullen så ska du tänka att Ingrid är fantastisk, men att du just när du står där uppe, så rakt söderöver och hundrafemtio mil bort så fullkomligt kryllar det av andra fantastiska kvinnor. Något jäkla fruntimmer måste det väl ändå finnas av alla hundratusentals i Sverige som kan duga åt dig, förutom Ingrid? Någon som är lika bra eller kanske till och med bättre än Ingrid? Annars vore väl det ändå ganska konstigt? Eller hur? Gustaf såg ner mot bordet och log smått medan han nickade med huvudet.

– Ja… Det är väl klart att det måste finnas, men…

– Jag vet! Du behöver komma över Ingrid, men det kommer du att göra. Så småningom. Jag tror att du bara behöver få lite andrum. Få komma i väg lite, för i ditt huvud så är Ingrid fortfarande med dig här inne i huset. Du behöver se något annat ett tag och låta hjärnan bearbeta dina känslor i lugn och ro, fortsatte Olov. Han pratade så mycket och så fort att han blev alldeles torr i munnen och nästan andfådd. Gustaf satt blick stilla och verkade fundera på allt som Olov hade sagt.

– Vi ber Samuel eller någon annan dräng i byn att se till djuren så länge. Marianne kan också hjälpa till, hon är inte skraj för vare sig korna eller hästarna, det vet du ju!

– Ja, jo…

De fortsatte att prata inne i köket hos Gustaf. Det blev både två och tre koppar kaffe och allteftersom klockan gick verkade Gustaf rycka upp sig. De började till och med planera för när de skulle ge sig av den långa färden mot Sveriges högsta topp som fanns långt där uppe i Lappland. De kom fram till att juli var en bra månad. Då hade lilla Elin hunnit växa till sig lite grann. Olov trodde inte Marianne skulle misstycka om deras lilla äventyr eftersom det skulle vara för att Gustaf skulle rehabilitera sig. Olov visste att Mariannes mor mer än gärna ställde upp och hjälpte till med sitt lilla barnbarn, vilket kändes tryggt.

Olov var nöjd med morgonens samtal och samtidigt förvånad över att han lyckades få ur sig så mycket, som han själv tyckte, bra saker att säga. Det verkade som om han hade fått Gustaf på bättre tankar. Åtminstone tillfälligt kändes det som i alla fall.

De åt lunch tillsammans inne hos Olov och Marianne och de fortsatte prata om sin resa och inte en enda gång mer under dagen kom Ingrid upp på tal. De gick in till Stigs gamla rum där de fann en kartbok. Dörren in till hans rum hade varit stängd i veckor och det luktade unket där inne. Båda två kände det en smula olustigt att gå in där, men gjorde det ändå. De blev ganska snabbt varse om att det var väldigt många mil upp till Kebnekaise. Egentligen var Olov lite skeptisk till att återvända till norra Sverige igen. Han hade fått nog av att vara där uppe under kriget och då svor han att han aldrig skulle återvända dit upp. Men saker och ting kan ändras och Olov tänkte definitivt bryta löftet till sig själv gällande besök till Norrland, för den här gången skulle det bli helt på frivillig grund.

– Hur i hela friden tar vi oss ända dit? undrade Gustaf och såg intensivt ner i kartboken.

– Vi tar min och Mariannes bil! Inget jäkla tåg den här gången, vi åker Riksettan upp till Stockholm och fortsätter sedan på Rixtretton, sa Olov och pekade på kartan.

– Ja, vi får övernatta någonstans längs vägen, sa Gustaf och kliade sig i sin glesa skäggstubb. De fortsatte spåna en bra stund. Olov märkte att Gustafs baksmälla försvann alltmer och humöret var betydligt bättre nu än för bara ett par timmar sedan. Strax efter att Gustaf drog sig ner till ladugården för att ta hand om djuren, kom Marianne hem från jobbet. Olov berättade om hur dagen med Gustaf hade varit och om idén med att bestiga ett berg, för att få honom att ha något att se fram emot. Hon hade aldrig hört talas om berget Kebnekaise men tyckte att idén var bra.

Det var mycket att förbereda inför den långa strapatsen. Det blev en hel del inköp av bland annat konserver, varma kläder och ett tält. Gustaf letade fram sin gamla ryggsäck som han hade haft när han låg i beredskap, men Olovs ryggsäck hade gått sönder och han köpte sig en ny. Veckorna gick och Gustaf drack inte en droppe av vare sig öl eller sprit. Den djupa svacka han hade haft sedan Ingrid lämnade honom verkade vara över. Olov behövde inte oroa sig längre för att Gustaf inte tog hand om djuren, dessutom visade han alltmer intresse för lilla Elin, vilket Olov trodde tydde på ett gott tecken. Bröderna hade bestämt ett datum då de skulle bege sig hela den långa vägen till Kebnekaise. Gustaf ville absolut att de skulle ge sig av på midsommardagen, för då skulle det vara ett år sedan som det började gå utför på allvar mellan honom och Ingrid. Olov förstod att det skulle symbolisera ett slags avstamp för Gustaf.

Självaste midsommarafton firades lugnt och stilla hemma hos Olov, Marianne och lilla Elin. Gustaf var såklart med.

På förmiddagen kom Mariannes föräldrar förbi och stannade över lunch och åt potatis och sill och allt annat som hörde en riktig midsommar till. Efter maten gick allesammans en långpromenad ner till badplatsen och tillbaka. Mariannes mamma Ruth drog den tunga barnvagnen längs grusvägen med stolt uppsyn. Ruth hade med sig en resväska, för tanken var att hon skulle stanna hos Marianne på Assargården medan bröderna var i väg. Ju längre in på eftermiddagen det blev, desto mer pirrade det i magarna på dem båda. Allt var packat och förberett. Tält, ryggsäckar, mat och övrig utrustning var ilastat i bilen som Douglas hade varit vänlig nog och tankat upp full. "Om jag nu inte får följa med herrarna på edra strapatser så måste jag väl ändå få stå till tjänst med en gnutta bensin", hade han skrockat förnöjsamt och dragit sig i den välvuxna mustaschen. De ville gärna komma så långt som möjligt den första dagen, därför var tanken att de skulle lämna gården redan klockan sex på morgonen.

Kvart i sex dagen efter låste Gustaf ytterdörren och gick ner till ladugården för att se till djuren. Samuel skulle komma förbi vid sjutiden och utfodra och släppa ut hästarna. Astrid frustade när hon fick syn på honom medan Greta stod med rumpan mot honom som vanligt. Lille Nisse, den spräcklige gamle stallkatten, kom och strök sig runt hans ben.

Ha det nu så bra, kära gamla pållar. Vi ses om några dagar. Samuel och Marianne kommer att ta hand om er. Det ska faktiskt bli skönt att komma ifrån några dagar, även fast jag är förtjust i gården. Detta lär bli ett riktigt äventyr som jag sent kommer att glömma, det är jag säker på. Vad fasen har vi gett oss in på egentligen? Åka så många mil och sedan klättra upp för ett gigantiskt berg? Men om vi lyckas så har man något att skryta om. Men det är mycket som måste klaffa när vi väl är där. Det kan ju bli snöstorm mitt uppe på berget och då blir det inte roligt, till och med livsfarligt faktiskt. Måtte vädrets makter vara med oss...

Han lät stalldörren stå öppen när han gick bort mot Olovs hus. Långt bakom honom stod korna och betade i det fuktiga gräset. Det såg ut att bli en fin dag.

Kapitel 26

Marianne med lilla Elin i famnen stod vid farstutrappan och vinkade adjö medan bilen med de båda bröderna i for i väg genom gårdsgrindarna och vidare mot det stora äventyret. Äventyret som skulle få Gustaf på andra tankar. Det var i alla fall Olovs förhoppning med resan och hittills hade det ju gått bra. Gustaf hade verkligen sett fram emot att försöka nå Sveriges högsta berg och han hade inte gjort något annat än att planera och prata om den långa färden upp till Lappland. Efter dryga sex kilometer var de ute på den stora vägen Riksettan som skulle ta dem vidare norrut, ända till en bit ovanför Luleå där de sedan skulle svänga vidare in mot landet. Första dagen gjorde de halt utanför Gävle, där de slog upp tältet en bit från motorvägen vid en rastplats, precis som de hade planerat. De första timmarna i bilen var de båda upphetsade och pratade i ett, men ju längre de kom desto tystare blev de. I Stockholmsområdet blev det betydligt mer tätt med bilar men avtog igen ju närmare Gävle de kom. Första natten blev en mardröm. Liggunderlagen visade sig vara alldeles för undermåliga och de somnade inte förrän långt in på natten efter åtskilliga svordomar. Morgonen därpå var de båda ömma i både höftben och rygg, men packade fort ihop tältet och åkte vidare så fort de hade fått i sig lite att äta. Dag två fortsatte i samma anda som dag ett. Fram mot kvällen kom de fram till Pite Havsbad där de stannade för natten. Aldrig tidigare hade de sett en sådan stor och lång sandstrand och de bestämde sig för att ta ett kvällsdopp. Vattnet var kyligt. Lite längre bort såg de några andra campare. Huttrande småsprang de tillbaka till tältet där de klädde på sig varmare kläder och åt lite. Denna gång skar de av fullt med granris att ha under liggunderlagen, vilket gjorde stor skillnad. De sov betydligt bättre denna natt men vaknade redan klockan 04.30. De tankade inne i Piteå och åkte vidare. Vädret växlade ofta men över lag kunde de konstatera att det var allmänt svalare nu. Då och då kom Gustaf på sig själv med att säga "Ingrid tyckte alltid…" och "Det här hade Ingrid gillat…" men det hände alltmer sällan ju längre resan varade.

I Töre, norr om Luleå, svängde de in mot landet snett norrut. Klockan var bara halv sex på morgonen. Strax därpå fick de bromsa in för en ren som stod och betade längs vägkanten. Fascinerade stannade de till en stund mitt på vägen och studerade det fantastiska djuret. Helt orädd stod det en bra stund och betade, innan den fick för sig att springa in i skogen igen. Fantastiska sjöar och vyer följde dem på deras högra sida i flera mil. Det blev allt glesare med bebyggelse och mötande bilar. Vägarna var dåliga och bitvis vanlig grusväg, men den nästan nya bilen tog dem fram utan problem. Gustaf, som för tillfället satt i passagerarsätet tittade gång på gång oroligt på kartan för att förvissa sig om att de var på rätt väg. Resan fortsatte alltjämt i nordvästlig riktning och ett par timmar senare möttes de av en stor skylt som sa att de nu hade nått ända upp till Polcirkeln. De stannade till vid rastplatsen som låg i anslutning och tog en bensträckare. Det var fortfarande ganska tidigt på morgonen och luften var sval och syrerik.

– Vilken luft! Ta ett djupt andetag och känn på den norrländska luften! utbrast Olov och sträckte upp armarna i luften.

– Verkligen! Lyssna! Det är helt tyst ute. Och vindstilla. Tänk att vi är ända uppe vid Polcirkeln. Fattas bara att vi snart ser eskimåer, skrattade Gustaf.

– Jo, vi är verkligen långt uppe i Sverige, men vi ska fortsätta en bra bit till. Ser du där borta? Huset där framme verkar fungera som en liten kaffestuga. Men den ser stängd ut nu. Såklart, klockan är ju bara åtta eller nåt, suckade Olov.

– Är du kaffesugen? Det finns nog lite ljummet kaffe kvar i termosen, ska jag hälla upp en skvätt?

– Ja tack. Vi tar oss en slurk innan vi åker vidare mot Kiruna. Vi borde vara där till lunchtid, sa Olov.

– Va? Tar det så lång tid att komma till Kiruna härifrån?

– Japp. Du är i Norrland nu. Här är avstånden rejäla. Och när vi har kommit till Kiruna så har vi nio långa mil till på taskig grusväg rakt västerut i riktning mot Norge innan vi kommer fram till Nikkaluokta. Därifrån får vi gå. All vägtrafik slutar där.

– Jo, vi har ju gått igenom allt det där. Men det är en sak att prata om det och en annan och uppleva det.

– Precis! Vad tycker du om resan så här långt? undrade Olov och sörplade upp det sista av det ljumna kaffet.

– Helt okej faktiskt. Ganska jobbigt att sitta still i en bil i så många timmar. Du vet ju hur rastlös jag är, flinade Gustaf.

– Jo tack, jag vet. Så det är väl lika bra att vi drar vidare, så vi kommer fram till den där kullen någon gång!

Det blev en dryg resa fram till Kiruna. Skogen tätnade ju längre de kom och lite här och var växte det låga fjällbjörkar. De var inte alls som de stora björkarna som växte hemma i Småland. Någon gång då och då mötte de en bil. Till och med Olov började tycka det var drygt att åka bil och han började fundera på varför han var tvungen att dra med Gustaf ända hit upp bara för att få han på andra tankar än på Ingrid. De åt lunch på ett skabbigt litet hak i Kiruna och den lika skabbiga servitrisen glodde som om hon aldrig hade sett turister förut. Kanske var det dialekten hon reagerade på... Genom fönstret kunde de se ända bort till LKAB:s gigantiska berg där de bröt järnmalm. Långt nere, snett under dem kryllade det av insprängda gångar där man bröt malm som sedan forslades upp till markytan och vidare för bearbetning.

Fulla av iver i kroppen av att de snart äntligen var framme, åt de snabbt för att sedan fortsätta till vägs ände borta i Nikkaluokta. Redan strax utanför Kiruna kunde de ana den gigantiska fjällkedjan som bredde ut sig så långt ögat kunde se. Vägen till Nikkaluokta var rak och landskapet var öppet. Till slut kom de så äntligen fram till vad de trodde skulle vara en liten fjällby, men vad fel de hade. Nikkaluokta visade sig endast bestå av en ödslig parkeringsplats med ett par enstaka stugor lite här och var utmed en mindre sjö. Vid parkeringsplatsen stod det en hög trästolpe med en stor pil med texten "Kebnekaise fjällstation 19 km". Tre andra bilar stod parkerade där, liksom ett par cyklar. Gustaf grymtade.

– Jaha, tydligen går det inte ens att cykla längre än så här. Nu blir det till att fortsätta färden till fots, sa Gustaf ivrigt medan han styrde in bilen bredvid en av de andra.

– Jo så blir det. Men det är skönt att vi inte är ensamma här. Ifall det skulle hända något. Man vet ju aldrig. Du läste ju i boken jag lånade hem att det faktiskt finns folk som har dött på vägen till toppen av berget, inflikade Olov allvarligt.

– Fast de hade väl inte klätt sig ordentligt. Vi har ju med oss både mat och kläder så det räcker och blir över. Visserligen lär vädret kunna växla snabbt där uppe, men sån otur ska vi väl inte ha så att det blir storm och hällregn. Både du och jag har vana från tufft klimat, bo i tält och laga mat över spritbrännare sedan kriget, eller hur? sa Gustaf medan han steg ur från bilen och sträckte på sina stela ben.

Olov nickade instämmande, även om han såg en smula orolig ut.

Omsorgsfullt gick de igenom sina ryggsäckar ännu en gång och stuvade om så att de hade regnkläder längst upp. De bytte de bekväma tunna skorna mot de tjockare vandrarkängorna. Regnet hängde i luften, men än så länge var det bara mulet och cirka tretton-fjorton grader varmt och långt ifrån den där härliga sommarvärmen de hade hemma i Ekhult för bara ett par dagar sedan. Efter att de packat om det sista och låst bilen såg de på varandra.

– Jaha, då ger vi oss av då.

– Det gör vi, det här blir spännande! sa Gustaf och tog täten.

De satte av i den riktning som pilen på skylten pekade. Det var inte svårt att se vart de skulle, för det var en tydlig upptrampad stig som ledde mot fjällstationen. På vänster sida tornade höga berg upp. Det var en mäktig syn att se de stora bergen som fortfarande hade snö på topparna. När de pausade en bit senare, hörde de hur smältvatten sipprade ner överallt från bergen och det skulle förmodligen fortsätta så en månad till. Ett par timmar senare kom de fram till en avlång sjö, som enligt kartan hette Laddujärvi. Där stannade de och vilade och åt en varsin konservburk mat. Kort efteråt fortsatte de längs sjön och vidare mot fjällstationen. Då och då passerade de små porlande bäckar med klart och iskallt vatten. På vissa ställen fanns det spångar att gå på för att underlätta vandringen. Ju längre de gick desto stenigare blev det. Olov fick stanna på vägen och plåstra om båda sina hälar. Vid halv åttatiden på kvällen skymtade de äntligen den lilla fjällstationen. De pratade inte så mycket under den tuffa marschen utan ville bara komma fram och få lätta på kängorna och ta igen sig inför kommande dags stora strapats, toppbestigningen.

– Nu du Olov är vi äntligen framme vid fjällstationen! utbrast Gustaf när han öppnade den stora trädörren. Det var tomt på folk där inne men på en skänk stod det några fotogenlampor som man tydligen fick låna om man ville. Lite länge in fanns en stor murad eldstad och runtom den stod det några fåtöljer. Här var tanken att de skulle sova i natt i ett av de små rummen. Det kostade inget att bo här, men ville man kunde man skänka en slant i en stor låsbeklädd bössa, som gick till underhåll av fjällstationen. Ville man, fick man elda en värmande brasa i eldstaden. De tog av sig de fuktiga kängorna och krängde av sig de skavande ryggsäckarna och ställde ner dem på trägolvet som knarrande under dem.

– Fy fan vad skönt att äntligen ha kommit så här långt! Två mils marsch på drygt fyra timmar och jag har skavsår på båda fötterna. Och vi har inte ens börjat vandringen mot Kebnekaises topp, det här bådar inte gott, suckade Olov och sjönk ner i en av fåtöljerna.

– Jodå! Ryck upp dig nu, brorsan! Vi lägger oss tidigt ikväll så vi får sova ordentligt. I morgon går vi upp klockan sex och äter en rejäl frukost innan vi börjar toppbestigningen, sa Gustaf och slog sig ner i fåtöljen bredvid Olov.

Bra att han är piggare i humöret än vad jag är. Ju mer jag klagar, desto mer peppar han mig, verkar det som. Det får honom på andra tankar än på Ingrid. Den här resan lär göra honom gott, precis som jag hoppades på. Det är värt hur många skavsår som helst.

– Jag borde få försprång i morgon, det vet du va? sa Olov och sneglade på Gustaf.

– Varför då?

– Jag väger ju minst trettio kilo mer än dig. Trettio kilo som jag ska kånka extra på varje steg, sa Olov och log.

– Det har du rätt i. Du kan börja gå klockan fem, så kommer jag i kapp dig strax innan toppen!

– Hmm, jag ångrar att jag sa något, haha! Du, det är dags att ta fram en liten present som Marianne skickade med mig. Det är till oss båda.

– Present? Vaddå?

Olov gick bort till sin ryggsäck som stod borta vid ytterdörren och började att rota i den. Strax var han tillbaka med fyra stycken pilsner i händerna och ett stort brett leende.

– Nämen! Har du gått och kånkat på dem hela vägen ända hit upp till stugan?!

– Japp! Sicken fru man har, va? Hon tyckte vi var värda ett par öl var och jag kan inte annat än hålla med henne. Egentligen tänkte jag spara dem tills vi kom ner från toppen, men jag tycker vi tar dem ikväll. Vi har ändå några timmar att slå ihjäl innan det är dags att sova. De är kanske inte så kalla, men det gör väl inget?

– Jäklar! De ska nog kunna slinka ner, även om de är lite ljumna. Jag tar och tänder upp en brasa, så sitter vi här och filosoferar lite, sa Gustaf och reste sig.

Ett par timmar senare var ölen uppdruckna och allt var lugnt och fridfullt i den lilla fjällstationen, för att inte säga ödsligt. Ännu hade de inte sett en enda person sedan Kiruna. Elden höll på att brinna ner och bröderna satt och småpratade stundtals, men mest satt de bara tysta och tänkte på morgondagen.

– Hur känns det nu då? Jag menar med Ingrid och så? frågade Olov försiktigt.

– Det känns helt okej, faktiskt. Inte bra, men okej. Jag behövde nog komma bort lite för att få distans från allt, precis som du sa. Jag är väldigt tacksam för att du släpade med mig hit, ska du veta. Jag har haft god tid på mig att grubbla i bilen på väg hit. Ibland blir man ledsen men stundtals går det riktigt bra. Det är som du säger, att de jobbiga tankarna inte lär hålla i sig i all evighet. Vad fan hade hänt om du inte kommit in och hittat mig den där dagen, Olov? Jag tror att jag faktiskt hade supit ihjäl mig. Det var faktiskt min tanke ska du veta, sa Gustaf och såg allvarligt på Olov, som rös till i hela kroppen när han hörde vad hans bror sa.

– Alkoholen hade nog blivit min död, för jag hade inte stake nog att hänga mig. Men det var väldigt nära, ska du veta. Jag hade dragit snaran åt halsen och skulle just sparka undan pallen. Men jag fegade ur...Jag ville verkligen inte leva längre. Jag var i någon slags ändlös botten som inte gick att komma upp ifrån, kändes det som.

Jag ville ta mitt liv. Ha, jag var visst inte så bra på det, sa Gustaf och såg djupt in i glöden.

– Jag visste inte... att det var så illa med dig, faktiskt. Jag kom visst i rättan tid då, den där kvällen. Gustaf nickade långsamt till svar utan att möta Olovs blick.

– Men du kan vara lugn. Jag kan dricka de här ölen utan problem, jag har inget sug efter mera och jag vill inte längre göra av med mig. Jag är ingen alkoholist, jag ville bara dränka mina sorger vid den tiden. Det var jävligt jobbigt där hemma ett tag, suckade Gustaf.

– Mmm. Men nu ser vi framåt, eller hur?

– Det gör vi. Verkligen. Vet du vad? Det står 2–1 till dig nu, sa Gustaf och såg klurigt på Olov.

– Vad menar du med det?

– Jag har räddat livet på dig en gång och du har räddat mitt liv två gånger.

– Fan, de har jag inte tänkt på. Ja, om inte du hade kommit ner till Linnesjön den där gången när vi var små och räddat mig från den där stocken så hade jag inte suttit här. Jag var nog bara minuter från att släppa taget om den och sjunka ner mot botten av sjön. Jävla Tjacke och Svempa!

– De där dårarna fick vad de förtjänade. Vet du om att Tjacke blev av med båda benen i en motorcykelolycka för några år sedan? Och Svempa, han är fortfarande arbetslös. Hörde att han flyttade till Vaggeryd, där han hänger med uteliggare.

– Det var som fan! Det visste jag inte. Trodde väl aldrig att det skulle bli något av honom. Han var inte bara elak, han var korkad också. Karma is a bitch! utbrast Olov, medan Gustaf nickade instämmande.

– Och jag hade definitivt inte överlevt om inte du hade åkt ända upp till mig i Finland och räddat mig från att bli dödad av den där ryssen. Jag kan än idag inte begripa hur i helvete du kunde känna på dig att jag var i fara!

– Ärligt talat, inte jag heller. Jag kan inte förklara det, men jag liksom bara kände det på mig. Den där drömmen jag hade, den var så verklig och så egendomlig…

– Det var väl en jäkla tur att du följde din instinkt, skrattade Gustaf. Olov satt tyst i sina egna tankar en stund. Som så många gånger tidigare så funderade han på drömmen han hade haft den där natten. Märklig var den men han kunde bara inte begripa om drömmen bara var en ren slump eller om det fanns någonting annat som låg bakom. Tankarna for i väg från drömmen och vidare hem till sin lilla familj.

– Undra hur Marianne och lilla Elin har det hemma…

– De har det säkert alldeles utmärkt. Ruth är ju där och hjälper till. Det går nog bra, ska du se, sa Gustaf tröstande. Klockan började bli mycket och de tog och packade upp sina sovsäckar och la in dem i de halvsunkiga stålsängarna. I morgon var dagen då det skulle ske. De skulle försöka sälla sig till den lilla skara svenskar som kunde skryta med att de hade bestigit Sveriges högsta topp.

Kapitel 27

Det där pirret som fanns när Olov tänkte på bestigningen mot toppen var som bortblåst morgonen därpå. Han satte sig upp i sängen och såg ut genom det lilla fönstret. Fortfarande inte en själ så långt ögat kunde nå. De tycktes fortfarande vara helt ensamma i dessa ödsliga trakter, men som tur var hade de varandra. Vädret var mulet och det duggade lätt. Det måhända vara i slutet av juni och mitt i den svenska sommaren, men det var inget som märktes här vid foten av Sveriges högsta berg långt uppe i den svenska fjällkedjan. Han sneglade på Gustaf som satt upp i sin säng och hängde med huvudet. Han såg inte heller särskilt sugen ut på att vandra, men vandra skulle de. I flera timmar dessutom och de skulle inte ge sig förrän de stod där uppe på toppen med hela Sverige under sina fötter. Under frukosten sa de inte mycket till varandra. De var koncentrerade på vad som komma skulle och de försökte bara att peta i sig så mycket energi som de bara kunde. Allt var förberett. Ryggsäckarna var packade med endast det allra nödvändigaste som kunde tänkas behövas för att ta dem de arton kilometrarna tur och retur. Klockan sju prick stängde de igen dörren till fjällstationen och satte av mot toppen. Bara ett hundratal meter senare gick de förbi ett par tält som verkade vara tomma. Utanför tälten hängde det linor med kläder som hängde på tork. Utsikten var häpnadsväckande. Till höger om sig hade de en bergskam precis inpå dem medan det till vänster bredde ut sig en gigantisk avlång dal som uppskattningsvis var en kilometer bred och fortsatte snett rakt fram så långt deras ögon kunde nå. Aldrig någonsin tidigare hade de skådat en sådan här natur och de var mäkta imponerade. Gustaf upptäckte sex renar långt nere i dalen. De var så långt borta att han fick koncentrera sig för att se dem. Växtligheten här uppe var kargt. Kortvuxet gräs och små blommor växte lite här och var. En och annan fjällbjörk fanns här med men annars var det dåligt med växtlighet. Stigen de gick på var full av stora stenar precis överallt och det gällde att se upp var de satte fötterna så att de inte trampade snett. De passerade flertalet små porlande bäckar av smältvatten från glaciärerna och vid ett par av dem stannade de och fyllde på sina vattenflaskor med det klara, friska vattnet. Stigen svängde av lätt till höger och snart såg de inte fjällstugan längre. Det smalnade av ordentligt och de befann sig plötsligt mitt på en kraftig brant som stupade säkert hundra meter närapå spikrakt ner till vänster om dem, medan det i det närmaste var som en lodrät vägg till höger. Den smala och steniga stigen gjorde att de båda bröderna var tvungna att koncentrera sig för att inte falla ner mot foten av berget. Olov hissnade när han tittade ner mot botten av dalen som fanns långt där nere och det var nära att han tappade balansen vid ett par tillfällen. Regnet avtog och de kunde ta av sig regnkläderna. Någon timme senare öppnade sig en enorm dal framför dem, som enligt kartan kallades Kitteldalen. Under tiden de passerade den enorma dalen som var formad som en gigantiskt rund skål, en kittel, kom de fram till den första snön. Som tur var, var den djupa snön redan upptrampad av andra som hade gått där tidigare. Gustaf tittade först upp till vänster. Där uppe en bit upp såg han små molntussar som svävade förbi och när de gled undan kunde han se toppen som säkert var hundra meter ovanför honom. Till höger, bara någon meter ifrån honom, stupade det brant nerför säkerligen två tre hundra meter ner till Kitteldalens botten. Där nere fanns en liten sjö av smältvatten från bergsmassiven runtomkring. En mäktigare syn hade han aldrig någonsin sett i hela sitt liv. Snart var de framme vid det riktigt stora hindret, Vierranvárri, ett enormt berg, sjutton hundra meter högt som de var tvungna att klättra uppför och sedan nedför för att komma fram till foten av Kebnekaise. Olov kunde knappt tro det var sant. Här hade de vandrat konstant uppför i över två timmar och ändå var de bara vid foten av det första stora berget. Pauserna blev allt tätare och Gustaf märkte att Olov hade det jobbigt.

– Hur går det med dig? undrade Gustaf.

– Det går bra. Vill du ha mina trettio kilos övervikt? skrattade Olov andfått medan han satt på en sten och flåsade lätt.

– En annan dag kanske. Enligt kartan så har det jobbiga knappt börjat. Nu börjar den verkliga klättringen uppför. Helt otroligt! Vilka vyer! Tänk att vi har moln som passerar *under* oss!

De båda såg upp mot toppen av Vierranvárri och det var nästan som att se på en vägg. Berget var väldigt brant och när de såg upp mot toppen så såg de ingen ände, bara brant stigning så långt ögat kunde nå, men någonstans där en bit ovanför molnen fanns toppen.

– Ska vi ända dit upp och sedan ner igen för att efter det börja den riktiga bestigningen? undrade Olov, klart irriterad.

– Det verkar inte bättre. Fan, det är ju som att klättra upp för en vägg. Jag ser bara moln längst upp…

– Vi tar en bit i taget. När vi är trötta så stannar vi och vilar.

– Det är inget att vänta på, nu kör vi! sa Gustaf och började klättra upp för det höga berget. Innerst inne var han rejält trött, men tänkte att om han som väger trettio kilo mindre hade det tufft, hur ska då inte Olov känna sig? Han var mäkta imponerad av brodern som på något märkligt sätt alltid lyckades ta fram det där yttersta viljan när det verkligen gällde. Han själv tyckte inte att han hade någon vidare vilja. Visserligen ganska envis och hetsig. Till och med lite aggressiv ibland, men samma vilja som Olov hade, den fanns inte hos honom själv. Inte vad han hittills hade märkt i alla fall. Men kanske skulle viljan visa sig under detta äventyr, tänkte han. Stenar stora som fotbollar låg som hinder i vart och vartannat steg de tog. Stigen slingrade sig i serpentinväg och verkade aldrig ta slut. Olov kände en lätt hissnande känsla när han blickade neråt på den stig han nyss hade klättrat uppför. Hundratals meter ner vid foten av Vierranvárri syntes de stora stenblocken bara som små prickar. När han blickade rakt fram åt sidorna, såg han hur molntussar seglade förbi i jämn fart över fjället. Här uppe på den här höjden växte ingenting, allt som fanns var alla dessa stenblock som låg utspridda överallt. Efter stor möda kom de till slut fram till den flacka toppen av Vierranvárri, där de tog en välförtjänt paus. Pulsen var hög och svetten rann längs ryggen under tröjorna. Fötterna värkte och de var märkbart trötta, men ingen av dem ville vara den som klagade först. Gustaf lutade sig fram och hängde med huvudet.

– Jaha, då var det bara resten kvar.

– Ja. Nerför det här berget och upp på nästa. När vi når botten har vi kommit till Kaffedalen, enligt kartan. Ska vi inte göra som namnet antyder, vi tar en längre paus och dricker lite kaffe?

– Absolut. Jag tror att vi behöver all energi vi kan få för att klara av den sista biten, sa Gustaf.

– Jag ska erkänna att det här var jobbigare än jag någonsin kunde ana, sa Olov och var märkbart tagen av den tunna luften som rådde på denna höjd.

– Ja, det här var det jävligaste... Inte ens de tuffaste marscherna i Boden kan mäta sig med detta. Och det är som du säger, luften måste vara tunnare här för jag får andas desto mer, känns det som, sa Gustaf flåsande.

Det tog nästan lika lång tid att gå nerför berget som att bestiga det och risken för att trampa snett var ännu större. Nere i Kaffedalen tog de fram sina termosar och drack en varsin välförtjänt kopp kaffe och till det tog de flera rutor av chokladkakorna de hade med sig. Efter fikapausen passade de på att byta sina svettiga undertröjor till torra. I Kaffedalen låg snön meterdjup men det var inte särskilt kallt, kanske någon minusgrad bara. Här blåste det betydligt mer än vad det gjorde uppe på Vierranvárri, konstigt nog. Gustaf blickade upp mot Kebnekaise. Det enorma berget reste sig likt ett jättelikt, mörkt monster över dem och det såg verkligen respektingivande ut. Ingen av grabbarna var lika säkra längre på att de skulle lyckas med bedriften att ta sig ända upp till toppen. Olov sneglade på Gustaf, som såg allt annat än självsäker ut.

Själv skulle han bli nöjd om han kom upp till halva berget och lovade sig själv att inte bli allt för besviken om så skulle ske. Det värkte i båda hälarna och på tårna, men han försökte att tänka på annat. Plåstra om fötterna fick han göra när han kom tillbaka till fjällstationen.

– Dit upp ska vi. Jag tror jag ser toppen där uppe, sa han och kisade med ögonen.

– Än är det inte för sent att gå tillbaka. Det skulle inte ligga någon skam i det, sa Olov och sneglade på Gustaf för att se hur han reagerade. Det blixtrade plötsligt till i Gustafs ögon.

– Aldrig i helvete. Jag ska upp för den där jävla kullen, om det så är det sista jag gör och du ska med, sa Gustaf bestämt. På ett sätt tyckte Olov det var skönt att höra Gustafs kämpaglöd och inställning, å andra sidan kunde han känna att det räckte med bergsbestigning nu, för han var riktigt trött och ville egentligen bara ta sig tillbaka till fjällstationen och slänga sig på sängen och vila. Det värkte i ryggen och axlarna, benen var stela och han hade kramp i vaderna bitvis. Den dyngsura tröjan klibbade äckligt mot ryggen och den tunna luften gjorde sig påmind dessutom. Gustaf packade snabbt ner sin termos och krängde på sig ryggsäcken igen.

Följande fyra hundra höjdmeters klättring blev en mardröm. Stigningen liknade Vierranvárris. Den enda skillnaden förutom att Kebnekaise var ännu högre, var att de efter någon timme stötte på glaciären. En liten bit i taget tog de sig sakta uppåt mot toppen. Tjugo meter i taget och sedan stanna för att hämta andan, ända upp till toppstugan. Det hade börjat snöa lätt och sikten var dålig, men än så länge följde de bara fotspåren framför sig. Framme vid toppstugan var de båda kraftigt medtagna av utmattning. Den branta stigningen i den allt tunnare luften hade slitit hårt på dem. Kylan var på de här höjden påtaglig. Snön var djup och de fick kämpa för varje steg de tog. Inne i den lilla stugan möttes de av två andra grabbar som nyss hade varit på toppen och var på väg ner. De såg ut att vara i ganska dåligt skick och de var inte särskilt pratglada. Gustaf frågade hur långt det var kvar till toppen och fick till svar att det var drygt en halvtimme. De värmde varsin burk ärtsoppa och passade på att återigen byta ut sina svettiga undertröjor. De var de sista torra tröjorna de hade kvar att byta om med. Det ångade om deras varma kroppar när de bytte om inne i den trånga och slitna lilla stugan. Olov var tveksam till att han skulle orka resa sina stela ben och ännu en gång pressa sig till att gå ytterligare en halvtimme upp mot toppen. Han sneglade mot Gustaf som satt på golvet bredvid honom. Han såg också sliten ut. Han hade tagit av sig mössan och hängt upp den tillfälligt på en torklina. Hans hår såg ut som om han var nyduschad av all svett. Med små rörelser rörde han runt i kokkärlet. Blicken var fokuserad en bit framför sig men tankarna verkade vara någon helt annanstans. Olov lät honom vara en stund och koncentrerade sig på sitt. Han var oerhört trött och hade aldrig kunnat tro att det skulle vara så här tufft att ta sig upp för ett berg. Den fina kondition han hade haft under kriget fick han nu på ett brutalt sätt veta att den var borta för länge sedan och han märkte att han inte längre hade en tonårings krafter.

– Ärtsoppa och choklad, vilken kombination. Fan vad slut jag är, suckade Gustaf.

– Vi behöver energin. Går åt mycket nu…

– Det här var jobbigt. Ska vi ta en taxi tillbaka? försökte Gustaf skämta. Olov var för trött för att svara. Han hörde orden men lyckades inte koppla ihop innebörden. Han var inte särskilt hungrig, men visste att han var tvungen att få i sig alltihop.

– Vi kan inte sitta här längre. Vi får inte stelna till, då kommer vi aldrig vidare. Jag måste pissa, sa Gustaf och började packa ihop sina saker tillbaka i ryggsäcken.

– Jag kommer, sa Olov likgiltigt och tvingade sig upp från golvet och tog på sig den kalla, svettiga mössan igen. Det krampade lätt i låren men det släppte som tur var på en gång. De andra två killarna hade redan gett sig av tillbaka ner mot fjällstationen igen. Tjugo minuter senare var de i ingenmansland kände de det som. När de vände sig om och såg bakåt, såg de ingen toppstuga och framför dem fortsatte bara snöspåren snett uppåt. Ännu ingen topp i sikte. Snöandet tilltog alltmer och det hade börjat blåsa. Olov var helt utmattad och hade det mycket tufft och började komma efter.

Det får fan inte vara långt kvar nu, jag pallar inte mycket till. Sedan ska vi tillbaka dessutom. Kom igen, ett steg i taget!

De fortsatte i en kvart till i samma stil. Olov försökte koppla bort alla negativa tankar och bara gå framåt, som en maskin. Plötsligt hörde han Gustaf ropa något där framme.

– Ska vi upp här?! ropade han och vände sig om mot Olov. Olov hade läst om att den allra sista biten på väg till toppen bestod av ren klättring i lodrät riktning, sedan skulle de vara framme på toppen.

– Äntligen! Vi ska bara klättra upp på den där snöväggen, så är vi på toppen sedan, flämtade han. Med förnyade krafter kämpade han sig fram till Gustaf, som hade stannat vid snöväggen.

– Nu är det läge att ta fram snöyxorna. Vi ska upp på toppen av den här väggen bara, sedan är vi framme, flåsade Olov.

– Bara?! Jag ser inte ens toppen. Jaja, det är väl bara att börja klättra, sa Gustaf och svingade snöyxan högt över axeln och in i snön. Det tog dem ytterligare femton minuter att kravla sig uppför väggen innan den började plana ut. När Gustaf var uppe, vände han sig om och drog i Olovs jacka för att hjälpa honom upp för kammen.

– Vi... vi verkar vara på toppen nu! Där! Där verkar vara den högsta punkten, sa Olov och pekade bara några meter framför honom. De tog de allra sista stegen bort mot toppen. Han vände sig om mot Gustaf.

– Vi gjorde det, Gustaf! Vi lyckades! skrek han med gråt i rösten. Gustaf fick inte fram några ord, utan bara omfamnade sin bror medan ett par tårar föll ner från hans iskalla kinder. Aldrig någonsin kunde han tro att ett berg kunde frambringa dessa känslor! En känslostorm utan dess like bubblade inom dem när de satte sina fötter på den allra översta toppen av det över två tusen meter höga berget. I sju långa timmar hade de kämpat för att ta sig ända upp till toppen och det var inte långt ifrån att de hade gett upp vid ett par tillfällen, men de hade peppat och pushat varandra när det var som allra jobbigast. I sju timmar hade de snavat på stenblock, halkat på klippor, halkat i snön och svurit på berget, men de hade inte gett upp. De stod kvar och höll om varandra en liten stund och försökte komma till insikt med vad de nyss hade åstadkommit för en bedrift. Efter en liten stund satte de sig ner bredvid varandra och såg sig omkring. Sikten var mycket dålig, men de kunde ana att precis bakom dem stupade det brant ner i hundratals meter.

– Nu är vi på Sveriges högsta punkt, brorsan!

– Ja, fan vi klarade det! Vi gjorde det, vi besteg Kebnekaise! Helt otroligt! utbrast Olov och såg sig ut över de dimmiga bergstopparna långt nedanför dem. Han kände sig oerhört stolt och sakta men säkert började han förstå att han kunde så mycket mer än han hittills hade trott. Han såg på Gustaf. Hans ansikte var nu allvarligt. Några högst personliga tankar snurrade runt i huvudet på honom och Olov kunde bara hoppas att tankarna gjorde honom starkare i sinnet.

Vägen tillbaka var ingen lätt match det heller. De fick koncentrera sig för att hålla sig på benen i de branta partierna. På vissa ställen kunde de åka kana i snön, men det gällde att se upp så de inte åkte in i en stor sten. Drygt elva timmar från att de hade startat sin resa mot toppen kom de äntligen tillbaka till fjällstationen. Som de hade längtat efter att få av sig de blöta, svettiga kläderna! De turades om att duscha i den enkla duschen som saknade varmvatten och lite senare värmde de sig återigen framför den stora eldstaden, där de två grabbarna från toppstugan plus ett par till satt.

Tidigt nästa morgon började de färden tillbaka mot bilen i Nikkaluokta. Deras fötter hade blödande skavsår och det värkte i låren för varje steg de tog och det bar dem emot att gå igen, men det var de tvungna till. Vädret var bättre nu och solen lyste då och då. Vägen tillbaka hem till Småland var lång och dryg. De turades ofta om att köra för att inte bli för trötta. Stundtals funderade de bägge två om resan var värt allt lidande och kämpande, men med lite distans till det hela skulle de nog ha fina minnen för resten av livet, resonerade de. När de passerade Brahehus vid Vätterns östra sida kände Gustaf att de äntligen började närma sig Ekhult på allvar.

– Olov, jag har funderat lite. Rättare sagt en hel del.

– Okej, på vaddå?

– Jag lägger ner verksamheten på gården. Jag tänker sälja av alla kor. Jag har ingen lust längre att gå i ladugården och mocka skit, sa Gustaf bestämt bakom ratten. Nyheten kom som en chock för Olov.

– Menar du allvar? sa Olov förvånat och stirrade på Gustaf.

– Japp. Om inte du misstycker, så tänker jag hyra ut huset och flytta till Växjö i stället och försöka börja om på ny kula. Jobba med något helt annat. Jag har visserligen alltid trivts som lantbrukare och har egentligen aldrig velat göra något annat, men jag känner att nu kanske det ändå är dags för en nystart på riktigt. I Växjö ska det finnas gott om arbetstillfällen har jag hört. Det är ju en stor stad, så något jobb borde det väl ändå finnas till en sån som mig, tänker jag.

– Det var som fan! Du ska naturligtvis göra som du vill. Men vad ska du jobba med då?

– Ingen aning. Inget kontorsarbete i alla fall, det är jag för otålig för, det vet du. Något jobb där man får röra på sig, arbeta med kroppen.

– Det låter klokt. Det är ett stort steg att flytta ända till Växjö, men det fixar du. Om du klarar att bestiga Kebnekaise så klarar du att flytta till Växjö och skaffa jobb.

– Ja… Efter den här påfrestande resan så känner jag att jag borde kunna klara av det mesta, både skilsmässa och byta karriär. Jag har fortfarande känslor för Ingrid, men jag har insett att jag måste släppa taget om jag ska över huvud taget kunna ta mig vidare i livet. Jag måste! Det kommer inte bli lätt, men jag vet att jag kommer att lyckas. Förr eller senare.

– Klart att du kommer att lyckas! Växjö känns som ett bra val. Det är en stor stad som växer hela tiden. Det är ju som tur var inte allt för långt dit heller, men ändå en bra bit hemifrån. Jag är bara så förvånad, detta hade jag faktiskt inte räknat med. Men jag är övertygad om att det blir bra för dig.

Olov hade inte alls förväntat sig detta från Gustaf, men han kände sig lättad över att hans bror återigen orkade blicka framåt. Det tolkade han som att depressionen var på väg att försvinna. Det skulle bli tomt på gården utan honom, men det viktigaste var att hans bror mådde bra. Nu hade Olov varit borta i över en vecka från Marianne och lilla Elin och han kunde knappt bärga sig förrän han skulle få hålla om dem igen, och nu var det bara någon dryg timme kvar tills de skulle rulla in med bilen på gården. Olov funderade medan han satt i bilen.

Tänk att jag, den blyge och tjocke grabben som blev mobbad i skolan och nästan aldrig har pratat med ett fruntimmer, nu är gift och har barn! Jag är faktiskt riktigt stolt över mig själv. Tänk att jag har en alldeles egen liten dotter!

Underläppen började darra på honom när han tänkte på sin fina fru och söta lilla dotter, men det var ingenting som Gustaf märkte.

Kapitel 28

Under våren 1949 lyckades Gustaf få sitt hus uthyrt till ett par i medelåldern. De visade sig vara väldigt intresserade av odling och utökade trädgårdslanden som fanns bredvid ladugården. Gustaf sökte jobb i Växjö som målare hos Konradssons Måleri och fick det utan några större problem. Suget efter arbetskraft var stort i Växjö som tur var. Jobbet som målare var något helt annat än lantbruk men han trivdes mycket bra och gillade att arbeta hårt. I en liten enrumslägenhet med kokvrå mitt i centrala Växjö slog han sig till ro och trivdes med tillvaron. Det var ingen stor lägenhet men den låg bra till och var fräsch inuti. Det tog ett tag innan han acklimatiserade sig till den lilla lägenheten, han som var van att bo i ett stort hus.

Olov lät de gamla hästarna var kvar och tanken var att de fick gå på gården så länge de levde, vilket inte blev så länge till visade det sig. Astrid gjorde illa sig i hagen och Olov blev tvungen att göra sig av med henne. Olov tyckte synd om gamla Greta som nu fick gå själv i hagen, därför flyttade han hästen ner till Samuel Jönsson, som bodde kvar på gården hemma hos sina föräldrar, men Greta verkade sörja sin gamla kompis och dog bara ett par månader senare av ålderdom, eller möjligtvis av saknaden av sin kompis Astrid.

Marianne och Olov var lyckliga. Marianne var en fantastisk mor, som verkade hinna med det mesta. Inte nog med att hon jobbade som hårfrisörska, hon vad duktig på att både baka, laga mat och att sticka. Det blev både mössor, halsdukar och strumpor som både Elin och Olov fick användning av. Olov hade kommit upp sig och blev år 1950 bankrådgivare. Det var bra lön och de hade det bra ekonomiskt. Men det tog tid för honom att bearbeta allt det tuffa han var med om under kriget. Mycket av det som hade hänt honom hade han berättat för både Gustaf och Marianne, men inte allt. Vissa saker var för tuffa att prata om och dessa saker höll han inom sig. Händelserna gnagde på honom ofta om kvällarna och han hade ofta svårt att somna. Mardrömmarna var många men återkom alltmer sällan ju mer åren gick. Han kunde vakna skrikandes och kallsvettig av de hemska mardrömmarna. Ofta var Gustaf med i dem. Nästan samma dröm varje gång som han var med; Olov som sprang fram till en skottskadad Gustaf i snön med en ryss som var i full färd med att svinga sin bajonett i Gustafs hjärta. Olov sprang allt vad han förmådde i den djupa snön mot ryssen, men i drömmen hann han aldrig fram i tid. Han sprang och sprang, men tycktes inte komma framåt. Medan han kämpade med att försöka springa, såg med förskräckelse hur bajonetten trängde in i bröstet på en skrikande Gustaf. Det hände till och med att han ringde Gustaf mitt i natten, bara för att försäkra sig om att han levde och mådde bra. Men mardrömmarna ebbade till slut ut och i stället fylldes hans liv åt att vara far till Elin, som så småningom fick en lillebror. Året var 1951 då lille Lennart föddes. Barnen fick en trygg och härlig uppväxt hemma på Assargården. Precis som han och Gustaf hade gjort så många gånger, så cyklade hela familjen ofta ner till Linnesjön och badade om somrarna. Marianne sa upp sig från jobbet som hårfrisörska när Lennart föddes och blev hemmafru på heltid. De klarade sig på Olovs lön, men fick då och då en extra slant av Mariannes välbärgade föräldrar.

1959 dog Hugo Jönsson hemma i soffan då en hjärtinfarkt satte stopp för hans sextionioåriga liv. Inga togs till ett ålderdomshem strax efteråt, men saknaden efter Hugo och gården gjorde att hon gick bort ett halvår senare. Båda deras begravningar ägde rum i Ekhults vita lilla kyrka. Samuel tog inte oväntat över gården och drev den vidare tillsammans med sin fru och tre barn.

Gustaf dejtade några tjejer i Växjö, men det blev aldrig någonting seriöst förrän Barbro Viklander dök upp i hans liv. Barbro hade två barn sedan ett tidigare förhållande. Hennes grabbar var vuxna och hade båda flyttat hemifrån. Grabbarna och Gustaf fungerade bra ihop och fastnade för varandra från första början. De hette Lars och Hans men alla kallade dem Lasse och Hasse.

1963 flyttade Gustaf in i Barbros hus i södra Växjö och de gifte sig i all enkelhet strax därefter i Skogslyckans kyrka. De träffades genom att Barbro behövde någon som målade om i hennes sovrum och anlitade Konradssons Måleri. Chefen på firman skickade dit Gustaf, som efter ett par timmars målande blev bjuden på kaffe av Barbro. Samma eftermiddag glömde han ett par verktyg hemma hos Barbro och åkte bort för att hämta dem. Hon stod just och tog ut en ugnsstekt falukorv när han ringde på dörren. Eftersom hon tyckte att Gustaf var både en duktig hantverkare och en trevlig kille, erbjöd hon honom på middag, vilket han tackade ja till. Det ena ledde till det andra och några veckor senare var de ett par.

Olov och Gustaf levde sina liv på olika håll men höll kontakten ofta och regelbundet. Deras respektive kom väl överens och familjerna firade gärna semestrarna tillsammans. Gustaf hade för länge sedan förlikat sig med tanken att förbli barnlös. I stället skaffade han och Barbro två stycken Golden Retrievers som de skämde bort så mycket de bara kunde.

1970 var Gustaf fyrtionio år gammal. Håret hade blivit grått på sina ställen och rynkorna hade blivit alltmer tydliga i hans smala ansikte. Kroppen var lika smal som den alltid hade varit. Det var nu tjugoett år sedan han började på Konradssons. Jobbet trivdes han bra med, men det hade såklart sina för- och nackdelar. Arbetet var fritt och kamraterna på jobbet var trevliga, men ångorna från målarfärgerna var starka, vilket ledde till att han nästan alltid hade huvudvärk och ibland till och med lite yrsel. Det var något man fick räkna med, hade han fått förklarat för sig, när han hade beklagat sig inför sina arbetskamrater i början.

En dag var han och en kollega inne på ett jobb mitt inne i centrum i en affärslokal. I källaren fanns butikens lager och väggarna i trappan skulle målas. Vid ett ställe var han tvungen att sträcka på sig rejält med rollern för att komma åt, men han missbedömde bredden på trappsteget, som smalnade av in mot ena sidan och han föll handlöst nerför de resterande stegen. Han kunde höra hur underarmen knakade när den bröts av och han var övertygad om att ljudet hördes ända upp till hans kollega Janne som höll på att maskera dörrfoder. Tjugo minuter senare lämnade Janne av honom på akuten Centrallasarettet i Växjö. Det värkte och bultade något fruktansvärt i armen, som såg ut att hänga snett. Gustaf vågade knappt titta på den brutna armen och hans huvud snurrade av oroande tankar. Tankar om sjukskrivning, brist på pengar och så vidare. I det lilla väntrummet satt det tre andra personer. En liten flicka som verkade vara febrig satt mitt emot honom, medan det på varsin sida om honom satt äldre män som inte visade några särskilda symtom. Gustaf såg på klockan. Den visade halv tio på förmiddagen. Han hade bara suttit där i tio minuter, men det kändes som två timmar. En stund senare blev den ena mannen uppropad. Minuterna gick och Gustaf började bli mer och mer otålig och bultandet i armen blev allt värre. Till slut ropade en sköterska upp hans namn och han grimaserade illa när han reste sig upp med den brutna armen. Det var inget snack om saken, armen var bruten och Gustaf gipsades och blev inlagd i en sal tillsammans med ett par andra patienter. Minnen från förr ploppade upp i huvudet, minnen från kriget då han låg inlagd på sjukhuset i Boden. Rummet var i stort sett likadant som det i Boden, fast andra färger och med lite modernare inredning.

Helvete också! Jag som trodde att jag hade fått min beskärda del av sjukhus. Tydligen inte. Hur kunde jag vara så himla klantig att jag ramlade ner från den där trappan? Måste försöka få tag på Barbro, hon vet ju ingenting ännu. Fanns det inte en telefonautomat någonstans i korridoren? Undra vad det är för fel på mannen mittemot? Man kan ju inte direkt fråga honom. Får väl försöka tjuvlyssna när sköterskan pratar med honom.

Samma eftermiddag fick mannen mittemot besök av vad som verkade vara hans fru och lille son. Frun såg allvarlig ut och nickade lätt åt Gustaf när hon kom in i rummet. Den lille pojken som var i tioårsåldern, var lika allvarlig i blicken som sin mor. Han var välklädd och hade ljusbrunt vattenkammat hår. De gick fram och omfamnade mannen i sängen. De hade varken blommor eller choklad med sig och Gustaf misstänkte att mannen hade legat här på sjukhuset ett bra tag. Gustaf kunde inte låta bli att tjuvlyssna på vad de pratade om.

– Far, jag vill inte att du ska dö! Varför måste just du få cancer? Kan du inte bara få en tablett från doktorn, så sjukdomen försvinner och du blir pigg igen? snyftade pojken.

– Det är ingen fara, du ska inte vara ledsen. Dö ska vi alla göra en dag, men min tid på Jorden verkar bli lite kortare än vad jag hade räknat med, sa mannen och la handen på pojkens huvud. Han fortsatte försöka trösta pojken så gott han kunde. Hans fru satt tyst bredvid och höll honom varsamt i handen och smekte hans vigselring.

– Du förstår, när jag dör, är det bara den här kroppen som inte finns längre, men jag kommer att vara med dig under hela din uppväxt, jag lovar. Min själ kommer att sväva kvar här på Jorden, förstår du. Jag ska övervaka dig och beskydda dig. Om du får trubbel i livet så ska du alltid veta att jag finns vid din sida, som en osynlig liten ängel på din axel. Du är det bästa som har hänt mig och jag älskar dig av hela mitt hjärta. Din mamma kommer att ta hand om dig. Du kommer få en bra uppväxt, ska du se, försökte mannen trösta. Den lilla pojkens plågsamma ansiktsuttryck verkade lätta upp en aning. Ögonen blev stora under tiden han lyssnade och gråten stillades. Han verkade bli tröstad av sin fars ord. Smärtan i Gustafs arm var plötsligt som bortblåst och bekymret med armen kändes bara löjligt när han hörde faderns och sonens tragiska konversation. Ju mer han hörde mannen och pojken prata, desto mer rann tårarna på Gustaf. Faderns tröstande ord till sin son var bland det finaste han någonsin hade hört och det han sa påminde honom om vad Stig hade sagt till honom en gång i tiden för länge sedan. Han kände sig fruktansvärt illa berörd av vad som den fina lilla familjen hade drabbats av och han började fundera på vad som egentligen var viktigt i livet. Inte var det pengar i alla fall, det kom han snabbt fram till, för inga pengar i världen kunde göra så att cancer försvann. Var barn viktigast i livet? Kanske. För vissa, men inte för Gustaf.

Titta på den där stackaren. Ynklig och eländig ligger han där i en sjukhussäng och väntar på att cancern ska besegra honom. Snart kommer han att dö. Hoppas han har sin familj vid sin sida när han försvinner så han slipper dö själv. Spelar ingen roll om han nu skulle råka vara miljonär, cancern bryr sig inte om det, den kommer sakta men säkert bryta ner hans kropp tills han hjärta inte orkar längre. Vad är viktigast för honom den sista tiden i livet? Kan det vara god sjukhusmat och en bekväm säng? Knappast. När allt är mörker och tiden är inne lär de han håller allra varmast om hjärtat vara viktigast. I hans fall lär det vara hans lille son och fru. Det betyder mest. Att ha någon som bryr sig om och älskar en när tiden är inne. Jag har inga barn, men jag har en fru jag tycker väldigt mycket om och jag har mina hundar. De är som barn för mig. Så har jag ju brorsan förstås. Jag fick aldrig några barn, men jag kan föreställa mig ganska bra hur den kan kännas att älska någon så mycket. Tror jag i alla fall. När Barbro kommer ska jag berätta för henne att jag älskar henne. Jag säger nog det alldeles för sällan.

När besökstiden var slut, gav frun och pojken fadern en lång kram och Gustaf hörde att de skulle komma samma tid i morgon. Pojken lovade att ta med en teckning åt honom som han höll på att rita i skolan. Gustaf tvekade om han skulle våga fråga mannen om sjukdomen, men gjorde det till slut.

– Ursäkta, men jag kunde inte undgå att se er familj. En fin pojk ni har, sa Gustaf. Mannen satte sig upp i sängen. Han såg ansträngd ut. Ögonen var intryckta och huden var gråaktig. Gustaf förstod att han inte hade långt kvar.

– Tack så mycket. Åke heter jag, förresten. Åke Wilandsson. Jag sov nog när ni kom in tidigare idag, sa Åke. Gustaf log till svar.

– Får jag fråga vad det är för cancer ni har? frågade Gustaf försiktigt.

– Visst får ni det. Det började med lungcancer, men det spred sig vidare till levern. De säger att jag har allt mellan två veckor och två månader kvar, suckade Åke.

– Jag beklagar verkligen, sa Gustaf som inte visste riktigt vad han skulle säga.

– Man borde kanske ha vetat bättre, suckade Åke.

– Jag jobbar som lackerare. Starka grejer den där lacken… Jag vet inte säkert, men doktorn trodde att lackfärgen kunde vara en utlösande faktor till cancern. Jag som inte ens röker. Vissa säger att rökning kan ge cancer, fortsatte Åke.

Han pratade enformigt med en påtaglig tomhet i rösten. Det hördes att han hade givit upp hoppet och bara inväntade döden. Åke fortsatte i lugn ton att berätta hur han allt oftare hade börjat hosta på jobbet. En hosta som till slut blev kraftiga och slemmiga, blodiga uppstötningar samt en sjuklig trötthet. Ju längre Åke berättade, desto mer började Gustaf dra paralleller med sitt eget jobb. *Mycket av det Åke berättar stämmer ju in på mig! Jag arbetar också med färger och har ofta ont i huvudet. Yrsel har jag ju med ibland. Nämnde ju det någon gång i början för chefen, men han sa ju bara att sånt ingår i jobbet, sen tänkte jag inte mer på det, ju. Jag kanske inte borde jobba kvar som målare? Tänk om detta var menat? Att jag skulle hamna här på sjukhuset och få höra Åkes historia, så att jag kom till insikt med riskerna med kemikalierna i färgerna jag arbetar med? Äh, inte vet jag, men jag borde nog byta jobb. Jag tänker inte riskera att bli som Åke. Gäller nog att agera innan det är för sent. Jag vill inte dö än, jag är alldeles för ung för det.*

Sällan hade Gustaf blivit så rädd som när han kom till insikt med riskerna med sitt jobb och han låg länge och väl och funderade över sin arbetssituation. Barbro kom en stund efteråt för att skjutsa hem Gustaf, som blev sjukskriven några veckor. Under sjukskrivningen hade han gott om tid att tänka på det han var med om på sjukhuset, om det som Åke berättade. Gustaf hade bestämt sig, han skulle säga upp sig och söka något annat jobb som inte hade något med kemikalier att göra.

Samtidigt rullade livet vidare som vanligt hemma hos Olov och Marianne. Inte mycket fanns kvar i hemmet från tiden då Stig levde. I gästrummet på övervåningen fanns en bokhylla med saker som Olov visste att Stig höll kärt, men mycket var slängt och en del hade han stuvat upp på vinden. De mörka tapeterna var borta och ersatta med moderna färgglada medaljongtapeter. I vardagsrummet stod det en sprillans ny färg-TV av märket Luxor Colorama. Marianne hade fått fria händer att inreda som hon ville, vilket inte Olov hade något emot. Taket på huset byttes någon gång sommaren 1975 av Olov själv och Gustaf. När Gustaf ringde Olov och berättade om händelsen med armen, mannen med cancer på sjukhuset och att han tänkte byta jobb, blev han glad och tyckte att Gustaf gjorde helt rätt. Även Olov fick sig en tankeställare.

Han började inse att livet kanske inte är så självklart och att man inte ska ta det för givet. Efter samtalet med sin bror, gick han och gav Marianne en lång och hård kram innan han berättade vad som hänt Gustaf. Han berättade att han älskade henne, vilket han hade insett att han sagt alltför sällan. Sedan gick han och ringde till Elin för att höra att allt var bra med henne.

Del 4 – Den sista tiden

Kapitel 29

1979 dog Mariannes far Douglas vid en ålder av sjuttiofyra år och två år senare gick även Ruth bort. Marianne fick dela på arvet tillsammans med hennes bror, Kjell. Kjell köpte ut Marianne från föräldrarnas flotta villa i Klevshult och flyttade in där med sin fru.

Hemma på Assargården började Olov bli orolig för Marianne. Året är 1981 och Marianne har hunnit fylla femtiosju år. Sedan många år tillbaka tillbringade hon på gården som hemmafru. Han märkte allt oftare att hans kära Marianne upprepade saker som hon hade sagt bara för en liten stund sedan. Ofta stod hon och sökte efter orden när de diskuterade något, hon kom inte på orden på en gång. Han diskuterade saken med Gustaf ofta över telefon. Gustaf berättade att det fanns en sjukdom som hette Alzheimer, som innebar att man fick svårt att minnas saker och ting, vilket stämde in på Marianne på pricken när han läste upp symtomen. Olov blev rädd för vad Gustaf berättade och tog Marianne till en doktor, som bekräftade att det mycket väl kunde vara Alzheimer som hon led av.

Samma år kom Gustaf på Barbro med att vara otrogen med en arbetskamrat på en sommarfest. Förtvivlat ringde han till den ende person han visste att han kan få den tröst och förståelse han behövde.

– Gustaf, ta bilen och kom hit redan ikväll. Inte ska du sitta där nere i Växjö helt ensam heller, sa Olov. Gustaf gjorde som hans lillebror sa. Senare samma kväll kunde Olov se strålkastarna från Gustafs Volvo 240 äntra uppfarten på gården. Klockan var elva och Marianne sov. Han gick ut och mötte honom på uppfarten. De sa ingenting utan bara omfamnade varandra en lång stund. Någonstans i bakhuvudet på Olov fanns en oro att hans bror skulle falla tillbaka i gamla synder och ta till flaskan.

– Vi går in så sätter jag på kaffe, sa Olov och höll en arm om Gustaf medan de gick på grusgången upp till huset. Sommarkvällen var ljummen. Molnen hade för länge sedan skingrats och kvar var den klarblå himlen som sakta blev mörkare och mörkare. Olov försökte då och då snegla på Gustaf för att pejla in läget.

Inga tårar. Kanske tog han det bättre den här gången än när Ingrid lämnade honom? Stackarn, fy fan för att komma på sin fru i famnen på en annan karl!

Gustaf öppnade upp altandörren och satte sig ute på baksidan medan Olov hämtade kaffet. Gustaf blickade ut på ängarna. Det var mörkt, men han kunde ändå skymta Samuels kor som gick och betade en bit bort i hagarna som han arrenderade av Olov.

Där gick det äktenskapet också åt helvete. Då var man själv igen.
Jag måste vara en tråkig jävel, som blir lämnad av första hustrun
och sedan bedragen av den andra. Något fel gör jag ju, det är ju
uppenbart... Det kanske inte är menat att jag ska vara gift. Jag
kanske ska leva själv...

Han suckade tungt när Olov kom ut och räckte fram en kopp åt honom och satte sig bredvid på stolen.

– Berätta, hur gick det här till? undrade Olov med låg ton. Han ville helst inte väcka Marianne. Gustaf suckade igen.

– Barbro var på fest hemma hos en kollega som bodde bara några kvarter ifrån oss. Det var flera arbetskamrater som skulle dit, sa hon. Jag hade inget att göra, så jag tog en kvällspromenad och råkade gå förbi huset där Barbro befann sig. Jag såg inga bilar utanför huset, vilket jag tyckte var märkligt. När jag kom närmare huset såg jag genom vardagsrumsfönstret hur Barbro och en man stå och hålla om varandra. Jag blev skogstokig och sprang fram och slet upp ytterdörren och konfronterade henne. Hon erkände direkt. Fanns liksom ingenting att bortförklara, jag tog ju på henne på bar gärning. Puckot hon hånglade med gav jag en käftsmäll, sa Gustaf och höll upp sin högerhand. Den var svullen och hade två färska sår på två av knogarna.

– Fy fan. Vad ynkligt gjort av Barbro. Det trodde jag inte om henne, verkligen inte.

– Inte jag heller. Eller rättare sagt, jag har nog haft det lite på känn om jag ska vara helt ärlig. Hon har betett sig kall och avvaktande mot mig ett tag. Vet inte hur länge det där har pågått, men det var nog inte första gången hon träffade den där snubben. Har aldrig sett honom förut.

– Vad tänker du göra nu?

– Jag åker hem till Växjö och hämtar mina viktigaste saker i morgon. Det finns inte så mycket att säga egentligen. Vill hon vara med någon annan så får hon väl vara det. Jag vill i inte vara kvar i ett förhållande med henne i alla fall. Så nu blir det ytterligare en skilsmässa att pricka av för Gustaf Andersson... Fan. Skulle jag kunna få sova här över helgen?

– Att du ens frågar! Gästrummet står där uppe. Är du hungrig, förresten? frågade Olov. De tog en kvällsmacka och fortsätta prata inne i köket.

– Jag måste ändå säga att du ser ut att ta det hela hyfsat bra ändå. Om man jämför med separationen med Ingrid, sa Olov.

– Ärligt talat, det finns ingen som Ingrid och kommer aldrig att göra det heller. Det vet du nog att jag känner så. Barbro var fin och vi hade det bra. Men hon var inte Ingrid. Tyvärr så jämför man allt som Barbro gjorde och sa med Ingrid, även om man inte vill.

– Nä, jag vet. Det du och Ingrid hade var speciellt. Det syntes. Du har aldrig riktigt kommit över henne, va? Inte ens nu på senare år? frågade Olov men ångrade direkt att han ställde den känsliga frågan. Gustaf skruvade på sig lite på stolen. Frågan kom plötsligt och det var en laddad fråga.

– Jodå, det har jag nog. Ingrid och jag... det var länge sedan nu. Vi var ju bara tonåringar när vi träffades och nu är man ju snart gubbe, svarade han ansträngt och såg bort med blicken. Olov fick en idé.

– Du, hyreskontraktet för de som bor i ditt gamla hus går ut nu i höst och du har väl ännu inte skrivit på någon förlängning? Säg upp dig från jobbet och flytta hem igen! Fan, du har inte långt kvar till pension, du kan väl lika gärna bo här? Nu när du ska separera från Barbro har du väl inget som binder dig till Växjö?

– Du menar att jag skulle flytta tillbaka in hit på gården? frågade Gustaf och kliade sig i skäggstubben. Olov nickade ivrigt.

– Jag vet inte det, ja...

– Jo, varför inte? Du har råd att gå hem tidigare. Du har fått bra med hyra under alla år som huset har varit uthyrt, eller hur? Lyssna, Mariannes föräldrar lämnade efter sig en mindre förmögenhet och inte för att skryta, men jag tjänar riktigt bra på banken. Låt mig betala dig de fem åren du har kvar till pension, sa Olov ivrigt.

– Nä! Det skulle jag aldrig tillåta, det vet du.

– Det vet jag väl att du inte skulle. Men det struntar jag i! Nu lyssnar du på mig, flytta in i ditt gamla hus igen och säg upp dig från jobbet. Jag ger dig samma månadslön som du har idag fram tills du får pensionspengar. Låt mig göra det! Det skulle vara så jävla kul att få hem dig hit igen. Det är ju här på gården som du hör hemma, sa Olov ivrigt. Gustaf nickade och såg ner i bordet.

– Jag vill inte vara till besvär, jag kan inte låta dig...

– Dumheter! Låt mig få hjälpa dig nu! Vad fan ska jag med så mycket pengar till om jag inte kan få spendera dem på något sätt? Nog för att jag tjänar bra, men du ska veta att efter Mariannes föräldrars bortgång så gav hon mig några hundra tusen av de hon ärvde. Och du ska bara veta vad som finns på hennes bankkonto... Jag själv tänkte gå hem nästa år. Jag behöver inte jobba mer sedan, viskade Olov och smålog. Gustaf blev rörd. Nu var det första gången som han blev tårögd under hela kvällen. Händelsen med Barbro hade gjort honom förbannad och besviken men inte ledsen eller tårögd, vilket gjorde honom en smula förvånad över sig själv. Han ställde sig upp och sträckte fram sin hand över köksbordet mot Olov. Han tog emot den och skakade Olovs stora, grova hand hårt och länge.

– Jag vet bara inte hur jag ska kunna återgälda dig? sa Gustaf och såg bekymrad ut.

– Det gör du genom att flytta hem igen! Vi har levt åtskilda allt för länge nu och det har inte känts bra för mig. Vi gör som vi brukar, vi ställer upp för varandra. Det har vi gjort många gånger genom åren, varför sluta med det nu, log Olov.

Kapitel 30

På hösten 1981 flyttade Gustaf tillbaka in i sitt hus han en gång byggde åt sig och Ingrid. Inga djur fanns kvar på gården längre och inne i ladugården var det förfallet. Ingen hade satt sin fot där på mycket länge. Det var ett känslosamt ögonblick när han låste upp dörren till sitt gamla hus för första gången på trettiotre år. Mycket hade förändrats i huset men den där doften av lösvirke från tiljorna i taket satt fortfarande kvar. Diskbänken var utbytt liksom alla vitvaror och tapeter. På tillstånd av Gustaf hade förrförra hyresgästen byggt en liten altan som vette mot en av kohagarna i söderläge. Olov hade ombesörjt ommålning med röd slamfärg vid ett par tillfällen, men taket var det snart dags att göra någonting åt.

Jaha, då var man här igen. Tillbaka på gården där allting började en gång i tiden och tillbaka till huset som jag byggde åt mig och Ingrid. Så det blir här jag kommer spendera min sista tid, innan jag hamnar på hemmet? Det trodde jag inte för bara ett halvår sedan, men varför inte? Här på Assargården har jag alltid trivts och känt mig hemma. Herregud, vad tiden går! Har jag lyckats bygga det här huset alldeles själv? Det är klart, då var man ung och rask i benen. Nu för tiden får man vara glad om man klarar sig från att gå upp och kissa bara en gång om natten... Måste gå ner till sjön och kolla. Undra om bryggan finns kvar? Där

nere har jag inte varit på många år. Tänk vad minnen man har
från den där sjön. Både bra och dåliga… Vad kul vi hade, jag och
brorsan, när vi letade musslor där om somrarna. Vad kunde vi
vara? Fem, sex år? Vi vadade längs bryggan och la upp dem på
den. Och sandslott gjorde vi med på den lilla stranden. Jag
byggde upp fina slott som sedan lille Olov rev ner. Jag blev
förbannad och far fick komma och dra isär oss, haha! Men man
har ju inte bara bra minnen från sjön. Vad orolig jag var när jag
gick och letade efter Olov den där gången när Tjacke och Svempa
hade lurat honom. Trodde hjärtat skulle stanna när jag såg
honom där ute på stocken. Blek och nästan livlös. Han kunde
lika gärna ha legat på botten när jag kom ner till sjön. Hade jag
bara kommit ett par minuter senare så vete fan… Men ibland
har man tur. Ibland otur.

Olov hjälpte honom att få hem alla möbler från Växjö.
Dessutom köpte han en ny färg-TV åt honom att ha inne i
vardagsrummet. Gustaf klarade av skilsmässan bra. Visst,
det var ovant att leva ensam igen, men det funkade och
han var införstådd med att han skulle leva ensam resten
av livet, vilket inte verkade göra honom något. Han var
trött på att bli sviken och sårad och fann det bäst i att klara
sig på egen hand. Men han saknade djuren på gården och
var inte van vid att det var tomt i ladugården. Den sista
hunden som han och Barbro hade ägt, Buster, hade gått
bort tre år tidigare.

Utan kärring kan jag väl leva med, men någon form av sällskap
vill jag allt ha.

Det dröjde inte länge förrän det fanns en ny fyrfota liten
vän hemma hos Gustaf. Golden Retrievervalpen Rita
hämtades hem från en kennel nere i Halland strax innan
lucia år 1981 och hon gjorde honom sällskap under många
år hemma på gården.

Marianne blev allt sämre. 1991 hade hon hunnit fylla sextiosju år och började få svårt att känna igen Olov och barnen. Olov var förkrossad över att inte bli igenkänd av den kvinna han levt ihop med i så många år. Till slut blev läget för tufft att klara av för Olov. Marianne flyttade in på ett vårdhem i Skillingaryd dit Olov åkte varje dag för att hälsa på sin kära hustru. Olovs egen hälsa började svikta samma år. Han fick svårigheter att hålla i saker och det fortsatte med att han fick svårt att gå. Han var sextiosju år gammal och åldern började så smått att ta ut sin rätt. Han hade alltid varit tung i kroppen och artrosen i knäna gjorde sig ständigt påmind. Men det som främst gjorde att han hade svårt att gå var inte artrosen utan förlamnings-sjukdomen ALS. Gustaf var inne hos honom i huset varje dag och hjälpte honom med matlagning och städning. Hans barn bodde i Stockholm och kunde av naturliga skäl inte hjälpa till varje dag. Trots att Marianne inte mindes Olov över huvud taget längre, ville han ändå besöka henne så ofta han kunde, men han själv klarade inte längre att köra BMW:n men Gustaf tvekade aldrig på att ställa upp och skjutsa. Det var det minsta han kunde göra efter allt som Olov hade hjälpt honom med under åren. Konstigt nog led inte Gustaf av några särskilda ålderskrämpor, trots sina sjuttio år. Håret var visserligen helt vitt och fingrarna var lite krokiga och orken var såklart inte vad den varit, men annars var han pigg för sin ålder.

1993 gick Marianne bort. En långvarig lunginflammation satte punkt för hennes liv en kall vårdag. Gustaf körde in Olov i rullstol i den fullsatta kyrkan i Ekhult. Längst fram stod Mariannes svarta kista, som var full av blommor och kransar. Det bar Gustaf emot att rulla in Olov fram längs altargången. Han hade aldrig gillat att vistas i kyrkor och förknippade dem mestadels med tvång och tråkigheter. Redan som barn hade Stig tvingat honom att konfirmera sig trots att han inte ville, men där var Stig omedgörlig. Mitt i altargången vände sig Olov om och tog Gustaf om handen.

– Nästa gång är det väl min tur. Se till att jag kommer ner i jorden ordentligt. Du vet hur jag vill ha det, brorsan. Gustaf blev sur när han hörde orden från Olov och gillade inte alls vad han hörde.

– Tyst med dig! Det kan lika gärna vara jag som står på tur. Nu pratar vi inte mer om det, muttrade han och styrde vidare rullstolen framåt i den lilla kyrkan.

Men visst visste Gustaf hur Olov ville ha det. Det hade de pratat om sedan lång tid tillbaka. Vilka psalmer som skulle spelas, vilka blommor som skulle pryda altargången och vilken pastor han helst av allt ville ha. Allt var även dokumenterat på papper som låg hemma i deras nattduksbord. Deras barn och barnbarn var förstås på plats i kyrkan, liksom många vänner, gamla arbetskamrater och släktingar från Klevshult. Olov var såklart dämpad, men kanske på ett sätt lättad. Att mötas av Mariannes oförstående blick varje gång han besökte henne på vårdhemmet var oerhört påfrestande och han grät ofta i bilen på vägen hem. Ibland blev hon arg på honom då han skulle hjälpa henne med något och ibland rädd när han steg in i hennes rum på vårdhemmet, då hon tog honom för en främmande karl. Hon kunde ibland skrika rent ut av rädsla och det gjorde så ont i Olov att behöva se sin fru på det här viset. De minnen de hade delat tillsammans var inte längre deras, de var bara Olovs numera. På kvällen sov dottern Elin, hennes man och deras dotter Felicia över hemma i Olovs stora hus hemma på Assargården. Detsamma gjorde sonen Lennart, som var ensamstående. Stämningen var tryckt. Dottern Elin hade det jobbigt och grät vid flertal tillfällen. Hon led av samvetskval över att inte åkt ner från Stockholm och hälsat på sin mamma oftare. Olov hade väl tyckt samma sak men förstod att vardagsstressen uppe i Stockholm gjorde det svårt att få tid till att hälsa på.

Gustaf och Felicia kom bra överens. Barnbarnet var förstås också ledsen över sin mormors bortgång, men Gustaf försökte få henne på andra tankar och tog fram ett gammalt Yatzy-spel. Felicia hade hunnit fylla 21 år och var en klipsk tjej. En tuffing som hade svar på tal på det mesta, men Gustaf antog att det gick åt när man bodde i Stockholm. Lite senare samma kväll promenerade Gustaf bort till sitt hus. På långt håll såg han hur en fönsterlampa lyste. En tanke slog honom medan han promenerade längs gårdsplanen och vidare till huset. Nu var det bara de två kvar på gården igen. Han och brorsan, precis som det hade varit en gång i tiden för många år sedan. Så många personer som både hade bott här och besökt dem under åren, men nu var allt på något sätt återställt till så som det en gång varit. Förutom Stig då förstås.

Olovs hälsa blev allt sämre med åren och Gustaf fortsatte att sköta om honom hemma i huset. Sjukdomen gjorde att han knappt kunde röra sig längre. Talet var sluddrigt och ibland hade han svårt att göra sig förstådd. Ett par gånger i veckan kom det en sköterska och badade honom och såg till att Olov hade tillräckligt med mediciner hemma. Olov hade sedan några år tillbaka ordnat med varm lunch som blev hemkört till dem varje dag som de åt tillsammans inne hos Olov. Gräset klippte Gustaf med deras åkgräsklippare, men han hade ibland svårt att ratta den tröga ratten. Styrkan fanns inte längre kvar i hans en gång starka armar.

Året var 1997. Som vanligt gick Gustaf upp till Olovs hus tidigt på morgonen och gjorde frukost åt dem. Nu förtiden tog han in maten inne i rummet på nedervåningen där Olov låg, han kunde inte längre ta sig ut till köket och hade inte kunnat göra det på flera år. Denna morgon hade Gustaf gjort havregrynsgröt med mjölk och äppelmos till. Han satte sig som vanligt bredvid Olov på en av köksstolarna som han hade ställt vid sängen och såg på honom. Håret var glest och hyn var matt. Olov, som alltid hade varit något kraftig, hade magrat rejält bara de senaste veckorna, det hade Gustaf märkt tydligt. Efter att Gustaf hade gett Olov frukosten brukade de alltid sitta och småprata en stund innan han gick in till sitt igen, så även denna dag. Olov blickade ut genom fönstret. Ute kunde han se sina vackra kohagar som sträckte sig långt bort mot granskogen. Han kunde se den lilla vackra ekdungen mitt i hagen där han och Marianne hade älskat när de var unga och nykära. Men det var länge sedan nu.

– Vad tittar du på? frågade Gustaf.

– Inget särskilt. Bara tänker tillbaka på svunnen tid. Gustaf, jag vill passa på att säga några ord till dig, medan du fortfarande kan förstå vad jag säger, svamlade Olov.

Gustaf torkade bort lite saliv som rann längs hakan på Olov.

– Vad är det? Vad tänker du på, min vän?

– Jag vill bara säga hur mycket du betyder för mig. Jag vill säga det nu, för när jag är borta är det för sent. Jag uppskattar allt du gjort för mig, alla gånger du ställt upp. Jag har inte långt kvar nu, det vet både du och jag och den här gången kan du inte hjälpa mig, fortsatte Olov. Det var jobbigt att höra Olovs ord och Gustaf blev alldeles stel i käkarna av att försöka hålla tillbaka tårarna. Han ville visa sig stark, men det var svårt.

– Vad hade vi gjort utan varandra? Vad hade vi varit utan varandra? Det har jag frågat mig själv många gånger. Jag är så tacksam att jag fick en så fin bror som du gamle vän, sa Gustaf och tog Olovs hand och kramade den hårt. Han försökte sig på ett leende, men fick inte fram något.

– Jag vet inte vad vi gjort utan varandra, sa Olov och skakade lätt på huvudet.

– Det var en sak till jag måste berätta för dig, sluddrade han.

– Jag hade en sådan märklig dröm i natt. Jag drömde att jag dog och kom till Himlen. När jag kom dit så träffade jag både mor och far! Trots att jag aldrig har träffat mor så kände jag igen henne. Vi omfamnade varandra länge och väl. Vi skrattade och hade det underbart tillsammans. Det var vackert där uppe och jag njöt av varje sekund av att vara där. Färgerna där uppe var magiska! Drömmen var så konstigt verklig… Kommer du ihåg när jag åkte upp till dig i Finland? Exakt samma känsla hade jag då, när jag drömde att du var i fara. Tänk om… tänk om det är nära nu? Kan det ligga någon sanning även i denna dröm, tror du, Gustaf?

– Jag vet inte. Jag hoppas att det kan vara så som du säger. Men än så länge får du inte lämna mig, brorsan. Du kan väl finnas kvar hos mig ett tag till? Än behöver du väl inte utforska om drömmen är sann eller inte? snyftade Gustaf.

– Jag ska försöka. Men jag känner hur kraften tryter från min kropp för varje dag. Jag har så ont i kroppen. Det gör ont att leva nu förtiden.

– Jag förstår det. Men du har mediciner mot smärtan, vi kan öka på dosen om du vill. Det har sköterskan sagt att du kan.

Ja, varför inte... suckade Olov och grimaserade illa.

– Nähä, jag ska försöka gå en liten runda. Kanske tar traktorn ner till sjön och tar en kopp kaffe där. Det är en fin dag idag.

– Ja det är det. Jag önskar jag kunde följa med en sväng med dig, suckade Olov.

– Jag önskade att jag hade ork nog att ta med dig, brorsan. Jag kommer in lite senare så äter vi lunch tillsammans, sa Gustaf ansträngt och klappade Olov på axeln och gick sedan sakta ut därifrån.

Gustaf gick sakta ner längs grusgången och bort till sitt hus. När han kom in, tog han fram burken med kokkaffe och hällde i ett par skedar i kaffepannan. När kaffet var klart, hällde han i det i en termos. Sedan tog han på sig stövlarna igen och gick ner till traktorn. Han tog sats med sina skröpliga gamla ben och hoppade upp i sätet. Den startade med en gång, precis som den alltid brukade göra. Han backade ut och styrde traktorn ner mot Linnesjön. Där nere var allt sig likt. Den gamla träbänken stod kvar på samma ställe som den alltid hade gjort.

Olov måste ha oljat in den många gånger under åren. Att den finns kvar än...

Det var vindstilla och sjön låg spegelblank. Gustaf stannade traktorn och klev mödosamt ner på marken och gick bort och satte sig på bänken. Med sig i handen hade han sin termos med kaffe. Han kisade upp mot himlen och såg fundersam ut.

Långt där uppe snurrar stjärnor och galaxer, som om ingenting har hänt. I sjuttiosex år har jag levt och jag har upplevt en hel del saker. *Jag var beredskapssoldat under andra världskriget, jag fick uppleva när TV:n lanserades, jag var med när rock ´n roll blev populärt, månlandningen, jag minns John F Kennedymordet och Palmemordet. Men vad har jag gjort med mitt eget liv egentligen? En hel del har jag hunnit med, faktiskt. Jag har gift mig. Två gånger till och med. Även skilt mig två gånger. Jag har varit i krig, byggt hus, älskat, hatat, jobbat, kämpat. Jag har varit glad, tacksam, besviken och ledsen. Till vilken nytta har allt varit? Har ingen aning, men nu när jag tänker efter så skulle jag nog inte vilja ha allt detta ogjort. Jo, en del saker förstås. De misstag jag har gjort har varit jobbiga, men jag har lärt mig av dem. När Ingrid lämnade mig struntade jag i det mesta, jag drack för mycket sprit och var nära att göra av med mig. Det var en jäkla tur att jag inte lyckades med det, hur fan tänkte jag då egentligen? Inte alls. Men jag har lärt mig att livet går vidare efter en stor sorg. Jag har lärt mig att om man delar med sig och hjälper andra så gör man inte bara en god gärning, man mår bättre själv. Jag har lärt mig att livet inte behöver gå ut på att bilda en kärnfamilj, det går ut på att bli lycklig och det kan mycket väl betyda att man kan bli det av ett husdjur. Eller så kan ens lilla kärnfamilj bestå av en kvinna som har barn sedan tidigare. Eller så kan man vara lycklig om man lever själv. Jag har lärt mig att en lycklig familj kan se ut hur som helst, så länge det finns kärlek i den. Har jag varit lycklig? Jo, det har jag men inte hela tiden, men vem är det egentligen? Förmodligen ingen. Det blev kanske inte riktigt som jag hade tänkt mig från början, men det blev faktiskt ganska bra ändå, det finns många som har haft det värre än mig. Betydligt värre, jag ska verkligen inte klaga. Jag har haft ett bra liv, totalt sett… Jag har fått så oerhört mycket stöd av Olov att jag inte kan sätta ord på det. Jag vill tacka er, far och mor för att ni gav mig en lillebror.*

Utan honom hade jag inte funnits idag, den saken är säker. Gustafs ögon tårades när han tittade upp mot himlen. *Jag som alltid trodde att jag skulle vara den som skulle stryka med först av oss två, men nu verkar det bli brorsan. Fan, vad tomt det kommer att bli utan honom. Jag vågar knappt föreställa mig hur tomheten efter honom skulle kännas.*

Länge och väl satt Gustaf kvar nere på bänken vid sjön och filosoferade för sig själv. Till slut började det att kurra i magen. Det var dags för elvakaffe.

Kapitel 31

Det var på en onsdag som Olov dog. Han dog hemma på Assargården, nästan sjuttiotre år efter att han hade fötts av Elsie Andersson. I samma hus, fast i rummet bredvid. Någon gång under natten den femte juni slutade Olovs hjärta att slå och morgonen därpå hittade Gustaf honom död i sängen. Han hade sett fridfull ut. Lugn och avslappnad, precis som om han låg och sov. Om Olovs dröm för en tid sedan nu hade besannats vet bara Olov själv. Gustaf hetsade inte upp sig, han visste att den här dagen skulle komma och att det hade varit nära i flera dagar nu. Han gick varsamt in i rummet och satte sig ner på stolen bredvid sin bror, som han alltid brukade göra. Han tog Olovs kalla hand i sin och tänkte tillbaka på allt de hade gjort och varit med om. På äventyret i Finland och bestigningen av Kebnekaise, på alla de gånger de hade hässjat hö ute på åkrarna och på kvällsdoppen de brukade ta om somrarna när de var yngre. På alla pilsner de hade halsat på altanen om kvällarna. På alla danser de hade varit ute på i yngre dagar tillsammans med sina respektive. Han tänkte på Olovs härliga, bullriga skratt som så lätt smittade av sig. Men nu var han borta. Han hade tagit sitt sista andetag och aldrig mer skulle Gustaf få höra hans skratt igen. Länge satt han kvar i rummet med Olovs hand i sin och mindes tillbaka och han växlade mellan glädje och förtvivlan när alla de olika minnena dök upp i huvudet.

Käre, älskade Olov. Nu känner du ingen smärta längre. Jag undrar så om drömmen du hade för lite sedan var en sanndröm? Är du i Himlen nu tillsammans med mor och far? Har du det bra nu där du är? Eller var det bara en vanlig dröm du hade? Men drömmen du hade för länge sedan som fick dig att åka ända upp till Finland för att rädda mig då? Den måste ju ha varit sann? Du sa att drömmen om Himlen kändes likadant... Tids nog lär jag få veta, jag med. Om allt blir svart, eller om vi ses igen...

Begravningen skedde två veckor senare i Ekhults lilla vita kyrka. Prästen blev den Olov hade önskat, Edmund Eliasson. Till Gustafs lättnad var vädret lagom varmt, bara lätta moln på himlen och vindstilla. Han ville minnas Olovs begravning på ett fint sätt, vilket hade varit svårt om det hade varit ruskväder, men just denna dag var vädergudarna med honom. Knäna värkte när han klev in i den lilla kyrkans korta altargång. Som alltid, bar det emot att gå fram längs gången, fram mot kistan som stod bredvid dopfunten. Det här hade han varit med om flera gånger förut under åren som gått, men den här gången var tveklöst den värsta. Han gick och satte sig längst fram till höger och efter honom kom Elin och Lennart.

Jag som brukar gilla att se denna kyrka utsmyckad med vackra blommor. Men jag ser inget vackert här längre, bara död. Där framme ligger han. Alldeles kall och tyst. Brorsan. Men det känns så fel! Han ska ju sitta bredvid mig! Vi ska ju sitta tillsammans och se på när någon vi känner gifter oss här. Vi ska ju sitta och viska små struntsaker till varandra medan prästen läser någon tråkig vers ur bibeln, såsom vi brukar göra. Det har ju varit vår grej. Så har vi ju gjort ända sedan vi var smågrabbar, pratat skit med varandra när vi har varit uttråkade i kyrkan.

Gustaf gned försiktigt sin hand mot kyrkbänkens kalla träräcke. Han såg sig försiktigt om. Det var nästan fullsatt. Det ekade lätt av sorlet från alla människor som hade kommit för att ta ett sista farväl av hans bror.

Felicia fanns hela tiden bredvid honom och höll honom i armen. Denna fantastiska tjej som han hade kommit så nära, trots åldersskillnaden. Det fanns så mycket av Olov i henne. Samma mun och näsa. Framme på psalmtavlan stod siffrorna 231 upphängda. Det var "Amazing Grace" och en av Olovs favoritlåtar. Han hade även som önskemål om att få spelat "Där rosor aldrig dör", vilket han också fick. När orgeln brummade introt på låten hade Gustaf det kämpigt, för han visste hur mycket Olov gillade den. Hans andning blev snabb och hans gamla hjärta slog hårt. Ännu värre blev det när Felicia varsamt släppte taget om hans arm och helt oväntat gick fram till altaret, fattade tag om mikrofonen och sjöng Amazing Grace solo bredvid kistan, utan hjälp från orgeln. Ögonblicket var ett av de absolut finaste och känsligaste i hans liv och han var evinnerligt tacksam för att Felicia framförde den vackra sången. Ingen kunde ha gjort det bättre, tänkte han. Resten av begravningsceremonin var som i en dimma som Gustaf inte mindes någonting av förrän det var dags att bära ut kistan längs altargången och ut till graven där Marianne låg. Elin såg oroligt på Gustaf och viskade diskret till honom.

– Klarar du verkligen av att hjälpa till och bära kistan, farbror Gustaf? Den är väldigt tung. Du behöver inte, jag ordnar någon annan som bär om du vill.

Gustaf blängde kort på Elin och fortsatte gå sakta på vingliga ben fram till de andra som skulle bära.

– Jag reder mig allt, flicka lilla. Om det så är det sista jag gör, så ska jag bära min egen bror till den sista vilan. Han är inte tung för mig. Jag har burit honom förr och jag tänker bära honom nu också, sa han ansträngt men med bestämdhet i rösten. Och så blev det. Medan han bar på kistan tillsammans med de andra männen, bubblade alla gamla minnen upp igen. Det kändes som en mil att gå, trots att det bara var kanske hundra meter ut genom altargången och till höger på grusgången bort mot gravplatsen. Efter att prästen Edmund Eliasson hade sagt slutorden ute vid gravplatsen var det dags att sänka kistan. Sakta, sakta sänktes den vita kistan ner mot botten där Olovs fru Marianne redan fanns. Det högg till i hjärtat på Gustaf och han vinglade till. Med ett flämtande tog han tag i Felicias arm och hon fick hålla hårt i honom för att han inte skulle falla. Aldrig tidigare hade han gråtit så mycket som när kistan med alla vackra blommor på försvann ner mot botten på graven. Släkt och vänner neg, bockade och tog ett sista farväl och gick sakta därifrån. Kvar stod Gustaf och Felicia som höll ett hårt tag om honom. Han kunde inte förmå sig att lämna graven riktigt ännu. Med oroad blick vände sig Elin om bort mot graven där Gustaf och Felicia stod. Hon såg hur hennes dotter tog fram en näsduk ur fickan och gav till Gustaf. Han tog av sig glasögonen, torkade tårarna och snöt sig. Sedan vände han sig mot kistan, släppte försiktigt taget om Felicias arm, bugade sig djupt och mumlade något som inte Felicia uppfattade.

– Såja, kära barn. Jag är klar här nu. Tack för att du vill hjälpa till och hålla i en gammal gubbe som mig. Nu går vi bort till de andra, sa Gustaf med ansträngd röst. Han tog tag om Felicias arm igen och sakta gick de mot församlingsgården. Efteråt åts det smörgåstårta borta i församlingsgården. Maten smakade ingenting och Gustaf ville bara att dagen skulle ta slut så han kunde få gå hem till sitt och sörja ifred. Det blev till slut kväll och Gustaf tog bilen hem till sitt. Det var alldeles tyst i huset. Det var han van vid, men det var länge sedan han varit helt själv på gården. Hur tyst och ensligt det än hade känts innan, så hade alltid Olov varit bara femtiotalet meter ifrån, inne i stora huset. Men inte längre, nu var han helt själv. Ingen att rådfråga, ingen att prata strunt med och ingen att äta ihop med och det kändes som att en del av honom själv var borta, nu när inte Olov fanns där.

I början av december samma år, 1997, ringde Elin och frågade om Gustaf ville komma upp till dem i Stockholm och fira jul, men han tackade nej. Han var inte tillräckligt pigg för att köra bil så många timmar och han var inte sugen på att ta tåget heller. Julen firades själv hemma i huset. TV:n var hans sällskap under julen och han tyckte det var helt okej att titta på Kalle Anka medan han åt lite köttbullar och prinskorv. En liten Janssons Frestelse hade han värmt på också, den hade han gjort dagen innan. Han var inte särskilt bra i köket, men att slänga ihop en Janssons klarade han åtminstone av. Till maten tog han två snapsar Jubileums Akvavit, en till sig själv och en till Olov, sedan var det bra med det. Stora huset på Assargården stod orört. Gustaf hade inte orkat ta hand om Olovs saker ännu och han hade ingen lust att göra det heller. Tiden hemma på gården gick långsamt. Den enda fasta tid han aldrig missade var lördagseftermiddagarna. Då tog han alltid bilen ner till kyrkan, tog ut sin lilla hopfällbara stol och gick och satte sig borta vid Olovs grav. Där kunde han sitta och småprata med honom under långa stunder och minnas tillbaka på allt de hade varit med om under deras liv. Ofta berättade han vad han hade ätit och om han hade gjort något särskilt, så berättade han det. Han såg alltid till att det fanns färska blommor vid stenen och vintertid såg han till att den var avborstad från snö. Det hände då och då att Elin hörde av sig och undrade hur han mådde. Han svarade alltid att det var bra och han höll krämporna i någorlunda schack, vilket också stämde. Även Felicia ringde till honom då och då, vilket han tyckte var mycket trevligt. Dock kunde han inte förstå varför hon ville ha kontakt med en gammal gubbe som honom, men de hade alltid, konstigt nog, mycket att prata om.

Kapitel 32

En vårdag 2005 ringde Felicia och frågade om hon kunde få komma ner och hälsa på under påskhelgen. Gustaf blev överraskad men glad och sa att det gick alldeles utmärkt. Redan samma eftermiddag gick han och bäddade rent sängen i gästrummet och städade ur så att det skulle se fint ut. Det tog sin lilla tid för honom att få rummet städat och fint, men bråttom var det sista han hade. Två veckor senare svängde hennes lilla bil upp på gården och Gustaf gick ut för att möta upp. De där pigga, mörka ögonen hade han väntat på att få se och äntligen var hon här. Det fanns mycket av hennes mormor i utseendet, fast det där pigga sättet måste hon ha fått från hennes far, tänkte han.

– Gustaf! Vad roligt att se dig igen! ropade hon så fort hon såg honom komma stapplandes på grusgången för att möta henne.

– Hej, flicka lilla! Detsamma! Har resan gått bra?

– Jadå det har gått bara bra. Det var inte särskilt mycket trafik på vägarna. Efter Södertälje var det lugna gatan.

– Men det var väl för väl. Hur är det med mamma?

– Bara bra. Tror jag, det var några dagar sedan jag pratade med henne, men det är nog bara bra.

– Det var skönt att höra. Kom in lilla vän, jag har maten klar. Jag hoppas du är hungrig nu? Felicia nickade glatt. Hon hade bara tagit en enkel hamburgare i Mjölby, för hon visste att Gustaf skulle ha ordnat något gott att äta tills hon kom. Inne i köket hade han tänt upp ljus på bordet och dukat fint med servetter och de finaste tallrikarna. Efter att hon hade lyft in resväskan och ställt in den i sitt rum och gått på toa, gick hon ner till Gustaf i köket.

– Nämen vad fint du har dukat!

– Man tackar. Inte ofta man får så här fint besök nu för tiden, sa Gustaf och petade upp glasögonen på näsan.

– Är det... säg inte att du har stått och lagat älggryta, Gustaf? sa Felicia häpet.

– Jojomänsan. Än kan gubben, flinade han och rörde om lite i den stora grytan.

Om hon bara visste vilket jobb det har varit med den. Tur att jag kan erbjuda tösen lite riktig mat i stället för all den där färdigmaten de äter nu förtiden.

– Den hade morfar gillat, sa Felicia försiktigt.

– Ja, det hade han säkert. Men han var en hejare själv på att laga älggryta, fast ofta var det din mormor som gjorde den. Hon var fenomenal på det. Så, varsågod och ta nu, sa han och pekade på hennes tallrik. Gustaf hade tagit på sig en ljusblå skjorta och en brun slips, dagen till ära. Felicia såg direkt att färgen på den gamla slipsen skar sig mot den ljusblå skjortan, men sa inget. Det här hade han sett fram emot, besök från trevliga Felicia! Detta besök skulle han leva länge på, tänkte han och tuggade på det möra älgköttet. Men besöket skulle komma att visa sig betyda mycket mer än så, men det visste han inte just då.

Det blev kväll och Gustaf bjöd på ett glas vin och de hade det allmänt trevligt inne i vardagsrummet.

– Du, skulle jag bara kunna få låna din dator en stund? Jag behöver kolla min mail, sa Felicia.

– Dator? Lilla gumman, jag äger ingen dator, sa Gustaf besviket.

– Har du ingen dator? Men... varför inte?

– Vad ska jag med en sån mojäng till?

– Allt möjligt! Om du hade en sån, kunde vi skicka mejl till varandra, fortsatte Felicia. Gustaf såg frågande ut.

– Post via datorn, alltså. Och du kan se på nyheter, kolla väder, kolla Facebook och så.

– Jaha! Men det låter intressant. Fast nyheter och väder kan jag ju se på TV...

– Jo det är sant. Fast inte Facebook.

– Fejs... vad är det? undrade Gustaf och såg både nyfiken och frågande ut på samma gång.

– Facebook är ett program, kan man säga. I det programmet kan du söka efter gamla vänner till exempel. Och skriva till dem och så. Och är de uppkopplade så ser de att du skriver på en gång och de kan svara direkt. Man behöver alltså inte vänta i flera dagar på att ett svarsbrev ska komma i brevlådan. Vet du vad? I morgon kan väl du och jag åka in till stan och köpa en liten enkel dator, så kan jag visa dig? Du behöver ha något att sysselsätta dig med!

– Hm, ja det kan vi väl göra. Det kan vara skoj att syssla med något nytt att fördriva tiden med, kanske. Jag kan ju alltid sälja skiten om jag tröttnar, flinade han. Dagen efter var de och handlade en liten bärbar dator och ett surfabonnemang. Felicia hjälpte honom att få i gång allt medan Gustaf nyfiket tittade på. Han förstod ingenting om vad hon gjorde men var spänd på vad man kunde göra med "den där mojängen". Klockan var strax elva och Gustaf gick ut till köket och startade bryggaren. Strax därpå ropade han på Felicia att det var serverat.

– Den där Toscakakan har du inte gjort själv! sa Felicia.

– Nä du, den har allt Konsum bakat, sa Gustaf och plirade finurligt med ögonen. Det blev tyst en stund och Gustaf såg att Felicia funderade på något.

– Gustaf, att din fru hette Barbro, det vet jag och jag vet att ni skiljdes för många år sedan. Men morfar berättade att du var gift en gång innan dess, att du träffade en tjej under Andra Världskriget, stämmer det?

Han såg på Felicia en stund och drog på svaret.

– Jo. Visst har jag varit gift en gång tidigare. Det stämmer det.

– Morfar sa att hon hette Ingrid och att du egentligen var mer kär i henne än Barbro.

– Jaså sa han det? Det var värst! Han pratade så mycket stolligheter ibland, Olov…

Gustaf kände sig en smula obekväm när Ingrid kom på tal. Han reste sig och gick och hämtade kaffepannan för att fylla på åt dem.

– Men stämmer det? Att du var mer kär i Ingrid än i Barbro? envisades Felicia. För ett ögonblick tvekade han på om han verkligen skulle orka dra upp alla gamla känslor igen, men beslöt sig för att stilla Felicias nyfikenhet. Han lutade sig tillbaka i köksstolen, tog en stor tugga av toscakakan och tuggade i lugn och ro.

– Ingrid, förstår du, hon var min första stora kärlek. Hon bodde här på gården med mig under några år.

– Men vad hände? Varför skilde ni er? fortsatte Felicia.

– Ja du… Ingrid ville så gärna ha barn, men vi kunde inte få några. Fråga mig inte varför, men det gick bara inte. Att få barn var hennes stora önskan och när hon förstod att vi två inte kunde få några, valde hon att lämna mig för att försöka få barn på annat håll, suckade Gustaf.

– Men vad tråkigt! Vad hemskt! Att det blev så menar jag. Vet du om hon lever fortfarande?

– Lever? Ingen aning. Det är inte alls säkert. Hon var jämngammal med mig, så om hon lever så är hon åttiofyra år. Hon flyttade tillbaka upp till Boden, det är det enda jag vet. Gustaf tog ännu en djup suck och sörplade på kaffet.

– Så du har ingen aning om hon fick några barn eller inte? Gustaf skakade på huvudet. Ögonen spärrades plötsligt upp på Felicia och hon ställde sig upp.

– Hon kanske finns med på Facebook! Ska vi gå och kolla? undrade hon glatt. Pulsen steg i den gamle mannens kropp. Det var länge sedan han hade pratat med någon om Ingrid, även om han själv fortfarande tänkte på henne då och då. Konstigt nog, efter alla dessa år så fanns hon kvar i tankarna.

– Men inte är väl hon med i den där burken? sa han och nickade bort mot datorn som stod inne i vardagsrummet. Felicia suckade.

– Inte i själva datorn, men… äh, du ska få se. Kom! Hon tog ett tag om Gustafs arm och ledde in honom till vardagsrummet igen. Efter ett ivrigt knappande på tangenterna, dök det upp en massa namn på skärmen.

– Känner du igen Ingrid bland dessa? Jag sökte på Ingrid och Boden. Gustaf skakade på huvudet.

– Nä. Tror inte det.

– Vad hette hon i efternamn innan ni gifte er?

– Hon hette Svahn, men hon har säkert gift om sig och heter något annat…

Felicia knappade vidare på tangenterna och Gustaf kunde inte för sitt liv förstå hur hon kunde hitta rätt bokstäver så snabbt. Inte tittade hon på tangentbordet heller och han var riktigt imponerad.

– Jag hittar ingen Ingrid Svahn i Boden, sa hon uppgivet.

– Nähä, det var väl synd. Hon kanske inte är med i det där Facebook…

Gustaf försökte hålla igen sin besvikelse och den lilla strimma av hopp han hade fått försvann lika snabbt som den kom.

– Vänta, hon kanske inte bor kvar i Boden. Det rasslade en stund till på tangentbordet och en ny rad med personer dök upp på skärmen.

– Jag tog bort Boden och sökte bara på Ingrid Svahn i hela Sverige. Kolla nu om du känner igen någon av damerna på skärmen! sa Felicia ivrigt. Gustaf såg koncentrerat på skärmen över de kvinnor som dök upp. Plötsligt tog han sig för munnen och flämtade till. Felicia kunde se hur hans gamla läppar började skaka och hon förstod att han hade funnit henne.

– Det är hon! Där är hon! Det är Ingrid! sa Gustaf och pekade på skärmen med sin magra gamla hand.

– Är du säker? undrade Felicia, men hon behövde bara se på hans ansiktsuttryck för att förstå att det inte fanns det minsta tvivel. Det gick inte att vara säkrare än vad Gustaf var.

Samma vackra ögon som för femtio år sedan. Frisyren är nästan densamma fast håret är vitt. Leendet på bilden går inte att ta miste på, precis som förr. Vissa saker ändras aldrig...

– Vad kul! Vi går in och tittar på hennes profil. Gustaf förstod inte vad hon menade med profil, men fortsatte att titta på skärmen.

– Det står att hon bor i Gävle. Hon har ogift som status.

– Ogift? Gustaf svalde hårt och pulsen blev ännu högre. *Hur kan jag reagera så här kraftigt, efter alla dessa år? Så mycket vatten som har runnit under broarna och ändå så börjar mitt hjärta att slå snabbare...*

– Javisst. Här står till och med hennes telefonnummer. Ring henne! sa Felicia ivrigt.

– Nä, nä de kan jag inte göra, sa Gustaf instinktivt.

– Herregud, det var så många år sedan, kära barn. Men Ingrid, det var en fin flicka det. Den bästa...

Felicia såg hur Gustaf blev sentimental. Hans blick drömde sig bort, långt bort till svunnen tid och ett litet leende kom fram på läpparna.

– Men ska du inte bara testa att ringa henne en gång i alla fall? tjatade Felicia. Gustaf rycktes upp ur drömmen och såg skarpt på henne.

– Det blir inget med det. Det där, det var så många år sedan. Ingrid är ett avslutat kapitel. Dessutom så var jag ju gift med en annan kvinna efter Ingrid och dessutom så... nä det blir inget med det, sa Gustaf bestämt. Felicia förstod att han menade allvar och de pratade inte mer om den saken.

Ett par dagar senare åkte hon hem efter att ha haft några trevliga dagar med den gamle mannen. De hade åkt fyrhjuling runt ägorna och ner till sjön där de hade haft med sig varm choklad och bullar. De hade även tittat in i Olovs gamla övergivna hus. De hade tittat i gamla fotoalbum och skrattat och ibland också gråtit en skvätt, båda två.

Påsken var snart över och Gustaf var tacksam över att Felicia hade kommit på besök och förgyllt hans tråkiga tillvaro, men hon hade satt rejäla griller i huvudet på honom. Ingrid var ännu i livet och bodde i Gävle. I flera dagar sov han oroligt om nätterna och hade svårt att somna. Om dagarna satt han ofta i köket och löste korsord och filosoferade.

Skulle jag göra bort mig om jag tog och ringde upp henne? Hon kanske skulle slänga på luren när hon hör att det är jag... men om hon inte skulle slänga på luren, vad skulle jag säga? Och vad skulle hon säga om jag ringde? Fast egentligen, vad har jag att förlora? Jag är en gammal gubbstrutt som inte har många år kvar, vad kan väl det göra om jag ringer och säger hej? Det kan väl inte skada? Det måste väl ändå vara bättre att ha ringt än att på dödsbädden undrat vad hon skulle ha sagt om jag inte hade gjort det?

Framför sig vid köksbordet satt han och tummade på en liten papperslapp med Ingrids telefonnummer på. Den hade han tittat på i flera dagar men hade ännu inte vågat göra slag i saken och ringt henne. Men det var dags nu. *Det får bära eller brista. Vad har jag att förlora? Inget! Om hon slänger på luren eller snäser av mig så får jag väl ta det då. Då får jag leva med det, de få år jag har kvar. Men då har jag åtminstone gjort ett försök, då behöver jag inte undra något mer. Jag kan ju alltid skylla på att jag är gammal och lite senil...*

Han reste sig sakta upp och gick bort till telefonen och på vägen dit undrade han om hans gamla hjärta skulle palla med detta. Han lyfte upp luren men tvekade ännu en gång. Till sist slog han med skakiga händer siffrorna som började med riktnumret till Gävle.

Kapitel 33

Det gick många signaler fram innan en kvinnoröst till slut lyfte luren i andra änden och svarade.

– Ja det är Svahn?

Gustaf harklade sig. Hjärtat dunkade hårt i hans bröst och han kände sig torr i munnen.

– Ja hej det här var Gustaf. Gustaf Andersson, sa han med darrig röst. Det blev tyst i några sekunder innan han hörde ett flämtande i andra änden.

– Gustaf? I Ekhult? Är det du, Gustaf? hörde han Ingrid säga med upprörd röst. Nog var det Ingrid som var i andra änden, det hörde han tydligt.

– Ja det är jag. Jo, jag skulle bara... Stör jag förresten?

– Nej, hördes det svagt i andra änden. Gustaf förstod att samtalet kom som en chock för henne.

– Jag tänkte egentligen inte ringa men Olovs barnbarn, hon tittade runt lite på det där Facebook och...

– Jag kan inte fatta att det är du som ringer! Efter alla dessa år! avbröt Ingrid.

Det hördes tydligt hur hon brast ut i gråt.

– Förlåt. Vill... vill du att jag lägger på? Det var inte meningen att...

– Nej, lägg inte på! Det kom bara lite som en chock att du skulle ringa. Vänta, jag måste få sätta mig ner, flämtade

Ingrid. Hennes röst lät lätt andfådd. Det skramlade lätt i luren och Gustaf kunde höra hur Ingrid drog fram en stol.

– Jag förstår det, svarade han. Gustaf hade inte planerat vad han skulle säga till henne, vilket han ångrade nu.

– Du bor i Gävle nu förtiden?

– Ja jag har bott här i många år. Ända sedan... sedan jag flyttade ner till den man jag gifte mig med.

– Så du gifte om dig?

– Ja. Det blev så. Henrik. Ja han heter så, han jag gifte mig med, kom från Gävle och han ville att jag skulle flytta ner till honom.

– På så vis... Fick du som du ville? Jag menar, fick du några barn? frågade Gustaf men kände att han kanske var lite för rättfram med frågorna.

– Ja... men lilla Ellinor dog när hon bara var några veckor gammal.

– Jag beklagar verkligen, jag visste inte...

– Det är ingen fara. Det är länge sedan nu. Det var nog inte menat att jag skulle få några barn suckade Ingrid.

– Men, din man? Jag menar, det stod på datorn att du fortfarande heter Svahn?

– Det blev aldrig riktigt bra mellan mig och Henrik efter Ellinors död. Det blev som du säkert förstår en väldigt jobbig period för oss. Vi skiljde oss året därpå. Sedan dess har jag levt ensam, men jag blev kvar här i Gävle. Ja, jag trivdes ju med jobbet här. Jag fick jobb som sjuksköterska på lasarettet här och kände inte för att flytta tillbaka till Boden igen. Ja, och dessutom ville jag ju inte höra alla olyckskorpar där hemma som skulle tycka jag var misslyckad, fortsatte Ingrid med sorg i rösten.

– Men det är väl inte ett misslyckande att förlora ett barn? Det är fruktansvärt tragiskt, men det kan ju inte du rå för, fortsatte Gustaf. Det hördes tydligt hur Ingrid snyftade i luren.

– Jag har… jag har tänkt på dig genom åren Ingrid, sa Gustaf lite velande. I samma stund han sa det, ångrade han sig. Han var rädd att svaret inte skulle bli något han ville höra.

– Åh Gustaf. Om du visste vad jag har tänkt på dig med! Så många gånger som jag har haft lust att bara slänga mig i bilen och åka ner till dig och bara kasta mig om din hals och be dig om förlåtelse…

Mera snyftningar hördes i bakgrunden. Gustaf blev mållös och kom först inte på vad han skulle svara på det han fick höra.

– Men, varför gjorde du inte det då?

– För att jag skämdes! Jag hade ju svikit dig så fruktansvärt att jag aldrig mer skulle våga se dig i ögonen. Det jag gjorde mot dig är oförlåtligt. Om det är någonting jag verkligen ångrar i livet så är det att jag lämnade dig. Men med livet kommer ingen instruktionsbok tyvärr och jag har verkligen fått lida för mitt misstag. Men det är väl så det är, antar jag…

– Hur då menar du?

– Att jag får stå mitt kast, att jag i stället för att leva ihop med kärleken i mitt liv, med dig, valde att gå en annan väg och försöka få barn. Någon där uppe ville annat med mig, tydligen. Jag valde frivilligt att inte leva ihop med någon annan man efter Henrik.

– Varför då? Du var ju fortfarande ung när ni separerade?

– Förstår du inte? Varför skulle jag nöja mig med någon när jag visste att det fanns någon som var den rätte men som jag valde bort? Det var ju du som var allt för mig, Gustaf! Men jag gjorde bort mig…

435

– Åh Ingrid! Säg inte så! Om jag bara hade vetat! utbrast Gustaf. Han var helt förkrossad över att höra Ingrids berättelse. Handen som höll i telefonluren skakade och han trodde närapå att hans gamla hjärta skulle gå i bitar.

– Jag som alltid har trott att du levde lyckligt uppe i Boden med någon man och hade flera barn! I alla år har jag haft fel.

– Och i alla år har jag fortfarande älskat dig, men aldrig vågat höra av mig till dig, för jag har trott att du aldrig mer ville veta av mig efter det jag gjorde mot dig! Men… att du ringer till mig nu? Det borde betyda att…? Är du inte arg längre?

– Ingrid, jag har aldrig varit arg på dig, bara varit väldigt ledsen och besviken. Mitt hjärta fullkomligt brast när jag läste ditt brev den där gången i köket. Jag var knäckt. Förkrossad. Besviken, men aldrig arg på dig. Jag försökte förstå. Kanske jag gjorde det, men det var svårt…

Gustaf svalde. Tänkte. Svalde igen. Han kunde höra Ingrids snabba andetag i örat.

– Gustaf?

– Ja Ingrid?

– Är det för sent nu? Att träffas igen? Kan vi inte träffas någon gång och bara prata lite? Skulle du vilja det? Jag förstår om du inte vill, men…

– Jag skulle väldigt gärna vilja det, avbröt han.

– Skulle du det?

– Herre Gud! Jag vill ingenting annat i hela världen, Ingrid! Vi är båda gamla nu, har vi inte väntat tillräckligt länge?

– Det har vi verkligen! I… i femtio år har jag väntat. Undrat, längtat. Saknat. Men än är det väl inte för sent? Vi är båda gamla nu. Så om du vill så tycker jag verkligen att vi ska ses igen, sa Ingrid med gråt i halsen.

De fortsatte prata i över en timme och innan de la på luren, bestämde de att han skulle ta tåget upp till Ingrid i Gävle så snart som möjligt. Vad som skulle hända härnäst visste han inte, men han var ändå glad att han tog chansen och ringde. Mycket glad dessutom och han ångrade att han inte hade gjort detta för länge, länge sedan. Två dagar senare satt en mycket nervös Gustaf på tåget upp till Gävle. Han hade inte varit så här knäsvag sedan andra världskriget då han träffade Ingrid för första gången och han visste att det bara fanns en enda person i hela världen som kunde få honom att känna dessa starka känslor och det var Ingrid!

När tåget bromsade in på Gävles station var Gustaf på allvar orolig för sin hälsa. Hans hjärta hade bankat hårt ända sedan han hade satt sig på tåget i Värnamo, men nu var det värre än någonsin. Ivrigt sträckte han sig fram mot tågrutan för att se om han kunde se Ingrid.

Kommer jag att känna igen henne? Jag tror det, jag såg ju bilden på henne i dataapparaten. Kommer hon att känna igen mig då? Hon har ju inte sett mig på så många år. Jag lär ha förändrats en hel del. Men jag är i alla fall lika smal som förr. Men tänk om hennes känslor för mig försvinner när hon ser hur jag ser ut nu? Vad gör jag då? Men utseendet är ju en sak och det var väl inte bara utseendet hon föll för mig, hoppas jag.

Under en av de stora klockorna på perrongen stod en liten och vacker äldre dam och verkade vänta på någon. Gustaf kände igen henne direkt. Gustaf reste sig, tog sin resväska från hyllan och gick mot utgången. Han såg sig om efter Ingrid men behövde inte leta länge. Där stod en mycket vacker äldre kvinna och log, bara tjugotalet meter ifrån honom. Hans resväska föll till marken och han blev stel i hela kroppen. Ingrid brast ut i gråt och hon tog sig för munnen och gick trevande emot Gustaf. Sakta närmade sig Ingrid Gustaf och de omfamnade varandra utan att säga ett ord. Länge, länge stod det så, utan att lyckas få fram en endaste mening. Folk stirrade på gamlingarna som stod mitt på perrongen och grät högt och kramades, men om de bara hade vetat vilken historia dessa två gamla människor hade gått igenom, skulle de förstå. De släppte så småningom taget om varandra. Gustaf torkade bort en tår från Ingrids kind och hon log mot honom.

– Äntligen ses vi igen. Som jag har drömt om detta tillfälle, sa Gustaf.

–Jag med. Jag trodde aldrig detta skulle hända. Jag trodde aldrig jag skulle få träffa dig igen. Det här är en dröm som går i uppfyllelse för mig, snyftade Ingrid. Gustaf nickade och kunde nästan inte förstå att allt detta var sant.

– Vi kan gå bort till ett café och sätta oss, sa Ingrid lite trevande.

Precis som för så många år sedan, gick de och satte sig på ett café som låg i närheten. På gentlemannavis höll Gustaf ut stolen åt Ingrid, precis som han hade gjort på deras första träff uppe i Boden. Hon charmades lika mycket nu av hans artiga sätt som hon gjorde då. En servitris kom fram till dem efter en liten stund.

– Jag tar ett wienerbröd. Vad vill du ha Ingrid? undrade Gustaf.

– Jag vill gärna ha en chokladbiskvi, sa Ingrid.

– Javisst. Önskas något att dricka till? undrade den unga servitrisen.

– Ja två kaffe, tack, sa Gustaf.

– Javisst, kommer alldeles strax, sa servitrisen och vände sig om. Ingrid hejdade plötsligt servitrisen och Gustaf såg frågande ut.

– Jag kan ta en kopp te i stället för kaffe, sa Ingrid och log försynt.

– Dricker du te nu förtiden? frågade Gustaf något snopet. Ingrid rodnade lätt om kinderna, precis så som hon kunde göra förr i tiden.

– Jag... jag har faktiskt aldrig gillat kaffe.

– Inte? Men? Vi drack väl alltid kaffe ihop på sjukhuset?

– Ja... men jag drack kaffe för din skull. Jag brukade alltid fråga dig om du ville ha kaffe för att ha en anledning att få sitta ner en stund hos dig. Och jag visste ju att du gillade kaffe, sa Ingrid generat.

– Men... du är ju för go! Jag hade ingen aning! sa Gustaf och tog tag om hennes hand och kysste den. Det var nära att han fick en tår i ögat när han tänkte på hur hon hade offrat sig att dricka kaffe som hon egentligen inte tyckte om, bara för hans skull. Han såg på Ingrids händer.

– Dina händer är fortfarande lika vackra som jag minns dem. Och samma röda nagellack.

– Jag målade dem i morse. För din skull, sa Ingrid och log. Besöket i Gävle gick över förväntan. De följande två timmarna försökte de komma i kapp vad som hänt dem i sina respektive liv de senaste femtio åren, och det dröjde inte länge förrän de båda var rörande överens om att de hade alldeles för få år kvar av livet för att inte ta vara på det. Två månader senare flyttade Ingrid ner till sitt och Gustafs gamla hus i Ekhult, där hon en gång hade bott för så många år sedan. Det fanns ingenting i Gävle som hon skulle sakna, däremot kände hon en stark dragningskraft till sitt gamla hus i Ekhult nere i de småländska skogarna.

Gustaf var åttiofyra år och relativt pigg och likaså var Ingrid.

Julen år 2005 blev magisk för dem båda. Alldeles själva firade de den mest romantiska och mysiga jul man någonsin kunde tänka sig. På själva Julaftons morgon kom Gustaf in till Ingrid med te på en bricka med julmotiv på. På brickan fanns ett kakfat med upptinade julkakor som Ingrid hade bakat ett par veckor tidigare. Bredvid fatet stod en liten lykta med ett värmeljus i. De kramades god morgon och de önskade varandra God Jul. Lite senare lagade de mat tillsammans i köket. I vardagsrummet hördes låg julmusik från högtalarna. De skrattade, pussades och kramades som om de vore arton igen. I vardagsrummet hade de klätt en liten gran som stod i ena hörnet och under granen hade de lagt ett par julklappar som de senare skulle ge varandra. De kom överens om att de skulle ge varandra sina julklappar efter Kalle Anka och under hela timmen som programmet varade, drack de glögg och höll varandra ömt i händerna.

Båda de gamla själarna levde livet fullt ut och älskade varandra som ingen annan hade gjort förut och de tog vara på varenda minut de hade tillsammans. Om kvällarna pratade de om gamla minnen de hade ihop, om tiden på sjukhuset i Boden och om Olov och Marianne. Om dagarna tog de sakta promenader runt ägorna. Ibland tog de fyrhjulingen och åkte ner till Linnesjön, där de dukade upp kaffe, te och ostsmörgåsar och bara myste. Det hände ofta att de åkte ner till kyrkan tillsammans för att se till graven där både Olov och Marianne låg.

De bästa åren i Gustafs liv visade sig bli de sista. I fem underbara år fick de förmånen att spendera den sista tiden ihop. År 2010 var ett tufft år för Gustaf. Han hade fått problem med magen och det visade sig att han hade fått cancer. Cancern i magen gjorde honom svag och till slut sängliggande. Han vägrade bli flyttad till sjukhus och blev omhändertagen i hemmet hemma på gården så gott det gick. En kväll i augusti när Ingrid kom in med eftermiddagskaffe vid Gustafs säng, tog han hennes hand och såg henne djupt i ögonen.

– Är det så här det slutar, älskade Ingrid? Är det över nu, livet?

– Gustaf… flämtade hon.

– Det känns som om all kraft har runnit ur mig… Om det finns någonting efter detta, om det finns en Himmel…

– Ja?

– I så fall väntar jag på dig där på andra sidan. Då får vi vara tillsammans igen, för alltid. Men om det bara finns detta liv så ska du veta att jag verkligen njutit av vartenda ögonblick som vi varit tillsammans. Du är det bästa som någonsin kunde hända mig. Jag vill tacka dig för allt, jag gör det nu medan jag fortfarande kan tala, flämtade Gustaf. Ingrid brast ut i gråt och kysste honom ömt i pannan.

Åldern tog ut sin rätt på Ingrid med, men hon vek aldrig en tum från sin älskade Gustafs sida. De sista veckorna i livet var han knappt kontaktbar, men när Ingrid klämde lite i hans stora varma hand, kunde hon känna ett lätt tryck tillbaka. Han hade så mycket kvar att säga, men han var alldeles för svag, men att bara känna värmen från hennes mjuka lilla hand gjorde honom lugn och trygg. Gustaf log stort när han låg där i sin säng och tänkte tillbaka på allt. Han hade fått som han velat till slut, han hade äntligen fått det han drömt om så länge, ett lyckligt

liv tillsammans med den vackra sjuksystern från Boden,
Ingrid Svahn.

Slutord

Gustafs tankar och oro när han ska rycka in i militären och sitter på tåget är inspirerade av den svenska hårdrocksgruppen Sabatons låt "En livstid i krig". Vad som hörs i radion av statsministern Per Albin Hansson när kriget bryter ut, är exakt samma ord som sades i verkligheten den första september 1939. Många detaljer om kriget såsom platser, händelser och siffror är på riktigt. Gustaf använder rakvattnet Tabac när han och Ingrid träffas under Andra Världskriget, men den parfymen lanserades egentligen inte förrän 1959. Jag ville ha med det parfymmärket för att hedra min morfar som brukade använda sig av den. Resan som Gustaf och Olov gjorde till Kebnekaise har jag och min bror Anders själv gjort, en resa som blev oförglömlig! För övrigt har jag inte gjort några liknelser med personer i boken med personer i min omgivning. Jag vill tacka min fru Anna, som har hjälpt mig rätta mina felstavningar. Du har gjort ett jättejobb, tack! Bokens röda tråd, om någon har missat det, är det starka bandet som finns mellan bröder. Om jag aldrig hade haft egna bröder så hade jag nog aldrig kunnat bli tillräckligt inspirerad att skriva denna bok. Jag tillägnar boken till er, Mats och Anders!